家康と九人の女

秋月達郎

○本表紙デザイン＋ロゴ＝川上成夫

家康と九人の女　目次

序

「海がなあ、見えるのだ」

そう、夢見るように口をひらく。

夜伽《よとぎ》の相手に語りかけているのか、それともただ呟《つぶや》いているのか、よくわからない。

「黒松の続く、長い長い浜があってなあ。その浜の真ん中あたりに、海へ突き出すように盛り上がった岬のような丘があるんじゃ。わしは、そこの頂きの平らかな場に佇《たたず》んで遥《はる》かに遠い海原を見晴るかしておる。年端《としは》もゆかぬ、そう、幼き日のわしじゃ。わしは、おばばに連れられて、その丘に足を運んだ。ときに抱かれ、ときに手を引かれ、ときに支えられ、海風に髷《まげ》をなぶられながら、彼方《かなた》の海原を見つめたものじゃ。するとな——」

そういいつつ、ふわりと顔をあげる。

年寄りじみた物言いにしては、表情が若い。

頬もつやつやと張り詰め、目許《めもと》もそれなりに涼やかに伸びている。

　後年、老成したときには頬肉が垂れ、狐狸《こり》にしか見えぬ悪辣《あくらつ》な顔となってしまったが、この頃は、まだまだ若さが優《まさ》り、黒髪も艶《つや》やかで、顎《あご》もうなじも耳朶《じだ》にすら贅肉《ぜいにく》の類いは見当たらない。

「するとな――」

　語るともない呟きは、ゆったりと続いている。

「――やがて、きらきらと光る波濤《はとう》のただなかに、大船が見えてくる。そう、安宅《あたけ》。安宅船じゃ。はるばる、三河《みかわ》から波を越えてやってくる安宅船じゃ。船には、さまざまな品が載《の》せられておった。どれも皆、母《はは》さまの送って下された品々じゃ。ひとつ残らず、母さまが離れ離れになっているせがれにと、幼きわしにと、手に入れて下された品の数々じゃ」

　そっと、目尻をおさえる。

「文《ふみ》もあれば、道具も、武具も、馬具も、調度《ちょうど》もあった。どれもこれも、母さまは大切に大切に手ずから磨き、手ずから載せて下されたにちがいない。なにもかも、わしが成長してゆくために要るのだと、そう、信じて集めて下されたに相違ない。そんな品じゃった」

　蒼天《そうてん》に飛び立たんばかりに広げられた帆《ほ》は風をはらみ、海上の安らかなることを祈願する北辰妙見《ほくしんみようけん》の印のあしらわれているのが、遠目からでもよく見える。東へ向けられた舳先《へさき》は軽やかに波濤《はとう》を切り裂き、梶棒《かじぼう》を肩に担《かつ》ぐ舵方《かじかた》の気合いの籠《こ》もった掛け声と、船楼《せんろう》で奏でられている滔々《とうとう》たる囃子《はやし》の音色が、ゆるやかな潮風に乗って届いてくる。

のちに、和船《わせん》という名称でくくられる、この国で独自な発展を遂げてきた船にはさまざまな種類が見られる。ただ、この戦国の世、軍《いく》さに用いられる船は、ほぼ三つに分かれる。小型の小早船《こはやぶね》、中型の関船《せきぶね》、大型の安宅船だが、そこにいう安宅は外洋の荒波を航行できるほどの堅牢《けんろう》さを誇り、総矢倉《そうやぐら》と呼ばれる城郭を模した艦橋を備えている。

その海原を睥睨《へいげい》し、おもうがままに暴《あた》ける大船が、いま、のちに三保《みほ》の松原と名づけられる白砂の浜を廻り込み、清水湊と名づけられた古《いにし》えからの港湾へ入ってゆこうとしている。

湾に影を落としているのは七日市場《なのかいちば》の置かれた江尻《えじり》城と袋《ふくろ》城で、ここの桟橋に揚《あ》げられた品々は、そのまま荷駄《にだ》に組まれ、巴川《ともえがわ》や安倍川《あべかわ》の舟運《しゅううん》により、やや西にある駿府《すんぷ》城下の入江町《いりえまち》の船着き場へと運ばれてゆくのである。

その船を心待ちにしていた少年の荷も、同様だった。

「品々には、母さまの綴《つづ》られた文が添えられてあっての」

いつもふたつ入っており、ひとつは彼のいうおばばに、もうひとつが少年に宛てられたものだった。綴られている中身は、四季折々の三河の……やや詳しくいえば……知多《ちた》半島の阿久比《あぐい》や緒川《おがわ》といった在所《ざいしょ》の風光に始まり、当時は竹千代《たけちよ》と呼ばれていたこの少年の身を案じるものだ。

その一文一文に眼を通すたびに、少年の目には涙が滲《にじ》んだ。

むろん、三河からこの駿府まで人質として攫《さら》われてきたこの少年には、おのれの生まれた岡崎の風光などなにひとつ浮かんではこない。しかし、ひと文字ひと文字に母の情愛の籠《こ》められているのがひしひしと伝わり、物心がつく前に引き離された母親の顔をおもい浮かべつつ、繰り返し繰り返し、諳《そら》んじるまで読み返したものだった。

「ともかく、わしの幼き日々は、そうした情景に彩《いろど》られておる。わしは、誰にも邪魔されず、いつまでもいつまでもあそこに立ち、そう、おばばと手を繋《つな》ぎながら、久能山《くのうざん》の頂きに立ち尽くして、遠い遠い海原を見つめておった。いや、この歳となっても尚、そうしていたい。じゃが、おばばはもうおらぬ。その骸《むくろ》がどこに葬られたかもわからぬ。むろん、やがてはわしもそうなる。塵《ちり》に還《かえ》り、芥《あくた》に戻り、二度とこの世に甦《よみがえ》ることもない。じゃが、そう、海は観《み》ていたい。久能山の頂きから、海だけは見つめていたい」

ここにいうおばばは、源応尼《げんおうに》と呼ばれていた。

また、青年になっても慕い続けている母は、於大《おだい》。

しかし、いつまでも、夢うつつの感傷にひたってはいられない。

少年から青年へと成長した彼は、おのれを律するかのように身を起こした。

それがどのような表情であったのか、こんにち、想像まじりに眺めることができる。

愛知県岡崎市の古刹《こさつ》、稲荷山隣松寺《いなりさんりんしょうじ》にある木造りの像で、彼がみずから念持仏《ねんじぶつ》を添えて奉納したものだ。当時、そう、三河の地において一向一揆《いっこういっき》が生起《せいき》し、彼の配下の武将たちも袂《たもと》を分かち、一揆の側に立って叛旗《はんき》をひるがえした。

彼は、この夢にもおもわなかった痛烈な叛乱を鎮圧《ちんあつ》させるべく祈願に赴き、みずからの像を彫らせ、奉納した。堂々とはしているものの、その表情はきわめて硬く、半生を賭けた戦いにおよばんとする覚悟がひしひしと伝わってくる。

そう、彼の若き日々は、そうした覚悟の連続だった。

彼とは、すなわち、徳川家康《とくがわいえやす》である。

於《お》大《だい》の巻

一

「おしだせ」

采配《さいはい》をふったとき、家康は、二十歳《はたち》を迎えたばかりだった。

当時はまだ、松平元康《まつだいらもとやす》と名乗っていた。ほかの武将もそうであるように、家康も、竹千代から元信《もとのぶ》、元康、そして家康と数多《あまた》の名を名乗っているが、わかりやすいように、以下、家康で通したい。

この合戦の折、家康の声は震えていた。

付き従う家臣の多くは「まだまだ、軍馬の駆け引きには馴染《なじ》んでおわされぬ」と受け留めたが、実はそうではなく、股肱《ここう》たち、ことに八歳の家康に付き従って駿府《すんぷ》で共に人質となった側近《そっきん》らは、咄嗟《とっさ》に「お怒りなのだ」と感じ取っていた。

しかし、

――なぜ、わかるのか。

と、訊《き》かれても、はっきりとは答えられない。

――癇気《かんき》に包まれた際は、あのように声を震《ふる》わされるのだ。

などという、辛苦《しんく》を共にしてきたかれらにだけわかる、強烈な怒気《どき》だった。

ここにいう股肱とは、家康にとって最初の小姓で、五つ上の天野康景《あまのやすかげ》、四つ上の野々山元政《ののやまもとまさ》、ひとつ上の石川数正《いしかわかずまさ》、おない年の平岩親吉《ひらいわちかよし》、おなじく榊原忠政《さかきばらただまさ》、おなじく松平忠正《ただまさ》、ふたつ下の阿部正勝《あべまさかつ》である。

小姓というより、幼馴染《おさななじ》み、あるいは遊び相手といった方がいい。

このお供らが、ひとからげにされて家康ともども駿府まで送られていったのは、天文《てんぶん》十八年の冬だった。西暦にして一五四九年である。むろん、故郷の三河《みかわ》は吹けば飛ぶような小国とはいえ、その後継ぎが人質とされるのだから、小姓だけが付き従うわけではない。用人《ようにん》という、つまりは護衛《ごえい》となって赴く者たちも数多《あまた》いる。

用人は、誰もがほぼ二十代の若侍《わかざむらい》で、酒井政親《さかいまさちか》、酒井忠次《ただつぐ》、内藤正成《ないとうまさなり》、安部《あべ》重吉《しげよし》、江原利全《えはらとしたけ》などが任じられ、念珠《ねんじゅ》を手にした上田慶宗《うえだよしむね》入道のほか、五十余人の雑兵《ぞうひょう》が付き従っていた。それだけでも、かなりな人数におよんだ。

ただ、いまひとり、二年ほど遅れて駿府まで駈けつけてきた小姓がいる。

鳥居元忠《とりいもとただ》という、家康よりも三つ年上で、彦右衛門尉《ひこえもんのじょう》というやけに格式ばった通称だったが、家康は「彦さ、彦さ」と親しみを籠めて呼んでいた。彦右衛門さんが、彦さんとなり、さらにつづまって「彦さ」となったわけだが、この彦さが「わしはどうしても竹千代さまのお側に侍《はべ》りたい」と家人《けにん》を悩ませ、岡崎城中を懇請《こんせい》して廻り、ついに遙々《はるばる》単身、家康の後を追いかけ、みずから人質となったものだった。忠義もここまでくると、執念《しゅうねん》に近い。

このたびは、そうした家来どもをひきつれての合戦だった。

家康は、叫ぶ。

「おしだせ、おしだせ。ちからのかぎり、おしだせ」

それにしても、七十五年の生涯で、このときほど怒りをあらわにしたことはない。

——このとき。

というのは、永禄《えいろく》五年（一五六二）も夏六月。

尾張《おわり》国は知多郡桶狭間《おけはざま》で今川義元《いまがわよしもと》が討たれてより、丸二年が経とうとしている。

今、家康が踏んでいるのは、東三河の大地である。

この三河という国の名は、奥三河の巴山《ともえやま》を分水嶺《ぶんすいれい》とする豊川《とよかわ》・矢作川《やはぎがわ》・男川《おとがわ》の三《さん》川《せん》をもとにすると伝えられる。また、この地は、その巴山から本宮山《ほんぐうさん》・三ヶ根山《さんがねさん》へと連なる山塊《さんかい》によって東西に分断され、それぞれに砂礫《されき》が沖積《ちゅうせき》し、豊川が流域の谷を浸食《しんしょく》して巨大な扇状地《せんじょうち》となって豊川平野が、矢作川・男川の流域には岡崎平野が形づくられていった。

古《いにしえ》の世、このふたつの沃野《よくや》を見はるかす社《やしろ》が建てられた。東には砥鹿《とが》神社が、西には知立《ちりゅう》神社が、おのおの鎮《しず》められ、三河国の一之宮《いちのみや》と二之宮が成り立った。家康が、このたび本陣を構えたのは一之宮、砥鹿神社である。

家康は、この社の置かれた豊川東岸《とうがん》の沖積台地に、二千五百の手勢を繰り出している。遠江《とおとうみ》から押し寄せている今川氏真《うじざね》の進撃を食い止めるためだった。ひるがえって氏真は、一万という本軍をひきつれ、すでに目と鼻の先である宝飯《ほい》郡牛久保《うしくぼ》城まで進出している。

牛久保城は、堅牢《けんろう》をもって諸方に鳴り響いている。砥鹿神社とおなじく豊川の東に盛り上がった河岸《かがん》段丘に築かれ、川から水をひきこんで三重の濠《ほり》を巡らせるという、旅ゆく者の目をおもわず奪ってしまうような大掛かりな城塞だった。城主は牧《まき》野成定《のなりさだ》といい、今川家に服属《ふくぞく》し、氏真を出迎えている。

その氏真の繰り出した大軍勢に対して家康は、

「おしだせ」

憎しみの眼で睨《にら》み据《す》え、咆哮《ほうこう》するのだ。

二

氏真勢は、朦々《もうもう》たる砂塵《さじん》をあげて殺到《さっとう》してくる。

ただし、標的としているのは、家康の本陣ではない。牛久保城を起点に、ひとすじの街道が塩尻《しおじり》を指して、豊川の東沿いを北上している。伊那《いな》街道といい、中途に砥鹿神社もあるのだが、その手前に小さな丘が椀《わん》を伏せたように盛り上がっている。砥鹿神社からすればちょうど南の摂社《せっしゃ》のような存在で、そのとおり、出城《でじろ》とされている。

名を、一宮砦《いちのみやとりで》。

ここに、家康は、配下の本多信俊《ほんだのぶとし》に五百ほどの兵を与え、籠もらせていた。

氏真が殺到したのはこの砦で、信俊は死にもの狂いで守り続けている。

「おしだせ」

家康が叫んだそのとき、一宮砦は氏真勢の一万の手勢によって防塁《ぼうるい》が黒々と染まって見えるほどになっていた。氏真勢は、人馬が犇《ひし》めき合って、もはや後戻《あともど》りできないありさまになっている。砦に籠もった本多勢の恐怖は、並み大抵なものではなかったろう。

だが、家康は、そのときを待っていた。

今、おしだせば、氏真方は背後からの攻撃にひとたまりもないだろう。

「後詰《ごづ》めじゃ、後詰めじゃ。今川勢を砦のきわで挟み撃ちにせよ」

家康の号令に、二千の手勢は鯨波《げいは》をあげた。

「おうともよっ」

手勢の中でもひときわ甲高く叫んだ連中がいる。

家康のお供として人質の日々を送ってきた側近どもで、かれらはこのときを待ちに待ち焦がれていた。西三河に立ったわれらが、ようやく、東三河の権を握ることができる。そうすれば、東西を統合して三河一国を手に入れられる。今川家から独立して、大名たる旗を揚げられる。そのために、われらは、桶狭間の戦いで惨敗《ざんぱい》を喫《きっ》してより、こんにちまで、歯を喰いしばって戦い続けてきたのだ。

「続け、続け、われらに続けっ」

そう叫びつつ、砥鹿神社から飛び出し、街道を突っ走って一宮砦をめざした。

ひるがえって、家康は、境内の本陣にあって采配を手にしている。

「手ぬるい」

味方は死にもの狂いで戦っているが、家康の目には手ぬるく見えたのだろう。

「わしが、おばばの仇《かたき》を討ってくれるわ。氏真め、今こそ、おもい知れっ」

家康は、あきらかにそう叫んでいた。

誰にも憚《はばか》ることなく、声を嗄《か》らし、駒に打ち跨《また》るや、突出《とっしゅつ》した。

家康のかたわらに控えていた親吉らは、目を丸くした。

そして、戸惑《とまど》いつつも、必死に追いかける。

家康は、刀を鞘走《さやばし》らせ、鞍壺《くらつぼ》から腰をあげ、吶喊《とっかん》してゆく。こんな家康は、誰も見たことがなかった。こののち、家康は、三方《みかた》ヶ原《がはら》において似たような吶喊を見せるが、そう、幾たびもあるものではなかった。その命をも顧《かえり》みない吶喊が、まさに今、生じている。

家来どもの狼狽《うろた》えぶりは大変なもので、かれらもまた命懸《いのちが》けで家康に続いた。

——おばばとは、いったい、誰なのだ。

そう、おもいを廻《めぐ》らせたとき、ひとり、顔が閃《ひらめ》いた。

続きつつも、疑問をおぼえた。

——源応尼さまではないのか。

のちに華陽院《けよういん》と諡《おく》られる家康の実の祖母であるが、しかし、家康に質《ただ》すのは憚《はばか》られた。いや、いかなる声もかけられないような激情が、家康を取り包んでいた。それは、気魄《きはく》などというものではなく、あきらかな憎悪《ぞうお》、怨念《おんねん》の類いだった。

「おばばよ……」

疾走《しっそう》する家康の耳目《じもく》には、もはや、なにも届いてはいない。

ひたすら、彼方で繰り広げられる今川氏真との一戦に瞋目《しんもく》している。

「見ておれ。今こそ、わが手で、おばばの仇を討ってくれようぞっ」

三

——おばば。

とは、家康の祖母のことである。

血の繫《つな》がりからいえば母方の実の祖母なのだが、家系からいうと父方の祖母でもある。というのも、母方祖父の水野忠政《みずのただまさ》と離縁して、父方祖父の松平清康と婚姻したからだ。

通称は、

——於富《おとみ》。

と、伝えられている。ただし、家康に物心がついたときにはとうに落飾《らくしょく》しており、源応尼と称していた。

源応尼とは源応庵という小寺のあるじを指し、親しい者は「庵主《あんじゅ》さん」と、仕える者たちは「庵主さま」と慕い、公《おおやけ》の場では「源応尼どの」と呼ばれた。源応庵は、知源院《ちげんいん》なる寺院の塔頭《たっちゅう》だという。

知源院は真言宗の一宇《いちう》で永正《えいしょう》九年（一五一二）に建立《こんりゅう》されたらしいから、当時の駿府においては新興の一山《いちざん》だった。開基《かいき》は智短《ちたん》上人《しょうにん》といい、今川義元の計らいで家康の師範《しはん》とされた。当時、竹千代と呼ばれていた家康は、知源院の小法師《こぼうし》である文慶《もんけい》と並んで学んだ。字の手習いから始まり、四書五経《ししょごきょう》を諳《そら》んじることが最終的な目的とされた。

弓馬刀槍《きゅうばとうそう》の修行には、守《も》り役代わりの酒井忠次や内藤正成が付き、

――ゆくゆくは岡崎を率いてゆかれるのです。ふさわしい強さを備えなされ。

と、遠慮なく鍛えた。

こうした学びの光景を、源応尼は、付かず離れず見守り続け、常に体調を気遣い、切り傷や打ち身の手当てはすべて看《み》、和尚《おしょう》や守《も》り役《やく》では教えられぬ箸《はし》の使い方から茶事《ちゃじ》の所作《しょさ》まで、孫の指の一本一本におのが指を添えつつ躾《しつ》けてくれた。

そんな源応尼のことが、家康は好きで好きでたまらず、幼い頃の思い出はすべて彼女の面影《おもかげ》を通して蘇《よみがえ》ってくる。むりもないことで、物心がついてすぐに人質とされた家康にとって、血の繋がった者といえば源応尼しかいなかった。家康にとって、まちがいなく、母親の代わりといっていい存在だった。

だが、そうした源応尼との日々は、駿府に始まり駿府に終わっている。

淡く蒼い風に彩られた駿河《するが》の時代だけで、代えがたい思い出といっていい。

もっとも、家康が人質であった頃の駿府はほどなく燃え、灰燼《かいじん》に帰《き》してしまう。火をつけたのは、武田信玄《たけだしんげん》である。そのとき、家康の養われた人質屋敷も、源応尼と過ごした庵《いおり》も、勉学に勤《いそ》しんだ知源院も、すべて、跡形もなくなった。

家康は、七歳から十八歳までの十一年間、駿府で暮らした。

人格を形成する青春期のあらかたを、この中世の美しい城下町で過ごした。

だから、信玄によって焼き尽くされたときの悲しみは、いうにいわれぬものがあった。しかし、そのおり、家康は、信玄から今川領を二分しないかと誘われ、それに乗り、遠江へ攻め込んでいた。駿府を攻め滅ぼした信玄に対して意見できるような立場にはなかった。悲しむことしかできなかった。

こんにち、東海道本線の静岡駅を北に出て、駿府城に向かって歩いてゆくと、ほどもなく左手に古い社《やしろ》が望まれる。小梳《おぐし》神社というのだが、この社は家康が没してのちに当地へ遷《うつ》されたもので、それまでは別な社が鎮《しず》められていた。

少将之宮《しょうしょうのみや》と呼ばれる社で、そのため、家康が人質とされていた時代、このあたり一帯は少将町あるいは少将宮町などと呼び習わされていた。こんにちにいう伝馬《てんま》町《ちょう》で、家康の質子《ちし》屋敷もそこに設《しつら》えられていた。

この屋敷について、徳川幕府は宮ヶ崎御旅屋形《みやがさきおたびやかた》などと名づけていた。

宮ヶ崎というのは「少将之宮の前」とおもってほぼまちがいない。屋形を守護するのは義元がやはり家中より選んだ久島正資《ひさじままさすけ》という者で、孕石元泰《はらみいしもとやす》なる士《さむらい》がその補佐《ほさ》にあたるべく竹千代屋敷の隣《となり》に住んだ。

家事をあれこれ世話するのは、また別にいる。

——神尾久吉《かみおひさよし》。

という下級の武士で、妻とともに炊事番や庭番といった小者《こもの》どもを統括《とうかつ》していた。実直《じっちょく》を絵に描いたような男で、世話好きというよりも他人の世話を焼かなくてはいられないといった性分《しょうぶん》だった。

通称は、五兵衛《ごへえ》といった。

五兵衛尉《ごへえのじょう》というのが世襲名でござると、久吉は頭を搔いた。

この五兵衛の妻が、いつのまにか身重《みおも》になり、やがて子を産んだ。男の子だった。五兵衛尉久吉の喜びようはひととおりではない。赤子《あかご》を抱き、家康たちの間を駈けずりまわって顔を披露《ひろう》したものだ。

家康は、お供の小姓たちと同居したが、ほかに従ってきた者たちは路地を隔《へだ》てた知源院に寄宿《きしゅく》した。そのため、知源院はつねに騒がしく、人馬の往来も頻繁《ひんぱん》だった。そうした雑踏の中に、五兵衛の赤子も含まれるようになった。名は、やはり五兵衛だった。

幼い家康たちにとって、赤子の五兵衛は、にわかに登場した弟のようにおもえたのか、猫かわいがりにかわいがった。這《は》うようになり、つかまり立ちし、やがて家康のあとを追いかけるようになったが、家康はつねに手を引いてやったものだ。なにやら、やけに贅沢《ぜいたく》な長期合宿や、妙に恵まれた学童疎開《そかい》に似ていた。

四

ところで、この少将町に屋敷を与えられていたのは、家康だけではなかった。知源院を挟んで向こうにある優雅《ゆうが》な屋敷にも、もうひとり、人質が養われていた。相当な護衛を擁《よう》した屋敷で、いったいどこのせがれかとおもえば、小田原の北条《ほうじょう》氏康《うじやす》の四男で、氏規《うじのり》といった。家康よりも二つ三つ上らしいのだが、やはり知源院で学ぶのかとおもえばそうではなく、朝になると門前に迎えの駕籠《かご》が着き、駿府城の北の賤機山《しずはたやま》の麓《ふもと》にある今川家の菩提寺《ぼだいじ》で、大龍山臨済寺《だいりゅうざんりんざいじ》というのだが、そこまで連れられてゆく。

連れてゆくのは先導《せんどう》する別な駕籠に乗っている尼御前《あまごぜん》で、義元の母の寿桂尼《じゅけいに》だという。氏規の母は瑞渓院《ずいけいいん》というのだが、その実母が寿桂尼で、要するに今川家から北条家へ輿入《こしい》れしたものだった。

つまり、寿桂尼も、源応尼とおなじように、孫の面倒を見ているらしい。

ただし、家康とは格がちがう。

氏規は、通っている臨済寺の住持《じゅうじ》である太原雪斎《たいげんせっさい》より直々《じきじき》に、禅の教えを授《さず》けられている。家康は、雪斎にはほとんど学ばなかった。というより、臨済寺へ通うなどという話もまるでなかった。雪斎からはときおり講話《こうわ》を説かれたが、それは源応尼について寺参りに行ったときくらいなものだった。のちになって、あたかも竹千代時代の師であったかのように語られたが、実はそうではなく、あくまでも氏規の禅の師範だった。

もっとも、この氏規とは、後年、縁《えん》あって再会している。

武田家が滅んだのちに天正壬午《てんしょうじんご》の乱が生起《せいき》するのだが、その際、氏規は北条方の交渉役として家康のもとへ伺候《しこう》し、講和を成立させている。それ以来、家康の後北条氏への取り次ぎは氏規が担《にな》った。

そうした氏規との仲について、家康はあるとき、鳥居元忠《とりいもとただ》にこう洩《も》らした。

「質子《ちし》仲間というのも、たまには好《よ》いことがめぐってくるものよな」

ちなみに、寿桂尼と雪斎は今川家の双璧《そうへき》といってよく、内向《うちむ》きのことは寿桂尼が、外向《そとむ》きのことは雪斎が、それぞれ担った。義元ですら異論《いろん》を差し挟めないほどの権勢《けんせい》だった。このふたりと家康は何度か顔を合わせたが、言葉をかけられはする

れるだけだった。

ついでながら、家康が、義元の御殿である城内の今川屋形《やかた》へ参上するのは滅多《めった》にないことだった。だが、それでも、節句《せっく》などの年中行事があれば昇殿《しょうでん》し、義元に挨拶《あいさつ》した。義元は「よう来た、よう来た。つつがなきや」と、つねにおなじ言葉をかけてきた。あとは、さして興味もないのか、幼い家康が粗相《そそう》のないよう気を張って挨拶しつづけるものの、義元は「よしよし」とあしらうだけだ。

やはり、犬と変わらない。

家康はそのたびに平伏して受け答えたが、視界の端にいつも、ひとりの童《わらべ》が見えた。華美《かび》な、それでいて品の良い装束《しょうぞく》に身を包み、ときおり庭先では蹴鞠《けまり》などに興じていた。この今川氏真《うじざね》という、公家《くげ》をおもわせるような華奢《きゃしゃ》な童と、まさか、大人になる門口《かどぐち》に、東三河の豊川のほとりで干戈《かんか》を交えることになろうとは、当時は夢にもおもわなかった。

ふたりが反目《はんもく》する引き鉄《がね》となったのは、義元を死に追いやった戦いである。

永禄三年（一五六〇）五月、

「西の方、尾張国へ出陣いたしまする」

家康は、おばばの前に両手をついて挨拶した。

すでに、三河における叛乱《はんらん》討伐で初陣《ういじん》も済ませたし、それに先立って元服《げんぷく》も執《と》り行なわれ、そのおり、烏帽子親《えぼしおや》の義元と祖父の松平清康の偏諱《へんき》を賜《たまわ》り、元康という名乗りも挙《あ》げた。あとは、誰からも認められるような大功を成せばいい。

「さすれば、このばばも、元康どのの勲功《いさおし》を愉《たの》しみにしておりまするぞ」

そう、出陣を見送られたのが、永遠《とわ》の別れとなってしまった。

桶狭間において、今川方が大敗北を喫《きっ》したからである。

五

海道一《かいどういち》の弓取り今川義元が首を獲《と》られたという報《しら》せに、家康は眼を剝《む》いた。知多半島の付け根にある大高城《おおだかじょう》に兵糧を入れたときだ。

この時期、大高城は、複雑な立場に置かれている。

というのも、この城から知多郡桶狭間にかけての一帯は、そもそも、家康の母・於大《おだい》の在所《ざいしょ》である水野家の領地で、隷下《れいか》の中山勝時《なかやまかつとき》が統治《とうち》していた。そう、水野家は、知多の国人《こくじん》領主といえる存在だった。しかし、家康の祖父にあたる水野忠政《みずのただまさ》が天文《てんぶん》十二年（一五四三）に他界したことで、一気に勢いが衰《おとろ》えた。

そうした状況下、水野家の家督《かとく》を継いだ次男の信元《のぶもと》は、織田家に随順《ずいじゅん》するか今川家に従属《じゅうぞく》するかの選択を迫られ、散々に悩んだあげく、織田に与《くみ》した。となると、織田信長の版図《はんと》は、大高城を呑み込んだことになる。

いや、それどころか、一挙に三河国の西端にあたる碧海郡《へきかいぐん》まで拡がったわけで、知多郡を掌中《しょうちゅう》に収めようと図っていた今川義元からすれば、寝耳に水の驚きといえた。なにせ、属州と信じていた田舎に叛旗《はんき》が掲《かか》げられたのだから、この足を掬《すく》われたような事態を前に、怒りに駆られないはずがない。

「奪い返せ」

爆《は》ぜるように命ずるのは当然だった。

義元は、水野信元の義弟である勝時が南の岩滑《やなべ》の城主に移封《いほう》された隙《すき》を衝《つ》いて、東三河から鵜殿長照《うどのながてる》を遣《つか》わし、そのまま守将《しゅしょう》とした。ところが、こうした今川方の動きに対して、信長も怒りをあらわにした。ただちに知多半島の根方に丸根《まるね》砦と鷲津《わしづ》砦を築き、大高城を封鎖《ふうさ》させようとした。

双方の怒りは、徐々に膨《ふく》らんだ。

いよいよ、黙っていられなくなったのは、義元である。

「元康どの、囲みを破って兵糧を入れられよ。わしも続き、知多を攻め取る」

かくして、世にいう桶狭間の戦いが生起《せいき》したのだが、今川方の大勝利を疑うような者は、この世にひとりもいなかった。むろん、義元自身からして、そうだった。

ところが、その絶対的な自負に包まれていた義元の首と胴が生き別れになってしまったのである。

こんな事態になろうとは、義元を討ち果たした信長自身、奇蹟《きせき》を見るように驚いた。家康が動顚《どうてん》したのも、無理はない。いや、動顚するより、まっさきに逃げねばならなかった。逃げねば、あっという間に大高城は織田軍に囲まれ、ひと息に殲滅《せんめつ》されるであろう。しかし、逃げ道があるとは、とてもおもえなかった。

切羽詰まった。

そう、絶望しかけた矢先、

――それがしが案内してつかわす。

信じられないような言葉が、降《ふ》ってきた。

水野信元の異母弟、忠重《ただしげ》だった。

降伏勧告《かんこく》の使者として織田方から遣《つか》わされてきたのだが、にもかかわらず「開城など、どうでもよい」と首をふるのだ。この忠重、家康とは、叔父甥《おじおい》の関係になる。亡き水野忠政の末っ子で、姉の於大を誰よりも慕《した》っており、嫡男の家康を救《すく》ってくれと頼まれ、信長の命にも異母兄の信元の指示にも従わず、甥の家康を救《たす》け出さんと罷《まか》り越したのだという。

――かたじけのうございます。

と、頭を下げる家康に、

——礼ならば、姉上に申すべし。

と、忠重は、はにかむように嗤《わら》った。かといって、十重二十重《とえはたえ》と囲んでいる織田勢の眼をあざむくことはできそうにない。

すると、ここに、三河武士の献身さが発露《はつろ》した。

酒井忠次と酒井正親《まさちか》のふたりが「御免《ごめん》」とだけ言い置くや、若手の蜂屋貞次《はちやさだつぐ》と米《よね》津常春《きつねはる》に顎をしゃくり、おのおの手勢を従えて城門から突出したのである。家康は、止めなかった。なにをどう制止したところで、忠次や正親は囮《おとり》となって信元勢を誘い動かしてゆくであろう。

ちなみに、蜂屋貞次と米津常春は、駿府の人質にはならず、岡崎城で留守を預かっていた者たちだったが、ようやく先日、家康に付き従って丸根砦《まるねとりで》を攻めて初陣を果たし、そしてこのたび、大高城の兵糧入れにも加わったものだった。

「無駄にはせん」

家康は別れを惜しむ間もなく出陣していった忠次らを見送ってのち、頃合いを計り、叔父の忠重に従って搦手《からめて》から城を脱した。このとき、家康の左右には駿府で小姓を務めていた鳥居元忠と平岩親吉《ひらいわちかよし》が付いていたが、蜂屋や米津とおなじように初陣を果たした若者もひとり護衛に就いていた。

本多忠勝《ほんだただかつ》という、このたび元服したばかりで、まだ十三歳だった。

この青二才といってもいいような連中に護られ、家康は、九死に一生を得た。

六

もっとも、ただちに岡崎への帰路を辿《たど》れるはずもない。

織田勢は尾張と三河の境になっている境川《さかいがわ》の岸辺を封鎖し、残党狩りを徹底していた。となれば、忠重の案内する先はひとつしかない。知多半島を南下した阿久比《あぐい》という在所である。当地には一城あって、あるじは久松長家《ひさまつながいえ》という。家康の母、於大の夫だった。

家康は一目散《いちもくさん》に逃げ、母のふところへ飛び込んだ。

於大の喜びようはひととおりでない。

――竹千代どの、竹千代どの。

元服をとうに済ました我が子を掻き抱き、お怪我《けが》はなきや、お腹は減っておられぬかとまるで童をあつかうように質《ただ》し、北の屋形《やかた》まで手をひき、身支度をあらためさせた。家康にしてみれば、気恥ずかしくなるような歓待《かんたい》だった。

が、無理もない。於大は源応尼の実の娘で、自分を産んでくれた母にも会えなければ、自分が腹を痛めた子にも会えず、毎日のように駿府へ宛《あ》てた手紙を綴《つづ》り、衣類や雑貨を送り続けることしかできずにきた。それが、たとえ負け戦とはいえ、こうして無事な姿を見せてくれている。泣かずにはいられないし、さらにはこれから先を案じずにはいられない。

厳しい表情で、質《ただ》した。

——どうなされるおつもりか。

於大の問い掛けに、家康はおもわず口ごもった。逃げることに無我夢中でなにも考えてはいなかったし、自分を逃がすために囮になった忠次たちの身の上も案じられた。いや、よしんば、この先、三河まで逃げおおせることができたところで、城北にある大樹寺《だいじゅじ》の先祖の墓前で自害するよりほかにないのではないか。

そのように落ち込む家康を思案ぶかく見つめていた於大が、こう告げた。

「お起《た》ちなされ」

今川義元が討たれた今、駿府や遠江は混乱を呈《てい》するに相違ない。岡崎が今川家の軛《くびき》を外すことが叶《かな》うのは今しかない。阿久比の津《みなと》に船が仕立ててある。それに乗って岡崎の城へ戻り、家臣に檄《げき》を飛ばして西三河に旗《はた》を挙げ、独立を勝ち取るのだと、於大は言い切る。

「機に乗じるのです」

このひと言が、歴史を作った。

七

家康は、起《た》った。

というより、起たざるを得ない情況に追い込まれた。

岡崎の桟橋に上がるや、城内に湧き上がる興奮の坩堝《るつぼ》に巻き込まれたからだ。

実際、昂揚《こうよう》するのも当然であろう。

義元が討たれるや今川勢は総崩れとなって大潰走《だいかいそう》し、鎧《よろい》も鑓《やり》も野に投げ捨て、身ひとつで川を泳ぎ渡り、草を食《は》み、木の根を枕にして駿府へ逃げた。それは岡崎城もおなじで、城代として胡坐《あぐら》をかいていた山田景隆《やまだかげたか》も敗走する兵どもに交じって逃げ出した。

岡崎城は棄《す》てられ、空き城となってしまった。

そうした光景を岡崎衆がまのあたりにすれば、今川氏の長年の桎梏《しっこく》から解き放たれるかもしれないと喜ぶのは当たり前のことだろう。喜びの渦はとめどもなく大きくなり、今、溢《あふ》れかえった喚呼《かんこ》は、菅生川《すごうがわ》の川岸から故城へと戻ってゆく家康を取り包んでいた。この激情は、誰にも止められない。

いや、松平家の後継ぎが帰還《きかん》したという歓喜は、そのまま、今川家からの独立を求める情熱に変じ、それが運命であったかのように、声高《こわだか》に皆が叫んだ。もはや、家康としては、起つとか起たぬとかいう次元ではなく、神輿《みこし》として担がれるよりほかになかった。

「これが、岡崎へ戻るということなのか……」

家康の理解はまだ及ばなかったが、これは岡崎衆の執念のようなものだった。

かれらの故地《こち》である松平郷は、奥三河の最奥《さいおう》にあった。

林業と農業を兼業しても暮らしはまるで豊かにならず、明日をも知れぬような聚《しゅう》落《らく》だった。そんな僻陬《へきすう》から崛起《くっき》し、あたりの村里を平らげて矢作川《やはぎがわ》を下り、城とも呼べないような粗末な砦を築き、まわりの城砦《じょうさい》を陥《お》としつつ勢力を拡げ、ようやく、岡崎の地に家を興《おこ》した。しかし、吹けば飛ぶような勢力はやがて今川家に呑み込まれ、たったひとりの後継ぎである家康は、いともたやすく人質に取られた。

それが今、奇蹟《きせき》が起こって義元の首が刎《は》ねられ、岡崎は解放されようとしている。

——もう、泥水は飲みたくない。稲を植えれば、それを刈り取った矢先に、あらかた納めさせられる。道を整えれば、今川の雑兵どもが威張りくさって往来し、自分たちは路傍《ろぼう》に這いつくばって悔し涙を堪《こら》えるばかりだ。こんな生き方は、こりごりだ。金輪際《こんりんざい》、人質など出してたまるか。

「竹千代さまは、わしらの殿さんだに」

こうした激情を後押ししたのが、ふたふりの旗だった。

その旗は、岡崎城から北へ一里ほどの寺から翩翻《へんぽん》と現れた。

還暦をとうに過ぎた大樹寺住職の登誉天室《とうよてんしつ》上人の手によるもので、

——厭離穢土《おんりえど》、欣求浄土《ごんぐじょうど》。

と、食《は》み出すように書かれている。

——穢《けが》れ切った世を厭《いと》い離れ、清浄なる世を求め欣《よろこ》ばん。

という意味である。

「戦さには、大義《たいぎ》が要りまする。それには御仏《みほとけ》の加護よりほかにござりませぬ」

御仏に仕える者の言い種《ぐさ》かと家康はおもったが、それを察した登誉は大笑した。

「乱世には乱世なりの浄土の求め方がござる。すなわち坊主も鑓《やり》を取るに如《し》かず」

当時、大樹寺はたいそうな規模で、寺僧《じそう》は五百を数えた。

これが鑓を構えて僧兵と化せば、かなりの武力となる。

実際、数日後、家康を織田方へ呼び込まんとして水野信元が手勢をひきいて押し寄せたが、家康に与《くみ》した忠重が大樹兵とともに兄を邀《むか》え撃ち、自分たちの生まれ育った刈谷《かりや》を越え、桶狭間の戦さ場ちかくの石ヶ瀬川《いしがせがわ》まで追い返している。

岡崎の独立が始まった。

今川家が駿府に逼塞《ひっそく》して傷を癒《いや》している間に、岡崎衆としては足場を固めておかねばならない。なぜなら、いつなんどき、息を吹き返した今川家がふたたび押し寄せてこないともかぎらないからで、そのときまでにひとつでも多くの空《から》の城を手に入れ、守りを固めておかねばならない。

独立するというのは、そういうことだった。

が、実のところ、諸城を奪い返すといっても、百姓か足軽かわからないような連中が褌《ふんどし》に胴丸《どうまる》だけをつけ、野や川から武具や馬具を拾い上げ、逃げ散っていた馬や牛や鶏を掻《か》き集め、蓑傘《みのがさ》に鑓を一本かかえて城へ入り込み、崩れ落ちた瓦礫《がれき》を片付け、糧食《りょうしょく》を蓄《たくわ》え直し、城砦としての体裁《ていさい》を整えるだけのことだった。

しかし、それでも、家康を臍《へそ》にした土臭《つちくさ》い連中は、せっせと作業をし続けた。すると、どうだろう、まったく不思議なもので、有象無象《うぞうむぞう》の集団だったものがやがてそれなりの兵馬に生まれ変わり始めたのである。

ただ、それと前後するように、今川家の怒気《どき》も風に乗って届いてきた。

——鬼のように地団駄《じだんだ》を踏んでおられるげな。

義元の後を継いだ氏真《うじざね》のことである。

岡崎衆は誰もが、

——押し寄せてくるか。

と、身構えた。

するとそこへひとり、駿府から逃げ帰ってきた者がいた。野々山元政《ののやまもとまさ》で、つぎはぎだらけの野良着《のらぎ》をまとい、泥と埃《ほこり》に塗《まみ》れながら帰ってきた。だが、気を失わんほどに疲れ切りながらも、咽喉《のど》を水で潤《うるお》すや、手を取らんばかりに飛び出してきた家康に、こう、報《しら》せた。

「源応尼《げんおうに》さまが、亡くなられました」

八

家康は、耳を疑った。

源応尼が亡くなるはずはない。体調が優《すぐ》れないなどとは聞いたことがなかったし、出馬の挨拶《あいさつ》に訪《おとの》うた折もいつものように凛《りん》とした物腰で送り出してくれた。それが、なにゆえ、いきなり亡くなられねばならぬのだ。

家康は髪を逆立《さかだ》て、怒鳴りつけた。

「ありえないではないか」

しかし、元政は、涙をほとばしらせて首をふる。

「智短上人《ちたんしょうにん》より、引導《いんどう》が渡されました。庵《いおり》にて葬られし折も、しかと参列いたしました」

さらに仔細《しさい》を質せば、元政は、このように述べた。

早馬によって今川勢の大敗北が報せられるや、日を空けず、つぎつぎに将兵が敗走してきた。駿府城は内も外も大混乱し、元政たちが留守を預かっていた御旅屋形も同様だった。いや、なにより、家康の安否《あんぴ》が知れない。義元が討死したという報せは駿府中を駆け巡っていたが、家康についてはまったく消息がわからなかった。やがて「おそらく義元公と同じく、討死されたに相違ない」という根も葉もない噂が広がった。

敗報が届けられた数日後のことだ。

信じられないような速さだったが、さらに翌日、源応庵が慌ただしさに包まれた。駿府城から少なくない数のさむらいが到来し、庵の内外を固め、誰を乗せているのか数多《あまた》の駕籠《かご》も到着し、つぎつぎに庵へ押し入ってゆく。いったいなにごとかと元政たちが窺《うかが》っていれば、やがて袈裟《けさ》を端折《はしょ》った智短上人が現れ、血相《けっそう》を変えて庵へ駈け込んでいった。

そして、ほどもなく松平家の留守番たちに源応尼の死が伝えられたのだという。

「源応尼さまは刑死《けいし》に追い込まれたという囁《ささや》きが……」

「刑死じゃと……っ」

家康は、眼を剝《む》いた。

「おばばに、なんの咎《とが》があるっ」

烈火の如《ごと》く怒ったが、その瞬間、家康ははっとして蒼《あお》ざめた。

「まさか、まさか……わしの、せいか……っ」

元政は、咄嗟《とっさ》にうつむいた。

それを目にしたとき、家康は「やはり、そうか」と納得するしかなかった。

（わしのせいか……）

源応尼は、義元が討たれたという報に接し、家康の身を案じた。もしかしたら敗死したかもしれないとまでおもったが、ところが、わずか数日後、岡崎城に旗揚げして今川家からの独立を宣言したという驚愕《きょうがく》の報せが入ってきた。烏帽子親《えぼしおや》の義元が首を搔《か》かれたというのに、家康はさっさと独立するという、そんな無節操《むせっそう》な人間を育ててしまった罪を、源応尼は問われてしまったのではないか。

そう、家康は勘繰《かんぐ》った。

さらに穿《うが》てば、家康はもとより独立する気で、そのためには義元が邪魔で、織田方に今川勢の動向を逐一《ちくいち》報せ、その結果、義元の本陣だけが襲われたのではないかと氏真が疑い、憤懣《ふんまん》に堪《た》え切れず源応尼に迫り、家康裏切りの責《せき》を取らせたということも考えられる。

〝元康よ〟

氏真の怒鳴り散らしが聴こえてくるような気さえした。

〝おぬしのせいじゃ。おぬしさえ、当家を裏切らねば、源応尼は死なずとも済んだのだ。源応尼を刑死させたは、ほかならぬ、元康、おぬしじゃ。おぬしが、最愛の祖母を、わしに殺させたのじゃ。すべては、おぬしの因果《いんが》によるものじゃ〟

家康は、氏真の幻影をふりはらうように絶叫した。

(だがっ)

たとえ、自分の想像したことが真実《まこと》であったとしても、氏真の行為は認められない。怒りに駆られて祖母を処刑したというのであれば、自分は氏真を決して赦《ゆる》さない。たとえ神仏が赦そうとも、この自分だけは氏真を赦すわけにはいかない。

(おばばの仇を討ってくれるっ)

於富《おとみ》の巻

一

「続けっ」

家康は、鯨波《げいは》を背負って突貫してゆく。

「掛かれや、掛かれやっ、死ねや、死ねやっ」

配下を鼓舞《こぶ》し、われに続けや、われに続けやっと駒《こま》を滾《たぎ》らせ、太刀をふりかぶる。まさに、火を噴くような戦いぶりで、おそらく、後詰《ごづ》めという範疇《はんちゅう》において、この一宮の後詰めほど驚異的な破壊力を見せつけた合戦はなかったろう。

いや、双方ともに尋常なありさまではなかった。

今も触れたとおり、攻め寄せてきた今川氏真《いまがわうじざね》も、凄まじい赫怒《かくど》に包まれていた。実際、氏真にしてみれば、義元の死は寝耳に水で、彼の動顚《どうてん》はそのまま駿河の混乱となり、そこへ報せられたのが家康の独立という耳を疑うような事態だった。

しかし、事実だった。

家中の誰もが怒りを突き上げ、声を荒《あら》らげて三河への進撃を叫び、そうした憤激のうねりに乗って、氏真は西進を重ね、瞬《また》く間に三河の東の端部《たんぶ》を掠定《りやくじよう》し、勢いそのままに豊川を徒渉《としよう》した。

「すでにわれらは牛久保《うしくぼ》城を取り戻した。残るは、一宮砦《いちのみや》である」

そう、手勢を鼓舞して軍を進め、一宮砦に群がった。

ところが、思惑《おもわく》が外れた。

憎悪の塊《かたまり》と化した家康の尋常でない後詰めが為《な》され、その吶喊《とつかん》に恐れをなした今川兵がつぎつぎに戦場から離れ、東を指して逃げ始めたのである。ひとり逃げればふたり逃げ、三人逃げれば、五人七人と雪だるまが坂を転げ落ちるように肥大し、そこらじゅうで束になって逃げる雑兵《ぞうひよう》どもが溢れ返り、やがて天を崩さんばかりの悲鳴になって大潰走《だいかいそう》し始める。

これを、家康は追った。

憎悪を滾らせ、双眸《そうぼう》を血走らせ、追いかけた。

地の果てまでも追いかけて、きゃつめの首を搔っ切らねば気が済まぬ。

「殿、殿っ」

鳥居元忠《とりいもとただ》が、必死に諫《いさ》める。

「深追いは、無用っ。無用にござるぞっ」

その声に、家康は、憑《つ》き物が落ちたように我に返った。

「ようござる。よろしゅうござる。さあ、殿、勝ち鬨《どき》じゃ。三河中に響かせなされ」

勝ち鬨を挙げた松平勢は豊川流域の掃蕩《そうとう》に入り、やがて、東三河を平定した。

かくして、家康は生まれて初めて、領国なるものを手中に収めた。

ただ、諸城をひとつ手に入れるたびに逃げ遅れた今川方の武将どもを捕まえ、その虜《とりこ》と駿府の人質屋敷にある松平方の家人《けにん》とを交換していったのだが、そこから不思議な話が洩れてきた。氏真は、御曹司《おんぞうし》としてなんの遠慮《えんりょ》もなく育ったためか、興奮するとまわりの耳目が気にならなくなるのか、ときおり、このような言葉を洩《も》らしていたという。


〝元康めが。あやつのせいで、わしは源応尼《げんおうに》さまを失《うしの》うたのだ〟


それを聞いたとき、家康は小首をかしげた。

「なんとも、面妖《めんよう》なことを申す……」

いったいなにを抜かしておるのだと、家康は吐き捨てた。

（おばばは、わしのおばばなのだ。氏真がその名を口にすることすら、汚らわしい）

二

家康の心情としては、

（すぐさま駿府まで追いつめ、氏真の首を刎《は》ねてやりたい）

ところだったが、そうもいかない。

このとき、東三河は完全に制圧できたわけではなく、たとえば、今橋《いまはし》の吉田《よしだ》城のような要衝《ようしょう》の攻略に手間取ったりして、結局のところ、三河全域を平定させるまで、一宮の後詰めから数えて丸々五年を要した。さらに諸事情が重なり、家康が遠江《とおとうみ》へ軍馬を入れたのは、永禄《えいろく》十一年（一五六八）も冬のことだった。

それも家康の決断ではなく、甲斐《かい》の武田信玄より使者が遣わされ、

――駿河遠江に進攻するが、御身が宜《よろ》しければ共に進撃、今川領を二分せん。

という旨《むね》の提携《ていけい》が持ち掛けられたことによる。

家康は、乗った。

「これで、東へ延びてゆける」

さらにいえば、

（この機に、怨《うら》み重なる氏真を始末できるかもしれない）

そう、肚《はら》の底にずっしりとおもった。

ただ、いささか、戒《いまし》めも生まれている。

というのも、永禄六年（一五六三）には義元の偏諱《へんき》を受けていた元康という名から、母の於大の夫である久松長家より偏諱を受けて家康へと改名しているし、永禄九年（一五六六）には三河守に叙任《じょにん》されるとともに徳川に改姓しているからだ。

この改姓は、先祖をあれこれ遡《さかのぼ》って新田《にった》氏庶流の世良田《せらだ》三河守頼氏《よりうじ》を祖であるとし、近衛前久《このえさきひさ》を経て正親町《おおぎまち》天皇に奏上するという、信じられないような離れ業《わざ》の果てに成し遂げたものだったが、ともあれ、この一連の箔付《はくづ》けによって、家康は、西三河と東三河を完全に掌握する大名となった。

もはや、田舎の国人《こくじん》領主などではない。

いうなれば三河国の王であり、堂々たる群雄のひとりとして割拠《かっきょ》に加わろうとしている。個人的な感情が爆《は》ぜるままに動いてはならぬし、おのれの怒りに引き摺《ず》られて軍《いく》さを起こすこともままならぬようになっている。

当然、氏真への憎悪についても、戒めねばならない。

（因果《いんが》なものよ）

舌打ちしつつも、面《おもて》には出さぬように努めねばならない。

ひるがえって、今川家は、どうであったか。

信玄と家康の駿河侵攻より前に、凋落《ちょうらく》してしまっていた。

桶狭間と一宮での敗北が尾を引き、家臣たちがあいついで離反していったことがなにより大きな要因だった。いや、家臣だけではなく、領民の心も次第に離れていった。氏真が政《まつりごと》をないがしろにし、遠来の客ばかりを豪奢《ごうしゃ》に出迎え、蹴鞠《けまり》や連歌《れんが》や茶事《ちゃじ》に没頭しているからというのが、領内の百姓や職工たちの言い分だった。

もっとも、武芸よりも文化に長じた氏真としては、ほかに生き残る術《すべ》がない。客や同盟者をもてなして、外交にちからを注ぐしかなかった。そうした得手《えて》な面を駆使《くし》することで、かろうじて北条氏政《うじまさ》との絆だけは保たれていたが、ただ、それも氏政がおのれの子の氏直《うじなお》を氏真の後釜《あとがま》に据《す》えようという思惑が、いいかえれば、今川家を乗っ取って吸収しようという奸謀《かんぼう》が働いていたからだ。

しかし、そうした企みも、すぐに潰《つい》えた。

富士の山並みの彼方から虎視眈々《こしたんたん》と狙いを定めていた武田信玄によって、蹴り出される鞠のように、駿河から追い掃われてしまったからだ。

落ち延びた先は、遠州《えんしゅう》掛川である。

もっとも、信玄が一撃のもとに今川勢を討ち下したかといえばそうではなく、氏真とは義理の兄弟となる北条氏政の横槍が入ったことで間延びした。結局、信玄が駿河の全域を奪取するまでにはおおよそ半年を要するのだが、その間、氏真は、遠江の掛川《かけがわ》城内で息をつき、籠城《ろうじょう》を決め込んでいた。

その掛川の地へ駒を進めたのは、家康である。

「城を囲め」

炎《ほむら》を猛《たけ》るような調子で、命を下した。

ところが、いっかな、掛川城は陥落《かんらく》する気配を見せなかった。信玄に駿河を蹴り出された十二月の中旬から始まった氏真の籠城は、永禄十二年（一五六九）が明けるどころか春のなかばを過ぎても観念《かんねん》する気配を見せず、ついに夏五月を迎えつつあった。

この頃、家康は焦《じ》れ切っている。

ところが、ここに、おもいもよらぬことが起こった。

氏真が「和睦《わぼく》したい」とみずから城を出、家康のもとへ伺候《しこう》してきたのである。

三

このとき、家康は、掛川古城と呼ばれる子角山《ねずみやま》に本陣を置いている。

「早々に退去なされよ」

ひと言だけ告げて床几《しょうぎ》を起《た》ちかけた家康だったが、ふとおもいなおし、

――お訊《たず》ねしたき儀《ぎ》がござる。

と、持ち掛けてしまった。

いうまでもなく、源応尼《げんおうに》のことである。

「氏真どのは、わが祖母の死を、あたかもわしの所為《せい》であるかのように吹聴《ふいちょう》されたと聞きおよぶが、それはいったい、いかなる理由をもってのことか」

「はて。さようなことを申した憶えはござらぬが……」

「お惚《とぼ》けあるな」

小さな怒りが、発火した。

しかし、氏真も、まだ戦国大名の端くれだった。

「惚けてなどござらぬ。しかし、たとえ首を刎ねられても、申せぬことがござる」

「ほう。それが、わが祖母のことと申されるか」

「いかにも、源応尼さまのこと。父義元、そして源応尼さまと約したものに候」

「身内のわしの存ぜぬ約定《やくじょう》とは、いかなることにござろう」

「それが源応尼さまのお望み。さすれば、誰にも申せぬ」

家康は、采配《さいはい》をぎりりと握り締めた。

「御身、その約束事を墓の中まで持ってゆかれるおつもりか」

敗者のはずの氏真は、

「ひとつだけ、お教えいたそう」

勝ち誇ったように、胸をそらせた。

「源応尼さまは、わが父を頼って、駿府へ罷《まか》り越されたもの」

「まさか……っ」

家康は前歯を剝き出し、おもわず刀の柄《つか》に手をかけたが、元忠と親吉が咄嗟《とっさ》に制した。なりませぬ、なりませぬっと必死に目配せする忠臣に、家康は「わかっておる」というように小刻みに頷き、眼をぎゅっと瞑《つむ》って、なんとか堪《こら》えた。

(氏真めが……っ)

呼吸《いき》を整え、顔をあげたときには、とうに氏真の姿は消えていた。

〝源応尼さまは、わが父を頼って、駿府へ罷り越されたもの〟

(頼った、だと……?)

家康は、そのひと言にひっかかっている。

四

(頼った、というのは、どういう意味なのだ?)

通常、人が人を頼り、それに応える者がいたとすれば、そのふたりの絆《きずな》はかなり鞏固《きょうこ》なものとおもっていい。ましてや、源応尼が頼ったのは大々名の今川義元であり、義元はそれに応えて庵《いおり》をひとつ与えている。なぜ、そこまで応えねばならなかったのだろう。

（待てよ……）

家康は、脳裏にこびりついている光景をおもいだした。

人質に取られている頃、義元は常にそっけない態度で家康に接していたが、そのほかの家臣らはそうでもなかった。ことに、義元の身の回りの世話をしている者どもからは「ああ、源応院さまの……」と会釈《えしゃく》された。

今からすれば、すこしばかり首を傾げたくなるような思い出ではないか。なにゆえ、今川屋形《やかた》の連中は、吹けば飛ぶような小名のせがれである自分に対して、あのように腫れ物にさわるような、いや、慇懃《いんぎん》な態度をとっていたのだろう。

（そういえば……）

さらに、心の底に澱《おり》のように沈んでいる記憶が蘇《よみがえ》ってきた。

源応庵には、ときおり、来客があった。

夕陽が山の端《は》に沈みつつある頃、茜色《あかねいろ》に縁《ふち》どられた二輛《りょう》の駕籠《かご》が知源院《ちげんいん》の山門をくぐってきた。そして境内をゆき、源応院の前に到るや、従者に傅《かしず》かれた人影がふたつ現れ、待っていたように開かれる通用門に消えていった。

よくよくおもえば、いささか面妖《めんよう》な話ではないか。

隠遁《いんとん》した尼風情《あまふぜい》に、いったい、どのような来客があったというのだろう。

（まさか、まさか……）

脳裏に浮かんでくる人物は、限られている。

（義元公の人生に、おばばはなんらかの関わりを持っていたのだろうか？）

家康は、かぶりをふった。

（いや、そもそも、おばばは何者だったのだ……？）

人質時代からの側近を、曳馬《ひくま》城の書院に呼びつけるや、

――今川義元、寿桂尼《じゅけいに》、そして源応尼について仔細《しさい》に調べよ。

と、密命を下した。

ただし、右の三名はすでに逝去《せいきょ》している。義元と源応尼は九年前の夏、寿桂尼は昨年の春、他界している。いまさら、探《さぐ》れと命ぜられても今川家そのものが崩壊《ほうかい》しかかっているという混乱した情況下で、つまびらかに知っている者を見つけるだけでも大変なことだ。

だが、この家康のためなら水火《すいか》も辞《じ》さぬと誓《ちか》っている側近どもに、躊躇《ちゅうちょ》はない。

鳥居元忠、平岩親吉《ひらいわちかよし》、阿部正勝《あべまさかつ》の三名は、ちから強く頷いて家康の元を発《た》った。

しかし、数か月が経った永禄十二年（一五六九）も晩秋――。

三人が調べ上げてきたものは、家康を激昂《げっこう》させるに充分すぎるものだった。

「わしと今川氏真が、従兄弟《いとこ》の仲じゃと……っ」

家康は、眼を剝《む》いて怒鳴りつけた。

「おばばが、今川氏親《うじちか》公の側女《そばめ》であっただと。その氏親公との間に生まれたのが義元公じゃと。つまり、義元公はおばばの実の子で、氏真はおばばの孫にあたるじゃと。そんな莫迦《ばか》な話があるかっ。どこのあほうが、そのように愚《おろ》かな答えを考えついたのじゃっ」

怒った。

烈火《れっか》の如《ごと》く、怒った。

「どの口が、左様な世迷《よま》い言《ごと》をいうておるのだっ」

五

「順を追うて、お説《と》きいたしましょう」

そう、膝を進めたのは、三人の中ではいちばん年長の鳥居元忠である。

「氏親公のご正室は、殿もよくご存知のとおり、寿桂尼さまにございまする。寿桂尼さまは、ご長子の氏輝《うじてる》さま、ご次男の彦五郎《ひこごろう》さまをご出産され、そのおふた方が身罷《みまか》られてのちは、ご三男の義元さまのご後見を相務められました。されど、ここにひとつ、妙な噂が囁《ささや》かれておりまする」

家康は、耳をそばだてた。

「いかなる噂じゃ」

「義元公のご出自にございます」

ちからを込めた元忠の声に、家康はおもわず身構えた。

「寿桂尼さまの御子《おこ》にあらずという、まかりまちがえば囁《ささや》いた者の首が刎ねられまじき噂《うわさ》にございまする。ただ、その風聞が真実か否かはさて擱《お》き、実際、義元公は駿府にてお育ちなされず、御一族《ごいちぞく》の誰ともお暮らしなされず、遠く京の都にて御出家の身となっておられました。それは、誰もが知るところ。御剃髪《ごていはつ》の理由は明確には伝えられてございませぬが、ともかく、お四つの砌《みぎり》、今川家の譜代の重臣にして禅僧の太原雪斎《たいげんせっさい》どのに連れられ、京の建仁寺《けんにんじ》と妙心寺《みょうしんじ》に学ばれることとなりました。号して、梅岳承芳《せんがくしょうほう》」

（わずか四つで……）

六つで人質に取られた自分の過去が、おもむろに重なった。物心がつくかつかぬかの幼き日に、親から離される悲しみも辛さも痛いほどにわかる。

「仏門の修行というべきか、体《てい》よく今川家から離されたというべきか、見当もおよびませぬが、ともかく、寿桂尼さまとは別なお暮らしだったようにございます。このあたり、やはり、義元公をお産みになられたは別な御方と受け留めるのが、妥当ではありますまいか。いや、ご当人とて、駿府に身を置いていわれなき差別や軋轢《あつれき》に心を痛めるよりも、たとえ出家の身とは申せ、都にて過ごされる方がどれだけお心やすらかでありましたろう」

――ところが。

元忠は、言葉を区切った。

いよいよ核心に入るのだという顔つきで、こう、重ねる。

「氏輝さま、ならびに彦五郎さま。兄上おふたりの唐突《とうとつ》なるご逝去《せいきょ》により、にわかに、今川家の後継ぎとして、白羽《しらは》の矢《や》が立てられたのです。天文《てんぶん》五年の春であったと承《うけたまわ》りますが、もはや否《いな》も応《おう》もございませぬ、義元公はすみやかに還俗《げんぞく》され、今川家の第十一代当主と相なられました。さて、そうなりますと、いよいよ、ご出自は秘匿《ひとく》されねばならなくなりました。なんとなれば、寿桂尼さまは、権大納言《ごんだいなごん》中御門宣胤卿《なかのみかどのぶたね》のご息女にございます。あくまでも、公には、寿桂尼さまがご懐妊《かいにん》され、義元公を産み落とされたとせねばなりませぬ。それが、血の箔付《はくづ》けというものにございますゆえ」

家康は、黙って聞いている。

だが、決して気持ちよく耳を傾けているのではない。

その証《あかし》に、眉間《みけん》に刻まれる皺《しわ》はいよいよ深くなり、堪《こら》え切れぬ癇気《かんき》が衝《つ》き上げるのか、眉《まゆ》の端がときおり痙攣《けいれん》するように撥ね上がっているのがわかる。血の箔付《はくづ》けがそれほど大事かっとでも癇癪《かんしゃく》を炸裂《さくれつ》させたげな表情だったが、しかし、直情径行《ちょくじょうけいこう》を絵に描いたような元忠に、遠慮などというものはない。

「ひるがえりまして、源応尼さまはどのようなご生涯をお送りなされたか」

「判《わか》ったのか」

「御意。実は――」

元忠、家康に向かって膝をにじらせるや、

「この曳馬《ひくま》こそが、すべての元となっておるのです」

六

永正《えいしょう》十四年（一五一七）八月十九日――。

遠江の要衝《ようしょう》曳馬の城は、陥落《かんらく》の日を迎えていた。

城に籠もっていたのは、大河内貞綱《おおこうちさだつな》とその弟の巨海道綱《こみみちつな》。

この兄弟は、三河国幡豆郡《はずぐん》の国人領主である吉良義真《きらよしざね》の宿老《しゅくろう》で、命《めい》を拝《はい》して居城の寺津《てらづ》と巨海《こみ》を進発、遠江まで進軍して、いくたびかの挑戦の果てにようやく先年、曳馬城を奪取《だっしゅ》して入城を果たした。しかし、三河への侵攻を最大の眼目《がんもく》に置いていた今川氏親もまた、なにがなんでも手に入れたいと欲していたのが、ここ、曳馬城だったのである。

当然、大河内貞綱と今川氏親は激突した。

大河内勢の籠城は一年におよび、ついに水の手を切った今川方が大手門をひしゃげさせて突入、陥落へと追い込んだ。そのとき、最後まで抗《あらが》っていた御殿に向かい、その深奥《しんおう》まで先陣切って踏み込んでいったのが、今川氏親その人である。

背後には、頼みとする家臣を従えている。

飯尾賢連《いのおかたつら》という忠義をもって鳴る人物で、もともと大河内兄弟とは吉良家においての同僚だった。それを氏親が是非《ぜひ》にと引き取り、駿府で家臣の列に加えた者だった。賢連は、ひとりの若者を連れていた。紅顔《こうがん》のその若侍《わかざむらい》は、名を乗連《のりつら》といい、弱冠《じゃっかん》十七歳ながら人並以上の膂力《りょりょく》と忠義を備えていた。

この父子を従えて突き進む廊下の先に、ひとつの影がゆらりと現れた。

鮮《あざ》やかな装束《しょうぞく》を身に纏《まと》った女人《にょにん》だ。血糊《ちのり》に塗《まみ》れた薙刀《なぎなた》を片手に、鉢巻《はちまき》で髪をおさえた凄絶《せいぜつ》な恰好《かっこう》だった。しかし、やってくるのが氏親だと知るや、こちらへ、とでもいうように目配《めくば》せし、誘導《ゆうどう》した。その凄愴《せいそう》とも妖艶《ようえん》ともつかぬ眼差《まなざ》しに促《うなが》されるまま、氏親は板敷《いたじき》の房中《ぼうちゅう》へ進み入った。

——おおっ。

そこにあったのは、大河内貞綱と巨海道綱の青白き姿だ。

頬や甲冑《かっちゅう》は血飛沫《ちしぶき》に塗《まみ》れ、鑓《やり》を杖にして踏ん張り、虫のような息をついている。

——そうか。

と、口をちからなく開いたのは、貞綱だ。

薙刀《なぎなた》をひっさげた女人に顔を向け、

——そなたは、氏親の遣わした間者《かんじゃ》であったか。

と呟き、最後のちからをふりしぼって、刀を逆さに自害して果てた。その兄の骸《むくろ》に折り重なるようにして、道綱も後を追った。女人は、目尻からひと筋の赤い涙を流し、敗れた兄弟を食い入るように見つめている。

——でかした、於富《おとみ》。

氏親は、奮《ふる》える顔つきで、そう告げた。

この於富と呼ばれた、齢《よわい》二十五になる女人こそ、のちの源応尼である。

七

於富の出自は、よくわからない。

しかし、身寄りのない彼女を見染め、正室の寿桂尼の侍女にしてやったのは、若き日の氏親だった。まったく、氏親の目は、まちがっていなかった。成長するにつれて、於富の美貌《びぼう》は恐ろしいほどに磨きが掛かり、当然、氏親は蕩《とろ》けた。

『於富よ、於富よ』

惚《ほう》けたその身が於富の股《また》を割《わ》るようになるまでに、さほど時は掛からなかった。だが、側室とするには、あまりにも容貌《かんばせ》の美しさが水際《みずぎわ》立っていた。傾国《けいこく》の美とは、於富のような美しさをしてそういうのであろう。もしも、氏親が側室にするなどと口走れば、寿桂尼の嫉妬《しっと》が、彼女を窮地《きゅうち》に陥《おとしい》れるにちがいない。

そう、於富を見初めたとき、すでに氏親は寿桂尼を正室として迎えていた。

寿桂尼の輿《こし》入れは、曳馬の陥落より遡《さかのぼ》ること十二年。

すなわち、永正《えいしょう》二年。

西暦でいう一五〇五年で、京から華やいだ行列を仕立ててきた。

この藤原北家勧修寺《かじゅうじ》流中御門《なかみかど》家の姫君は、当時、芳紀《ほうき》まさに十五歳。

ただ、女子こそ続けて孕《はら》んだものの、後継ぎとなるべき男子にはなかなか恵まれず、永正十年（一五一三）に至ってようやく長男の氏輝《うじてる》を、次いで次男の彦五郎《ひこごろう》を産み落とした。三十三歳になっていた寿桂尼にすれば、命を懸けた出産だったかもしれないが、しかし、嫡子《ちゃくし》を産んでも、夫婦の仲はさほど芳《かんば》しくはならなかった。当たり前のことで、氏親がとうに於富と深い仲になってしまっているからだ。

於富との出会いは、寿桂尼の輿入れの翌年だった。

今橋《いまはし》の合戦と呼ばれる戦いがあった。今橋《いまはし》城（のちの吉田城・豊橋城）をめぐる東三河の戦いで、氏親の叔父にあたる伊勢新九郎《いせしんくろう》こと、のちの北条早雲《そううん》が今川の軍馬をひきいて三河へ侵攻、国人領主の牧野古白《まきのこはく》を討ち果たして城を手に入れた。

このとき、早雲が連れ帰ったのが、当時十三歳になる於富である。二十三歳になる氏親が見染めるには、ちょうど釣り合いの取れる年頃だった。ただ、桃のつぼみのような於富に惹《ひ》かれた氏親だったが、寿桂尼の目が恐ろしかった。

そこで、

――於富には、暇《いとま》を出す。

として、寺に預けた。

駿府城にほど近い正覚山《しょうかくざん》なる山号を持つ臨済宗妙心寺《みょうしんじ》派の寺で、菩提樹院《ぼだいじゅいん》といった。もちろん、落飾《らくしょく》させるには、於富の美貌《びぼう》はあまりにも惜しい。氏親は、傍《はた》目《め》を忍んで菩提樹院へ通いつめ、いつしか寵愛《ちようあい》するようになった。

当初は、なんの支障《ししよう》もなかった。

が、のちに吉良義堯《よしたか》の室となる徳蔵院《とくぞういん》を産み落としたとき、ばれた。

永正六年（一五〇九）のことで、於富は十七歳になっていた。

――なにゆえ、於富が菩提樹院におるのでございましょうや。

と、氏親を問い詰めたのは、むろん、寿桂尼である。

氏親は苦し紛《まぎ》れに『絵解《えと》きやびんささらを学ばせておるのだ。歌比丘尼《うたびくに》に仕立て上げ、諸国の沙汰《さた》を得るためじゃ。わが家の、ひいてはそなたのためじゃ』と言い訳した。だが、いつまでも偽《いつわ》りおおせられるものではない。

氏親は、於富の処遇《しよぐう》を案じねばならなくなった。永正十年（一五一三）に嫡男の氏輝《うじてる》が生まれた際、いよいよ、側には置けなくなった。

氏親は、一計を案じた。

そして、褥《しとね》に横たわる於富の耳元へ、こう囁いた。

『於富よ。わしは、そなたを手放しとうない。だから、わしのために身を尽くしてくれ。遠江に、小癪《こしやく》な国人がいる。大河内貞綱というのだが、曳馬城を占拠したかとおもえば、すぐに野に伏せ、ふたたび崛起《くつき》しては曳馬城を狙い、わしに挑みかかってくる。こやつの首を、是非《ぜひ》とも取りたい。そなたは、びんささらを手に、歌比丘尼に扮《ふん》するのだ』

『歌比丘尼……』

『そう、歌比丘尼じゃ。そして、遠江へ向かい、曳馬に巣食《すく》うきゃつめのふところへ潜り込め。養女にでもなれれば、しめたもの。曳馬城に、手勢すべてを従えて籠もるように仕向けよ。籠もれば、すかさず、わしが手勢をもって取り囲む。そなたは、城門を開いてわれらを引き込むのだ。さすれば、たちどころに大河内は滅び、おまえはわが元へ帰ってこられよう。どうじゃ、於富。できるか』

於富は氏親の言葉を信じ、指示されたとおり、なにもかもやってのけた。

これが、永正十四年（一五一七）の曳馬合戦の顚末《てんまつ》である。

――でかした、於富。

という氏親の褒《ほ》め言葉は、そうした於富の身を張った働きに対してのものだ。

八

於富は駿府へ帰り、堂々《どうどう》、氏親の側室に召された。

そして子種《こだね》を宿し、永正十六年（一五一九）、男児を産み落とした。

この児《こ》が、のちの今川義元である。

だが、寿桂尼の怒りは、いよいよ激しく天を衝《つ》いた。

『今川家の男子として認めよ、との仰せにございまするか？』

そう、氏親にまっこうから訊《たず》ねたが、これはすなわち、

『断乎《だんこ》、今川家の子として認めるわけにはゆかぬ』

という宣言に等しかった。

氏親は、芳菊丸《ほうぎくまる》と名づけたこの三男を『出家させる』と約束した。仏門に入れば跡目を争うこともあるまい、さすればただの庶子《しょし》に過ぎぬではないかと、寿桂尼をなんとか宥《なだ》めようとしたのである。

しかし、足りなかった。

『於富は、どうなさいます』

寿桂尼は、このように決めた。

『芳菊丸が四歳を迎えて得度《とくど》させるとともに、於富は他家へ輿入れさせまするぞ』

氏親は『そのように非道なことがさせられるか』と声を荒《あら》らげた。いったん側室とした者を放逐《ほうちく》できるはずがないではないか。そう、怒鳴りつけた。だが、この激昂が、氏親の寿命を縮めた。

脳卒中で昏倒《こんとう》したのである。

駿府の城中は、にわかに大騒乱《だいそうらん》の坩堝《るつぼ》と化した。

医師と薬師《くすし》が泡を噴くように駈けずり回り、坊主や山伏《やまぶし》が入れ替わり立ち代わり祈禱《きとう》に入った。結果、氏親は、命こそ取り留めたものの中風《ちゅうふう》を患い、軍馬をひきいることが叶わぬばかりか、政務《せいむ》を執《と》るのもできなくなってしまった。いや、軍務《ぐんむ》や政務どころではない。寝起きするのがやっとで、箸すらおもうように握れず、茶碗《ちゃわん》を取ることすらままならず、つまり、生きていくのが精一杯のありさまといってよかった。

かくして――。

今川家の実権は、寿桂尼が握った。

もともと、輿入《こしい》れしたときから城の北奥《きたおく》の屋形は京風の文化に包まれていたが、御殿中が上方《かみがた》の風に染められ、上級の武士どもは弓馬の道よりも風雅の道をうながされ、嫡男氏輝と次男彦五郎に対しては『なんとも、公家《くげ》もどきな』と陰口《かげぐち》を叩かれたが、それでも、息子たちに鉄漿《おはぐろ》を強《し》いた。

当然、於富の処遇についても、寿桂尼に委《ゆだ》ねられる。

否応なしに、輿入れが決められた。

もはや、寿桂尼の陰謀《いんぼう》は尽きるところがない。

『知多の水野家などが適当であろう。水野忠政《みずのただまさ》どのの継室《けいしつ》として送り込み、子を産ませればよかろう。むろん、わが今川家の息のかかった子となる。子さえ産めば、草深い知多になど置いておくこともない。次なる輿入れ先を求めればよい。そうよな、岡崎の松平家あたりが手頃ではないか。当主の松平清康《まつだいらきよやす》どのは若輩《じゃくはい》にしてかなりの年下、於富も苦労のし甲斐《がい》があろうというものじゃ。とまれ、これにて、知多と三河の攻略は成ったも同然。まこと、おなごは使いようじゃの』

などとたくらみ、そのひとつひとつを、着実に成立させていった。

これを覆《くつがえ》せる者がいるとすれば、氏親しかいない。

だが、

——お暇《いとま》に参りました。

と、於富が御殿へ伺候《しこう》しても、氏親は口許《くちもと》から涎《よだれ》を垂らすことしかできない。

——ゆくな。

と、声をかけることすらままならない。

哀れというにはなんとも哀れな、於富の暇乞《いとまご》いだった。

いや、哀れといえば、義元の出家も似たようなものだ。家臣の見送りはなかった。太原雪斎に連れられて京の都へ向かうのだが、その隊旅《たいりょ》は領主の息子の出家《しゅっけ》というにはあまりにも淋しいものといえた。

義元の後を追うように駿府を出ていったのが、於富の輿入れ行列である。

付き従う武士や侍女こそそれなりの数を擁《よう》してはいたが、やはり、どことはなしに悲しい、いや、淋しい風情だった。当たり前であろう。於富には、この地に堪え切れない未練があった。

実は、於富は、氏親との間に今ひとり子を生《な》している。ただし、義元よりも一歳下のその子は、女児だった。しかし、於満《おまん》と名づけられた娘は、このたび、於富の元から引き離された。

寿桂尼によって、である。そして別れの挨拶もできぬまま、今、望まぬ輿入れに駿府を後にさせられている。

「母さま、母さま――っ」

涙ながらに絶叫する五歳の娘の声ばかりが、鼓膜《こまく》にこびりついている。

「於満――っ」

そう名づけた娘をふりかえり、於富は涙を搾《しぼ》り落とした。

緒川《おがわ》の水野家といえば海道《かいどう》では知られた家柄だったが、しかし、とてもではないがその継室の輿入れとはおもわれぬほど、まるで野辺《のべ》の送《おく》りのように沈み切っていた。

この、西を指してゆくふたつの行列を、寿桂尼はいかにも満足げに遠望《えんぼう》した。

『おお、行ったたわ。今川の家には不要《ふよう》なきゃつらが、出ていきおったわ』

腹を抱え、城中の隅々《すみずみ》まで響くほど高嗤《たかわら》った。

於満《おまん》の巻

一

於富《おとみ》の人生は、流転《るてん》した。

知多《ちた》の緒川《おがわ》では水野忠政《ただまさ》との間に信近《のぶちか》、忠守《ただもり》、於大《おだい》という三人の子を孕《はら》み、次いで三河の岡崎では松平清康《きよやす》との間に於久《おひさ》、源次郎《げんじろう》という娘と倅《せがれ》を産み、さらに、矢作川《やはぎがわ》を遡《さかのぼ》った城ケ峰《じょうがみね》では川口盛祐《かわぐちもりひろ》のもとで宗吉《むねよし》という長子《ちょうし》を産み落とした。

それだけではない。

川口家で産褥《さんじょく》に横たわっているうちに、次なる輿入《こしい》れが進められていた。やはり三河の武家で、星野秋国《ほしのあきくに》という、川口盛祐とほぼ同格の国人衆《こくじんしゅう》だった。さらにいえば、この星野秋国ののちにも菅沼定望《すがぬまさだもち》なる国人と婚姻している。

ただ、右のふたりとの間には子は生《な》されず、いや、子種《こだね》を仕込むより前に、夫はふたりとも夭逝《ようせい》してしまった。死因は、わからない。というより、伝えられていない。合戦に由《よ》るものかもしれないし、謀殺《ぼうさつ》されたのかもしれない。

が、いずれにせよ、於富は、つぎつぎと夫に先立たれた。

皮切りは松平清康で、源次郎が三つを迎えた年に阿部正豊《あべまさとよ》なる家臣の勘違《かんちが》いによって斬殺《ざんさつ》された。理由は、実は判然としない。父親の定吉《さだよし》が失態を咎《とが》められて成敗されたと勘違いし、おもわず刺し殺してしまったとされ、殺害された場所の名から森山崩《もりやまくず》れと呼ばれるのだが、はなはだ怪しい。ただ、清康が殺された直後、岡崎衆のひとり植村氏明《うえむらうじあき》が飛び出して犯人の正豊を斬り伏せてしまったため、動機についてはよくわからない。のちの世のひとびとの当て推量でしかない。

しかし、このにわかな清康の死が、巡礼《じゅんれい》のような於富の輿入れの旅を加速させた。ほどなく川口家へ、星野家へ、そして菅沼家へと、ほぼ隔年《かくねん》ごとに輿入れを繰り返し、驚くべきことにつぎつぎと夫を看取《みと》っていった。くわえて、あろうことか、それらの輿入れは、すべて、それぞれ別な武家の養女《むすめ》という触れ込みで為されている。

「なにもかも嘘っぱちにござる」

と、鳥居元忠《とりいもとただ》は、忌々《いまいま》しそうに吐き捨てる。

於富の養父とされる者は、誰ひとり、この世に存在しないというのだ。

「氏親《うじちか》さまのご養女として輿入れされたのならまだしも、今川家は常に陰《かげ》に隠れ、居もせぬ武将の養女とされたのです。これほどの侮辱がございましょうや。しかも、源応尼《げんおうに》さまは、氏親さまの命を奉じて間者《かんじゃ》に身を窶《やつ》し、大河内貞綱《おおこうちさだつな》の側室となってこの曳馬《ひくま》城を陥落させた大功《たいこう》ある御方にございまする」

報告を続ける元忠の両目から、光る涙が溢《あふ》れ始めている。

「にもかかわらず、義元《よしもと》公を産み落とされるや、氏親さまの閨房《けいぼう》からふたたび引き離され、知多の緒川へ輿入れさせられたのです。御ん年、数えて三十。女人の輿入れには、遅すぎまする。しかしながら、以来、二十年。たった二十年の間に、水野、松平、川口、星野、菅沼と五つの家へ輿入れを繰り返させられたのです」

おもわず、嗚咽《おえつ》がほとばしる。

「あまりの非道。それがし、調べれば調べるほど、怒りが湧いて止まりませなんだ」

「彦さ。もう、よい」

家康は、小さく呟《つぶや》いた。

「つぎつぎに夫を替えさせられ、子種を孕《はら》ませられ、その夫まで……」

「……もうよいと、いうておる」

「よろしゅうございませぬ。その夫御《おっとご》のひとりが水野忠政公、御子《おこ》のひとりが於大の方、そして於大さまのお産みなされた御子が、殿。殿よ、あなたさまにございまするぞ。それでも、殿は、もうよいと仰せに……」

「聞きとうないわっ」

家康は、激昂《げっこう》した。

二

「聞きとうない、聞きとうない、聞きとうないというておるのだっ」

絶叫したものの、実をいえば、以前より家康は、元忠の報告する中身を直感していた。どのような切っ掛けで、そのような解答をみずから引き出してしまったのかはわからない。だが、それを自覚してしまったときには、元忠らの導《みちび》き出した答えと寸分たがわぬ結論に達していた。

だが、認めたくはなかった。最愛の祖母が常人とは一線を画《かく》した生涯を送ったなど、決して認めたくなかった。

だからこそ、違う結論が齎《もたら》されるのを、わずかな希望をかかえて祈り続け、待ち続けていた。だが、案の定、そうはならなかった。家康は、ぶるぶると身体をふるわせ、幾度も幾度も「聞きとうないっ」と絶叫した。

しかし、

――いいや。

元忠は、かっと眼を剝《む》いた。

「殿よ。殿は、聞かねばなりませぬ。もとはと申せば、殿がわれらにお命じなされたのじゃ。調べよと。源応尼さまの人生を調べあげよと。われらは仰せのとおりにした。とことん、調べあげた。それを聞きとうないと申されるか。おのれの気がゆかぬと、聞けば涙してしまうかもしれぬと、あまりにも源応尼さまがおかわいそうだと、そう申されて、お耳を塞《ふさ》がれるか。お逃げなされるか」

「なんじゃと」

「それでも、殿は、われらの主君か。海道に覇《は》を唱えんとする武門《ぶもん》のせがれか」

「うるさい。黙れ」

「黙らぬ。ああ、わしゃ情けない。こげな弱虫に仕えとったとは」

「弱虫じゃと」

「そうじゃ。殿は弱虫じゃ。弱虫でなければ、童《わらべ》じゃ。泣き虫の童じゃ。臆病者の童じゃや。童じゃから、嫌なことは聞きとうないとお逃げなされるのじゃ。癇癪《かんしゃく》を破裂《はれつ》させるのじゃ。よろしいか、殿よ。源応尼さまは、ただの一度も、お逃げになりませなんだ。殿は、そのお孫じゃ。源応尼さまに恥ずかしゅうございまするぞ。さあ、逃げずに聞かれよ」

元忠は、はらはらと涙をこぼしていた。

親吉と正勝も、おなじだった。

「のう、殿よ」

元忠は、こういう。

「わしは、知れるかぎりのことを知りもうした。だからこそ、こう、言い切れる」

この乱世、政略の婚姻において養父を仕立てるのは、当たり前のことだ。

しかも、於富の場合、

――輿入れしてすぐに夫が死に、時を置かずして居城まで陥《お》ちた。

などという曰《いわ》くつきの未亡人なのだ。

それを、わざわざ、

――今川氏親の側室であった於富である。

などという事実を掲げて婚姻させるはずもない。名も知れぬ武家の養女としてまったく別な女人に仕立て上げ、輿入れさせる方が賢《かしこ》い。

元忠がいかに一刻者《いっこくもの》でも、それくらいの理屈はわかる。だが、理屈はどうであろうとも、普遍的《ふへんてき》な人間のおもいとして、絶対に赦《ゆる》しがたい。どのような境遇に置かれていた女人であろうとも、人としての尊厳《そんげん》が守られていないのではないか。そう、言い切るのだ。

「わしは、寿桂尼さまを断乎《だんこ》ゆるせませぬ」

そう、涙するのだ。

三

「すべて、寿桂尼さまの思惑どおりに事が運んだのです」

この世は、誰も知らぬ、誰の目にも触れぬ合戦がごまんとある。

壇ノ浦のような、川中島のような、あるいは桶狭間のような大掛かりな会戦《かいせん》は後々《のちのち》までも語り継がれるが、おなごを使役《しえき》した政略は誰もが口を閉ざす。輿入れした正室や継室《けいしつ》、もしくは側室の采配《さいはい》ひとつで共侍《ともざむらい》どもが蜂起《ほうき》し、一夜にして城を乗っ取られたなど、恥ずかしくて口にできるものではない。

そうしたことを重々《じゅうじゅう》承知の上で、寿桂尼は於富を使役し、奸計《かんけい》を遂行《すいこう》させた。

ひるがえって、於富が今川家の膨張《ぼうちょう》のためにどれだけ政略結婚をし続けても、駿府に帰ることは認められなかった。頼みの綱の氏親が、とうに他界していたからである。氏親は、源応尼が水野家に輿入れして三年後の大永《たいえい》六年、西暦一五二六年に他界した。於富を守ってくれる者は、天下の何処《どこ》にも存在していなかった。

「哀れじゃ。あまりに、おかわいそうじゃ」

実権を握った寿桂尼にとって、於富は、憎悪の対象でしかない。それでも、氏親

受けていた。

も年をふるごとに余人を遙《はる》かに凌《しの》ぐようになり、かしずく女人たちの羨望《せんぼう》を一身に受けていた。

の寵愛《ちょうあい》を受けた元となった美貌《びぼう》が多少なりとも衰えればまだしも、その気品も容貌《かんばせ》

——戻してたまるか。

と、寿桂尼が奥歯を軋《きし》ませたのは、無理もなかったろう。

「それが世のならいなのだと、当たり前だと……。じゃが、じゃが……」

家康の前であるのを忘れたかのように、元忠は吐き捨てる。

「だからというて、赦《ゆる》せるはずがないっ」

もはや、元忠は、おのが感情を制御《せいぎょ》できない。

嗚咽《おえつ》に嗚咽を重ねた。

いや、元忠だけではない。左右の平岩親吉《ひらいわちかよし》と阿部正勝《あべまさかつ》も同様だ。

於富を見知っている分、かれらの悲しみはなおさらのものだったろう。輿入れに輿入れを重ねてゆかざるを得ず、産んだ子と暮らすことすら許されず、つぎからつぎへと夫を替えてゆかねばならなんだその胸中をおもうだけで、心が痛んでならなかったのだろう。

「おかわいそうに……」

かれらのそれは、慟哭《どうこく》というに近かった。

「血の涙を流すような辛さでございましたろう。人として扱われているのか、これが出自《しゅつじ》もわからぬ女人の生きてゆく道なのかと、我が身の惨めさへの嘆《なげ》きを通り越して、神仏に唾《つば》を吐きかけたいとすら、おもわれたのではありますまいか」

家康は、おもわず両掌《りょうて》をひろげ、凝視《ぎょうし》した。

（自分は、そうした陰謀《いんぼう》に盈《み》ちた輿入れがもとで、産み落とされたのか。陰謀に翻《ほん》弄《ろう》された果てに、人質にされたのか。今川家の奸計《かんけい》の果ての果てのその果てが、駿府での暮らしだったのか。なにも知らぬまま、ただただ、知源院《ちげんいん》に学んでいただけだったのか……）

必死に、涙をこらえたが、しかし、おのが幼さを呪いたくなった。

そんな家康から、元忠は視線をはずし、ふうっと深く溜め息をついた。

（わしは、あほうだ）

「……しかし、彦さよ」

家康は、ひとつだけ教えてくれと、問うた。

「義元公は、いったい、なにをしておられたのだ」

三人が調べたとおり、今川義元が源応尼の産み落とした子であるのなら、母親を救ってやろうとはおもわなかったのか。たしか、義元公が今川家を継がれたのは天文五年（一五三六）ではなかったか。天文五年といえば、おばばは川口家へ輿入れしていたのではなかったか。なにゆえ、駿府へ戻して差し上げなかったのだ。今川家を相続しても尚、寿桂尼には手も足も出なかったのか。

家康は、そう、問い詰めるのだ。

しかし、元忠はそれには明瞭に答えず、

「菅沼定望《すがぬまさだもち》どのの葬儀《そうぎ》が為された折――」

と、おもむろに、話を転回させた。

天文十年（一五四一）の夏の終わりだったという。

今川家から、於富の迎えだという朝比奈泰知《あさひなやすとも》なる者が、焼香の煙を吹き払うように現れた。掛川の城をあずかる朝比奈泰朝《やすとも》の縁戚《えんせき》と名乗ったらしい。於富に付き従ってきた者たちは皆、またつぎなる輿入れかと天をあおいだという。於富はすでに数えて五十になる、それがまだ新たな夫を持てというのか、そう、天を恨《うら》んだ。

「おばばは、五十路《いそじ》ぞ」

家康は、信じられぬという表情で元忠を睨んだ。

「老いても尚、あらたに輿入れせよと、そう、命ぜられたのか」

――どこじゃ。

と、家康は問い詰めた。

「おばばは、いったい、どこへ向かわされたのだ」

「ここ、曳馬にござる」

元忠の静かな受け答えに、家康はおもわず腰をあげた。

そして、戸惑いを隠さず、どんっと床を叩いた。

「この城かっ」

脳裏には、

――この曳馬こそが、すべての元となっておるのです。

という、元忠の言葉が蘇《よみがえ》っていた。

「おばばは……」

戦禍に巻き込まれ、そして拾われたこの城へ、巡り巡って戻されたのか。

しかし家康は、込み上げる吐き気と眩暈《めまい》を堪《こら》えつつ、三人の股肱《ここう》を見据えた。

(話せ。いかなることも聴いてくれよう)

四

曳馬の城に入ってからというもの、於富の耳朶《じだ》に届いてくるのは城内での普請《ふしん》の物音だった。人工《にんく》の掛け声、牛馬の犇《ひし》めき、鋸《のこぎり》引《ひ》きや手斧《ちょうな》の響き、さまざまな音が於富に与えられた奥御殿《おくごてん》の一房《いちぼう》に響いてくる。そうした物音を耳にしながら、於富は、実のわが子をおもいだしていた。

それは、於富が微《かす》かに最後の頼みの綱として期待した人物だった。

城《じよう》ヶ《が》峰《みね》の川口家にあった頃、詳しく記せば天文五年（一五三六）に、おもいがけぬことが起こった。駿河からとある報せがもたらされたのだが、腹を痛めた芳菊《ほうぎく》丸《まる》ことのちの義元が、今川家を相続したという。それが、於富の幸せにつながるかどうかはわからなかった。しかし、そのときは、かすかな希望を抱くことだけはできた。わが子が、物心がついたばかりの芳菊丸が、自分の手から引き離されて仏門《ぶつもん》に放り込まれたものの、兄ふたりの早逝《そうせい》によって還俗《げんぞく》をうながされ、跡目《あとめ》を継ぐことになったのだ。なにがしかの幸福を期待しても、罰《ばち》はあたるまい。

だが、その期待は、泡のように萎《しぼ》んだ。義元からの使いは、ついぞ現れなかった。

そして於富はまた輿入れを命ぜられた。そう、幸運が巡ってくるどころではなく、苦しみと悲しみの光景がさらに転じただけだった。そして今も、駿河ではなく曳馬へ連れてこられている。

（曳馬……）

於富にとって曳馬は忘れようにも忘れられない土地だった。

身も心もすべてゆだねた今川氏親のいうがままに歌比丘尼《うたびくに》となってこの荘《しよう》へ入り、守護である斯波《しば》氏の代官《だいかん》となっていた大河内貞綱《おおこうちさだつな》に経読《きようよ》みを披露《ひろう》し、見染《みそ》められ、寵愛《ちょうあい》を受ける身となった。

ただ、穏やかな日常が待っていたわけではない。

曳馬は、いうなれば斯波氏と今川氏の角逐場《かくちくば》で、大河内貞綱に対抗して今川氏親が後押ししていたのは飯尾賢連《いのおかたつら》なる武将だった。父を長連《ながつら》といい、先にも触れたとおり、三河の地頭職にあった吉良氏の家来だった。氏親はこの賢連に曳馬を治めさせようと目論《もくろ》み、於富を送り込み、陥落に追い込んだのだった。その曳馬に、まさか、めぐりめぐって連れられてこようとは、夢にもおもっていなかった。

——もうし。

と、於富は、身の回りの世話をしてくれている侍女に質《ただ》した。

『あれなるご普請は、いったい、なにをご造立《ぞうりゅう》か』

すると、侍女はいったいなにが喜ばしいのか、言祝《ことほ》ぐように「北の丸、お輿入れの御殿にございますする」と答えた。そのひと言だけで充分だった。於富は侍女を下がらせ、格子《こうし》の嵌《は》まった窓から普請場を見下ろした。

五十路《いそじ》を迎えつつある於富の絶望は、想像してあまりある。

しかし、義元や寿桂尼が、自分を駿府へ呼び戻そうなどとはいっさいせず、ひたすら政略を進め、つぎつぎに輿入れさせてきたことをおもえば、もはや、絶望することすら無意味なのではないかとすらおもった。

ところが、ふと、そのとき、城中がにわかに騒がしくなった。大河内氏のあとに城主となった飯尾賢連とその後継ぎの乗連《のりつら》の帰還らしい。いや、それどころか、あわただしさはこの奥御殿まで届き、ほどなく廊下を近づいてくる跫音《あしおと》が響き出し、房の前で途絶《とだ》えた。

——於富どの。

と聞こえる間もなく、戸襖《とぶすま》が開かれ、飯尾乗連が姿をあらわし、

『それがしを憶えておいでか』

さも懐かしそうに口を開いたのである。

実は、憶えていた。

乗連は氏親の懐刀《ふところがたな》で、於富がこの曳馬城に今川勢をひきこんだ際、そこにいた。いたどころか、氏親に付き従って城中へ飛び込み、於富が血糊《ちのり》に塗《まみ》れた薙刀《なぎなた》をひっさげて廊下に佇《たたず》んでいたとき、その目の前に駈け参じてきた若武者だった。

ただ、その弱冠《じゃっかん》十七歳だった若侍の乗連もすでに白髪《しらが》が混じり、かたわらにいたまだあどけない十歳ほどの少年を紹介した。嫡子《ちゃくし》だという。よく躾《しっ》けられているると見え、無駄のない所作《しょさ》で於富に対するや、のびやかな声音で「連龍《つらたつ》と申しまする」と名乗った。

（わたしからすれば、孫のような年回りではないか）

そうおもったとき、廊下に、あらたな人影が揺《ゆ》れた。衣擦《きぬず》れの音から女人だとわかったが、刹那《せつな》、輝くような女人が房内へ飛び込み、於富の前に手をつき、青々《あおあお》とした風が吹き立つようにこういったのである。

——母さま。

信じられないような響きだった。

五

いったい、なにごとが起こったのか、於富には見当もつかなかった。

若鮎《わかあゆ》のような娘がいきなり自分を母と呼んでいる。こんな美しい娘を持った覚えはなかったが、しかし、おもいあたることがひとつだけあった。いや、瞼《まぶた》の裏に、あざやかに蘇ってくる光景がひとつだけあった。

それは、二十年前の光景だった。

くりかえしになるが、義元を産み落とす前年、於富は初めて懐妊《かいにん》した。氏親にとっては待ちに待った於富の子といってよく、やがて玉のような女児となって世に出てきた。しかし、寿桂尼によって引き離された。義元の出家にともない、知多の水野家へ輿入れさせられたためだったが、あのときの身が引き裂かれるようなつらさは、忘れようにも忘れられない。
母さま、母さま、という五歳だった娘の叫びが、今も耳朶《じだ》にこびりついている。
が、その叫び声とまったく変わらぬ音韻《おんいん》が、
──母さま、母さまっ。
と、現実に聞こえている。
於富はわななき、ふりかえった。
そして、
『母さま、母さま、わたくし、於満《おまん》にございます』
涙をふりしぼって告げる娘に、
『そなた、於満か……っ』
おもわず噎《むせ》んだ。
ひしと抱き締めたが、その背後に小さな幼子《おさなご》が従っていた。
『わたしの娘です。田鶴《たづ》と、田鶴と申します』
『田鶴……。では、では、この子は……』
『母さまの孫です。孫の田鶴にございます』
『わたしに、孫が……。孫が……っ』
於富は、田鶴を掻き抱いた。

それればかりではない。

さらにひとり、廊下に人影が揺れていた。いや、於富が田鶴をひきよせ抱き締めた正にそのとき、若々《わかわか》しい人影が転げ込むように入室し、大粒の涙をあふれさせながら、左右に控える者どもを薙《な》ぎ払うように声を張りあげたのだ。

『芳菊丸《ほうぎくまる》にございまする』

たったひとつの夢が、実った。

芳菊丸こと今川義元は、這いずるように於富のふところに飛び込み、嗚咽《おえつ》した。

『あいすみませぬ、あいすみませぬ。芳菊丸が、不甲斐《ふがい》のうございました。今川の家を継いだものの、なにひとつとしておもうに任せず、母さまをお救《すく》い奉《たてまつ》ることもできず、かように口惜《くちお》しき時ばかり数えて参りました。されど、母さま、もうなにひとつご案じなされることはございませぬ。わたくしは、今川家の頭領《とうりよう》にございまする。わたくしは、わたくしの望むとおりのことをいたしまする。こちらに控えおります乗連《のりつら》が一子連龍《つらたつ》は、この姪《めい》の田鶴の婿《むこ》となるべき者にございまする。このたびは、結納《ゆいのう》の儀《ぎ》に罷《まか》り越したもの。あちらに普請《ふしん》せる北の丸は、数年ののちに、ここなふたりの新たな住まいとなるべき殿舎《でんしゃ》にございます。言祝《ことほ》いでやってくださりませ。さすれば、さあ、母さま。帰りましょう、駿府へ。われら、ふたりして、駿府へ帰りましょう。そして懐かしき駿府にて、わが元にて、末永くなにひとつたりとも憂《うれ》うることなく、お過ごし下されませ』
『おお、芳菊丸よ……』
これほど嬉しきことがございましょうやと、於富は泣き崩れんとした。
しかし、その母の身を、左右から息子と娘が支えた。
於富の長い旅は、終わった。

六

「かくして――」

元忠は、おもわずこぼれた涙をぬぐい、

「源応尼さまは、駿河の地にて落飾《らくしょく》なさり、還暦を迎えることとなりました。そして、まもなく、おもいもよらぬ邂逅《かいこう》がやってまいりました。ほかならぬ、わが殿、左様、あなたさまが人質に取られ、駿河へ連れてこられたのでございまする」

（知らなんだ……）

家康は、心に呻《うめ》いた。

（わしは、なにも知らずに駿府にやってきた。そして知らぬまま、あの日――）

そう、おばばに初めて会った日の情景を、家康はよく憶えている。

（どことはなしに、恐ろしかった）

それをして威厳《いげん》というのだと後《のち》に悟《さと》ったが、当時はひたすら恐ろしかった。

だが、その怖さもすぐに失せた。

源応尼の慈愛に満ちた微笑みのおかげだった。

以来、おばばを恐ろしいと感じたことは一度もないが、ただ、張り切った糸のような緊張感をおぼえたことがたった一度だけある。尾張へ出陣するにあたり、その挨拶をしに庵《いおり》を訪《おとの》うたときのことだ。

——気張《きば》って参られませ。

と、励《はげ》まされた。

実に、凜《りん》とした鞭撻《べんたつ》だった。

それが、おばばこと源応尼との最後のやりとりになってしまったが、そのときはまさか、みずからが祖母の経歴《けいれき》を探らせるような事態を迎えることになろうとは、夢の端にすらおもわなかった。

「しかしながら、殿よ」

それまで沈黙していた平岩親吉が、膝をにじらせる。

「源応尼さまのお幸せな日々は、あるとき、いきなり断たれましてございます」

「……桶狭間《おけはざま》か」

家康は、於富との別れを思い出しながら呟いた。

たしかに、親吉の語るとおりだろう。

桶狭間の戦いに関連して、於富は、人生で最大の喪失感《そうしつかん》を味わわされている。

ようやく巡り会うことができた芳菊丸こと今川義元だけではない。

知多の水野忠政《みずのただまさ》との間にもうけた信近《のぶちか》と、三河城ヶ峰の川口盛祐《もりひろ》との間にもうけた宗吉《むねよし》の死もある。桶狭間の戦い前夜、織田方についていた信近は、刈谷城のあるじとして義弟の宗吉とともに城を守っていたのだが、義元の首を受け取った駿河先《せん》方衆《ぼうしゅう》の岡部元信《おかべもとのぶ》がこのままでは駿府に帰れぬと叫び、怒りに任せて刈谷を襲い、火を放って城と町下を燃やし尽くした。このいきなりの襲撃に、信近と宗吉は、わずかな手勢をひきいて迎え撃ったものの、あえなく討死《うちじに》している。

右の、三人の子を一気に失ったという事実に、於富の受けた衝撃は想像に難くない。

「駿府城内においては、義元公ばかりか、信近どのと宗吉どのまでも討死したという報せに続き、わが殿、あなたさままでも消息が知れぬようになり、討死したのではないかという憶測《おくそく》が駆け廻っておったと申します。源応尼さまにおかれましては、腹を痛めた子ふたりに加えて孫までも失ったかもしれぬという悲しみは、われらのような若輩者《じゃくはいもの》のおもいもおよばぬものにございましょう。だからというて、われらには、かのおり、どうすることもできませなんだ。ひたすら逃げ惑い、殿をお守り申し上げんとするばかりで……」

——義元公は。

家康は、ふと、おもった。

「あの煙雨《えんう》の五月十九日、無念を抱えたまま逝《ゆ》かれたことであろう」

七

「無念に、ございまするか?」

そう訊《たず》ねる親吉に、家康はこくりと頷いた。

「おばばを残して逝かねばならなんだ無念よ」

義元は、この老母の行く末を案じつつ、雨中に斃《たお》れたにちがいない。最後のちからをふりしぼって名刀「左文字《さもんじ》」を構え、しかし串刺しにされ、首を刎《は》ねられた。さぞかし、無念であったろう。

そう、梅岳承芳《せんがくしょうほう》と号していた義元は、還俗《げんぞく》して今川家を継ぐや、すぐにでも於富を引き取りたいと願ったであろう。だが、できなかった。花倉《はなくら》の乱が勃発《ぼっぱつ》したためだ。この跡目《あとめ》争いは、義元を後継ぎに推《お》す寿桂尼や太原雪斎《たいげんせっさい》、さらに後北条《ごほうじょう》氏の氏康《うじやす》などに対して、今川家の被官《ひかん》である福島正成《ふくしままさしげ》らが義元の庶兄《しょけい》にあたる玄広恵探《げんこうえたん》を擁《よう》して花倉の地に挙兵した騒動をいう。

幸いにして、義元は家をふたつに割ったこの争乱に勝利したが、その後始末から宗家《そうけ》の立て直しに至るまで目まぐるしい日々を送らざるを得ず、於富を引き取れるようになるまで如何《いかん》ともしがたい時間がかかってしまった。

そしてようやく引き取り、源応院《げんおういん》なる草庵まで設《しつら》えて仏門の日々をうながし、ほどなく孫の竹千代の養育をゆだねた。竹千代は守《も》り役《やく》や小姓《こしょう》たちに傅《かしず》かれながら成長し、やがて今川家の魁《さきがけ》となって尾張国知多郡へと出陣していった。

「桶狭間で勝利できれば、そうした無念は生じなかったのだ」

「仰せのとおりにございまするが……」

――しかし。

と、平岩親吉は、言葉を継いだ。

「残された源応尼さまの死の真実がわかりませぬ」

家康は、親吉を見据えた。

親吉は、謎の答えとして、ふたつ、考えられるという。

「源応尼さま御《おん》みずからご生害《しょうがい》なされたというのが、ひとつ」

おもてだって可愛がることのできない実の息子の義元が討死したそのとき、掌《しょう》中《ちゅう》の珠《たま》を愛《め》でるように可愛がってきた家康もまた行方知れずになっていた。知多の阿《あ》久比《ぐい》へ落ち延びていったことなど、源応尼は、知る由《よし》もない。

義元の死に絶望し、また信近《のぶちか》と宗吉《むねよし》の死に慟哭《どうこく》し、孫の家康の死もおそらく免れることができまいと消沈し、もはや、自分ひとりが老いさらばえたままで生き続けることに堪え切れなくなり、自害したのではないか。

八

「さりながら、またひとつ、別な推測もできまする」

家康が今川家に唾を吐いて西三河に覇を唱えた際、これを暴挙と呼んで怒り狂ったのは、義元の死に狼狽《ろうばい》する寿桂尼と氏真だった。家康、許すまじっと激昂《げっこう》し、その見せしめのために祖母の源応尼を血祭りにあげんとするのは、今川家にしてみれば、それなりに妥当《だとう》なことだった。

しかし、誰がそれを為《な》したのか。

寿桂尼が命じて、氏真が実行したというのか。氏真が、孫の身でありながら、祖母を殺《あや》めるなどという不義《ふぎ》を果たせるものなのか。

「いずれにせよ」

親吉は、このように言い切るのだ。

「今川家としては、源応尼さまの死について、当面、口を噤《つぐ》みました。かというて、いつまでも、喪《も》を発さずにはおられず、このように偽《いつわ》ったのです。桶狭間の戦いのひと月前、永禄《えいろく》三年五月六日に、急な病にて身罷《みまか》られた……と。そう、頃合いを見計ろうて、内外に知らしめたのではありますまいか」

「つまり、おぬしらでは結論をつけられぬということだな」

「左様にて」

深々と頭を下げる親吉らに目をやりながら、

(氏真に、たしかめるしかないのか)

家康は、溜め息をついた。

ふと、そこへ、阿部正勝が膝を進めた。

「ところで、殿よ。最後の悲しみについて、お話しせねばなりませぬ」

「……まだあるのか」

一瞬の沈黙ののち、正勝は、搾《しぼ》り出すようにこう告げた。

「お田鶴さまのことにございます」

「いいや、なにも知らぬぞ」

家康は、かぶりをふって断言した。

「お田鶴というは、今も話に出たおばばの孫娘ではないのか」

「然《しか》り」

「なにゆえ、わしが存じておるのだ？」

正勝の代わりに顔をあげたのは、このときも元忠である。

「殿よ。今、殿のおわすこの城は、如何《いか》にして手に入れられた？」

「なにをいまさら。去年の暮れ、おぬしらと共に陥落《かんらく》させたではないか」

「そのおり、この曳馬の城は、誰があるじであったか、憶えておられましょうや？」

「もちろん。たしか、女人であった。近在でも珍しき女将《にょしょう》の治める城であると……」

いいかけるや、家康は愕然《がくぜん》とし、

「まさか……っ」

と、呻《うめ》いた。

「その、まさかにございまする」

正勝の頷きに、元忠と親吉は歯を喰いしばって涙を堪《こら》えた。

お田鶴《たづ》の巻

一

女城主の名は、田鶴。

父親は、鵜殿長持《うどのながもち》という。

長持は、三河国は宝飯郡上ノ郷《ほいぐんかみのごう》の鵜殿城を臍《へそ》とする一帯に勢力を張る豪族だった。こんにち蒲郡《がまごおり》と呼ばれる磯の町だが、この海原を見はるかす穏やかな城に目をつけたのが駿河の今川義元《いまがわよしもと》で、同腹の妹の於満《おまん》を輿《こし》入れさせ、今川圏の拡大と充実を図った。

当時、寿桂尼《じゅけいに》は健在だったし、その名は強烈な後ろ盾《うしろだて》として諸国に鳴り響いてはいたものの、徐々に義元が実権を握るようにはなっていた。それは、義元が、寿桂尼をはばかることなく源応尼《げんおうに》をひきとって庵《いおり》を与えたことからもよくわかる。

さて、その鵜殿長持だが、桶狭間《おけはざま》の戦いの前夜まで生きたというから、今川家の家臣としてはいちばん好い時期を味わったことだろう。天文年間となって、この長持と於満との間に生まれた嫡男《ちゃくなん》を長照《ながてる》といい、すぐ下にふたつ違いの妹がいた。

これが、田鶴である。

いうまでもなく、於富《おとみ》の孫にあたる。

長照は、長持が没したのちに鵜殿氏の後《あと》を継いだが、大高《おおだか》の城代に任ぜられた。三十歳を目前にした頃で、その大高城には、ほどもない桶狭間の戦いの前夜、家康が決死のおもいで兵糧を入れている。

一方、田鶴は、長照が大高へ赴任する頃には、遠江国《とおとうみのくに》の曳馬《ひくま》城に輿入れしている。ただ、この輿入れは、婚約してから数年後に為された。というのも、田鶴がその母親である於満に連れられて曳馬まで罷《まか》り、婚約の座に着いたのはわずか六つの歳だったからだ。

ただ、この婚約の日のことを、田鶴はよく憶えており、

——義元公は、わが母とひとりの女人の手を取られ、再会を慶《よろこ》んでおられました。

後《あと》にも先《さき》にも、田鶴が祖母の於富と会ったのはこのときだけだったが、物心がついて間もない田鶴の瞳にも、於富の水際《みずぎわ》立った美しさは鮮《あざ》やかで、おもわず見蕩《みと》れてしまいそうになった。

──そんなことをよく憶えている。

と、城の奥御殿で侍女たちに語った。

この奥御殿は、曳馬城の本丸に、田鶴のために造立されたものだった。

曳馬の城主は、飯尾《いのお》氏である。

飯尾氏は、もともと三河国の吉良《きら》氏の代官だったが、二代前の賢連《かたつら》の時代に今川氏親の傘下《さんか》に鞍替《くらが》えし、共に大河内貞綱《おおこうちさだつな》を攻め滅ぼして曳馬城を奪い取った。このおり、氏親より歌比丘尼《うたびくに》として遣《つか》わされて貞綱の愛妾《あいしょう》となっていた於富が、閂《かんぬき》を開けて今川兵をひきこみ、みずからも白襷《しろだすき》に薙刀《なぎなた》という凄絶《せいぜつ》な出で立ちで、氏親と賢連・乗連《のりつら》の父子を先導し、貞綱に引導《いんどう》を渡した。

勲功《くんこう》を挙げた於富は、氏親に従って駿河国へ還《かえ》り、そのまま側室になって駿府城内に住まい、義元とその姉を産んだ。この姉が、いましがたも触れてきた鵜殿長持に輿入れした女人である。

のちに、

──於満。

と、呼ばれた。

重複するが、この於満が飯尾乗連の胤《たね》によって産み落とした娘が、田鶴である。

田鶴は「たつ」でも「たづ」でもかまわない。

彼女の夫は、この「たつ」によく似た名前の「いのおつらたつ」という。名前が似ているせいか、夫婦仲もすこぶる好く、子にも恵まれた。嫡子は、辰三郎《たつさぶろう》という。字《あざな》は、義廣《よしひろ》。ちなみに、田鶴が輿入れした頃の飯尾家の石高は、田鶴の在所《ざいしょ》とほぼ同じ一万石ほどだった。二百名ほどの家臣を召し抱えるには、ほどよい石高といえた。

この穏やかな両家が時代の荒波に揉まれたのは、いや、時代の海嘯《かいしょう》を蒙《こうむ》ってしまったのは、尾張国は知多郡の大高城に鵜殿長照《うどのながてる》が遠征したあたりからであろう。長照は、家康と入れ替わって大高城を出、知多への案内役として桶狭間に設《しつら》えられた義元の陣営に入った。たまさか、そこに、田鶴の舅《しゅうと》にあたる飯尾乗連とそのせがれの連龍がいた。連龍は、田鶴の夫である。

『われらが孫は、辰三郎は、息災《そくさい》にございましょうや』

『ご息女、お田鶴どのともどもに』

長照と乗連父子は久闊《きゅうかつ》を叙《じょ》したが、悲劇はそこで勃《お》こった。

二

永禄三年（一五六〇）六月——。

土砂降りの桶狭間に大潰乱《だいかいらん》が生じ、誰も彼もが逃げた。

義元の首を拾わんとする者は、ほとんどいなかった。

いや、乗連と連龍の父子は勇をふるって引き返した。ところが、津波のような潰走にはあらがえず、それどころか引き返したことが仇《あだ》となり、乗連は討たれた。かろうじて逃げ切ったのは連龍だったが、この生還《せいかん》がおもいもよらぬ事態を引き起こしてしまった。

――よくも、おめおめと逃げ帰ってきたものだな。

という今川氏真《うじざね》の逆恨《さかうら》みが届いてきたのである。

――義元公を見捨て、おのればかりが生き延びて、なんの意味があるか。

やつあたりもいいところだが、すでにこのとき、氏真はなかば狂乱していた。海道一の御曹司《おんぞうし》だったものが一夜にして足を掬《すく》われ、戦乱の真っただ中へ突き落とされ、恐慌《きょうこう》と混乱《こんらん》に包まれた家臣たちを抑えつけ、あらたな今川家を作り上げねばならない立場に立たされたのだ。小心者の青二才《あおにさい》が、狂乱するのは無理もない。

この狂乱は、やがて、猜疑《さいぎ》を生んだ。

――連龍が逃げ帰ってこられたのは、義元公を売ったからではないのか。

連龍に対してというより、この頃、今川の家中はそこらじゅうで疑心暗鬼《ぎしんあんき》が生じ、疑いを掛けられぬ者はひとりもないようなありさまで、さらに行方《ゆくえ》知れずで討死したのではないかとおもっていた家康がいきなり西三河に覇《は》を唱えてしまったことが、その醜《みにく》い猜疑心に拍車《はくしゃ》をかけた。

そもそも、家康が桶狭間で尻に帆《ほ》かけて逃げ落ち、行方を晦《くら》ませたとき、今川家の者たちは誰もが家康の身を案じ、どこかで生きていてはくれまいかと念じたものだ。ところが、ようやく姿を現したかとおもったその矢先、岡崎城に入って独立の旗を掲げてしまった。

今川家にしてみれば、これほど無情な裏切りはなかった。

育ててもらった恩も忘れ、ここぞとばかりに今川家を棄て、敵対《てきたい》したのである。

——家康は、人の心を知らぬ。

今川家の臣たちは、声をそろえて罵《ののし》った。

かくして永禄五年（一五六二）六月、氏真は、家中をまとめるためにも家康の裏切りに対して兵を挙げた。大挙して東三河へ侵攻し、豊川《とよかわ》を押し渉《わた》り、牛久保《うしくぼ》城に本陣を営み、砥鹿《とが》神社に陣を布《し》く家康と真正面から睨《にら》み合い、やがて一宮《いちのみや》砦の奪い合いに転じた。

ところが、敗れた。

尋常《じんじょう》でない怒りに包まれた家康が、みずから後詰《ごづ》めの兵馬をひきいて一宮砦に殺到《さっとう》したことによる。一敗地《いっぱいち》に塗《まみ》れた氏真は、いったん駿府へ逃げ帰ったが、しかし、このとき、怒りの矛先《ほこさき》が家康から連龍に転じた。

氏真は、連龍が城から出ずにいたことを責めたのだ。

――なにゆえ、助勢《じょせい》せぬ。わしに戦さ働きさせ、おまえは高鼾《たかいびき》でも掻《か》いておったか。

あきらかな言いがかりだったが、連龍はこういうときに柔軟に受け答えられない。

――これは異《い》なこと。それがしは城を守れという仰せに従《したご》うたまでにござる。

連龍はそのように返書を認《したた》めたが、氏真のもとへはこの返書だけでなく、別な報せも齎《もたら》されていた。東三河の上ノ郷から、曳馬城へ於満が逃げ込んできたというのだ。家康が上ノ郷を攻撃し、鵜殿城を奪い、鵜殿長照は討たれた。しかし、於満は従者たちに護《まも》られて曳馬の城へ逃げ延びてきたものだったが、氏真はそう取らなかった。

――おのれ、連龍。

やはり、家康めに内通しておったのかと、取った。

――家康と連龍が密《みっ》な連絡を取り合《お》うていたからこそ、於満を迎えられたのだ。

理屈も通らず、思い込みも甚《はなは》だしいが、氏真の猜疑心はまさにこのとき破裂《はれつ》した。

そして永禄七年（一五六四）九月、信じられないことに、氏真はその手勢で曳馬城を取り囲み、攻め始めたのである。驚いたのは連龍で、いったいなにが理由で、今川本家に攻め寄せられるのか、見当もつかなかった。

しかし、降りかかる火の粉《こ》は掃《はら》わねば、居城《きょじょう》が燃えてしまう。

『守りを固めよ』

連龍は、戦いを覚悟した。

もっとも、氏真としては、一宮砦において家康ひきいる徳川勢に目いっぱい叩かれたため、そもそも城攻めができるような軍馬は残されてはいなかった。連龍の邀《よう》撃《げき》にけんもほろろに弾き飛ばされ、這々《ほうほう》の体《てい》で駿府へと逃げ帰った。

もっとも、このとき、奮迅《ふんじん》したのは連龍だけではない。

生まれて初めて城に籠もったお田鶴もまた、薙刀《なぎなた》を構えて敢闘《かんとう》した。

ただ、これまで、城内の侍女たちと薙刀の稽古《けいこ》には励んできたが、実戦はまるで勝手が違い、城の櫓《やぐら》のひとつを任されたものの、攻め寄せてくる敵兵の顔を正視《せいし》することすらできなかった。

ところが、人というものは恐ろしい。

侍女ともども無我夢中で弓を引きしぼり、それでも撓《たお》れずに櫓の中まで侵入してくる雑兵《ぞうひょう》を迎え撃った。先頭に立った田鶴が、薙刀を閃《ひらめ》かせて脛《すね》を払うや、すかさず侍女たちが殺到して胸といわず腹といわず串刺しにした。

これを幾たびか繰り返しているうちに、敵を屠《ほふ》ることなどあんがい容易《たやす》いものではないかとおもうようになってきた。おのれも侍女も血飛沫《ちしぶき》で朱《しゅ》に染まりながらも、その阿修羅《あしゅら》のような姿をなんともおもわぬようになっていった。

馴《な》れというのは、凄《すさ》まじい。

こうしたお田鶴らの血みどろの献身《けんしん》もあり、ついに氏真は兵を退《ひ》いた。

連龍と田鶴は、曳馬を守り切ったのである。

三

しかし、永禄八年（一五六五）十二月――。

氏真は、またしても、おもいもよらぬ行動に出た。駿府から曳馬まで急使が飛ばされ、このたびは徳川への内通を疑って悪かった、ついてはあらためて慰労《いろう》したい、一日も早く駿府城まで参られよ、と誘ってきたのだ。

連龍は、人が好すぎる。

『行く』

と、いう。

『なりませぬっ』

お田鶴は、止めた。

『罠です』

誰もが、そうおもう。

しかし、連龍は「行くのだ」と告げた。

『愚《おろ》かにございますぞ。人の好さが仇《あだ》になりまするぞ』

お田鶴だけでなく、家中の者たちは声をそろえて引き留めた。

だが、連龍は微笑みで制し、数名の供回《ともまわ》りを連れただけで曳馬を後にした。

案の定、連龍は帰ってこなかった。駿府城の二の丸に飯尾屋敷があり、そこから御殿へ向かってすぐに氏真の側近どもに取り囲まれ、家康に内通したという濡《ぬ》れ衣《ぎぬ》を着せられ、その場で詰《つ》め腹《ばら》を強要されたのである。

連龍は、覚悟していたものか、従容《しょうよう》と切腹《せっぷく》の場に臨《のぞ》んだ。

この駿府参上にあたり、連龍は、お田鶴にこのように言い残している。

『わが飯尾家は、氏親公以来の股肱《ここう》の家柄、いかなる事情があろうとも敵に内通するなど決してありえぬ。このたび氏真公がお招き下さったは、わが家の志を嚙《か》み締《し》められ、あらためて主従の契《ちぎ》りを固めたいとの思し召しらしい。されば、ひとたびは干戈《かんか》を交えたとはいえ、謁見《えっけん》たまわるべく参上するが、礼儀というものであろう』

他人を疑うことをまるで知らぬ男は、そのようにして駿府へ上り、死を賜《たまわ》った。

こうした氏真の兇状《きょうじょう》について、お田鶴は沈黙した。

なにをどう非難、弁明したところで無意味だと悟っていたし、この先、なにごともなく時が流れてゆけば、連龍との間に生まれた辰三郎に飯尾家の後を継がせられる。それまでは自分が城主を務めればいいと、そう、考えていた。

（実際、自分は、於満の娘である。於満は、義元公の妹である。となれば、自分は義元公の姪であり、氏真公とは従兄妹《いとこ》の間柄となるではないか。これ以上、わが家に対して無体《むたい》な真似はなさるまい）

そう、信じていた。

いや、信じるしかなかった。

連龍という、仏のように無垢《むく》な心を備えた男は、氏真から内通《ないつう》を疑われていた家康に対して救いを求めようなどとはいっさい考えていなかった。であるなら、正室のお田鶴も、それを踏襲《とうしゅう》するべきであろう。そもそも、お田鶴の母の於満を鵜殿城から追い落としたような裏切り者の家康に、赦《ゆる》しを乞《こ》うて尾をふるような真似は、たとえ飯尾家が滅んでもするべきではないと決意していた。

実際、もしも、お田鶴が家康と連絡を交わすようなことがあれば、それこそ、氏真の思う壺で、この曳馬の城へふたたび攻め寄せる口実ができてしまう。気をゆるませるようなことがあってはならない。誰からも後ろ指をさされてはならない。今川義元の姪として、今川家に忠義を尽くし、夫と従兄との確執《かくしつ》は忘れ去るしかない。今

（沈黙したまま生きていくのだ）

そうするよりほかに良い手立ては、なにひとつ、思い浮かんでこなかった。

お田鶴の独りの日々は、ぴったり三年間つづいた。

その間、ふとしたときに脳裏をよぎる情景があった。

天文十年（一五四一）の夏の終わり、そう、祖母の於富と、母の於満と、幼い自分とが生まれて初めて一堂《いちどう》に会《かい》したときの情景だった。祖母は、すべての桎梏《しっこく》を外《はず》されたようななんとも晴れやかな表情で母を抱き締め、連龍と婚約した自分を抱き寄せてくれた。母は、ものごころがついてから片時たりとも忘れたことのない願いがようやく叶ったという喜びに、涙に濡れる顔を輝かせ、幼いわたしを押し出すようにして紹介してくれた。

――孫の田鶴にございまする。

その日の美しい光に包まれた景色を、田鶴は生涯忘れることがなかった。

しかし、二十七年後の永禄十一年（一五六八）十二月――。

忘れがたい思い出は、粉々《こなごな》に砕け散り、塵芥《じんかい》に帰《き》した。

ほかでもない、

――家康によって。

で、ある。

四

「あのとき、あのとき……」

家康は、眼を見開いて、呻《うめ》いた。

忘れようにも忘れられない光景が、まざまざと脳裏に広がりつつある。

――ようやく、来やったか。

家康どのよ、と、田鶴は切れ長の目を細めた。

それは、あまりにも凄絶《せいぜつ》な、つい昨年の城攻めだった。

田鶴は、おびただしい屍《しかばね》に守られながら、舘《やかた》に侵入した家康を睨《にら》み据《す》えている。

家康はおもわずたじろいだ。凄愴《せいそう》というにはあまりに美しく、美しすぎるが故《ゆえ》になおさら凄《すご》みを帯びている。返す言葉も発せられず、ただ立ち尽くしたまま、田鶴を見つめた。

いや、目を奪われたといった方が正しいかもしれない。

――ようも、澄《す》ました顔をしてこの舘《たち》にまで踏み込んでこられたものよ。

田鶴は、緋《ひ》縅《おどし》の鎧《よろい》に身を固め、鮮血《せんけつ》に染まった鉢巻《はちまき》をきりりと締《し》め、血まみれの薙刀を構えていた。その背後に、ひとり、真っ赤な花模様があしらわれたような打掛《うちかけ》を肩脱《かたぬ》ぎし、小袖《こそで》を襷《たすき》で引きしぼった白髪《しらが》まじりの女人が見える。田鶴の母、於満だった。

ふたりを守るべく、荒い息遣《いきづか》いの侍女たちもまた薙刀を手に身構えている。二十人ほどと見えたが、どの侍女どもも手が真っ白だった。血糊《ちのり》で滑らぬよう、白粉《おしろい》を塗り籠めているらしい。手だけではない。板の間が真っ白になるほど白粉が振《ふ》り撒《ま》かれている。やはり、血糊に足を取られては敵《かな》わぬということからであろう。

残らず、最後の最後まで粉骨尽くして抗うつもりと見えた。

田鶴は、城館《じょうかん》を侵《おか》してきた家康を睨《にら》み据《す》えるや、威《い》を払って告げる。

『この、裏切り者めがっ』

しかし、家康は、昂《たか》ぶる心を必死に抑えた。

『もはや、曳馬は陥《お》ちた。投降《くだ》られよ』

『片腹《かたはら》痛いわっ』

田鶴は目をつりあげ、声を張りあげる。

『なにゆえ、国の境を越え、遠江を侵《おか》すか。三河を手に入れただけでは足りぬか』

視界の端に、ちろちろと舌なめずるような炎が見えた。

誰が火をつけたものか、焦《こ》げ臭さも城中に漂い始めている。

その炎が、徐々に田鶴の横顔を照らし始めた。鬢《びん》のほつれが、金色に輝く。

ただ、家康は夢にもおもっていない。その田鶴の姿が、五十年近く前の祖母の於富と瓜ふたつだということに。そう、難攻不落《なんこうふらく》の曳馬城の閂《かんぬき》を開け、今川氏親と飯尾賢連・乗連父子を誘導《ゆうどう》してみせたときの、輝くような女将《にょしょう》と瓜ふたつだった。

だが、その相手を家康は、死の淵《ふち》へ追い込んだのである。

「わしは、わしは……」

――独立の旗を掲げたのじゃ、裏切ったのではない。

そう、建て直したばかりの曳馬城の広間で、家康は叫ぶのだ。

「義元公をないがしろにしたのでもない、今川家を潰さんとしたのでもない……」

しかし、桶狭間の戦いを生き延びて西三河の岡崎城に帰還してからというもの、家康は独立不羈《どくりつふき》の道を選び、一心不乱に領土の安定と版図《はんと》の拡大に努めてきた。それについては、わずかばかりも間違いはない。

その努力の皮切りとなったのが、東三河は上ノ郷の鵜殿城の奪取だった。

「じゃが……」

家康は、わなわなと震えるおのが手をじっと見つめた。

「……まさか、鵜殿長照がわしの従兄にあたるなどと、いったい、誰が知り得よう」

「仰せのとおり」

元忠が、いいきる。

「さりながら、われらはその事実を知ってしまいました」

たしかに世間の識《し》るところでは、長照の正室は今川義元の妹というだけで、ほかにはなにも伝え聞かない。ましてや、その永禄五年（一五六二）の早春、西三河と東三河は、家康が叛旗《はんき》を掲げたことで敵味方の間柄となっている。軍門に降《くだ》るかどうかの瀬戸際にあって、正室の在所云々《うんぬん》などという話題は欠片《かけら》ほども生じない。

当時の家康がなにも知らなかったのは、無理もない。

――ひるむな、攻めよ、攻めよっ。

采配《さいはい》をふり、手勢を鼓舞《こぶ》し続け、家康はかろうじて上ノ郷《かみのごう》を手中に収めた。

五

上ノ郷の戦いは、いってみれば戦国の覇者《はしゃ》になってゆく家康の最初の征服戦《せいふくせん》だった。

家康とその家臣どもは、つい先年まで人質として今川氏に飼われ、その手綱《たづな》が解けるや溜まりに溜まっていた激情を爆裂《ばくれつ》させた。ここで出鼻《でばな》を挫《くじ》かれるようなことになったら、家康の戦略は数年遅れたか、もしかしたら西三河の小名のまま一生を送ることになってしまったかもしれない。それほど鵜殿長照との戦いに始まる東三河の攻略は、家康の生涯において重要なものとして位置づけられる。

家康勢は、猛攻を重ねた。

戦う手段は、火攻めだった。

城郭のいたるところへ炮烙《ほうらく》や火箭《かせん》を叩き込み、ぼうぼうと炎を猛《たけ》らせ、煙に巻かれて逃げ出してくる城内の者たちを次から次へと叩き斬り、放《ほう》り棄《す》て、さらに城中へと侵攻した。それはまるで見せしめのようだった。実際、そうであったろう。あたりの諸城が家康に与《くみ》する中、この鵜殿の一族だけは今川家に忠義を誓っていた。

――上ノ郷は、義元公の妹御《いもうとご》を正室に戴《いただ》いておるのだ。

という誇りもあったろう。

そうした矜持《きょうじ》が鵜殿勢の士気《しき》を熾《さか》んにし、孤立無援《こりつむえん》の戦いに身を投じさせた。

文字どおり、火中に飛び込み、おのが身を焼いても敵を追い掃わんとするもので、しかし、家康方の諸将もまた怯《ひる》むことはなかった。猛るがままに鵜殿長照をはじめとする諸将を斃《たお》し、豊川の流域を手に入れた。

このおり、家康は、長照の子の氏長《うじなが》と氏次《うじつぐ》を捕えて人質とし、駿府で幽閉されている正室の瀬名《せな》姫のほか、嫡男の竹千代（のちの信康《のぶやす》）や長女の亀姫《かめひめ》たちと交換することとした。今川家としては、なんとも口惜《くちお》しい話で、ついこの間まで人質だった三河の子倅のいうがままに人質交換《ひとじちこうかん》の交渉《こうしょう》が進んでゆくなど、堪え切れないものだったろう。

そのように感情を逆撫でされる三河平定戦の中で、頂点となるのはもちろん一宮の後詰めだが、家康はそこで氏真と直《じか》に戦った。桶狭間の戦いの折《おり》に駿府で留守居《るすい》していた氏真は、あらたな兵馬を興《おこ》して東三河から西三河に進攻し、家康を「源応尼《げんおうに》を死に導《みちび》いた張本人である」と主張し、今川家の大切な姻戚である鵜殿家を攻め滅ぼすなど下剋上も甚《はなは》だしいとばかりに一戦を挑んできたものだった。

これに対して、家康は、この寝耳に水のような戯《ざ》れ言《ごと》を口にする氏真を、

――わが祖母《そぼ》を愚弄《ぐろう》するか。

とばかりに完膚《かんぷ》なきまでに叩きのめし、遠江へ追い払った。

氏真は家康憎しという激情に駆られつつも退き上げざるを得なかったが、その途中、無傷の曳馬を目に留め、今川方でありながらもなんら犠牲を出していない飯尾家を逆恨みし、猜疑心《さいぎしん》に取り憑《つ》かれたまま飯尾連龍を暗殺してしまった。そのせいで曳馬城の勢威《せいい》は衰え、ほどなく始められた信玄との協同による駿遠侵攻により、家康の包囲するところとなってしまったのである。

このとき、家康はなにも知らない。

上ノ郷城の鵜殿氏や曳馬城の飯尾氏との血脈について知らなければ、鵜殿御前が曳馬を頼ったことも知らなかった。家康は、ただ、ひたすら、氏真を追いつのるよ

うに遠江に侵攻しただけだった。

六

いや、実をいうと、家康には時《とき》が無かった。

信玄と計《はか》らって駿遠侵攻に身を投じた以上、両者の新たな境とするべき大井川までは、なにをさておいても進撃しなければならない。大井川こそ、徳川と武田のあらたな国境《くにざかい》となるべき線のはずだが、ぐずぐずしていれば、その約束は破られる。駿河を呑み込んだ信玄が、一瀉千里《いっしゃせんり》の勢いで進撃してくるのは目に見えているからだ。

曳馬は、それを食い止める最後の拠点となる。

小ぶりながらも、この城は、天竜川《てんりゅうがわ》の河岸段丘《かがんだんきゅう》の西のきわにあり、ここさえ押さえておけば、東から天竜川を越えてくる敵の攻城を掃《はら》いのけることが容易だった。しかし、北や西の面は、台地が緩《ゆる》やかに広がっている。いいかえれば、西や北からは、いとも簡単に攻め潰《つぶ》せる。

曳馬は、そういう城だった。

――まずは、この城を奪う。

家康も家来も皆、おなじように確信していた。

曳馬を踏み台にして天竜川を越え、前進基地にはもってこいの掛川城を手に入れ、大井川を望む。それしか、手はない。武田の脅威《きようい》から遠江と三河を守る方策は、それよりほかに考えられない。

そうした軍略《ぐんりやく》を胸に、家康は、曳馬城の西方へ進軍し、攻めた。

永禄十年（一五六七）の冬ざれの頃である。

とはいえ、端《はな》からちから攻めをしたわけではない。くりかえし、ふたり組の使者を立てて降伏を勧告《かんこく》した。命も糧食も領地も、保障した。曳馬の兵力は、五百にも満たない。いや、腰の立たなくなった老い耄《おいぼ》れの雑兵や、薙刀を取ることすらおぼつかない侍女たちをあわせて、それくらいであろう。家康方は、その五倍になんなんとする兵馬を繰り出している。飯尾家の敗北は、目に見えていた。

だが、いくたび説得しようとも、曳馬城が明け渡されることはなかった。

冬は、いよいよ深くなってくる。木枯らしが、雪を運んでくる。川面《かわも》を叩く北風は日増しに強く激しくなってくる。雑兵どもの身を温める薪《まき》すら日を追うごとに乏《とぼ》しくなってくる。かといって、いまさら三河へは引き返せない。

もはや、家康は決断するしかなくなっていた。

十二月二十四日、

──攻め滅ぼせ。

股肱《ここう》の酒井忠次《さかいただつぐ》と石川数正《いしかわかずまさ》を先頭に押し立てて、攻め込ませた。

城壁から台地から、双方、鉄砲が火を噴き、炮烙《ほうろく》が爆《は》ぜ、火箭《ひや》が飛び交い、喚《わめ》きが交差して火花を散らせた。激しさを競うがごとく、熾《さか》んに兵を繰り出し、そこらじゅうで血飛沫《ちしぶき》の花が咲き乱れ、つぎつぎに兵馬《へいば》が斃《たお》れ、見る間に屍《しかばね》が折り重なっていった。それでも、攻城戦は終わる気配を見せない。夜といわず、昼といわず、干し飯《いい》を齧《かじ》る閑《ひま》も、縄味噌《なわみそ》を湯《ゆ》漬けにする遑《いとま》もなく、鑓《やり》を突き出し、刀を振り上げ、駒を急《せ》かした。

死にもの狂いとはまさにこういう戦いをいうのだろうが、そうした中でもひときわ目立ったのが田鶴である。家康に鞭撻《べんたつ》された雑兵どもが城壁へ取り付かんとするたびに、徒歩《かち》組を従えたお田鶴が城門から突出し、その防戦を指揮したのである。兵どもはこうしたお田鶴の采配《さいはい》どおりに動き、家康方の兵の士気を挫《くじ》いた。

──敵《かな》わぬ。

悲鳴をあげたのは、先鋒《せんぽう》の忠次と数正である。

敗走した。

鑓を棄て、刀を投げ、旗を放って逃げた。逃げる側《そば》から次々に討ち取られた。串刺しにされ、頭蓋《ずがい》を割られ、臓腑《はらわた》を突き抜かれて、その場に蹲《うずくま》り、仰向けに斃《たお》れた。瀕死《ひんし》の状態になったが、逃げる兵どもはいっさい構わず、その身を踏み、ひたすら逃げた。

こうした攻防は、連日、続いた。

しかし、いっかな勝敗の目途《めど》は立ってこない。いたずらに屍《しかばね》の数が増えてゆくばかりだ。兵はどちらも疲れ切り、それでも田鶴の督戦《とくせん》は続けられてゆく。徐々に、家康方の兵馬は押し返されていった。

家康は、業《ごう》を煮やした。

――なにをしておるかっ。

憤怒の形相で鐙を手挟《たばさ》み、騎馬もろとも城内へ吶喊《とつかん》したのである。

黄金の甲冑《かっちゅう》をまとっていたため、金色の矢が射ち放たれたかのようだった。

七

家康の吶喊に、酒井忠次と石川数正は慌《あわ》てた。

血の気を失い、弾かれるように付き従い、手勢を鼓舞《こぶ》した。これにより、数十の手勢は意気軒昂《いきけんこう》とし、団子《だんご》になって塩市口《しおいちぐち》から飛び込み、城内を荒らし回った。外郭の三の丸から二の丸へ攻め入り、ついに本丸を指呼《しこ》に置いた。かれらがふりかえることはなかったが、その吶喊の軌跡《きせき》には、おびただしい屍が転がった。

世に伝わるところでは、家康勢はあわせて三百という討死《うちじに》を数え、田鶴の配下は二百あまりも犠牲《ぎせい》になったという。双方の手勢からいえば、飯尾家の死傷率はもはや全滅に近い。そこに年端《としは》もゆかぬ子供や手指の震える老人がいたとするなら、もはや、虐殺《ぎゃくさつ》というに等しい。だが、突入に突入を数える三河武士の集団は、そうした屍《しかばね》はふりかえらない。

ひたすら、舘の奥へ奥へと攻め込んでゆくばかりだ。

そして、ついに田鶴を指呼の間《かん》に捉えた。

――来やったか、家康どのよ。

口の端をゆがませ、田鶴は告げた。

緋縅《ひおどし》の鎧が、よりいっそう、血飛沫で真紅に染まっている。

鉢巻《はちまき》で纏《まと》められた髪の端が、忍び寄ってくる炎の風に煽《あお》られ、逆巻《さかま》き始めている。

――訊《き》こう。

田鶴の眼光は、鋭い。

『なにゆえ、国の境を越え、遠江を侵すか。三河を手に入れただけでは足りぬか』

『手に入れたのではない。もとより、三河はわれらが領国。それを独立させたまで』

『おぬしは、今川家の先鋒《せんぽう》。その黄金《こがね》に輝く甲冑《かっちゅう》は、わが叔父、義元公より賜《たまわ》ったものではないのか。その甲冑を身につけながら、なぜ、今川家に叛旗《はんき》を翻《ひるがえ》した。なぜ、義元公の仇《あだ》を討とうとせなんだ』

『今川の将として知多へ遠征したは、かりそめのこと。わしは、岡崎の子じゃ』

『物は言いよう。されば、さらに問う。なにゆえ、兵を挙げた。岡崎の子というなれば、岡崎に身を置けばそれでよいではないか。なぜ、三河だけで満足せぬか。遠江の境を侵すか。曳馬を手に入れようとするか』

『民百姓を守るためじゃ。誰もが幸せになれる国を創るためじゃ』

家康の言葉に、

ぺえっ。

田鶴がつばを吐き飛ばした。

『ほざけっ』

薙刀を旋回させ、咆哮《ほうこう》する。

『きさまの大義名分は、くその塊じゃ。他国を侵《おか》さねば、民は守れぬのか。侵略をせねば、人は幸せにはなれぬのか。家を焼き、町を壊し、田を荒し、畑を踏み潰すことがおまえたちの正義か。女人を犯し、子供を刺し、老人を突き殺し、それで得た土地になんの価値がある。海内《かいだい》に胸を張れるのか。残虐《ざんぎゃく》な仕打ちの果てに、いったい、いかなる国を創るというのだ。遠江は、穏やかであった。曳馬は、安らかであった。それを乱し、恐怖のどん底に叩き込み、われらをひとり残らず殺し尽くすことに、なんの意味があるっ』

『意味は……意味は、ある』

『あるものかっ』

血を吐くように、田鶴は叫ぶ。

『曳馬が、おまえになにをした。われらが、おまえを殺《あや》めんとしたか。聴け、家康。こたびの戦さは、おまえのわがままじゃ。野望を果たさんとするだけの、わがままじゃ。海内《かいだい》に覇《は》を唱え、海道《かいどう》に名を知らしめたいという、ただそれだけの腐《くさ》った欲望じゃ。そのために、家康、おまえは隣国を侵し、民草を泣かし、国中を餓《う》えさせても平気なのか』

『そうではない、そうではないのだ……』

『されば、三河へ去れ。三河にて、おのが分限《ぶんげん》をわきまえ、おとなしゅう本領《ほんりょう》を守れ。そもそも、三河の守護は吉良氏じゃ。遠江と駿河の守護は今川氏じゃ。吉良氏を、今川氏を盛り立て、京の足利《あしかが》将軍家に忠義を尽くし、天子を貴《たっと》べ。それさえできれば、人は死なぬ。この国に悲劇は起きぬ。それが、なぜ、わからぬ。野望を棄てよ、家康っ』

しかし、その瞬間、

――撃てやっ。

という忠次の号令の下、数正の従えてきた鉄砲隊が引き鉄《がね》を引いた。

八

「があっ」

真新しい曳馬城の広間に、家康の吼《ほ》え声が響いた。

「ぐが、ぐがっ」

咆哮《ほうこう》なのか、悲鳴なのか、誰にも判らない。

ただ、頭を抱えて逃げ出すように立ち上がったその顔は、あきらかに血走っている。

「おばばは、わしに、なにもいわなんだ。いや、いうてくれなんだ。おのれがいかなる生涯を過ごしてきたか、なにも語らず、ただ微笑んで、わしを躾《しつ》けてくれた。多少のことは存じておった。緒川の母上、岡崎の叔母上……。じゃが、上ノ郷の於満の方や、曳馬のお田鶴の方については、なにも聞かされてはこなんだ。いや、いや、だからというて、わしは……わしは……っ」

脳の内に、冷酷《れいこく》な乱射音《らんしゃおん》が轟《とどろ》いてくる。

瞼《まぶた》の裏に、まるで舞いを踊るような女人たちの姿が蘇《よみがえ》ってくる。

凄まじい銃撃音が木霊《こだま》し、ひとりまたひとりと血飛沫《ちしぶき》をあげて女人が果ててゆく。侍女たちが次々に薙刀を投げ、袖《そで》や裾《すそ》を翻《ひるがえ》し、鉢巻《はちまき》をなびかせて、斃れ伏す。於満が、悲鳴をあげることもなく、崩《くず》れ落ちる。田鶴が、眼を剝《む》いたまま仰向《あおむ》けに引っくり返る。

「があっ」

獣のように、家康は吼《ほ》えた。

「ぐあっ、ぐあっ、ぐあ……っ」

「殿っ」

色めき立った家来どもが家康のもとへ駈け寄ったが、家康を抑えることはできない。

いったい、なにに対して吼えているのか、見当がつかない。いや、怒っているのか、悔やんでいるのか、悲しんでいるのか、はたまた儚《はかな》んでいるのか、誰にもわからない。ただその異常としかいえないような家康の吼え狂いは、続いた。

「殿、殿、どうなされた、お気をたしかにっ」

「しっかりなされませ、殿よっ」

元忠や正勝が家康を抱きしめて涙ながらに叫ぶ。

しかし、家康は「うるさいっ」と声をはりあげ、あらがった。

「うるさい、うるさい、うるさいっ」

家康の頭の中には、懐かしい駿府の源応尼との日々が蘇っていた。

ただ、その源応尼はいつしか家康が見たこともないような若き日の姿に取って代わっていた。頭巾《ずきん》も被《かぶ》っていなければ、袈裟《けさ》も纏《まと》っていない。小袖《こそで》に打掛《うちかけ》、いや、提帯《さげおび》に腰巻《こしまき》といった堂々たる武家の女人装束だ。

その源応尼が清爽《せいそう》と薙刀を構え、家康に微笑みかけてくる。かとおもえば、薙刀を一旋《いっせん》させ、次の瞬間には凄みをこめて微笑み、途端《とたん》に睨《にら》みつけてくる。どういうことじゃっと叫べば、瞬時に顔が変わった。田鶴だ。田鶴が憎悪に凝《こ》り固まり、薙刀を突き出してくる。

——やめよっ。

と叫ぶ。

だが、田鶴はやめない。

家康は、手にした刀を振り下ろした。

——ああっ。

とおもったが、もう遅い。

まっぷたつになった田鶴は、源応尼のまぼろしに戻っていた。

「があっ」

ふたたび、叫んだ。

「わしは、わしは、おばばを殺してしもうた……っ」

結局、氏真の言いがかりのとおりではないかと、家康は吐き棄てた。

刹那《せつな》、目の前が暗転《あんてん》した。

鼓膜《こまく》に、家来どもの動顚《どうてん》した声が届いているような気もしたが、なにも答えられなかった。返事はおろか、手の指で反応することすらできそうになかった。やがて、連中の叫喚《きょうかん》すら聞こえなくなった。

永禄十二年（一五六九）の晩秋の風が頬をなぶるのが、幽《かす》かに感じられるだけだった。

於《お》久《ひさ》の巻

一

「——ご加減《かげん》は、如何《いかが》か？」

目の前に、数名の侍女に傅《かしず》かれたふくよかな女人が姿を現している。

叔母、於《お》久《ひさ》である。

酒井《さかい》忠次《ただつぐ》の正室となっており、家臣たちからは、於久の方さまと呼ばれている。夫の忠次は家康の恃《たの》みとする筆頭家老とされており、いうなれば、夫婦ともに家康の恃みとするべき存在だった。今は、無血開城させた今橋《いまはし》城を吉田《よしだ》城と改名し、於久はそこの城代夫人として過ごしている。そのため、ときに吉田殿とも呼ばれた。

ちなみに、彼女は享禄《きょうろく》二年（一五二九）に岡崎城で生まれた。

そう、姉の於大《おだい》とはひとつしか違わず、このたび、初老を迎えている。

つまりは、於大と於久は年子《としご》にあたるのだが、父親が異なる。

於大は水野忠政《みずのただまさ》の娘であり、於久は松平清康《まつだいらきよやす》の娘である。

「おお。これは、叔母上」

「急な報《しら》せに夫が血相を変えて、ともあれ、わたくしがお見舞いをと」

「わざわざ、曳馬《ひくま》までお運びくださるとは……」

家康は、広縁《ひろえん》に腰を下ろしたまま畏《かしこ》まり、

「いや、ご心配をおかけいたした」

「なんの」

於久は微笑み、

――姉上の名代《みょうだい》にて。

やわらかに、言い添えた。

もっとも、家康が昏倒《こんとう》した際の家来どもとの遣《や》り取《と》りを耳にした際、於大とともに曳馬まで駈けつけるのは控えた方がいいと判断した上でのことだ。いや、於大にしても息子家康の元へ急ぎたかったろうが、このたびばかりはと於久が諭《さと》した。

というのも、このとき、於大の暮らしている城が、三河国宝飯郡《ほいぐん》の西郡《にしのこおり》城だったからだ。西郡というのは上ノ郷《かみのごう》という地名をあらためたもので、その鵜殿《うどの》一族の故城《こじょう》に家康は義理の父となる久松俊勝《ひさまつとしかつ》を招いた。

当然、於大の住まうべきところも西郡になるし、ふたりの間に生まれた康元《やすもと》はその後継ぎとされた。俊勝がその字を長家《ながいえ》から改めたのはこの頃で、家康が「家」を通字《つうじ》としたことに遠慮したものである。

家康にしてみれば、東三河において最初に領有《りょうゆう》した拠点を母親とその夫に進呈することは、孝行の道としては為すべきものであったのだろう。だが、そのときは、まさか鵜殿一族を曳馬において悲劇に追い込んでしまうことになるとは、夢にもおもわなかった。於大は、つまり、異母妹が追い払われた城へ入ったことになるわけで、それをおもえば、心の底から喜ぶことはすこしばかり難儀《なんぎ》だったろう。

「姉上は、こちらのお城の建て替えが仕上げられてのち、お招きなされませ」

家康は、頷《うなず》くでもなく、また庭先へ顔を向けた。

たしかに、覇気《はき》も生気もない。

於久は、話題を変えねばと、

――なにをなさっておいでかの。

そう、訊きかけた。

ふと、そのとき、家康の目線が前栽《せんざい》の片隅《かたすみ》に注がれた。

うながされるように顔を向ければ、庭先に鶉《うずら》たちが群れている。

土を突き、野草を掻き分けるようにして、葉の蔭に巣を営もうとしている。

「うずらにございまするか」

という投げかけに、控えていた阿部正勝《あべまさかつ》がおもわず苦笑する。

――われらが殿は、いつまでも童《わらべ》のようじゃ。いかにも、われらもかつてはうずらを見つければ声をあげたもの。されど、いつまでも、うずらを見て喜んでなどおられぬ。むろん、童のごとき心をお保ちなさるは善《よ》きことにございますがの。

などという囁《ささや》きに、家康は「なにをぬかすか」とでもいいたげに顔を顰《しか》め、

「うずらを愛《め》でておるわけではないわ」

と、つぶやいた。

耳ざとい平岩親吉が「左様」と畏《かしこ》まり、

「われらは、このうずらの群れのようなものであった」

おもむろに同僚どもを睥睨《へいげい》した。

「しかし、もう、渡り鳥ではない。それをわれらが殿は申されておられるのだ」

この宣言に、かつての小姓たちは、

――おおっ。

と声をあげた。

「かまびすしかろう」

於久が、家来どもを一喝《いっかつ》する。

「そなたらは、しばし、おさがりなされ」

二

「のう、家康どの」

於久は、遠い目をして嘆息《たんそく》した。

「鶉とは、わが母者《ははじゃ》。……源応尼《げんおうに》のことかな」

図星《ずぼし》をさされ、家康はおもわず、涙を溢《あふ》れさせた。

於久は、家康から視線をはずし、庭先へ馳《は》せた。

「なるほど、御身《おんみ》の申されるとおり、わが母はうずらにございましょう」

「叔母上……」

「左様。母者は……」

……於富《おとみ》は、於大が乳飲み子のときに引き離され、知多の緒川《おがわ》から西三河の岡崎へとふたたび輿入れさせられた。一方的に、夫を替えさせられた。女人としての身も心もいっさい頓着《とんじゃく》されず、政略の道具としてただ扱われた。信じられないような話ながら、寿桂尼《じゅけいに》による政略は於富の身をそのように酷使《こくし》していた。

引き離される水野家も、迎え入れさせられる松平家も、両家ともに今川家の強大なちからの前にはわずかな抗《あらが》いすらできなかった。抗えば、即座に圧倒的な兵馬を遣《つか》わされ、二度と立ち上がれないほど叩きのめされるであろう。

そのような目には遭《あ》いたくない。

膝を屈したまま、水野家は境川《さかいがわ》の岸辺で於富の輿を見送り、松平家は矢作川《やはぎがわ》の河原で輿を出迎えた。水野家にしても、松平家にしても、これほどの屈辱はなかったろうが、なにより、今日は東へ明日は西へと嫁がされてゆく於富の身ほど哀れなものはなかったろう。

「渡り鳥の宿命《さだめ》というものは、かようなものにございましょう」

家康は口を噤《つぐ》み、上目《うわめ》遣いに叔母を見つめた。

「のう、家康どの。世には、どうすることもできぬ習いというものがありまする」

戦国において、武家の婚姻など政略でしかない。

格上から格下へ輿入れする。

たとえ身分卑《いや》しい娘であろうとも、容貌《かんばせ》が麗《うるわ》しく知恵が聡《さと》ければ、養女として箔《はく》をつけるだけでいい。なんら、支障はない。輿入れさせた側は舅《しゅうと》として権勢をふるい、輿入れされた側は舘《たち》の北に殿舎《でんしゃ》を設けて遙々《はるばる》やってきたその女《むすめ》を正室として鄭重《ていちょう》にあつかわねばならない。この北の御方《おかた》が子を生《な》せばさらに好く、生まれた子が男子であればいうことはない。

舅は外戚《がいせき》として絶大な権力をふるい、もはや娘の夫の家を併呑《へいどん》したも同然となる。

こういう事態を招かぬためにも、またよりいっそうの箔をつけるためにも、名のある大名は京都の公家《くげ》に輿入れを仰いだ。たとえば、武田信玄が好い例であろう。信玄の正室は扇谷《おうぎがやつ》上杉《うえすぎ》家当主にして武蔵《むさし》国川越《かわごえ》城主たる上杉朝興《ともおき》の娘だが、継室《けいしつ》は左大臣の公卿三条公頼《さんじょうきんより》の次女で、甲斐という山あいの田舎ながらも、ともかく箔だけはつけられた。

「母者はそうした習いに翻弄《ほんろう》されたのです。櫛風沐雨《しっぷうもくう》の人生でありましたろう」

――されど。

と、於久は、側《そば》の者をして、とある物を運び込ませた。

「ご覧あれ」

源応尼の肖像画だった。

三

「京の都より、絵師を招きましてございまする」

のちに華陽院殿玉桂慈仙大禅尼《けよういんでんぎょくけいじせんだいぜんに》という法名《ほうみょう》がつけられる彼女の肖像画は、こんにちでは愛知県の二か所の寺院に伝えられている。一山は今橋こと豊橋の龍拈寺《りゅうねんじ》で、もう一山《いちざん》が刈谷《かりや》の楞厳寺《りょうごんじ》である。

後者は、ついさきほど触れた於久とひとつ違いの異父姉《あね》、於大の奉納《ほうのう》による。

「なんとまあ、お綺麗なことか……」

「左様。わが母ながら、たいそう美しゅうございます」

溜め息まじりにそういい、しばらくの間、ただ絵を見つめた。

「のう、家康どの」

於久は、きりりと眉をつりあげる。

「わが母者は、よう生きました。わらわは誇りにおもいまする。たくましき益荒男《ますらお》ですら立ち往生するこの乱世、手弱女《たおやめ》ただひとりで渡ってゆかねばならなんだ母者の労苦《ろうく》、推《お》して知るべしでありましょう。夫を何度替えようが、そこかしこで子を生《な》そうが、たいしたことではありませぬ。いいえ、それゆえに、われらはこうして生を享《う》けていられまする。生まれがどうの、育ちがどうのと、つまらぬたわ言にございまする」

「叔母上……」

「強うなられませ。誰よりも強うなられませ」

誰からも後ろ指をさされず、誰にも陰口《かげぐち》をたたかれず、誰ひとり抗《あらが》えぬほど強くなればよいのだと於久はいうのである。

人徳などという甘ったるいことを示しているのではない。家康の逆鱗《げきりん》に触れるような真似や噂話をほんのわずかでも聞かせたり見せたりするような輩《やから》は、地の果てまで追いかけてでも赦《ゆる》しおかぬという強さを見せつけよというのだ。貴《たっと》ばせたり崇《あが》めさせたりするのではなく、骨《ほね》の髄《ずい》まで震《ふる》え慄《おのの》かせるのだと。

「ただし、他者《ひと》を蕩《とろ》かすような微笑みだけは忘れてはなりませぬ」

「面《つら》の皮を厚うせよと……」

「然《しか》り。為《な》したことは為したこと。覆水盆《ふくすいぼん》に返らずと申します」

過去は、いかなる術《すべ》をもってしても変えられぬと、於久はいうのだ。

「しかしながら、あらたにやりなおすことはできまする」

「どのようにすればよろしいと仰せか」

「ちなみに」

於久は、膝をそろえなおし、

「曳馬の名を変えられるというのも、よろしゅうございまするぞ」

人は、縁起《えんぎ》を担ぎたがる。

それは、徳川家に限ったことではなく、どのような大名も本領の地名は頑《かたく》なに残そうとするが、征服したり奪取したりした土地は過去の穢《けが》れを祓《はら》うためにも名をあらためる。たとえば、徳川家の本領である西三河の岡崎はそのまま呼ばれ続けたが、東三河の上ノ郷は西郡に、今橋は吉田に、奪い取って早々に変えた。

「曳馬もそうであるべきかと存じまする」

「ここの名を変える……」

「さすれば、因縁《いんねん》に苛《さいな》まれることも無《の》うなりましょう」

「名を変える……」

幾度《いくど》も呟きかえす家康が、その名を変えたのは、

——叔母上、海を見に参りましょう。

と、連れ立って城外へ出たときのことである。

天竜川《てんりゅうがわ》の運んでくる土と相模灘《さがみなだ》が打ち上げてくる砂によって、このあたりは美しい白妙《しろたえ》の浜が広がっている。波の強烈さは、家康の生まれた西三河の地には見られない。駿府ならばむろん臨むことができる。

家康は、潮風に髷《まげ》をなぶらせ、懐かしげに打ち寄せてくる大波を見つめた。ふと、ふりかえれば、黒松が枝を茂らせている。寒風をものともせず、舞い上がる砂から城市《じょうし》や海道《かいどう》を守っている。

「どうか、なされましたか」

訊《たず》ねてくる於久に、家康はようやく柔らかみのある微笑みを返した。

「いいえ。ふと、誰か付いてきておるのかと。ですが、黒松でした。松が、人のようにおもわれたのでしょう。ほら、叔母上。そうは見えませぬか。あの松は、彦

さ。あちらのおどけたような姿は、正勝。踊っているような枝ぶりは、叔母上の夫どのに……」

家康に促されるまま、於久は松原へ瞳を向けた。

数え切れない黒松が、身をうねらせながら根を張っている。

「おお、まさに……。いいえ、神仏のお姿と見まごうばかりに……」

於久は、黒松を、ひと本《もと》ひと本、指差しつつ、感嘆した。

「まるで、仏堂にいるような気がいたしまするなあ」

あちらが四天王、こちらは十二神将《しんしょう》、ああ、さらに二十八部衆《ぶしゅう》が、十六羅漢《らかん》までもが、皆々《みなみな》打ち揃うておられまする……と。そして、それらに掌《て》を合わせたあと、ひと言、言い添えた。

「神仏でなくば、そう、あたかも龍のような……」

於久の感嘆に、家康は、

――浜の松か。

おもわず、口にした。

――浜の松、そう、浜松《はままつ》。

四

「叔母上、浜松はどうじゃ。あらたな名は、浜松は如何《いかが》か」

「佳《よ》き名にて候」

於久は、海風に長い髪をなびかせつつ、ふかぶかと一礼した。

ただ、さすがにこの気の強い叔母は、顔をあげるや得意げな家康にこう質《ただ》すのだ。

「さりながら、家康どのよ、これからが正念場にございまするぞ」

「正念場……?」

「今川氏真《いまがわうじざね》どの。よもや、お忘れではございますまいな」

源応尼によく似た面差《おもざ》しで、於久は、家康をじっと見つめた。

「して、どうなさるおつもりか?」

「どうする、とは……?」

「家康どのよ」

於久は、重ねていう。

「物事には、正念場がございまする。なるほど、氏真どのは、あなたさまが挙兵されたことが、すなわち、わが母を死に追いやったと叫ばれた。それによって軍馬を挙《あ》げられ、東三河まで攻めてこられた。じゃが、死に追いやったというだけでは、なにもわからぬ。母者がご生害《しょうがい》なされたか、それとも刑死に追い込まれたか、氏真どのはなにも申されてはおらぬのです。むろん、われらも存ぜぬこと。ただ、真実がどちらにせよ、正念場は迎えねばなりませぬ。それなりの決着をつけねばなりませぬ。さて、どうなさる？」

「どう、とは……」

「お討ちなされるか？」

於久の瞳は、こう、意見するかのようだった。

――むろん、討つも討たぬも、あなたさまのお決めになること。この叔母がとやかく申すものではございませぬ。よう赦《ゆる》されたと、されど、討たねば討たぬで、それはそれなりに好いお心掛けにござる。誰もが褒《ほ》めそやしましょう。人の上に立たんとされるにはそのようでなければならぬ、寛容《かんよう》こそが人を従える秘訣《ひけつ》にございますれば、と。そもそも、おふたりは源応尼さまの血を受け継ぎたる御方とのこと。争うは、人の道に外れますするゆえ。

しかし、

――とはいえ、ものは考えよう。

そう、告げているようにもおもわれる。

――これは、跡取りを決める争いとはおもわれませぬか。いえ、そもそも、岡崎の旗揚《はたあ》げは、わが姉の於大があなたさまをけしかけたことが発端《ほったん》にございましょう。さすれば、種違《たねちが》いとは申せ、妹のわたくしが補わねばなりませぬ。よろしいか、家康どの。旗揚げよりこのかた、松平の一族が為したるは、他国を侵しているのではありませぬ。なんとなれば、われらの戦いは、今川義元公なる主君の跡目《あとめ》を、誰がいかにして継いでゆくかという争いだからです。ひとたび、その渦の中に飛び込んだ以上、決着はつけねばなりませぬ。いうなら、花倉《はなくら》の乱がふたたび始められているのです。あらたな花倉の乱にございまする。

家康は、おもわず、たじろいだ。

海から松籟《しょうらい》が吹き寄せ、無数の梢《こずえ》を高鳴らす。

その耳を蔽《おお》いたくなるような響きは、家康をいよいよ昂《たか》ぶらせた。

――されば、われらが進むべき道は、ただひとつ。東にございましょう。東へ、東へ、今川家の本拠であった駿府の地へ、あらたなあるじとなるべく邁進《まいしん》してゆくべきにございましょう。そうとなれば、血縁地縁《けつえんちえん》、いかなる間柄にあろうとも、左様なものはすべて蹴散《けち》らして突き進まれるよりほかに、われらが生き残る道はございませぬ。

お心なされませ、と、於久の瞳《ひとみ》は告げる。

――さらに申さば、そこらの民草なれば、いざ知らず。あなたさまは、もはや、一国一城のあるじにございまする。民百姓なれば、夫婦《めおと》はたがいに支え合い、親に尽くし、子を慈《いつく》しみ、一族そろって幸せを追い求めてゆけばよろしゅうございますが、あなたさまには、憐《あわれ》みはご無用。一族がなんでございましょう。左様なものは毛ほども価値はございませぬ。親子がなんでございましょう。左様なものは毛ほども価値はございませぬ。いざとなれば、この叔母も討たねばならぬやもしれませぬ。そのときは、ためらいなく刃《やいば》を突き出されませ。わが心の臓を貫かれませ。それが、乱世に生きる者の宿命《さだめ》にございまするぞ。

家康は、幻聴《げんちょう》を払うかのようにぶるるっと頭をふり、

(討たいでか)

心に、かたく断じた。

五

天正《てんしょう》二年(一五七四)が明けて間もない頃――。

曳馬から名をあらためた浜松へ、遠来《えんらい》の客があった。

いや、客というには歓迎すべからざる人物で、誰あらん、今川氏真である。

傍目《はため》には、和睦《わぼく》を求めて伺候《しこう》したというように見えた。しかし、家康は「蛾《が》が、火が燃え盛っているのも気づかずに、さ迷い込んできおったわ」と嘯《うそぶ》き、謁見《えっけん》し

た。ただ、ひと目見るなり、窶《やつ》れているのが察せられた。

いや、身体が窶れているのではなく、精神が窶れているように見える。異様に瞬《まばた》きの少ない見開かれた瞳で家康を見つめ、ひきつったように嗤《わら》ったかとおもえば、いきなり、口を裂けんばかりに開き、こう、告げた。

「嘉《よ》き報せをたずさえて参りましたぞ」

「ほう」

応じたものの、家康はおもわず眼をそらした。

「去年《こぞ》の春、駒場《こまば》に一穂《いっすい》の狼煙《のろし》が上がったそうにございます。くわしゅう糺《ただ》せば、長岳寺《ちょうがくじ》の境内より立ち上りしものとのこと。家康どの、駒場の長岳寺にございまするぞ」

（それが、なんだというのだ）

家康は、心で罵《ののし》った。

つまらぬごたくをならべる奴だと、軽蔑《けいべつ》している。

（討つ討たぬどころか、首を刎《は》ねぬだけでも、ましとおもえ）

しかし、心を蝕《むしば》まれたかのような氏真には、家康の心の声は届かない。

滔々《とうとう》と、述べ立ててくる。

「去年の春と申せば、おかしなことがございましたな。左様、信玄公が西上の途《と》に出られた折のこと。三河の野田城を陥《お》とさんばかりにおわされた信玄公が、にわかに陣をはらわれ、甲斐へ戻ってゆかれた。あまりに唐突《とうとつ》な行軍、よもや、お忘れではございますまい」

「誰が忘れよう」

さすがに、反応した。

「この家康、武田勢の席捲《せっけん》に見舞われ、生きるか死ぬかの瀬戸際へ叩き込まれたのだ」

「そのおり、信玄公がご休憩されたのが長岳寺であると洩れ伝わって参りました」

――ご存知なきや。

とでもいいたげな表情で、氏真は重《かさ》ねる。

「さらに申さば、それ以来、信玄公のお姿を拝《はい》した者は誰ひとりおらぬそうで」

「なんじゃと」

ようやく、家康は眼を剝《む》いた。

「掛川の籠城《ろうじょう》よりこの方、それがしが厄介《やっかい》をかけておりますのは、小田原にございます。北条と武田は、以前、相模と甲斐の盟約を結んでおりましたゆえ、なにかと消息《しょうそく》が舞い込んで参りまする。その中には、秘匿《ひとく》すべきものもありまする。家康どのよ――」

氏真は膝行《しっこう》し、

――信玄公はご逝去《せいきょ》されましたぞ。

と、声をひそめた。

「まさかっ」

おもわず驚く家康に、氏真は顔の前で指をふり、

「長岳寺の狼煙は、その証《あかし》。荼毘《だび》の煙にござりましょう」

「……まさか」

と、家康は、二度つぶやいた。

「喪《も》は秘されておりますが、相違《そうい》ございませぬ。家康どの、攻むるは今。甲斐の屋《や》台骨《たいぼね》が失われた今をおいて、武田家を滅ぼす機会はござりませぬ。申し上げたとおり、それがしは相甲《そうこう》同盟の片方に身を置く者、一国を滅ぼすほどな軍馬をあげることはもはや叶いませぬ。さればこそ、こうして恥を承知で罷《まか》り越したのです」

「……わしに挙兵せよと、武田を攻めよと申されるか」

「いかにも」

氏真は、誇らしげに胸を張った。

「さすれば、それがし、時を合わせて駿河国へ攻め込みましょう」

「して、御身《おんみ》はなにを望まれるのだ」

「駿河」

氏真は、言い切った。

六

「駿河国は、信玄公に奪われはしたものの、もともとは、わが本領。それは、駿府にて暮らされた御身もよくご存知にござりましょう。駿河国を、安堵《あんど》していただきたい。駿河が叶わねば、駿府のみでも結構。それが、ただひとつのわが望みにござる。家康どの、頼む、頼み申す、いや、お頼み申し上げる。かつては盾戈《たてほこ》を交えた仲にござれば、虫のよい頼み事なるは重々《じゅうじゅう》承知の上、されど、御身よりほかに頼みに足る御方はおられぬ。家康どの、このとおりじゃ。なにとぞ、なにとぞ、軍を挙げて下され。御ん願い上げたてまつる」

しかし、即座に、

――あいわかった。

とは、答えられない。

「氏真どのよ。まずは、事の真偽《しんぎ》を確かめねばならぬ。わしとて、乱波《らっぱ》のひとりやふたりは飼《こ》うておるゆえ、甲斐に忍び込ませよう。そして信玄公が亡《の》うなられたとわかれば、すみやかに軍を起こし、勝頼《かつより》の出方をあれこれ探り、時を見計らい、隙を衝《つ》いて駿河を攻めてみることといたそう。そのおりは、ご助勢《じょせい》、願えるか」

「無論、身《み》を粉《こ》にして働き申す」

かくして、氏真は家康の庇護下《ひごか》に入り、奇妙な連携《れんけい》が出来上がった。

しかし――。

本多忠勝《ほんだただかつ》などは、納得しない。

――殿よ、正念場ではござらぬのか。

鬼のような形相《ぎょうそう》で、寝所《しんじょ》にまで詰め寄ってきた。

「殿よ。なぜじゃ。なにゆえ、源応尼さまについて質《ただ》されぬ？」

「目的を達してから、たしかめる。急《せ》いて質したところで、おばばは生き返らぬ」

「合点がゆきませぬ。殿は、なにを望まれると仰せか」

「駿府じゃ。駿河国じゃい」

「ああ、それは……」

忠勝は、おもわず首をふった。

この徳川家中では最強といっていい若武者は、元亀《げんき》三年（一五七二）の初冬、家康が武田信玄に対して蟷螂《とうろう》の斧をふるった際、一言坂《ひとことざか》での殿戦《しんがりせん》の豪胆《ごうたん》ぶりや、三方ケ原《みかたがはら》での防戦《ぼうせん》の采配《さいはい》ぶりなど、敵といわず味方といわず、賞讃《しょうさん》されている。

が、その当人が顔色を変えるほど、家康の望みは儚《はかな》い夢に近かった。

「殿よ。駿河は、武田家の領国にござるぞ」

「当たり前ではないか。今も氏真とその話をしておったぞ。聞いておらなんだか」

「拝聴《はいちょう》しておりましたゆえ、申し上げておるのです」

忠勝は、遠慮なく眼を剝いた。

「遠江と信濃の国境《くにざかい》、かの高天神城《たかてんじん》ですら、長年にわたり領有《りょうゆう》に手間取っておるのです。それがどうして、駿河一国が盗《と》れましょう。われらのみでは、手に負いかねまする。そのようなことなど、殿は先刻《せんこく》ご承知のはずではござらぬか」

「承知の上よ」

家康も、負けてはいない。

「あわてるな、忠勝」

家康のおもてに奸謀《かんぼう》の影が差した。

「尾張どのに、ご出馬を願うのよ」

織田信長のことである。

七

「織田信長を、引き摺《ず》り出すのだ」

家康は、くりかえしくりかえしおなじ呟きを口にしている。

「そう、信長どのを尾張から引《ひ》き摺《ず》り出さねば、わが一族の生きる道はない」

仰向《あおむ》けに寝転がり、だらしなく下半身を露《あら》わにし、両腿を投げ出し、天井の柾目《まさめ》を見つめるともなく見上げながら、徐々に鎮《しず》まりつつある動悸《どうき》を感じつつ、くりかえしくりかえし呟いている。

家康は年を取るに従ってその心中を曝《さら》け出すことは控えるようになっていったが、ただ、寝所においてはそうではなかった。褥《しとね》に横たわり、汗を拭かせ、うつ伏せになって腰を揉《も》ませ、いつしか眠りに落ちてゆくその瞬間まで、あれこれと浮かんでは消える思案《しあん》の数々を口にし、整え、採《と》り、そして棄《す》てる。

そうした脳内《のうない》の作業を、夜伽《よとぎ》の相手にだけはなんら警戒《けいかい》することなく聴かせた。

「じゃが、信長どのの気を東へ向かせるのは、並み大抵なことではない」

「いかにすれば、それができましょうや」

夜伽の相手も心得たもので、絶妙なところで相槌《あいづち》を打ってくる。

「そこが、思案のしどころよ」

「殿が、おんみずから、信長公をご説得なさるので?」

「左様なことはできまい。いや、わしよりも適任がひとりおる」

「どなたでございましょう」

「今川氏真よ」

答えつつも、腰にあてた指の位置が微妙に違うだの、揉みしだくのが強すぎるだの、あれこれと細かな注文をつけてくる。相手は「こうでございまするか」といっさい疲れを見せずに応えてゆく。

家康という若者は、まるで面白味《おもしろみ》がない。

潑溂《はつらつ》だの明朗《めいろう》だのといった爽《さわ》やかさとは無縁《むえん》で、あらためて断るまでもなく趣味というものがひとつもない。大名たちの間で流行《はや》っている茶の湯にもいっさい興味は示さず、当然、書画や陶磁器などといった銘物《めいぶつ》にもまるで関心はなかった。

手ずから行うことといえば、駿府時代に源応尼のかたわらに腰をおろして眺め続けた薬の調合くらいなもので、そのせいか、健康については異常なほど気にかけていた。のちになって鷹狩《たかがり》が趣味のひとつだったともいわれたが、それは足腰の鍛錬《たんれん》と合戦における采配《さいはい》の勘所《かんどころ》を忘れないための、いわば必要に駆《か》られてのことであり、とてもではないが趣味などという暢気《のんき》なものではなかった。

後年、家康は、駿河国に奨励《しょうれい》して茶畑を作らせたり、みずから狂言を習って披露《ひろう》したこともあったが、それはやはり健康のための常備薬として茶の効能を重んじたためと、狂言については、保身のための秀吉への阿諛《あゆ》と、母の於大を愉しませるという孝行心からのことで、趣味などというものではなかった。

ただひとつだけ、趣味というより習慣となってしまったものはある。女色《にょしょく》だった。

一夜たりとも女人《にょにん》の肌がなければ気が休まらず、とても寝つけないというくらいの日課で、結局、死ぬまでそうだった。家康は、二十人を上回る側室《そくしつ》を持ったし、彼女たちとの間に生まれた子女の数も正確には数え切れない。

数についてはともかく、これだけの女人と睦《むつ》み続けるためには相当な体力と気力が要るが、それを鍛《きた》え維持《いじ》するべく鹿の角や膃肭臍《おっとせい》の逸物《いちもつ》を乾燥粉砕《かんそうふんさい》して薬研《やげん》で調合し、日々服用《ふくよう》した。効能があったかなかったかは家康にしかわからないが、ともかく、せっせと続け、死ぬまで夜伽《よとぎ》を欠かすことはなかった。

そうした側室の中でも最初に召された女人が、今宵《こよい》の夜伽の相手だった。

——於葉《およう》。

と、いう。

八

於葉は、すでに女児《じょじ》をひとり産み落としている。娘は「ふう」と名づけられたが、正史では「督姫《とくひめ》」として通っている。のちに北条氏直《ほうじょううじなお》の正室となり、その死後には池田輝政《いけだてるまさ》に再嫁《さいか》するが、それについてはいい。

於葉は家康の初めての側室であるとともに、もうひとつ、特徴がある。

家康の側室とされたのが、十七歳という若さだったことである。

それも、かつての於富とよく似た状況下で拾われた。

炎《ほむら》の中だ。

永禄五年（一五六二）すなわち上ノ郷城が陥落《かんらく》する際の炎である。

甲賀《こうか》衆によって放たれた火によって城が轟々《ごうごう》と燃え盛る中、家康は、酒井忠次《さかいただつぐ》と石川数正《いしかわかずまさ》の両名に守られながら突入した。このとき、城中のかたすみで、鉢巻姿で薙刀《なぎなた》を構え、ふたりの幼な子をひしと庇《かば》っていた乙女の姿を目に留《と》めた。この子たちをなんとしても守るのだという必死の形相《ぎょうそう》が、家康の心を弾《はじ》いた。

それが、於葉だった。

於葉に守られていたのは城主の鵜殿長照《ながてる》の子で、氏長《うじなが》・氏次《うじつぐ》といい、もぎ取られるように捕えられて人質とされた。そして、ほどもなく、石川数正の計らいにより、駿府で人質になっていた家康の正室瀬名姫《せなひめ》や長男の信康《のぶやす》らと交換された。氏長と氏次については擱《お》くが、残された於葉はそのまま城に留《とど》められた。

父親の加藤善左衛門《かとうぜんざえもん》が、付き従っていた鵜殿長忠《ながただ》とともに家康に投降していたからである。

そう、鵜殿家はその本家である長忠の兄長照は討死し、その正室の於満《おまん》は曳馬城へ落ち延びたものの、他の一族郎党はあらかた家康の軍門に降《くだ》り、服属《ふくぞく》した。於葉の父善左衛門もそうで、虜《とりこ》とされた全員がそっくりそのまま上ノ郷城のあらたなあるじの家来となった。久松長家《ひさまつながいえ》である。

長家は、於葉を城中に入れ、正室の於大の侍女とした。

運命というのは得てして妙なもので、こうした経緯《いきさつ》が家康と於葉を再会させた。

翌年、家康は、長家の「家」の偏諱《へんき》を受けて「元康」から「家康」へと改名し、長家はそれを憚《はばか》って「俊勝」と改名した。その改名の儀《ぎ》に、家康は、岡崎城から罷《まか》り越《こ》した。於葉を見初《みそ》めたのは、そのときである。

ただ、側室とするにあたり、躊躇《ちゅうちょ》がなかったわけではない。於葉は、母の於大が可愛がっている。母親の侍女を手籠《てご》めにするというのは、やはり、どことはなしに気が引けた。だが、炎の中で見かけた強烈な眼差《まなざ》しは、忘れようにも忘れられないものだった。

家康は、母に会うという名目で、於葉のもとへ通い、ついに愛妾《あいしょう》とした。於葉の瞳と膚《はだ》に、溺れてしまったからである。

瀬名《せな》の巻

一

「そう、おもわぬか」

於葉《およう》よ、と、家康は褥《しとね》に横たわりながら、話しかける。

「織田信長《おだのぶなが》公の気をひくには、わしよりも氏真《うじざね》の方が適任《てきにん》であろう」

「よく存じませぬが、氏真さまとは、微妙な縁《えにし》で結ばれておられるとか」

「左様」

四肢《しし》を於葉にからめつかせながら、家康はいう。

「彦さらのたしかめてきたところでは、どうやら、従兄《いとこ》弟らしいがな。とはいえ、駿府の時代は、口を利《き》けるような立場ではなかった。氏真は義元《よしもと》公の嫡男、わしは人質の小倅《こせがれ》、身分に差がありすぎたでの。それが、従兄弟だなどと聞かされたときには、目の玉が飛び出るような驚きじゃった。いや、おばばの訃報《ふほう》が、わしらの間柄をなおさらややこしくさせた。わしはおばばの死について、氏真が手を下したと信じ、仇《かたき》とした。ところが、氏真めも、おばばの死はわしの裏切りに由《よ》るものと公言《こうげん》して憚《はばか》らず、兵馬を挙げてきおった。面倒な従兄弟どのよ」

「左様なおふたりがお手を結べましょうや」

「結ばねば、わしもあやつも死ぬだけだ」

「奇妙な組み合わせでございますこと」

「めざすものを等しゅうするからの」

「なにをめざされるのでしょう？」

——駿河の国よ。

家康は、夢見るように口にするのだ。

「わしは、岡崎に生まれたが、憶えておるものはほとんどない。三つの歳に母さまと離れ離れになったおり、母さまにひしと抱き締められたことを憶えておる。なによりも、なによりも、柔らかい肌じゃった。わしは悲しゅうて悲しゅうて、どうしようもなく悲しゅうての。あのときの悲しみに勝るものは、今もない。じゃから、岡崎の思い出はその悲しみに尽きる。母さまが知多の緒川《おがわ》に戻られたのは、義元公の差し金よりほかにない。息のかかった戸田康光《とだやすみつ》の娘、田原《たわら》どのを継室《けいしつ》に遣《つか》わさんとしたからじゃ。今川家の命《めい》に逆らうことなど、わが父広忠《ひろただ》にできようはずもない。わしは、その後も数年、岡崎で暮らしたが、なにも憶えておらん。駿河国をわしが欲するのは、そのためじゃ。岡崎の憶えはないが、駿河の思い出は無数にある。つまり、駿府こそが、わしの在所《ざいしょ》なのやもしれぬ」

「さりながら」

於葉は、家康の腰をさすりながら、問う。

「殿は尾張の熱田《あつた》におられたと聞きおよびまする。尾張の憶えはございませぬか」

「六つとなった夏、尾張へ遣《や》られた。もともとは、義元公がわしを召された。今となってはたしかめようのないことながら、もしかしたら、おばばが招いてくだされたのやもしれぬ。おばばが、もしも、義元公の実の母であるなら、孫のわしが母親と生き別れになったのは不憫《ふびん》ではないかと、そのように詰め寄られ、わしを人質として駿府に呼び、育ててくだされようとしたのではあるまいか。しかし、そのようなおばばの慈愛《じあい》を、田原御前《たわらごぜん》の父康光め、鐚銭《びたせん》に目が眩《くら》み、わしを尾張へ売り飛ばしおった。吹けば飛ぶような松平家のせがれにふさわしい話じゃが、それが尾張で暮らすこととなった理由よ。尾張の思い出など、なにひとつ、あろうはずがない。わしと信長公が知り合いであったと嘯《うそぶ》く連中もあるが、そやつらは清洲《きよす》と熱田がどれだけ離れておるか知らぬだけじゃ。とても、巡り会えぬわ」

「そのおり、お知り合いになっておられれば、よろしゅうございましたなあ」

「なぜじゃ」

「氏真どのを恃《たの》まずとも、手を取り合《お》うて、武田勝頼どのを迎え撃てましょう」

「たしかにそうじゃが……」

あ……っと、いきなり、家康は跳び起きた。

「於葉、ある。尾張の思い出が、たったひとつだけある」

「どのような思い出にございまするか」

「船だ……」

二

「そう、わしの尾張の思い出は、船じゃ。たったひとつの情景じゃ」

当時の知多半島は、ほぼ島といっていい。その巨大な半島型の「島」の北の端に、桶狭間《おけはざま》の前夜に家康が兵糧を入れた大高《おおだか》城があり、錯綜《さくそう》する入り江を隔《へだ》てて鳴海《なるみ》城と向かい合っている。

このあたりは海岸すれすれに山が迫り、そこから見はるかす海原には真白な帆を翻《ひるがえ》した大小の漁《すなど》り船が舫《もや》い、ときにあたりを睥睨《へいげい》するように関船《せきぶね》や安宅《あたけ》船が行き交《か》うといった風光が続いていた。そうした船々が寄港したのが、大高城からさらに北を指していったところにある津で、その湊《みなと》に面して、ひときわ大きな社《やしろ》がある。

この地が、

――アツタ。

と呼ばれていたことから名づけられた古社《こしゃ》で、熱田神宮という。

信長も含め、このあたりの武人の崇敬《すうけい》を受け、護《まも》られてきた。家康の人質屋敷は、この近くに置かれていた。そうした背景から、家康もしょっちゅう参詣《さんけい》した。ただ、贖《あがな》われた人質という窮屈《きゅうくつ》さのため、好き勝手に宮《みや》へ参るわけにもゆかない。

「寅《とら》の日と決められておってなあ」

熱田神宮の一の鳥居は、海の中に建てられている。

安芸《あき》国の厳島《いつくしま》神社や常陸《ひたち》国の鹿島《かしま》神宮のようだが、この海の中に建てられた鳥居から延びている表参道の行き着く先に、海蔵《かいぞう》門なる神宮の門が聳《そび》えている。この門を、寅の日の朝、家康はくぐっていったものだった。

「いつもそうであったかどうかはよう憶えとらんのじゃが、そう、わしが神宮の門前にやってくると、ふと、誰かに見られているような気がした。それで、何気なくふりかえれば、波の上に一艘《いっそう》の関船が浮かんでおった。遠目《とおめ》ながら、船の欄干《らんかん》にそっと手を置いているのは艶《つや》やかな小袖《こそで》の女人と知れた。女人の左右には侍女らしき者どもが控えており、さらに船のそこかしこには屈強そうな蓬髪《ほうはつ》の水夫《かこ》が居並んでいた。そやつらを統括《とうかつ》している者は遠目からでもそれとわかる武将《もののふ》じゃった。その屈強そうな武将と、小袖の女人のことがやけに気にかかった。わしを見ておるのかと、そのようにおもわれて、忠次《ただつぐ》や数正《かずまさ》に質《ただ》してみた。ところが、きゃつらは答えぬ。見当がつかぬのか、惚《とぼ》けておるのか、要領《ようりょう》を得《え》なんだ。じゃが、わしには、幼いながらもわかっておった。あれは、母さまじゃと」

「於大の方さまが、阿久比《あぐい》からお越しでございましたか……」

「そう、おもうておるだけじゃがなあ」

家康は、そういって微笑んだ。

「しかし、尾張といえば、それだけしか憶えておらぬ。そう、岡崎も熱田も母さまの思い出がひとつずつあるだけよ。それでは、故郷とはいえまい。わしが、駿河国を手に入れたい、駿府を取り戻したいというのは、そうしたことからじゃ」

（そうであろう）

於葉は、深く頷《うなず》いた。

家康は、源応尼《げんおうに》との思い出の詰まった駿府を故郷としている。もっとも、それは、家康に信玄の訃《ふ》を報せてきた氏真《うじざね》にしても変わらない。今川家の御曹司である氏真は、文字通り、駿府で生まれ育った。半生《はんせい》のすべてが、駿府にある。つまり、家康にしても氏真にしても、童《わらべ》の時代を懐かしむようにして、駿府を欲している。

駿河国を得、駿府に入城する。それを、当面の目標と定めている。

「じゃでな」

家康は、三河言葉のような合いの手を口にし、

「わしと氏真のどちらが駿府に住まうかは未知のこと。しかし、それを曖昧《あいまい》にしても、手を結ぼうと粉《こな》をかければ、まちがいなく、氏真は乗ってくるであろう」

「まこと、乗ってまいりましょうや」

「武田がぶらさがっとるでの」

駿河を得るには、武田氏を潰《つぶ》さねばならない。

武田氏は、家康と氏真の共通の敵である。人というものは、たとえ憎み合う間柄であっても、共通の大敵がいるかぎり、手を結ぶ。その敵を下《くだ》すまでは、どれだけ仇敵であっても敵対することはない。その大敵武田が、今まだ、駿河国を領有している。

いいかえれば、武田さえ下せば、駿河を取り戻せる。

そう、取り戻すのだ。もともと自分たちの領土であったという確信が、気分をよりいっそう雄々しくさせる。どのような障害《しょうがい》があっても、挫《くじ》けない強さを持たせる。武田を下すまで戦いはやめないと、家康も氏真も共通しておもっている。

「ただ、これまでは、わしらが手を結んだところで勝てなんだ」

「信玄公がおられたからでしょうか」

「於葉はものわかりが好《よ》いな」

三

奥歯を軋《きし》ませて悔《くや》しがるとおり、家康は、信玄にこっぴどく叩かれている。

二年前の元亀《げんき》三年（一五七二）冬、麾下《きか》の精鋭をひきいて西上の途《と》に出たためだ。

とはいえ、実をいうと、信玄は、京の都に旗を立てようなどという大それた考えは持っていなかった。またいえば、今川義元もおなじで、かれらはあくまでも室町幕府を支える守護《しゅご》として朝廷を尊《たっと》び、足利将軍家を重んじてきた。そうした旧来の秩序《ちつじょ》を破壊せんとする織田信長を葬《ほうむ》らんと挙兵《きょへい》しただけのことだ。

だから、その仏敵《ぶってき》の手下のような家康など、はなから眼中にない。

――三河の小僧など、蹴《け》散《ち》らして進むだけよ。

そう、鼻で嗤《わら》った。

――桶狭間の二の舞になどならぬ。

実際、そのとおり、家康は散々《さんざん》に叩きのめされた。

三方ヶ原《みかたがはら》の戦いである。

このおり、家康は、逃げた。鞍壺《くらつぼ》にしがみつき、絶叫してひたすら逃げた。後世、三河衆の誰かが身代わりになっただの、盾《たて》となって敵の千本の矢を食らっただの、あるいは本多忠勝の一言坂《ひとことざか》のごとく迫りくる敵を一喝《いっかつ》して押し止《とど》めただの、枚《まい》挙《きょ》に遑《いとま》もなくさまざまな言い伝えが生まれるほど、凄《すさ》まじい負けっぷりだった。

最後には、とんでもなく惨《みじ》めなことまでしでかした。

脱糞《だっぷん》、である。

ただし、このとき、家中に名を響かせた者もいる。

於葉、だった。

家康が糞《くそ》まみれになって浜松城へ逃げ帰ってきたとき、家来どもは呆然として立ち尽くした。どこの大名であろうと、いかなる武将であろうと、敵とまみえてそのあまりの恐ろしさに糞を漏《も》らし、足軽の端《はし》のそのまた端にまで聞こえるような悲鳴をあげ、冷や汗と涙に顔をぐしゃぐしゃにして狼狽《ろうばい》したまま逃げ帰ってきたなど、聞いたためしがない。

——古今東西、初の惨めさではないか。

しかし、なにをどうしてよいのやらわからず、ただ、棒立ちとなっていた。

於葉が現れたのは、まさにその渦中だった。

それも、いきなり、手に提《さ》げた桶《おけ》のぬるま湯を家康にぶっかけたのである。

仰天したのは付き従っていた天野康景《あまのやすかげ》や榊原忠政《さかきばらただまさ》などの家来衆で、

——なにをなされる。

という一喝《いっかつ》すら忘れ、ただ、眼を円《まる》くした。

すると、於葉は、さらに侍女らの抱えていた手桶《ておけ》をもぎとり、ふたたび家康の頭からぶっかけた。桶の湯は、帰還《きかん》した将兵の手足を洗うためのものだったが、於葉は、それをして家康の漏らした糞尿《ふんにょう》を流した。

それだけではない。

あたりの将や兵どもに対して「そなたらの中にも糞を漏らした者はあろう。さあ、具足をはずし、小袖を脱ぎ、汚れた身を洗いなされ。さあ」と怒鳴った。さらには康景や忠政に対しても「さあ、早《はよ》う、お脱ぎなされ」と促し、侍女たちに命じて、ありったけの桶を持ってこさせ、湯を沸かし、兵どもの身にかけさせた。

「おお、おお……」

あたりは、糞尿が凄まじい勢いで湯に流されてゆく。

雑兵どもは、声をあげて糞の海を見つめた。

「おお、おお……」

四

於葉は、さらに遠慮がない。

追っ手を払って帰還したばかりの本多忠勝に対しても、

「おお、臭《くさ》やっ」

叫ぶや、脳天《のうてん》から湯をぶっかけた。

面喰らったのは、忠勝当人だ。

「なにをなさるっ」

と怒鳴り、家康のあまりのみっともなさをまのあたりにして眼を剝《む》いた。

「殿に対してなんたる仕打ち。いかにご側室とて、許すまじきことにござるぞ」

「立ち尽くしておる方《ほう》が許されませぬ。殿にいつまで恥をかかせるのじゃ」

於葉は動じず、一喝する。

「手伝いなされっ」

忠勝も、あほうではない。

この喝声《かっせい》で、情況を咄嗟《とっさ》に把握《はあく》し、於葉を手伝った。

かくして、浜松の城中に、とてつもない騒ぎが沸き起こった。

しかし、家康だけは震えが止まらない。おのれが脱糞したことすらおぼつかないのか、茫然自失《ぼうぜんじしつ》のまま突っ立っている。於葉は、小者に命じて甲冑《かっちゅう》を外させるや、引き裂くように帷子《かたびら》を毟《むし》り取り、またさらに湯をぶっかけた。丸裸となった家康の全身から湯気《ゆげ》が立ち上《のぼ》り、その身を、於葉は手拭いで必死に磨《みが》いた。

「糞がなんじゃ。泥の汚れとなんら変わらぬ、糞など大したことではないわっ」

叫び叫んで、拭《ぬぐ》って拭って拭い切り、家康そのものが流されてしまうのではないかというほどの湯をかけ続け、仏像を磨くような丁寧《ていねい》さで水気《みずけ》を拭き取っていった。そして、家康の全身を拭き終わったとき、於葉は、あたりに聞こえよがしにこう叫んだ。

──お見事なる戦いぶり、しかと拝見《はいけん》いたしましたぞ。

湯の飛沫《しぶき》が顔を覆っているのか、於葉の目も頰も濡れに濡れている。

──ご立派にございまする、ご立派にございまする。

すると、どうだろう。

間髪《かんはつ》入れず、侍女どもが一斉に、勝ち鬨《どき》をあげたのだ。

敗北の恐怖に疲れ切った兵どもには、信じられないような展開だった。

しかし、あらかじめ於葉が言い含めておいたのだろう、侍女たちは兵どもを励《はげ》ますだけでなく、今度は自分たちが城を守って戦ってみせるという気概《きがい》を見せ始めた。襷《たすき》がけに鉢巻《はちまき》を締め、薙刀《なぎなた》を、弓箭《きゅうせん》を、小鑓《こやり》を構え、武田方の追撃と攻城に備えた。

その一連の動きは、大敗北を喫した徳川勢の挫《くじ》けた意気を蘇生《そせい》させた。

こうした於葉にはなはだ感心したのは、酒井忠次《さかいただつぐ》や石川数正《いしかわかずまさ》だった。

——お見事なり、西郡《にしのこおり》の方さまっ。

と、喝采《かっさい》し、

——次は負けぬ、次はかならずや勝ってみせんっ。

と、拳《こぶし》を握りなおした。

このとき、家康は、ようやく我に返った。

そして、

「於葉よ、於葉よ……」

虚空《こくう》を見上げながら、こう促した。

「そなたに、鎧兜《よろいかぶと》をとらせよう」

五

翌年の春が萌《も》える頃、於葉は、甲冑に身を固めた。

美しかった。

帷子《かたびら》も兜も甲冑も寸法をとって誂《あつら》えたもので、侍女をはじめ、小姓《こしょう》も用人《ようにん》も将《しょう》卒《そつ》も、皆が蕩《とろ》けるような視線を於葉に向けた。於葉は気恥ずかしそうに家康の眼の前に立ったものだが、家康もまた惚れ惚れするような眼差《まなざ》しで於葉を見つめた。

「善《よ》きかな、善きかな」

以後、家康はいかなる合戦にも於葉を連れていったし、この行為が家康独自《どくじ》の習慣を形づくることになった。甲冑を纏《まと》った側室の、女小姓《おんなこしょう》としての従軍《じゅうぐん》である。そう、鎧兜に身を固めるのは、当初、於葉だけのことだったが、やがて、それが慣《かん》例《れい》となった。

阿茶局《あちゃのつぼね》として名高い雲光院《うんこういん》ことお須和の方、築山殿《つきやまどの》に虐《しいた》げられながらも家康の後継ぎとなる秀忠《ひでただ》を産み落とした西郷局《さいごうのつぼね》こと於愛《おあい》の方、鷹狩り中の家康に代官の処罰を直訴《じきそ》するという勇を見せた茶阿局《ちゃあのつぼね》ことお久《ひさ》の方、於大《おだい》の姪にして築山殿の奥女中を務めていたところを見初められて結城秀康《ゆうきひでやす》と永見貞愛《ながみさだちか》の双子を産み落とした小督局《こごうのつぼね》こと於古茶《おこちゃ》（於万の方）、日光東照宮で家康の法事をしている最中に急死した養儼院《ようげんいん》こと於六《おろく》の方など、どの側室も皆ひとしく具足に身を固め、小具足を装した侍女《じじょ》どもをひきつれ、家康の後半生の合戦のあらかたに供奉《ぐぶ》した。

於葉は、まさしくその魁《さきがけ》だった。

実際、家康は、強いおなごを好んだ。

他人の妻であり、とくに苦労を重ねた女人《にょにん》は大好きだったが、彼女らに共通しているのは如何《いか》なることがあろうともへこたれぬ心を備えていたことだ。家康は、自身の精神的な脆《もろ》さをよく承知している。そんな心の弱さを叱咤《しった》し、同時にいたわってくれる女人を側室にした。

於葉はそうした習癖《しゅうへき》を持つ家康の腰を揉みほぐしつつ、

(お寂《さび》しかったのであろう)

と、毎夜のようにおもっている。

於葉は、家康の肥え始めた背中を見つめた。

(このしつこい凝《こ》りを、源応尼さまも揉みほぐしてさしあげたのだろうか)

幼い頃に母親と生き別れた家康は、物心《ものごころ》がついてから青年時代が終わりを告げる頃まで、身近にいる肉親といえば祖母ひとりしかいなかった。母親の膝に顔をうずめることもできなければ、わがままをくりかえして母親を困らせたり腹立たせたりすることもできなかった。しつけに厳しい祖母のかたわらで、常に好い子でいなければならなかった。

松平家の跡取りとして、父親を亡くした三河の小倅《こせがれ》として、小姓どもをひきいていかなければならなかった。涙をこぼすことは決して許されなかった。そうした家康を、於葉は、さぞかしお寂しかったのであろうとおもい、母親代わりになってしまっていることを自覚《じかく》せざるを得なかった。

側室として愛されながらも、母親の役も務めなければならなかった。

ただ、そうした役に勤《いそ》しむとき、ふわりと一瞬、脳裏をよぎるものがある。

（瀬名姫《せなひめ》さま……）

家康の正室である。

ふたりが婚儀を整えたのは弘治《こうじ》三年（一五五七）の小正月だから、すでに十七年が経《た》とうとしている。当時、瀬名姫は二十歳《はたち》を過ぎ、蔵人佐《くらんどのすけ》元康と名を改めた家康はまだ十四歳で元服と同時の婚姻だった。

ふたりの間にはまもなく男児が生まれ、続いて女児が生まれた。男児は、のちに松平信康《まつだいらのぶやす》と名乗り、非業《ひごう》の死を遂げることとなるのだが、女児は正反対の人生をたどった。亀姫《かめひめ》と名づけられた彼女は、元亀《げんき》四年（一五七三）に新城《しんしろ》城主の奥平《おくだいら》信昌《のぶまさ》のもとへ輿入れした。信昌は、当時、武田家の被官《ひかん》となっていたのだが、家康がひきぬいた。

このため、信昌の妻おふうは鳳来寺山《ほうらいじさん》で磔《はりつけ》にされ、処刑《しょけい》された。そうした犠牲《ぎせい》もあって、信昌は家康の家臣となり、亀姫の許嫁《いいなずけ》ともなった。しかし、信昌にとっての試練はそれだけに留まらず、やがて長篠《ながしの》城を任され、武田勝頼の猛攻に堪えることとなるのだが、それについてはわずかに擱《お》く。

今、瀬名姫は、右のふたりの子と岡崎にいる。

於葉が側室として浜松城に召された頃、家康は、すでに独りで暮らしていた。どうやら、瀬名姫は、浜松で過ごしたことがないらしい。ということは、家康は、瀬名姫に背を向けられているのだろう。

当然、於葉と顔を合わせることはない。

(瀬名という御ん名は、苗字と聞いたが……)

まわりには、瀬名はお名前ではないかという者もあったが、名前にはしてはきわめて珍しい。そもそも、二文字というのが解《げ》せない。すくなくとも、於葉は「葉」という名であり、於葉の知るかぎり瀬名という名前は聞いたことがない。

側室という立場のせいか、於葉は、瀬名のことがどうしようもなく気にかかる。かといって、家康に、瀬名について問い質すこともできない。立場をわきまえているからというのではなく、正室のことどもをあれこれ訊き出そうとするおのれの卑《いや》しさを感じてしまうからだ。嫉妬《しっと》から来ているのは明らかだし、そうした根性を於葉は見苦しいとおもうのだ。

(けれど)

ついに、居ても立ってもいられなくなり、小者《こもの》を駿府に遣《つか》わして調べさせた。

すると、すこしばかり、納得のいかない話が伝えられてきた。

瀬名姫の父は関口氏純《せきぐちうじずみ》といい今川家の縁戚《えんせき》にあたり、義元の恃《たの》みとする重臣で、母は義元の異母妹《いぼまい》だという。つまりは、彼女は名門今川家の血をひき、家康を今川家に取り込もうとする義元の思惑《おもわく》によって婚姻させられたということになる。

（関口瀬名と申されるのか。それはおかしい）

於葉は、そう、直感した。

六

（瀬名というのは、地名姓ではないのか）

どうやら、駿府の城下には、瀬名なる在所があるらしい。

しかも、そこを本領にしている氏族があり、それが瀬名氏であるという。

そもそも、今川氏は清和源氏《せいわげんじ》足利氏の支流で、二百五十年ほど前の暦応《りゃくおう》年間に、今川氏の初代となる範国《のりくに》が駿河国守護《しゅご》に任じられ、それが肥大《ひだい》して戦国大名として生き残った。

このため、家紋もおなじゅうされた。今川氏の家紋は足利一門を象徴する二《ふた》つ引《び》両紋《りょうもん》だが、駿府の城下にはこの名紋を戴《いただ》く家がいくつか存在している。関口、蒲《かん》原《ばら》などがそうで、そこへ瀬名が加わったことになる。

　ただ、今川氏の支流の中では関口氏が筆頭《ひっとう》で、そのため、駿府城内でもきわめて有力な重臣の家柄とされた。関口家は、もとをただせば京の都から遣わされてきたらしい。室町幕府の奉行職を拝命《はいめい》したという御家人《ごけにん》の家柄で、今川家とは駿河に赴いてから姻戚の間柄となった。ただ、胤《たね》が絶え、後継ぎの必要に迫られた。そこへ今川家の仲介が為され、一族の中から養子を取ることになった。

　それが、瀬名氏である。

（れっきとした名家ではないか……）

於葉は驚きとともに、なんとなく納得できた。

（瀬名姫は、そうした血脈の裔《すえ》にお生まれになったのか……）

士分《しぶん》の中でもことに大名家の場合、輿入れするには、それなりの箔がいる。

相手が人質の家康ならば、たいした箔をつける必要もないことだったが、しかしそれでも、いちおうは城持ちの国人領主のせがれである。せめて今川家の一族の娘としなければ、婚姻のかたちが整わない。

（つまり、瀬名姫ならば、殿の正室となる際に充分な氏素性《うじすじょう》だと……）

ただ、婚姻したとき、瀬名姫はやや薹《とう》が立っており、家康より七歳上だった。

とはいえ、当時の家康は数えの十四歳で、二十一歳の正室は、うぶな新郎を育てるにはちょうどよかった。立ち居振る舞いから男女の睦事《むつごと》にいたるまで、手取り足取り、ことこまかに教育した。家康にしてみれば、瀬名姫は初めて肌を合わせた女人というより、母親に近いものだったのかもしれない。

ところが、この着せ替え人形のように初々《ういうい》しかった家康がいつしか初陣《ういじん》を迎え、さらに知多征伐《せいばつ》においては今川勢の魁《さきがけ》となって大高城へ兵糧を入れ、ついには桶狭間の戦いが生じるや行方知れずとなり、にわかに岡崎城へ入り、独立の旗を掲げてしまった。

（悲劇が始まってしまったのだ……）

家康のおもいもよらない裏切りに怒り狂ったのは、義元の跡目《あとめ》を継いだ氏真である。氏真は、その腹癒《はらい》せに、瀬名姫とその子ふたりを幽閉《ゆうへい》したばかりか、彼女の親については自害へと追い込んだ。関口家を継いだ両親のみならず、家康の軍監《ぐんかん》として遣わされていた叔父、瀬名氏俊《せなうじとし》の夫婦までも自刃《じじん》させられた。

瀬名姫の絶望は想像してあまりあるが、信康と亀姫を抱えて明日をも知れぬ身に追い込まれてしまったとき、もはや家康はなんでもいうことを聞く優しい夫ではなく、親たちの仇《かたき》であり、憎悪の対象に変じた。

それは、石川数正が立ち働いて人質交換を成立させたあとも、いっさい変わらなかった。

た。氏長と氏次を守っていたのは事もあろうに於葉だったが、これについては皮肉以外のなにものでもない。

数正は、上ノ郷城《かみのごう》の陥落《かんらく》にともない、鵜殿長照《うどのながてる》の子の氏長《うじなが》と氏次《うじつぐ》を人質としてい

しかし、それはともかく、この男児らと、駿府で捕えられている瀬名姫たちとを、交換してもらえないものか。そう、数正は、今川方に持ち掛けた。これについては前《さき》にも触れたとおり交渉が成立し、瀬名姫とふたりの子は無事に家康の元へ辿《たど》り着いた。


しかし、瀬名姫の心は、貝のように閉ざされていた。

家康は侮蔑《ぶべつ》するべき裏切り者であり、親を殺した張本人であり、そんな夫の顔など寸刻《すんこく》たりとも見ることはできなかった。そもそも、駿府と岡崎とは、天と地といっていいくらい格差がある。見るのも汚らわしいような田舎の岡崎へ連れて来られたとき、瀬名姫は眼の前が暗くなった。

——こんな田舎に、なぜ、住まわねばならないのか。

と、おもったことだろう。

——これなら、駿府で幽閉されていた方がましだった。

そう、唾《つば》を吐き棄てたいくらいの感情を湧かせたにちがいない。

結局、瀬名姫は、息子の信康《のぶやす》と娘の亀姫《かめひめ》を連れて岡崎城から出、なにくれとなく

世話を焼いてくれていた石川数正に命じて、城外にある築山《つきやま》なる地に屋敷を構えさせた。つまり、別居したわけである。

（そうか……）

於葉は、ようやく納得した。

（瀬名姫は、住まわれた地の名から、築山殿《つきやまどの》と呼ばれるようになったのか）

ただ、それが悲劇の序章に過ぎなかったことは、於葉の知る由《よし》もないことだった。

七

その一方で、家康としても、たまったものではなかったろう。

せっかく、人質を交換して正室と我が子を取り返したつもりだったところが、感謝の言葉ひとつ掛けられず、さっさと自分を棄てるように出て行ってしまうなど、夢にもおもわぬことだったにちがいない。

そう、家康は、岡崎城で独りとなった。

（わたしと上ノ郷城で再会したのは、それからまもない頃だったのか……）

たしかに、於葉がおもいめぐらすとおりだった。

しかし、家康がふたたび目に留《と》めた於葉は、上ノ郷城が陥落したときとまるで変わらなかった。いや、家康を蕩《とろ》けさせるほどに美しかった。ただ、側室として召し出した際、すこしばかり、素性に箔をつけた。加藤善左衛門の娘ではなく、そのあるじの鵜殿長忠《うどのながただ》の養女としたのである。

このせいで、於葉は、鵜殿長照の義理の姪ということになった。

が、おもいもよらぬ相関図を作り上げてしまった。

どういうことかといえば、曳馬《ひくま》で逝《い》ったお田鶴《たづ》の従姉妹《いとこ》になってしまった。それだけではない。築山殿こと瀬名姫は、いましがたも触れたとおり、今川義元の異母妹の養女とされる。お田鶴の母親である於満《おまん》もまた、義元の妹である。

つまり、姻戚《いんせき》の糸を手繰《たぐ》ってゆけば、義理の間柄とはいえ、於葉は、お田鶴と瀬名姫の従妹に相成《あいな》る。家康は、お田鶴を炎の中に討ち、於葉を炎の中から拾ったが、その一方で、瀬名姫は正室でありながらも家康を棄てて出て行ってしまった。

こうした複雑な縁《えにし》について、他人がとやかくいうようなことはなかった。母の於《お》大《だい》も、叔母の於久《おひさ》も、いっさい、口を開かなかった。しかし、運命というものは、なんとも滑稽《こっけい》な皮肉に満ちた人間関係を生み育《はぐく》んでしまうらしい。

（なんということだ……）

於葉は、あらかたの事情を察したが、同時に後悔もしてしまった。

（こんなわたしが……）

今度は合戦の場にまで付き添わなければならぬとは……。

（なんという星の下に生まれたものか……）

そんなことをおもいながら、於葉は、今宵《こよい》も家康の腰を揉み続けている。

ところが、家康その人は、そうした於葉の心持ちなど気づきもせずに背中のつらさを訴えつつ、あれこれと頭に浮かんでくるよしなしごとを、とりとめもなく口にするばかりだ。そのひとつふたつが、駿府の久能山《くのうざん》から見はるかす海に浮かぶ安宅《あたけ》船《ぶね》であり、熱田神宮の鳥居の向こうに浮かぶ関船だった。

幼き日の家康が、焦がれてやまない人の遣わした、あるいは乗り込んだ船だった。

（わたしは、関船に乗れるのだろうか）

於大さまのように、船上からこの人の将来を祈ることができるのだろうか。

（この人を見守る船を出せるような日が、果たして来るのだろうか）

「それにしても、於葉よ」

家康の呼び掛けに、於葉は我に返った。

「はい」

「わしは、心の底から安堵《あんど》しておる」

「なにを、ほっとなさっておられるのでしょう」

「武田信玄よ。さすがは信玄公、あまりにも強かった」

たしかに、家康は、武田には死んでも勝てないとおもってきた。駿河国を手に入れるなど夢のまた夢であろうと。ところが、その信玄坊主が死んだという。氏真は、まちがいなくそう告げてきた。

於葉よ、と、家康は半身を起こした。

「今をおいて、武田を叩き潰す機会は巡ってこぬ」

「はい」

「武田を潰したあかつきには、おまえを駿河へ連れてゆこう」

「おもいがけぬ仰せ、嬉しゅうございます」

「まことか」

「はい」

於葉の微笑みに、家康はいかにも満足げに何度も頷《うなず》いた。

八

「――して、わが殿。武田勝頼公は、どのように仕留められますのか」

「それよ」

家康は、瞳を輝かせて於葉を見つめた。

「本多平八郎にも再三いうておることだが、きゃつめは強い。わしらのちからは、武田にはおよばぬ。今のままでは、逆立ちしても、勝ちは拾《ひろ》えぬ。だが、信長公が与《くみ》してくれれば、話は違う。かくなる上は、織田家を引き出すしかないのだ」

信長は、信玄入道がみずから鉄槌《てっつい》を食らわせようとしたとおり、今や海内《かいだい》で知らぬ者はいない。尾張、美濃《みの》、飛騨《ひだ》、近江《おうみ》、山城《やましろ》、伊勢《いせ》などへ版図《はんと》を広げ、その兵力は勝頼を凌《しの》いでいる。つまり、この天下にあって武田勝頼を倒すことのできる者は、織田信長を除いては存在しない。

もちろん、いざ戦えば、信長とてただでは済まない。それなりの犠牲を払うであろうし、ちからも削《そ》がれよう。しかし、そこが付け目よと、家康はほくそ笑む。ちからを削がれれば、駿河国は領しえない。それを、われらがもらい受けるのだ。

「そのために、氏真にはひと働きしてもらう」

「氏真さまに、なにがお出来でしょう」

「鞠《まり》を蹴《け》ることくらいじゃな」

「蹴鞠《けまり》にございますか」

「餅《もち》は餅屋よ」

家康は、このようにいうのだ。自分は、信長に犬のように尽くしてきたが、信長がそれに応えてくれるかどうかはわからない。ならば、謀《はか》り事をめぐらすしかない。信長を利用するための術策《じゅつさく》をひねりだせばよい。

「それが、蹴鞠で、ございまするか」

「名家好きなところをくすぐってやるのがよいのではないか、とな」

信長が名家を好むのは、おのれ自身が名家ではないからだ。

ただ、徳川家も所詮《しょせん》は成り上がりの出来星《できぼし》大名で、ほんの二年前に藤原氏の名字は名乗ることができたものの、当然、武家としての儀礼などまるでわからない。そこが堂々たる守護であった今川家とは違うところだが、しかし、その名家の末裔《まつえい》は今、家康の膝元《ひざもと》に転がり込んでいる。

「のう、於葉。われらは、織田家と盟を結んでおる。同盟というのはな、同等じゃ。等しき立場じゃ。家来になったのではない、われらは織田家に尻尾をふっておるわけではない。徳川・松平の一族は今川の西の門番でもなければ、織田の東の衛《え》士《じ》でもない。れっきとした領国《りょうこく》持ちじゃ。まあ、ちぃとばかり小さいがの。しかし、小さければその分、知恵を働かせればよい。武田をついて、織田をひきよせる。何年かかるかは知れぬが、信長公が腰をあげるまでわしらが保《も》てば、われらの勝ちじゃ。武田は潰せる。むろん、合戦の際に頭《あたま》となるのは信長公じゃがな。駿河国についての仕置《しお》きも、むろん為されようがな」

「しかしながら、わが殿」

於葉は、聡明《そうめい》である。

家康にとっては、側室が聡明であることも不可欠《ふかけつ》だった。

「そうであればなおさら、殿の御一存《ごいちぞん》で、駿河国をうんぬんできませぬ。されど、殿は申されたではありませぬか。氏真どのは駿河を欲しておられると。その嘆願《たんがん》のために浜松へ伺候《しこう》され、信玄公の訃報《ふほう》を報《しら》せてこられたのだと。さすれば、武田を討ったあかつきには、氏真どのは駿河国を求めて参られましょう。それについては、どうなさるおつもりか」

「武田を討ち果たせば、論功行賞《ろんこうこうしょう》があろう。そのおり、信長公みずからがわれらに駿河国を任せると仰せになるよう、仕向けるのじゃ。いや、そうなるように、立ち回るのよ。そのためには、先に地固めをしておかねばならぬ。種を蒔《ま》いておかねばならぬ。あの公家もどきに働いてもらわねばならぬ。端的にいいかえれば、信長公を武田勝頼との戦いに引き込むための餌《えさ》になってもらわねばならない。そうした約定《やくじょう》の上で、飼《こ》うておるのだ」

「わが殿」

於葉は、おもわず家康の顔を覗《のぞ》き込んだ。

「なにやら、お顔が変わられましたぞ」

「どのように変わったと申すのだ」

「なんとも、いやらしいお顔つきになっておられまする」

「ふん」

家康は悪戯《いたずら》を叱られた童のような表情になり、そっぽを向いた。

「おとなになったということだ」

「あら。おとなになられたのでございましたか」

「いつまでも、童でいられるか。いまこそ、正念場ぞ」

九

たしかに、正念場であろう。

天正《てんしょう》三年（一五七五）が明けるや、家康は、氏真を御殿へ招いた。

「おお、氏真どのよ。正月早々、ご足労《そくろう》を願ったはほかでもない。折り入って頼み事がござる。御身《おんみ》、駿河国を取り戻すためならばなんでもなさると申されたな。それに甘えて、お願いしてもよろしいか？」

「なんなりと仰せあれかし」

「重畳《ちょうじょう》」

家康は、ずずっと顔を近づけた。

「織田信長さまのこと。信長公は京における御立場を盤石《ばんじゃく》のものとなさりたき由《よし》。ついては、御公家《おくげ》衆に謁見《えっけん》し、絆《きずな》を深め、やがては天子にも謁《えつ》を賜《たまわ》りたいと望んでおられる。そこで御身にひと働き願いたい。共に上洛して信長公の膝下《しっか》に伺候《しこう》し、その上で――」

餌は、役目を果たした。

――天正三年三月二十日。

京の都は相国寺《しょうこくじ》の境内において、である。

戦さの采配《さいはい》よりも得意としかおもえない華麗さで技を披露《ひろう》し、信長の目を楽しませた。もっとも、信長が楽しんだのは蹴鞠そのものよりも氏真とともに砂塵《さじん》をあげている招客とのひとときだった。

鞠氏《まりし》は、氏真の師匠にあたる飛鳥井雅春《あすかいまさはる》とその長子の雅敦《まさあつ》をはじめ、三条西実《さんじょうにしさね》枝《き》・公国《きんくに》の父子、高倉永相《たかくらながすけ》・永孝《ながたか》の父子、そして広橋兼勝《ひろはしかねかつ》などで、そもそも守護代《しゅごだい》のその端くれに過ぎなかった織田家にとって挨拶できるような相手ではなかった。従五位下《じゅごいげ》に叙されてようやく昇殿できる身となれたことの証《あかし》といってよかった。

ただ、公家にとっても、好ましいことだった。

信長という献金の元締めのような存在は必要だったからである。

それは、信長の今回の見物に同席していた二条晴良《にじょうはれよし》・昭実《あきざね》の父子や山科言継《やましなときつぐ》・

言経《ときつね》の父子、さらには冷泉為益《れいぜいためます》・為満《ためみつ》の父子といった公家たちもそうで、この時期、公家も皇室もはなはだしく貧窮《ひんきゅう》しており、信長のような存在は貴重だった。

実際のところ、信長はさほど遠からぬ日に公卿《くぎょう》の仲間入りを果たす。

ほぼ半年後の十一月、権大納言《ごんだいなごん》兼右近衛大将《うこんえのだいしょう》に任じられるからである。

もっとも、織田信長という稀代《きだい》の変わり者は、三年後にこの官位を辞す。

天正六年（一五七八）に正二位《しょうにい》にまで昇り、その位階《いかい》こそ全《まっと》うしたものの、権大納言も右大将も辞した。かわりに嫡男の信忠《のぶただ》に与えて戴きたいというようなことは奏したというから、棄て去りというのではなく、別な官位を望んだと解釈すれば納得がゆく。たとえば、権《ごん》というのは定席のものではないという意味で、正官ではない。

――正式なものでないなら要らぬ。

という主張だったのかもしれないし、

――右近衛大将よりも左近衛大将の方が上ではないのか。

という不満が破裂したと見ることもできる。

このとき、信長はまちがいなく武官においては最高職を得ており、いまさら、そのような不平を露《あら》わにしたところで仕方のない話ながら、やはり、人並みはずれた勘気《かんき》の持ち主としては気に入らない官職に就いていることなどできなかったのかもしれない。

だが、家康はそうではない。

家康にしてみれば、このたびの蹴鞠は、雲の上の人々と関わった最初の出来事で、守護代にすらなれぬような、いや、どこの馬の骨とも知れぬような家祖《かそ》を持つ、松平郷という三河の奥地から身を起こしてきた土豪《どごう》の子孫が、口を利けるような相手ではない人々と席をおなじゅうするなど、この上ない誉れであったろう。

というよりも、ほんとうをいえば、家康は蹴鞠などやったこともなかった。

鞠は、何度か見たことがある。蹴鞠のさまを、見たこともある。

駿府の今川屋形《やかた》でのことだ。

義元や氏真たちを臍《へそ》にした今川一門の明るく楽しむさまだが、人質の三河の小倅《こせがれ》には必要もないことだった。だから、そんな自分が、蹴鞠の上手な従兄弟に頼んで、信長と公卿どもとの絆《きずな》を深めさせているなどというのはなにやら滑稽《こっけい》におもえたし、念仏狂言《ねんぶつきょうげん》でも演じているような気にすらなった。

しかし、それにしても、氏真はよくやった。

蹴鞠の四日前、信長のもとへ挨拶に参上した際には、父義元の仇《かたき》の下座に両手をついて深々《ふかぶか》とお辞儀《じぎ》をしただけでなく、心にもない言葉でおもねり、掌《て》を揉《も》むようにしてへつらい、あろうことか、大船用の『百端帆《ひゃくたんぼ》』を土産にしたばかりか、家宝の『千鳥《ちどり》の香炉《こうろ》』まで献じた。

かねてより信長の茶の湯の趣味を耳にし、香炉への執心を聴いていたからだが、あまりにも不遜《ふそん》な信長の態度には堪え切れないほどの赫怒《かくど》があったことだろう。実際、上洛してから五十日も待ち続けた上での面会だった。

——殺してやりたい。

とすらおもったのではないか、とさえ想像できる。

が、すべては故郷をとりもどすためだったろう。

よくやったというのは、そういうことである。

いや、まことに、氏真の我慢は功を奏した。

信長が、ようやく、腰を上げたのである。

いよいよ、武田勝頼との決戦ができる。

同年夏、暑さの盛りが近づいている。

於葉《およう》の巻

一

「於葉、見えるか」

あれが高天神山《たかてんじんやま》じゃ、と、家康は指差す。

天正三年（一五七五）の夏の陽が、蒼天《そうてん》を焦がすように輝いている。

遙かに低い山並みが続き、その南の端《はし》近くの頂きが陽炎《かげろう》に揺らめいている。

「山の頂きに、難攻不落《なんこうふらく》を謳《うた》われる城がある。高天神城である。おことはおなごゆえ、戦略軍略の類《たぐ》いはわかるまい。それゆえ、おことにもわかるように、易《やさ》しゅう説《と》いて進ぜる。よう、聴いておくがよい。皆の者は百も承知のことであろうが、しばし黙《もく》して聴け」

下草《したくさ》の広がる平野の一隅に、こんもりと椀《わん》を伏せたような丘がある。丘のまわりには濠《ほり》が穿《うが》たれ、水が引かれ、いくつかの曲輪《くるわ》が浮かび、丘は本丸とされ、小ぶりながらも堅牢《けんろう》な城砦《じょうさい》が築かれている。

——馬伏塚《まむしづか》城。

そう、名づけられている。

家康と於葉が、かつての小姓らと遠望しているのは、その本丸の東面《ひがしづら》だった。

ただ、

——わかるまい。

と、家康はいったが、於葉にはよくわかっている。

わかっていないのは雁首《がんくび》をならべている家来どもで、この生《き》っ粋《すい》の三河者どもは武張ったことは得手《えて》でも、どのような理由で自分たちが戦さに出ているのかよくわからぬまま戦うことはしばしばあった。

——戦え。

などと命ぜられるから、そのとおりに戦うだけだ。

それも、命懸《いのちが》けで、がむしゃらに戦うのである。三河者の骨頂《こっちょう》といっていい。

むろん、家康は、そうした性質をよく承知している。それゆえ、あえて「於葉に説くのだ」といいつつ、皆々《みなみな》に軍略を聞かせてゆく。

「高天神城は、今は陥《お》とさぬ」

「それは、なにゆえにございましょう」

合いの手は、むろん、於葉が入れればいい。

「武田勝頼に勝つには、それがいちばんの早道だからじゃ」

三河衆は「ほう」と声をあげる。

かれらは、駿府の時代から家康と共に暮らし、共に戦ってきたが、今ひとつ、思慮《しりょ》に乏しい。それは愛すべきところではあるし、いかにも直情径行《ちょくじょうけいこう》な三河武士らしいところでもあるが、たとえば「このまむしの出る丘に、わざわざ砦を築かねばならないのはなぜかわかるか」と質《ただ》されても、頭や口はうまく回らない。

「なるほど、高天神城は、われらにとって、目の上のたん瘤《こぶ》である」

もっとも、わずかばかり前までは、北方にある掛川城とおなじく遠江国の東の要《かなめ》だった。ただ、遠江の廣野《ひろの》の一隅にある掛川城とちがって、高天神城のある高天神山は、遠江とも駿河ともつかぬ山塊《さんかい》で、徳川家と武田家の角逐場《かくちくば》といってよかった。

この微妙な地に築かれた山城は、およそ十年間、家康を手こずらせ、悩ました。

青春期のおよそ大半は、この遠江と駿河の境に聳《そび》える山塊の攻略に費やされた。

ちょうど、信長が大坂の石山に十年の春秋《しゅんじゅう》を投入したようなものだったが、ただ、この都から遠く離れた地にそこまでの華々《はなばな》しさはない。遠江と駿河の間に横たわる丘陵地の奪い合いに過ぎない。

「これほどまでに面倒な山が、あったろうか」

二

高天神城は、ひとつの宿命を背負っている。

駿河と遠江の国境《くにざかい》に位置していることから、駿遠《すんえん》双方の欲してやまない要害《ようがい》とされた。

たとえば、父信玄から駿河を受け継いだ勝頼からすれば、高天神城を取ることにより、遠江から押し寄せてくる徳川勢から駿河を防衛できる。いいかえれば、高天神城を掌握《しょうあく》しているかぎり、版図《はんと》を東へ膨張させんとする家康を防げる。

しかしそれは、同時に、武田方が、高天神城の守りを常に固めていなければならないということでもある。現行の防禦力《ぼうぎょ》を維持《いじ》するためには、充分な兵馬を傾注《けいちゅう》する必要があり、当然、武具や兵糧についても怠《おこた》りなく供給し続けねばならない。

ひるがえって、家康の側からすれば、四六時中、高天神城に張りついている必要はない。ときおり、最前線である掛川城から兵を出し、南へ向かわせ、おもいだしたかのように攻撃しておけばいい。

武田方の守備兵はそうした散発的《さんぱってき》な攻撃を案じて神経をとがらせ、ときに追い払わんと矢玉《やだま》を繰り出さざるを得ない。これでは、兵糧や矢玉ばかりか、心身をすり減らしてゆくばかりだ。

――ならば、いっそのこと、この難攻不落の城を背に遠江の領内へ大軍を押し出し、一瀉千里《いつしやせんり》に浜松へ迫るのはどうか。

そう、自信家の勝頼ならば考えそうなことだが、実をいえば、それはうまくない。

勝頼は、父信玄ほどの武力はなく、配下の軍勢も往年の武田家のような無敵さもなく、くわえて、遠江の広闊《こうかつ》な野に得意の騎馬戦を挑んだところで、天竜川という天然の大濠《おおぼり》を制禦《せいぎよ》しなければ浜松を指呼《しこ》に留めることはできず、さらにいえば浜松城は東からの攻撃には滅法《めつぽう》強い。つまり、勝頼の掌握している現時点の兵力では、高天神城を守ることはできてもそれを踏み台にして西進することは難しかった。

しかしながら、遠江という国は物生《ものな》りが好い。

――咽喉《のど》から手が出るほど欲しい。

と、勝頼はおもっている。

であれば、武田家はその本能のひとつといっていい南下策を取らざるを得ない。

ただし、甲斐や信濃《しなの》から南へ向かって侵攻《しんこう》する道は、遠江には無い。ところが、三河にならある。豊川《とよかわ》沿いに南下すれば、東三河のど真ん中に到れる。豊川の流域を制圧し、下流の要衝《ようしよう》である吉田まで達すれば、三河の地に巨大な楔《くさび》を打ち込むことができる。

そうすれば、西三河と遠江は遮断《しゃだん》され、期せずして遠江は涸《か》れる。武田家は一気に遠江と東三河を領土にすることができ、徳川家は旗揚げした頃とまるでおなじく知多の東部と西三河に逼塞《ひっそく》してしまうだろう。

こうした大戦略を成立させるためには、まず、豊川中流の要《かなめ》である長篠《ながしの》城を掌握しなければならない。

「勝頼は、そう考えるであろう」

そこで、家康は、このようにいうのだ。

「きゃつにそうさせぬためには、武田の前衛《ぜんえい》をふたつに分けさせねばならぬ」

高天神城に兵力を留めている以上、勝頼は全兵力をもって長篠へ侵攻できない。

つまり、長篠まで南下してくる武田勢は総勢の半分でしかない。

「ならば、充分に迎え撃てるであろう」

家康のうそぶきに、

——なるほど、なるほど。

と、つぎつぎに領《うなず》きが洩れる。

これを、於葉は、黙って聞いている。

(お上手なこと)

とも、感心している。

三

（そうなると、肝心なのは長篠城じゃ）

於葉は、家康の懸念《けねん》が手に取るようにわかる。

家康としては、勝頼を長篠へ誘い出して叩きのめしたいとおもっているのだろうが、武田勢を迎え撃つよりも前《さき》に長篠城が陥《お》ちてしまっては元も子もない。長篠城には徳川家に臣従《しんじゅう》して間もない奥平《おくだいら》家の嫡男貞昌《さだまさ》が入っており、この先いかなることがあろうとも降伏せず、武田勢の猛攻を耐え続けるようにと厳命《げんめい》してある。あるものの、如何《いかん》せん、貞昌はまだ二十歳《はたち》という若さだ。籠城《ろうじょう》を仕切れるかどうか、いささか心許《こころもと》ない。

（大変なお役目じゃ）

だからこそ、家康はその鍵となる貞昌へ愛娘《まなむすめ》をあてがおうとしている。

亀姫《かめひめ》である。

この、家康と瀬名姫《せなひめ》との間に生まれた聡明《そうめい》な娘は、父親の軍略を理解して輿入《こしい》れすることを承知している。貞昌よりも四つ下の十六歳だが、ただ、こうした愛娘にすら犠牲《ぎせい》を強《し》いるような家康の軍略に異《い》を唱《とな》える者がいないわけでもない。

亀姫の母、瀬名御前がそうである。

——おのれの野望のためには、実の娘までも死地へお送りなされますのか。

そう、家康に対して、狂《くる》おしく叫ぶのだ。

なるほど、瀬名姫は、なにもかも家康に奪われた。

実家の両親も、養ってくれた父母も、家康の旗揚げという裏切り行為によって駿府城のかたすみで自害に追い込まれ、おのれもまた幼い息子と娘を掻き抱いたまま幽閉《ゆうへい》された。そこへもって、またもや、家康は、初潮を迎えたばかりの亀姫に因果《いんが》を含ませ、奥平家が徳川家に臣従《しんじゅう》するための楔《くさび》になるべしといいつけた。

——それが、父親のすることにございましょうや。

瀬名御前は、怒らざるを得ない。

いや、癇癪《かんしゃく》を破裂《はれつ》させずにはいられない。

かといって、家康にも家康なりの言い分というものがある。

——わが家のためじゃ。徳川家と三河国を守るためにはなんでもせねばならぬ。

これに対して、

——愚《おろ》かな。

と、瀬名御前は吐き棄てた。

――おのが国と、おのが娘と、いったい、どちらが大切にございまするかっ。

――そのようなこと、決められるものかっ。

狂ったように激しく怒鳴り合うのだ。

瀬名御前は、築山《つきやま》の地に隠遁《いんとん》してしまったから、わざわざ、岡崎まで来て詰《なじ》る。

こうした夫婦の間に入らねばならないのが息子の信康《のぶやす》で、幼い頃から岡崎城を任されている身としては、父の家康の軍略もわかれば、母の瀬名御前の絶望や赫怒《かくど》もよくわかる。だが、そうした身を引き裂かれるような苦しさを抱えつつも、信康は、岡崎をあとにして西三河から東三河へ向かわねばならない。

西郡《にしのこおり》の城へ立ち寄って、祖母の於大に出陣の挨拶《あいさつ》を済ませ、尾張と三河を線引《せんび》きしている刈谷《かりや》の境川《さかいがわ》まで赴いて舅《しゅうと》の信長を出迎え、岡崎で軍馬の威容を整え、三ケ根山を越え、牛久保から豊川に沿って北上し、三河一之宮《いちのみや》の砥鹿《とが》神社にて戦勝を祈願し、設楽郡《したらぐん》の長篠まで案内せねばならない。

（そう）

長篠において徳川家の命運を握っているのは、ほかならぬ織田信長だった。

信康は、のちに、この恐ろしい舅《しゅうと》から、娘の五徳《ごとく》をないがしろにしたとして憎まれ、切腹に追い込まれることになるのだが、そこへ至る事情についてはさておき、今はともかくこの魔王《まおう》の機嫌を取り続けなければならない。そのまま、気分を損《そこ》ねないように気を遣《つか》い、上平井《かみひらい》の極楽寺《ごくらくじ》で到着を待ち焦がれている徳川衆のもとまで嚮導《きょうどう》してゆかねばならない。

信長の援《たす》けがなければ、家康は討死してしまう。

(いかに武田家の軍勢が半減していようとも、三河衆だけで勝てる相手ではない)

於葉の眼下を、三河衆が出陣してゆく。

手に手に鑓《やり》を握り締めてはいるものの、やはり、人数は知れている。いや、鉄砲の数とて知れている。眼光ばかりは薄汚れた顔のまんなかでぎらぎら輝いてはいるものの、戦さは根性だけでは打ち勝てない。

(尾張衆の援けが、どうしても要るのだ)

四

(なにとぞ)

馬伏塚《まむしづか》から浜松、浜松から長篠へと続く旅の中、於葉は願い続けた。

そして、その願いどおり、五月のなかば過ぎ、信長は着陣した。

すでに勝頼は、長篠城の北の醫王寺《いおうじ》に本陣を構築している。

ここまでは、家康の画策したとおりに事が進んでいる。

ろう）
（寝床の中では童としかおもえぬあの方の、いったいどこに智略が廻《めぐ》っているのだ
新城城は長篠の東手前《ひがしてまえ》に築かれた城塞で、武田を迎撃するための拠点だった。
於葉は、新城《しんしろ》城の櫓《やぐら》に立って、おもっている。
（わが殿は、恐ろしいお方じゃ）

武田勝頼も、織田信長も、家康さまのおもう壺に嵌《は》まっているではないか。

徳川家よりも遙かに武力のまさる両者を激突させ、双方ともに弱らせる。もし、信長が死ねば、すみやかに高天神城を踏み越えて駿河へ攻め込み、版図を東へ拡げればよい。もし、勝頼が死ねば、即座に尾張へ攻め込んで領土を西へ拡げられる。

ふたりとも死なずに済んだところで、痛み分けであれば両者はともに衰退するであろうし、どちらかに天秤《てんびん》が傾けば傾いた方がやがて潰《つい》える。

いずれにせよ、徳川家は、漁夫《ぎょふ》の利《り》を得られる。

（そう）

信長は再三再四の家康の要請により、ようやく重い腰をあげた。

それまでは、濃尾《のうび》平野より東方など、まったく興味を示さなかった。

家康と盟《めい》を結んでいたため、たとえば、武田信玄が西進してきたときも、見舞金をあてがうか、焼け石に水のような援軍を寄越《よこ》してお茶を濁《にご》すだけで、それがため

に家康は脱糞《だつぷん》までしでかして泣き喚《わめ》きながら逃《に》げ惑《まど》う羽目に追い込まれた。

しかし、このふたりのふしぎなところは、それだけ屈辱的な仕打ちに遭《あ》わされながらも、家康は決して怒らず、信長も見捨てることはなく「三河どの、三河どの」と呼んで可愛がり、愛娘の五徳《ごとく》を家康の長子信康《のぶやす》の元へ輿入れさせたことだった。

もちろん、輿入れは、格上から格下の正室になるというだけでなく、両家が暗黙の主従関係を結ぶのを意味しているから、信長にしてみれば、三河をなかば平定したに等しかった。そうした植民地のような地域を守ってくれているのだから、いかに信長が傍若無人《ぼうじやくぶじん》な性質であろうとも、家康の労苦には報いねばならない。

（わが殿は、三河を餌《えさ》にしたのだ）

もっと正確にいえば、長篠城という餌を垂《た》らして勝頼を釣った。

そのとおり、このたびの決戦は、家康の仕組んだ巧妙な罠《わな》だった。

罠に嵌《は》められつつあるのは、あらためて断るまでもなく信長と勝頼である。

（罠を仕掛けたのだ）

要するに、両者は、長篠へ引《ひ》き摺《ず》り出された。ただし、そもそも、信長にとって甲斐《かい》や信濃《しなの》などは背後の風物《ふうぶつ》に過ぎず、興味はあくまでも西方にある。勝頼など、同盟者の家康が壁になっていればそれで済む。

——わざわざ、自分が出張る必要はない。

そう、信長は、どっしりとおもっていた。

一方、勝頼にしても同じ思いで、信濃や甲斐に蜷局《とぐろ》を巻き、北の上杉謙信《うえすぎけんしん》にのみ注意を払っていれば、よかった。西の信長については、なんの懸念《けねん》もなかった。信玄の遺した領民と領地を統治していれば、余計な波風《なみかぜ》は立たない。年貢《ねんぐ》や使役《しえき》について領民と多少の揉め事はあったものの、隣国へ遠征せねばならないほど切羽《せっぱ》詰まってはいなかった。にもかかわらず、わざわざ三河まで出張り、設楽郡《したらぐん》長篠で激突してしまうことになるのは、やはり、高天神城を遠望しつつ嘯《うそぶ》いた家康のたくらみのせいであったろう。

（恐ろしいお方じゃ）

あらためて、於葉はわなないた。

だが、漢《おとこ》というものは、それくらいの恐ろしさがなければなんの魅力もない。

（守ろう）

於葉は、覚悟した。

（わが殿《との》の野望を成し遂げさせるために、わたしは殿を守り切るのだ）

ただ、決戦の場に臨《のぞ》んでから、大問題が生じた。

五

簡単にいえば、時が止まってしまったのである。

合戦の始まる直前のことだった。その合戦とは、この国に生きる人々のほとんどが、一度は耳にしたことのある合戦だが、主要の舞台は、三河国設楽原《したらがはら》という。志《し》多羅《たら》の郷《さと》、とも呼ばれる。広くは「長篠」という地名で、よく知られてきた。

長篠の戦いである。

ただし、長篠は本来、籠城の続けられている城を臍《へそ》にした周辺一帯の地名である。織田家にとっても、武田家にとっても、むろん、徳川家にとっても正念場となった設楽原は、その長篠という大きな枠の中にある小さな擂《す》り鉢《ばち》のような低地だった。この低地を東に見据える極楽寺山《ごくらくじやま》に、信長は、ひとまずの本陣を置いた。

天正三年五月二十一日――。

西暦にして、一五七五年六月二十九日の夕刻である。

おりからの暑さに、蛙《かえる》が精気《せいき》をみなぎらせ、耳を聾《ろう》するほどに鳴き始めている。

もっとも、すでにこのとき極楽寺という寺院は廃されており、山の名として残されているだけだった。建物として存続していたのは山中の平井《ひらい》神社で、この本殿が本営として設《しつら》えられた。

床几《しょうぎ》に腰をおろすや、信長は諸将を睥睨《へいげい》した。それだけで、このたびの合戦の采配はいかに些細《ささい》なことでも自分の許しを得ぬかぎり認めぬということを知らしめた。そうした信長の風圧《ふうあつ》は、他者の追随《ついずい》を許さない。おもわず、亀のように身を竦《すく》めた家康をはじめとする徳川勢に対し、信長は問うた。

「勝頼は、何処《いずこ》にありや」

「醫王寺《いおうじ》より清井田《きよいだ》に陣を移してござりまする」

無愛想に答える酒井忠次《さかいただつぐ》を、信長は据《す》わった眼で一瞥《いちべつ》した。

「で、あるか」

くりかえすが、餌は三河国の長篠城だった。

長篠城という好餌《こうじ》を仕掛け、それを包囲させる。

まんまと誘《おび》き出された勝頼の動きを封じるには、奥平貞昌とその家来たちがただひたすら籠城するしかなく、鳥居強右衛門《とりいすねえもん》の逸話《いつわ》もここで生まれたが、ともかくも、勝頼はやってきた。長篠城の北面の醫王寺山に本陣を据え、城の天然の濠となっている豊川の南側に砦を築いた。砦は、五つ。鳶《とび》ヶ《が》巣山《すやま》砦のほか、中山砦、久間《ひさま》山《やま》砦、姥《うば》ヶ《が》懐《ふところ》砦、君《きみ》ヶ《が》臥床《ふしど》砦の四つがそうで、蟻《あり》の一匹すら出入りできぬよう長篠城を包囲してみせた。

時に余裕があれば、まちがいなく武田勢は長篠城を呑み込んでしまっただろう。

だが、おもいのほか奥平勢の抵抗は強く、なかなか陥落《かんらく》させられないまま日が過ぎ、信長みずから率いる援軍の到来となってしまった。

——厄介《やっかい》なことになった。

と、勝頼は奥歯を軋《きし》ませているにちがいない。

——織田勢を、長篠城に近づけてはならない。

信長の配下がひとりでも長篠城へ到るようなことになれば、籠城方は息を吹き返し、陥落させるのは不可能となってしまう。そう直感する勝頼としては、城の前面から豊川を西へ渡り、長篠城と極楽寺山の線をぶち切れるところまで本陣を移すしかない。城を包囲したまま織田軍の機先を制し、信長の動きを封じるしかない。

つまり、設楽原を西に望む清井田の緩《ゆる》やかな丘陵に移動することだったが、こうした武田本陣の移動もまた、家康の思惑《おもわく》どおりだった。

「されば」

信長はおもむろに扇子《せんす》を抜き、閉じた骨をにぎり、設楽原の絵図《えず》をなぞる。

やがて、要の先が、ひとつの山を指した。

——茶臼山《ちゃうすやま》。

ここにわが本陣を置く、と、信長は告げるのだ。

「三河どのは、こちらの弾正山《だんじょうやま》に陣を布《し》かれるがよろしかろう」

信長は、設楽原を南北に貫く連吾川《れんごがわ》に沿って木の柵《さく》を立てるという。

木柵は、埒《らち》という。

埒は、北から南へ数丁にわたって張り巡らす。また、埒の西すなわち織田・徳川の陣側に無数の壕を穿《うが》つ。身を沈め、鉄砲《てつぽう》を構えられるほどの壕だと、信長はいう。この壕に、鉄砲足軽《あしがる》を潜ませる。そして、武田勢が漸進《ぜんしん》してきて射程《しゃてい》の内に入るのを見定めるや、いっせいに火蓋《ひぶた》を切り、敵を屠《ほふ》り尽くす。

「われらが鉄砲の数は、三千挺である。たった一発でも撃ち放たれれば、もはや、誰にも止められぬ。どれだけ、大将どもが采配をふろうとも、いや、怒鳴り散らそうとも、鉄砲を構える者の耳には入らぬ。弾が尽きるまで放ちつづける。しかし、筒音《つつおと》と硝煙《しょうえん》が消え去ったときには、設楽原に立っていられる敵兵はひとりもおるまい。むろん、わが方は埒を出ぬかぎり、ひとりとして命を失う者はおらぬ。こたびの戦いはそうした戦いである」

家康は、身が震えた。

いや、戦慄《せんりつ》した。

相討ちだの、痛み分けだの、そのような甘い目論見《もくろみ》はすべて消えた。

（儚《はかな》い夢のようじゃ）

六

信長は、真正面から激突することによっておのが兵力を損耗《そんもう》させるのを警戒《けいかい》している。まるで家康の企みをはなから知っていたかのような戦法といえた。

それにしても、いったい、どうやってこのような戦法を――。

（いったい、いつ、編み出したのか――）

生唾《なまつば》を呑み込んだ家康に、信長は、

――宣教師《せんきようし》は使いようじゃ。

と、嗤《わら》ってみせた。

宣教師どものふるさとは、イスパニアという。

そのイスパニアことスペイン王国にエル・グラン・カピタンと尊《たつと》ばれる将軍がいる。名をゴンサロ・フェルナンデス・デ・コルドバというのだが、この長篠の戦いの六十年前に世を去っている。ただ、この男のやってのけた戦いは、半世紀の余を経《へ》ても語り継がれ、宣教師たちによって信長も識《し》るところとなっていた。

チェリニョーラの戦いという。一五〇三年の春、ナポリ王国のチェリニョーラで、スペイン軍とフランス・スイス軍が激突した戦いなのだが、高地に陣取ったゴンサロひきいるスペイン軍は、こんな戦法を用いたという。穴を掘って兵を入れ、火縄銃を構えて敵を迎え撃ったという。

穴とは、塹壕《ざんごう》である。もちろん、塹壕などという言葉はのちの時代の用語だが、ほかに適当な日本語はない。

ともかく、この史上初めての塹壕による迎撃戦は、とてつもない勝利をスペインにもたらした。フランスの騎馬兵とスイスの槍兵《そうへい》はその名を世界に轟《とどろ》かせるほどの強靭《きょうじん》さを誇っていたが、大砲まで持ち込んでいたスペイン軍に圧倒された。職業軍人による仏重騎兵《じゅうきへい》はまったく為す術もなく火縄銃の餌食《えじき》になり、弾丸に翻弄《ほんろう》される中、大外から回り込んできたスペインの軽騎兵によってとどめを刺された。

この大勝利はスペイン本国にまで報《しら》せられ、代々にわたって語り継がれ、大航海に出てゆく水夫《かこ》や宣教師たちの口によって未知なる世界に伝えられた。そうした伝えられた先の国のひとつが東の果ての島国だった。

しかしながら――。

日ノ本のもののふにとって、こんな屈辱的《くつじょくてき》な戦い方はない。

弓馬《きゅうば》の道とは、正々堂々と戦うことがなにより尊《とうと》いとした道をいう。真正面からおのが身体をさらし、激突することによって強さをくらべる。そうした思想のもとから、種子島《たねがしま》に伝来したばかりの鉄砲も軽《かろ》んじられた。

どれだけ驚異的な威力《いりょく》を誇っていようとも、鉄砲は武家の持つべきものではないとされた。その鉄砲を主体とし、しかも穴まで掘って身を隠し、敵が迫ってくるのを待ち構えて、おのが身に危害が及ばぬ前に撃ち殺す。そんな卑怯《ひきょう》きわまりない戦い方など、日ノ本のもののふは認めようとはしなかった。

ところが――。

時代が下るにつれて、おのおのの大名がこの『たねがしま』を重宝《ちょうほう》するようになった。

信長も、例に洩れない。

さすがにみずから手に取って撃ち放つような絵空事まがいな真似はしなかったにせよ、実のところ、信長は、どの大名よりもこの最新の兵器を使いこなした。それも圧倒的な物量を備え、弾丸もほかの大名とは比べものにならないほど鉛《なまり》の多い、なみはずれた強靭さのものを東南アジアから手に入れた。暹羅国《シャムロこく》（現・タイ）の鉱《こう》山《ざん》で採掘《さいくつ》される鉛と、明国で産出される硝石《しょうせき》などがそうで、イエズス会の宣教師を介して輸入した。

宣教師らの布教したいという願いを逆手に取り、おもいどおりに利用し、それまで日本に存在していなかった鉄砲足軽による部隊を編成し、加えて鉄砲を使いこなす上で最も合理的な塹壕戦法までも導入《どうにゅう》した。

そう、信長は、チェリニョーラの戦いの詳細《しょうさい》を知るや、

――なんとまあ、南蛮《なんばん》の戦いの凄まじさよ。

と、眼をまるくして感嘆し、

――なるほど、まぼろしの城をつくれば良いのか。

と、膝を叩いた。

かくして当時としては最強の火砲《かほう》部隊をひきつれ、長篠まで遠征してきたのである。

七

とはいうものの、

――一夜にして高台に城を築き、敵を迎え撃つ。

などという発想を、ほんとうに成し遂げてしまうような大名は、そうそう、いない。が、柔軟な思考のできる織田信長という稀代《きだい》の変人は、それをやりとげようとしている。実際、茶臼山《ちゃうすやま》を本丸、弾正山《だんじょうやま》を隅櫓《すみやぐら》、連吾川《れんごがわ》を外堀、埒《らち》こと木柵を鉄砲狭間《ざま》とおもえば、ほぼまちがいなく、設楽原にまぼろしの城塞《じょうさい》は築き上げられるであろう。

くわえて、

――鉄砲の乱れ撃ちにより、皆殺しにしてくれる。

とも、信長はうそぶいている。

近代戦のような部隊指揮官の号令のもと、一斉射撃を敢行《かんこう》することは不可能にせよ、それに近いことなら、できる。いや、壕さえ掘れれば、鉄砲による殲滅《せんめつ》戦などできない方がおかしい。そう、断言するのだ。その過剰《かじょう》なまでの自信に、家康は戦慄した。

（しかし、この男なら、やりとげるかもしれない）

恐怖心に纏《まと》わりつかれながらおもう。

ただ、

（待てよ）

とも、おもうのだ。

たしかに信長が出張ってきたことにより、勝頼は反応した。

弾かれたように腰をあげ、醫王寺山から清井田まで転進してきた。

しかし、そこで留《とど》まっている。あたりまえであろう。遙かに織田・徳川の軍馬は見据えられるものの、その手前の土地は限りなく悪い。織田・徳川の陣も、勝頼の布いた陣も丘の上にあり、双方の間には狭苦しい田圃《たんぼ》と小川の錯綜《さくそう》した低地しかない。くわえて初夏の今、田には水が引かれ、稲が植えられ、青々《あおあお》と葉を茂らせ始めている。もしも、このような中に騎馬隊を進めれば、駒は泥に足をとられて立ち往生するしかない。これでは、無敵を誇ってきた騎馬隊を戦さに投入することはできない。留まれっと、勝頼が指示したのは当然のことだった。

さらにいうと、騎馬戦が無理であれば、歩兵戦しかない。だが、鉄砲足軽も含め、雑兵の数は絶対的な差がある。少なく見積もっても、織田軍と武田軍の鉄砲の数量は十倍ほどの差があるだろう。

――どうしたものか。

と、逡巡《しゅんじゅん》するのはあたりまえだった。

信長は、そうした勝頼の足踏みを見逃さない。

「武田方から攻めさせよ。勝頼の尻を叩いて攻めて来させよ。のう、三河どのよ。こたびは、ここまでお膳立てしてくだされたのだ。今、わしと勝頼とが衝突せねば、せっかくの苦労も実るまい」

とまで告げ、薄く微笑んだ。

茹《ゆ》で卵のような白い皮膚《ひふ》にうっすらと皺《しわ》が浮かぶ。

（ぶきみな皺だ……）

家康はおもわず眼をおよがせ、口をわななかせた。

（織田どのの心持ちは、手に取るようにわかる）

——できれば戦いたくないのだろう。

溜め息まじりにいうのだ。

事実、そうであったろう。がっぷりと四つに組めば、双方ともに凄まじい犠牲《ぎせい》を強いられる。たとえ、合戦の火蓋《ひぶた》を切ることになっても、尾張兵の損耗《そんもう》は最低限なものにしたい。まちがいなく、信長は、家康と氏真に嵌《は》められたのではないかという猜疑《さいぎ》心を抱いている。いや、猜疑どころか、確信しているにちがいない。

（まんまと舞台に引っ張り上げられた、間の抜けた話だと、悔《くや》しがっておられよう）

ただ、信長の場合、誰よりも激しい自負心から、そうした悔しさは決して口にしない。そのかわりに、このたびの合戦でおのが戦術を披瀝《ひれき》し、それを成し遂げるために家康を動かそうとしている。それが、長篠で合戦を生起《せいき》させようとしている張本人の務めであろうと、信長は、家康に迫っているのだ。

八

要するに信長は、

——塹壕戦に引き摺り込むための方策を搾《しぼ》り出せ。

というのだが、さすがの家康も、この強引な申し出には手を拱《こまね》いた。

勝頼を清井田まで漸進《ぜんしん》させたことすら上出来というべきだが、軍議を睥睨《へいげい》している信長は、勝頼をして「さらなる漸進をさせてみせよ」と要求するのだ。できるはずがない）

（できるはずがない）

ところが、そのとき、やにわに、

――畏《かしこ》まって候。

声をあげた男が、いる。

酒井忠次《さかいただつぐ》だった。

「武田方は、長篠の城を囲んで流れる豊川の対岸に、砦を築いておりまする。この五つの砦は長篠城を封鎖しているだけでなく、まんがいち、戦さに敗れた際の退路《たいろ》もまた成しておりまする。となりますれば、この砦を五つとも奪い取ってしまえばよろしいかと存じまする。さすれば、勝頼は退路《たいろ》を断たれて狼狽《うろた》えましょう。狼狽《ろうばい》は、采配《さいはい》を鈍《にぶ》らせます。とんだ勘違《かんちが》いを生じさせまする。逃げ道がなくなったのなら、もはや、前進して決戦を挑むよりほかにない。そうおもいこみましょう」

（たしかにそのとおりだ）

家康は、忠次の熱弁に耳を傾けた。

（落ち着いて考えれば、ひとまず醫王寺山《いおうじさん》に引き返して態勢を整えなおし、豊川を挟んであらためてわれらの手勢を迎え撃つべきという思案を引き出せよう。しかし、砦を失ったとき、勝頼はどうするか。逆上《ぎゃくじょう》するにちがいない。逆上に任せて、われらに対して決戦を挑まんとするに相違ない）

ところが、信長は、いきなり甲高く問い詰めた。

「陥《お》とせるのか、敵の砦を」

「こ、この首にかけましてもすべて奪い取ってご覧に入れまする」

忠次は、見栄《みえ》を切った。

しかし、信長はそうした忠次を一瞥《いちべつ》するや、

「あほうがっ」

と、腰をあげ、軍義の中止を宣した。

忠次は、おもわず激昂《げっこう》し、声を荒《あら》らげた。

「それがし、最上とおもわるる策を献《けん》じ奉《たてまつ》ってございまする。にもかかわらず、なんら、ご検討《けんとう》もご賢察《けんさつ》もあらせられず、いきなり、あほう呼ばわりなされるとは、なんたるお仕打ちにござりまするか。いかに尾張さまといえども言語道断《ごんごどうだん》にござらっしゃいますぞ」

「さがれ」

「尾張さまっ」

忠次は、すがりつかんばかりに声をあげる。

「尾張さまっ、お答え下されませっ。尾張さまっ」

しかし、信長は一切ふりかえらず、席を立ち去った。

ところが――。

夜が更《ふ》けた頃、おもいがけぬ展開となった。

家康はおのが帷幄《いあく》に忠次を招き、於葉の沸かした白湯《さゆ》と味噌玉《みそだま》で慰労《いろう》していたのだが、にわかに幕の外に草摺《くさず》りの音が盛り上がった。なにかとおもって外を窺《うかが》えば、軍義に顔を並べていた信長の側近の金森長近《かなもりながちか》が立っている。それも厳《いか》めしく戎装《じゅうそう》し、自慢の大鑓《おおやり》を手挟《たばさ》んでいる。

――さあ参ろうぞ。

そして忠次に対して、
にわかに、うながしてきた。

信長は、

――兵は迅速《じんそく》を尊《たっと》ぶ。

とし、長近に忠次の軍監《ぐんかん》として随行《ずいこう》するように命じたという。

「おお、それでは……っ」

忠次は歓喜《かんき》し、家康の許しを待ち切れず、小者に「駒を持て」と叫んだ。

かくして――。

駒の口に枚《ばい》を含ませた酒井勢と金森勢は、数百におよぶ馬蹄音《ばていおん》を忍ばせながら、極楽寺山を発した。そして、闇に乗じて豊川を徒渉《としょう》し、粛々《しゅくしゅく》と森の中を忍び行き、やがて喚《おめ》きをあげて駈け出し、狂うが如き疾風《しっぷう》に乗って、ついに鳶《とび》ヶ《が》巣山《すやま》砦に牙を剝《む》いたのである。

九

朝の静寂《しじま》の中、於葉は襟元《えりもと》を合わせ直して営舎《えいしゃ》を出た。

家康は、まだ、寝入っている。夜半に出陣した忠次のことが気になって明け方まで眠れずにいたのだが、於葉がむりやりに寝かしつけた。眠りを取らねば身がもたない。今こそ、仮眠を取っておくべきだと。

こういうとき、家康は、素直だった。

いや、ほかの家臣がなにかいったところで聞く耳は持たなかったろうが、於葉の言《げん》には耳を傾ける。そうしたことからも、於葉の存在は、戦さ場の本営でなくてはならないものになっていた。

その於葉が、いきなり、声をあげた。

「殿っ、殿っ」

狼煙《のろし》にございます、狼煙が上がってございまするっと指差す於葉の瞳に、なるほど、たしかに狼煙が映えている。それも、朝焼けの朱天《しゅてん》を背景にゆらめきのぼった真っ白な狼煙は、ひとすじだけではなかった。ひぃ、ふぅ、みぃ……五つ、見える。砦の数であることは、むろん、於葉もよく知っている。

「殿っ、早《はよ》うっ」

急《せ》かされて、家康もようやく顔を撫《な》でながら身を起こした。

「狼煙だけではございませぬぞ、凧《たこ》にございます、凧が、凧が、いくつも――っ」

たしかに、揚《あ》げられている。

狼煙の下に、ゆらゆらと揚がってくる。葵の紋を描き込んだ凧だ。

「攻略の証《あかし》にございます。鳶ヶ巣山砦の攻略が成りましてございまするっ」

於葉の昂揚《こうよう》に眼を覚ました家来どももわらわらと外に出、天を指さし、口々に歓《かん》喜《き》を迸《ほとばし》らせ始めた。手を叩く者、飛び上がる者、拳を突き出して声をあげる者、十人十色《じゅうにんといろ》の喜びようだったが、皆ひとしく忠次を讃《たた》え、身を弾ませて歓呼《かんこ》した。

それは、まちがいなく忠次勢の成功を知らしめていた。

この時代、狼煙はさまざまに用いられた。

敵が攻め込んできたとき、敵の牙城《がじょう》を突き破ったとき、その日の合戦を始めんとするとき、さまざまである。ただ、旆はそうではない。大旆が揚げられるのは敵城を陥落させ、入城を果たしたときと決められていた。

家康は、幾度、この大小の旆が天高く浮かび上がるのを見てきたことだろう。岡崎で旗揚げしたときは西三河に、曳馬《ひきうま》の城を陥落させたときは遠江《とおとうみ》に、それぞれ揚げさせた。旆は、勝利の証であり、勝利の象徴でもあった。旆は、誇らしく揚げなければならない。それこそが、戦国の武人の習いだった。

「陣を移すぞ」

家康は、号令をかけた。

めざすは、設楽原を眼下に見据える弾正山（現・八剣《やつるぎ》神社）である。

於葉に手伝わせて身につけた甲冑《かっちゅう》を閃《ひらめ》かせながら、家康は設楽原のど真ん中へと進んだ。途上、報《しら》せが入ってきた。勝頼が動いた、というものだった。勝頼は、五つの砦が夜明け前に陥とされたことで、限りなく動揺していたのだろう。

――退路を断たれた。

とまで、おもいこんだにちがいない。

そのせいで逆上し、こうなれば一気に信長と家康の首級《しゅきゅう》を挙げるしかないと判断し、彼我《ひが》の兵の多寡《たか》などはいっさい忘れ、どこまでもひたすら攻め続ける気合いで、清井田から移動を始めたに相違ない。

（それでよい）

報せは、つぎつぎに届けられた。

陥とした砦からも届いてきたし、勝頼勢の動向を観察し続けている乱波《らっぱ》からも届いてきた。長篠の縦横に、そうした報せ文《ぶみ》が飛ばされた。そして、ついに勝頼は、設楽原の水田と連吾川を見下ろす丘陵に達し、旗や幟《のぼり》を林立させて本陣を構築したという。

「いよいよ、ご正念場にござりまするな」

家康の甲冑《かっちゅう》を整える於葉は、すでに戦さ姿である。

「於葉よ。その鎧《よろい》、よう似合《にお》うておるぞ」

「誉《ほま》れの装束にございますれば」

十

弾正山から北東に瞳を向ければ、孫子の旗の翻《ひるがえ》っているのが望まれた。

翩翻《へんぽん》とひるがえる風林火山の旗印は、それが風を孕《はら》んでいるだけで圧倒的な存在感を醸《かも》し出している。信玄の遺勢《いせい》といっていい。家康は、おもわず、生唾《なまつば》を呑み込んだ。背後には小姓《こしょう》が居並び、かたわらには於葉が床几《しょうぎ》に腰をおろしている。震える手を握りしめてその不安を払ってもらいたいところだったが、そうもゆかない。

「武田は、強い」

家康は、あらためて言葉にした。

於葉は、それを聞くともなくただ黙してかたわらに控えている。

「野っ原で、真正面から激突すれば、たとえ三倍の兵力をもってしても、その剽《ひょう》悍《かん》きわまりない騎馬隊の前に敗れ去るであろう。勝利するためには、亀のように甲《こう》羅《ら》に閉じ籠もりながら敵を仕《し》留《と》めるしかない」

その方法は、たったひとつ。

「信長どのの申されるとおり、この設楽原に目に見えぬ城を築くことだ」

つぶやきつつ、家康は、連吾川へ下ってゆく土手に眼をやった。

長大な埒《らち》が、築かれつつある。

彼方《かなた》の台地では、勝頼の陣が布かれつつある。その眼の前で、埒が素早く築かれつつある。懸《け》念《ねん》されるのは、勝頼がこの埒に対して危険を察するかどうかということだ。まぼろしとはいえ、城が築かれたと察《さっ》知《ち》されてしまえば、勝頼は合戦を棄てるかもしれない。三倍の兵数を持つ敵の城へ攻め上がることほど愚《おろ》かなことはなく、勝頼が名将と謳《うた》われるとおりの武人であれば、唾《つば》をひと吐《は》きしてさっさと引き返してしまうだろう。

「気づくなよ……」

祈るように、家康はつぶやく。

「気づいてはおりませぬ。武田さまは陣を布かれました。気づいておられませぬ」

家康は、たいしたおなごじゃと胸の内で褒めた。

そんなところへ、陣幕《じんまく》をめくりあげて厳めしい顔が覗いた。

――殿よ。

石川数正《いしかわかずまさ》である。

「勝頼め、まんまと設楽原に誘き出されてございまするな。ああやって布陣しておりますが、背後の砦の旗を見るにつけ、武田方の将どもは今頃、舌打ちして後悔《こうかい》しておりましょう。もはや、きゃつらの生き残る術《すべ》は、引き返す一手しかございませぬ。でなければ、われらと長篠の城兵との挟み撃ちに遭《あ》い兼《か》ねませぬ。しかし、勝頼には、それはできませぬ。新羅三郎義光《しんらさぶろうよしみつ》以来という名門意識が、背を見せることを躊躇《ためら》わせておるのでしょう。つまり、勝頼めは、いまや、がんじがらめにござる。となれば、残る方策は、ふたつにひとつ」

「なんじゃ、ふたつとは」

「ひとつは、動かぬことにござる。われらが埒を築いて壕を掘っておるのを訝《いぶか》しみ、いったいなにが起こっておるのかを見定めるまで、一歩たりとも陣を出ず、容《よう》子《す》を見る。それが、ひとつにござる」

「もうひとつは?」

「織田どのの本陣は遠《とお》うございますゆえ、ここへ、この陣へ吶喊《とっかん》することにござる」

「ここへか……」

家康は、ごくりと咽喉《のど》を鳴らした。

三方ヶ原の惨敗《ざんぱい》が、強烈な臭いとともに脳裏に甦《よみがえ》る。

「ところで、殿。糞《くそ》は、まってござらしたか」

「な、なんの話じゃ」

「糞は、まっとかな、あかんで。ちゃんとまっとらんなら、まってきやしゃんせ」

なにを喋《しゃべ》っているのかよくわからないが、どうやら、排便のことらしい。

三方ヶ原で脱糞の憂《う》き目に遭った家康を、数正なりに気遣《きづか》っている。

そう、

——まる。

というのは、

——排便をする。

という意味の古語である。

おまるをおもえば、よくわかる。

この古い土地では「糞をまる」という方言はごく日常的に用いられる。使わない者は、ひとりもいない。糞はまるものだし、しょんべんもまる。ただし、屁をひるのは屁をこくという。だが、さすがに家康も自尊心を傷つけられたものか、おもわず焦《あせ》り、地言葉が飛び出した。

「なにをこいとるだ、数正っ」

「こいとるそいて、わしぁ、ご注意したまでだに」

「くそだわけがっ。糞なんざ、まってきたにきまっとるがやっ」

たわけっと叱りつけるのだが、実をいえば、凄《すさ》まじい便意《べんい》に苛《さいな》まれ始めていた。

脳と腸は相関関係にあり、不安や焦慮《しょうりょ》といった脳の状態を腸は過敏《かびん》に察し、自律《じりつ》神経《しんけい》に恐慌《きょうこう》をもたらし、排便に悪影響をおよぼす。三方ヶ原における家康がその最《さい》たる例で、殺されるかもしれないという恐怖が、超絶的《ちょうぜつてき》な下痢《げり》に直結した。

それは、のちに勃発《ぼっぱつ》する関ヶ原の戦いでも、似たような事態が生じている。

ただし、家康にではなく、敗残《はいざん》の将の石田三成《いしだみつなり》にである。全軍が潰滅《かいめつ》し、おのれも殺されるかもしれないという恐怖が三成を包み込み、三方ヶ原の家康のように下痢をひきおこした。三成の場合は、さらにひどかった。やまない便意に苦しめられ、雨中、腹を渋《しぶ》らせたまま単騎《たんき》逃走するという悲劇に至った。

そうした敗北の恐怖は、間近に巨大な敵を視認したときから始まる。

（また、糞が漏《も》れるかもしれん……）

十一

双方、動かない。

じりじりと時が経つばかりで、いっこうに動かない。

勝頼にしても、信長にしても、動いた方が負けだという直感はある。

なにが起こるのか、完璧《かんぺき》な想像はおよばないにしても、動いたら敗れるのではないかという懸念《けねん》だけはある。信長はそうした懸念を出陣する前から確信しており、だからこそ、塹壕戦《ざんごうせん》という、この国の誰ひとり行ったことのない戦法に出た。ひるがえって、勝頼にはそこまでの想像力はない。ただ、漠然《ばくぜん》とした得体《えたい》の知れない不安に包まれていた。

ただ、

——動けば、負ける。

という不安は、とくに勝頼の体内で、徐々に膨《ふく》れている。

なるほど、荒馬と荒くれ者をたばねた徳川と織田の手勢が、鳶ケ巣山《とびがすやま》を臍《へそ》にした五つの砦を奇襲してのけたとき、最初の不安がよぎった。だが、夜明けのそのときは、不安よりも激昂《げっこう》の方が優《まさ》っていた。退路など考えておられるかとばかりに怒りを滾《たぎ》らせ、かつ、前へ押し出してゆくしかないのだと覚悟した。

そして、才ノ神《さいのかみ》と呼ばれる台地に展開した。

したものの、布陣したまま動けなくなっている。

織田方の容子《ようす》がやけに不気味だったからだ。埒を巡らし、土塁《どるい》を盛り、その陰に身を隠しているように見える。いったいなにをしているのか、とにかく不気味な沈黙だった。敗北の予感というわけではないが、得体の知れない不安は増している。

この才ノ神に到り、狂おしいほど濃厚なものになっている。

そうした武田軍の本陣を遠望しつつ、

——莫迦《ばか》ではないらしい。

と、無愛想にいうのは、信長である。

茶臼山の本陣から駒に跨《また》がり、家康のもとを訪れている。

「青田《あおた》は、泥濘《ぬかるみ》」

その中をわざわざ進んでは来ない。

「来れば、あほうじゃ」

「たしかに、おおせのとおりに……」

「のう、三河どの。勝頼が動かねば、尾張へ引き返そうかとおもうが、如何《いかん》」

「ああ、それは……っ」

困る、という悲鳴を、家康は呑み込んだ。

（そうはいかぬ。信長どのには、なにがなんでも戦《たたこ》うてもらう）

――いや、戦う支度《したく》はとうに整《ととの》うておる。

と、家康は、埒の内側に掘られた塹壕を睨《にら》んだ。

塹壕は南北に延々と延び、鉄砲勢がうずくまっている。

火縄には種火《たねび》もつけられ、号令をただただ、待っている。

号令は、随処《ずいしょ》に散っている将卒らが法螺貝《ほらがい》を吹奏することだ。

（このまま、貝のひとつも鳴らぬまま戦さは終えられぬ）

家康の心の叫びを受け留めたか、信長は薄く嗤《わら》った。

しかし、発せられた言葉は、ただ、無情だった。

「三河どのよ。勝頼が攻めて来ぬというのなら、引き上げるしかあるまい」

「お待ち下されっ」

家康は焦り、汗が噴き出した。

「お待ち下されませ。今に、今に、大挙して仕掛けてまいりましょう」

「わしはな、蝦蟇《がま》の油を待つほど閑《ひま》ではないのだ」

木で鼻をくくったような信長の物言《ものい》いに、

（くそっ）

家康の焦りは、逆上《ぎやくじよう》に繋《つな》がりつつある。

戞々《かつかつ》と蹄《ひづめ》を鳴らして本陣へと戻ってゆく信長を睨《にら》み据《す》え、やにわに叫んだ。

「於葉、兜《かぶと》を脱がせよ」

「お鉢《はち》をはずして、どうなさるのです」

「わしが、わしがみずから、勝頼を挑発《ちようはつ》してくれる。人は、莫迦《ばか》にされれば、どうする。軽装の小勢が悪態《あくたい》をついて揶揄《からこ》うてくれれば、どうする。怒るであろう。武田方に悪態を浴びせて、囮《おとり》になるのだ。さすれば、敵は大軍をもって叩《たた》き臥《ふ》せようとしてくるじゃろう。きゃつらが迫れば、法螺貝が吹かれよう」

「ですが、殿……」

於葉は、色を失った。

「お鉢をはずしたところで、軽装とは申せませぬ。草摺《くさず》りも脚絆《きやはん》も胴丸《どうまる》も……」

「すべて、はずす」

「まさか……っ」

「泥に足をとられぬよう、身軽になるのだ。身軽になれば、敵の眼前で踊りもできる。勝頼をなじり、小心者とあざける。さすれば、御曹司《おんぞうし》め、怒り狂おう。叩くのは、そのときだ。泥に塗《まみ》れて進んでくる、はなはだ動きの鈍い兵どもを一気呵成《いっきかせい》に撃ち潰すのだ。わかったか、わかれば、さあ、はずせ。兜を、鎧を、すべて脱がせよ」

「……っ」

於葉は、家康をじっと見つめた。

「——はずせませぬ」

「なにを申すか」

「殿は、ご立派な戦さ姿にございます。ここで兜を脱げば、敵に嗤われまする」

「それでよいのだ。嗤われるために兜をはずせと申しておる」

「於葉が、参りまする」

十二

「於葉が、勝頼どのをおもいきり嘲笑《わろ》うて参りまする」

「ば、ばかを申すなっ」

「狂《くる》うただけにございます」

呆気《あっけ》にとられた家康を後目《しりめ》に、

――そなたら、支度《したく》しや。

於葉は、小具足《こぐそく》を装着した侍女どもを急《せ》かし、鎧姿のまま薙刀《なぎなた》を取った。

そして土手の端に仁王立つや、

――見や。

鉢巻をきりりと締め直し、

――彼方に陣取った甲斐兵どもをさんざんに嘲笑《あざわろ》うてくれようぞ。

と、鼓舞《こぶ》した。

「出てこい、山猿。出《い》できて、われらと戦《たたこ》うてみよ。如何《いかが》した。無敵を称する武田の兵が、たかがおなごに臆《おく》したか。薙刀《なぎなた》ひとつの手弱女《たおやめ》を、恐れ憚《はばか》り出《い》でられぬか。口惜《くちお》しいか、口惜しければ、一戦、まじえよ。三河のおなごが首、刎《は》ねてみせよ。ここまでおなごに小馬鹿にされても、いまだ陣を出でられぬとは、それでもおのこか。名門武田の名が泣くぞ。孫子の旗がぶざまに見ゆるぞ。盾無《たてな》しの鎧もただの飾りと嗤《わら》われようぞ」

あまりにも痛烈《つうれつ》な於葉の口上が、設楽原を駈け抜ける。

いや、その谺《こだま》も終わらぬ先に、

――いざ、ゆかんっ。

薙刀を閃《ひらめ》かせた。

しかし、土手を駈《か》け下《お》りんとした於葉の前に、鳥居元忠《とりいもとただ》が立ちはだかった。元忠だけではない。その左右には、野々山元政《ののやまもとまさ》や松平忠正《まつだいらただまさ》らも眼《まなこ》をつりあげて諸手《もろて》を広げている。決して往かせぬという気概《きがい》がゆらめいていた。

「お待ちあれ、御方《おかた》さまっ」

「どきやれ、鳥居どの」

「いいや、どかぬ。どくわけには参りませぬ。於葉の方さまよ。御ん身のおつとめは、殿のお命を守ること。そのおつとめをお忘れか。殿は、ここを動かれぬ。されば、御ん身らを敵の真ん前に出でさすわけにはゆかぬ。それこそ、三河侍は武田を恐れて、おなごの尻に隠れたかと、世間の物嗤いの種にされてはままならぬ。されば、われらが参るっ」

怒鳴るかたわら、元忠らは、鎧を脱ぎ捨てていた。

そして、

——つづけっ。

小袖《こそで》に陣羽織《じんばおり》を羽織っただけの姿で、元忠は本陣を飛び出し、連吾川を越えた。

配下の衆が喚《わめ》きをあげてそれに続く。

おのおの、とても軍列にあったさむらいとはおもえない。

将からして貧相《ひんそう》を絵に描いたような恰好《かっこう》だ、それに従う雑兵《ぞうひょう》どもはもはや襤褸《ぼろ》が動いているようなものだった。小具足だけならましな方で、中には褌《ふんどし》一丁に桶《おけ》側胴《がわどう》をあてがっただけという出で立ちもあれば、上半身は丸裸で袴《はかま》の上は蓑《みの》ひとつだけであったり、剝《む》き出しの肩に羽織一枚であったり、手にする得物《えもの》といえば、小《こ》鑓《やり》ひとさお、小弓《こゆみ》ひとはりという、あまりにも惨《みじ》めったらしい装束《しょうぞく》で、野伏せりですらここまで見すぼらしくはないだろうという小汚《こぎたな》さだった。

そんな連中が、水田の上をまるで水すましのようにひょいひょいと飛び駈け回り、相対《あいたい》する丘をめざした。のちに信玄台地の才ノ神《さいのかみ》本陣地と呼ばれることになる丘だが、当時は赤茶けた土の露出する巨大な土饅頭《どまんじゅう》のような土地で、そのとおり「赤禿《あかは》げ」と呼ばれていた。この禿げた地に道祖神《どうそじん》の才ノ神を祀《まつ》る祠《ほこら》が置かれたためだに、名が変わった。つまり、勝頼は設楽原を見はるかす禿げた丘に陣取っていただけで、新旧の名など知る由《よし》もない。

とまれ、徳川方の野伏せりもどきは、その禿げ地をめざした。

そうした連中に対して、感情をおさえきれないのは、家康である。

「彦さ、彦さっ」

声をはりあげ、帯びていた太刀をひきぬいた。

「彦さ、わしもゆく。わしがおぬしらを守る。守ってみせる」

しかし、鳥居元忠は、ふりかえりざまに、にっかりと歯を剝《む》き出《だ》し、

「たわけたことをこかれるなっ」

凄まじい大声で、叱りつけてきた。

「殿が、わしらがお守り下さるじゃと。片腹《かたはら》、痛いわ。よろしいか、殿。金輪際《こんりんざい》、安易《あんい》に御ん太刀を抜かれるな。殿の刀は、大名の刀ぞ。銘など、どうでもよい。殿が持たれれば、それは紛《まぎ》れもなき名刀となる。下郎《げろう》のなまくらではないんじゃ。その御ん太刀を抜かれるときは、殿よ、おのが喉元《のどもと》に切っ先を突き立てるときと憶えられよ」

「この刀は、死ぬためのものと申すかっ」

「にっちもさっちもゆかんようになったら、散るしかあるまい。じゃが、そのときは、皆が皆、共に果《は》つる。腹、搔っ切ってご覧に入れる。それが、三河者のあほうなところじゃ。よう、憶えとかれよ。じゃが、そうしたわれらを哀れとおぼしめすなら、殿よっ、ええかげんに大人になられよ。若造は、まあここらで終《しま》いじゃっ」

「ひ、彦さぁ――っ」

「堂々と、座っとらっしゃれ」

十三

彦さだけではない。

野々山元政もまた、激昂した。

――ご覧《ろ》うぜよっ。

畦道《あぜみち》を踏み台に、禿げ地の土手に飛び込んだ。

配下衆もともに駈けあがる。いや、野々山衆だけではない。鳥居衆もほぼ時をおなじくして水田を渡り切り、それにつづいて榊原忠政《さかきばらただまさ》や本多《ほんだ》忠勝《ただかつ》の従える雑兵の群れが奇声《きせい》をあげて蔓草《つるくさ》に喰らいついた。

もちろん、そんな無謀な吶喊《とっかん》を見過ごすはずもない。

武田方から矢玉が放たれ始めた。

しかし、元政らは退《ひ》かない。

「いまこそ、ふんばりどころぞ。甲斐の山猿《やまざる》や信濃の黒熊《くろくま》など恐るるに足りん。束《たば》になって掛かってくればこっちのもの。ふんばれ、ふんばれ。頭を下げよ。身を低くせえ。鉄砲の弾は、頭の上を過ぎてくわ。ふんばれ、ここでふんばらねば、どこでふんばるっ」

叫ぶ最中《さなか》も、勝頼の陣地から弾き出される矢箭《やせん》や銃弾が耳元をかすめる。

それを見るに、家康は、気が気ではない。

「もう、よい。もう、よい。彦さも、元政も、さがれっ」

「そうは、ゆかぬ」

野伏せりもどきの罵《のの》りが始まった。

およそ、三河者の口汚さは他《た》に類《るい》を見ない。

陰部《いんぶ》の下品《げひん》な名称がこれでもかっというくらいに迸《ほとばし》り、身近な人々を嫌というほど貶《けな》してゆく。恋仲の相手に始まり、許嫁《いいなずけ》、女房、後添《のちぞ》え、親子供、果てはとうに他界した祖先の果てまで、とことん貶《おとし》めねば気がすまない。敵方の大切な人々を肥溜《こえだ》めに突き落として、柄杓《ひしゃく》で頭から押さえつけるような物言いで、しかも、それが立て板に水のような鋭気《えいき》に満ちて、ここぞとばかりに発せられるのだ。

武田方にしてみれば、一生分の罵詈雑言《ばりぞうごん》を聞かされたようなもので、勝頼の誇りといっていい信玄までもが、三河者の口にかかれば、朝廷や足利幕府にへつらう阿《あ》諛迎合《ゆげいごう》の生臭坊主《なまぐさぼうず》に成り下がってしまう。

ところが、それが、的を射ているように聞こえるから、なおさら腹立たしい。

――ひとり残らず、撃ち殺せ。

そう、勝頼が命じるのは無理もないが、あきらかに三河方に煽《あお》られている。

ばかりか、誰が射ち放ったものか、一発の銃弾が孫子《そんし》の旗をぷすっと撃ち貫いた。その穴が開いたときの、なんとも情けない湯舟の中の屁のような音色《ねいろ》が勝頼を逆上させた。

――ひとりたりとも、生きて帰すなっ。

采配がふられ、陣太鼓《じんだいこ》が圧倒的なちから強さで叩かれる。天の崩れ落ちそうな豪音が轟《とどろ》き、才ノ神の陣地が鳴動《めいどう》するような鬨声《ときごえ》が爆《は》ぜた。鑓が擦《こす》れ合い、兜が陽に閃き、喚《おめ》きという喚きが設楽原をゆるがし、兵が驀進《ばくしん》する。

「来たぞっ」

青田《あおた》の中で、元忠が飛び上がる。

「来た、来た、来た、来た、来たっ。殿っ、やつら、来おったぞっ」

そのとき、

ぱ――んっ。

という乾いた音が爆ぜ、夏の熱気を鉛《なまり》の弾が切り裂いた。

虚空《こくう》へ弾き飛ばされたのは、元忠の身体だ。

「おおっ」

撃たれたっと、家康が腰をあげる。

「彦さ――っ、彦さ――っ」

無我夢中で、助けに走りかけた。

ところが、止められた。

石川数正である。

十四

「行かれては、なりません」

羽交《はが》い締《じ》めするように制してくるのである。

「なぜじゃ。あれが見えぬか。彦さが撃たれたのじゃぞ。助けねばならん」

「動かれては、なりませぬ」

「彦さは、別じゃ」

数正は、止めねばならない。

──ええいっ。

とばかりに声をあげ、必死の形相で土手を下り、元忠のもとへ駈けつけた。

そして、元忠を担ぎ、家康の待つ本陣まで連れ帰った。

「大事ないか、彦さっ」

しかし、元忠、顔をしかめたまま答えられない。

見れば、腿から爪先まで血に塗《まみ》れている。

「しっかりせえ、彦さっ」

頰を張りとばした数正を、元忠は眼を剝《む》いて睨みつけ、嗤い飛ばした。

「おう、数正、かすり傷じゃい」

「よしっ」

涙を堪《こら》えて褒《ほ》めたものの、この右足が癒《い》えないであろうことは、数正にも容易《ようい》に察せられた。実際、元忠の足は、生涯、あるじのいうことを聞けなかった。しかし、家康のことが好きで好きでたまらぬ元忠は、どのような戦さであろうとも付き従った。家康の盾《たて》になり、使い番を務め、ときには影武者まがいの役も担《にな》った。

ただ、足の負担は余人の想像のおよばぬところで、徐々に動かすことが億劫《おっくう》になり、やがて、おのれのちからでは歩けぬようになっていった。晩年の頃には、小者に左右から支えられて、やっとこさっとこ歩けるというありさまで、しかしそれでも、元忠は家康のかたわらを離れようとはしなかった。

だが、その御神酒徳利《おみきどっくり》のような仲も、あるとき、終わった。

この長篠の戦いから、二十五年の後《のち》——。

関ケ原の戦い、その前哨戦《ぜんしょうせん》となった伏見《ふしみ》城の戦いにおいてである。

会津征伐《あいづせいばつ》に家康が向かった際、元忠は山城《やましろ》国桃山《ももやま》の伏見城の留守居《るすい》役として立て籠もり、宇喜多秀家《うきたひでいえ》を将とする西軍の猛攻に堪《た》えつつも、八月一日、ついに雑賀孫《さいかまご》市《いち》こと鈴木孫三郎《すずきまごさぶろう》の銃撃に散った。

元忠が家康を見送ったのはそれを二か月ほど遡《さかのぼ》った六月十八日のことで、前夜、送別の宴《うたげ》を張っている。籠城する主《おも》だった将を招いての宴で、元忠は、家康のかたわらに座すことを許され、別れの盃《さかずき》を酌《く》み交わした。

その夜、

——彦さよ。

家康は、心中を吐露《とろ》したという。

——彦さよ、死んではならんぞ。皆も、そうじゃ。みずから、死を選んではならん。その方らの役目は、一日でも長く、石田三成の遣《つか》わした連中をこの伏見に押しとどめることじゃ。開城を迫られてものらりくらりと返答を濁《にご》し、敵の糧秣《りようまつ》を浪費させ、兵の士気を萎《な》えさせることにある。華々《はなばな》しく戦《たたこ》うて散ることは決して忠義ではない。よいか、心せよ。そしてまんがいち、攻防の火の手が掛けられるような事態となれば、逃げよ。

ところが、元忠は首をふった。

——殿よ。そうは参らぬ。いまさら、戯《ざ》れ言《ごと》を申されるものではない。わしは、五十年、殿に仕えて参った。殿は、もはや、わしの魂《たましい》じゃ。魂を守るためならば、討死《うちじに》することなど屁でもない。いや、そもそも、わしは逃げるに逃げられぬ。この足じゃ。皆の衆は、おもうがままに戦い、退《ひ》きどころとおもえば退け。じゃが、わしは退くに退けぬ。刀を抜けば、それを杖にしても立つのが精一杯。もはや、殿とともに野を駈け、殿の身を護ることはできぬ。ふがいないが、これが真実じゃ。足が、もう動かぬ。されば、この伏見の城が、最後の忠義の場と存《ぞん》じ、ひとりでも多くの敵を斃《たお》し、殿の志に貢献《こうけん》するまでのこと。

そして、なみなみと注がれた酒を呑み干し、

――殿よ。

こう、告げた。

――天下を盗《と》られよ。

これに「左様」と応じた声がある。

元忠の補佐に就いていた松平家忠《いえただ》だった。家忠は長篠では酒井忠次に付き従って鳶ヶ巣山砦《とびがすやまとりで》の攻略に挑み、分捕《ぶんど》るやただちに狼煙《のろし》をあげ、凧《たこ》を支度した。以来、二十五年間、家康のために奮迅《ふんじん》してきた。しかも、この家忠の母は鵜殿長持《うどのながもち》の娘、つまり、お田鶴《たづ》の妹である。

くわえていうなら、家忠とともに伏見城に散った鵜殿氏次《うじつぐ》という忠義の臣がいる。そう、上之郷の城主、鵜殿長照の息子である。氏次は、上之郷が落城した際に捕えられ、石川数正の交渉によって瀬名姫ならびにその子ふたりと交換され、今川《いまがわ》

氏真《うじざね》のもとで育った。が、のちに家康の家臣となって従兄《いとこ》の家忠に預けられ、伏見へも従ってきたものだった。

数奇《すうき》といえば実に数奇な巡り合わせだが、ともかく、西郡《にしのこおり》の縁《えにし》は伏見に結ばれ、

——天下を盗られよ。

という雄叫《おたけ》びに結晶《けっしょう》した。

これに琴線《きんせん》を弾かれた家康は、涙をあふれさせ、かれらの肩を抱いた。

そして、みずから膝をすすめ、元忠の足をさすった。

さすって、さすって、

——彦さよ、彦さよ。

と、夜の更《ふ》けるまで、さすり続けた。

その彦さの運命を決めた長篠の戦いが、正に今、絶頂に差し掛かろうとしている。

もはや、徳川勢の罵《ののし》りは聞こえない。

耳を聾《ろう》するものは、オノ神陣地から湧き上がる陣太鼓の大音声《だいおんじょう》で、それに増すように武田方の鬨の声が狭苦しい野原をゆるがし、矢の唸《うな》りと弾の颪を切る音くらいだ。いや、それらに混じって、家康の耳朶《じだ》を打つものがある。

悲報《ひほう》だった。

十五

――野々山元政《ののやまもとまさ》どの、お討死っ。

なんじゃとっと、家康は、大声をはりあげた。

「元政が、元政が……。討死したじゃと。なぜじゃ……っ」

問い詰める家康の目の前に、元政の遺骸《いがい》が運び込まれてきた。

おもわず腰が浮きあがり、その拍子《ひようし》に、家康の鬢《びん》を流れ弾が掠《かす》める。

「うろたえめされるな」

押し殺した声音《こわね》で叱咤するのは、やはり、石川数正《いしかわかずまさ》だった。

「ひとりの死にうろたえれば、十人が死に至る。殿は、動いてはならんのじゃ。よろしいか、殿。ようく、ご覧あれ。家来どもは、皆、命を賭《と》して戦さに出ておる。戦さで死ぬるは武門《ぶもん》の誉《ほま》れ、死にとうないと騒ぐやつは戦さになど出ねばよい。殿も、そうじゃ。討死した家来を哀れとおぼしめさるるなら、はなから戦さなどせねばよいのだ。おわかりか。されば、いまさら、うろたえめされるなっ」

しかし、どうしようもない。

――松平忠正《まつだいらただまさ》さま、ご被弾《ひだん》っ。

という報せに狼狽《ろうばい》しないはずがない。

家康の眼前に運び込まれてきたのは、肩を撃ち貫かれた忠正だった。苦悶《くもん》の表情を浮かべ、肩から胸にかけておびただしい鮮血《せんけつ》が溢《あふ》れている。金創医《きんそうい》を兼ねた坊主どもが駈け寄り、必死に止血《しけつ》してゆくのだが、すぐに止まるような血の量ではない。

「助けよ、なんとしても助けよっ」

叫ぶ家康の前から忠正は下げられた。家康の心をおびやかしてはならないという判断だったが、結局、忠正は一命をとりとめて信長から直々に感状を賜《たまわ》ることにはなるものの、二年後、このときの傷がもとになったか、三十四歳という若さで他界している。

だが、悲報は、まだまだ続いている。

——安部重吉《あべしげよし》さま、お討死っ。

——江原利全《えはらとしたけ》さま、お討死っ。

やつぎばやに、飛ばされてきた。

元政や忠正とおなじく人質として付き添ってくれた者たちだ。

（ああ）

家康は、天をあおいだ。

駿府の思い出が、砕け散ってゆく。

ぼろぼろと、粉微塵《みじん》に砕け落ちてゆく。

（どんどん、死ぬ）

絶望に、頭を抱えた。

（わしらの日々が消えてゆく……）

自分でも知らぬうちに、泣き声をあげていた。

「もうだめじゃ、もうだめじゃ、もうだめじゃ……っ」

「だまらっしゃい」

数正の癇癪《かんしゃく》が、ついに爆《は》ぜた。

「死にたければ、死ねばよい。ここで腹を切られませ。誰も、お止めせせぬ。お好きなようになされませ。しかしながら、殿がみずからお命を絶たれれば、即座に徳川家は崩壊《ほうかい》いたしまするぞ。殉《じゅん》ずる者は殿の後を追いかけ、見限る者はさっさと織田家や武田家に鞍替《くらが》えしましょう。城は焼かれ、子供は突き殺され、おなごは犯され、年寄りは棄てられ、あとに残った男どもは奴婢《ぬひ》として扱われる。左様に惨《みじ》めな末路を、殿は、家来に強《し》いられるか、ご一族に強いられるか、そこにおわす西郡の方さまに強いられるか。殿のお命は、殿おひとりのものではないのだ」

「じゃが、じゃが、数正」

家康は、洟《はな》をすすった。

「わしは、もう、見ておれん。見ておれんのじゃ」

「情けなしっ」

数正は、さらに激昂した。

「ああ、情けなやっ。殿っ、情けのうて涙が出ますぞっ」

石川数正という男は、ひとたび怒るともう手がつけられない。

ここでも、あたりの銃声をものともせず、さらに大声を張り上げた。

「戦さをなさるのは、なんのためじゃ。おのれの野望を遂《と》げるためじゃ。民草《たみくさ》のためだの、国家のためだのと、聞いたふうなことを申されるな。殿が、他国を切り従えて領土を増やし、栄耀栄華《えいようえいが》を求めて戦さをなさると仰せられれば、それで充分。それでこそ、われら家来は付き従う。きれいごとを抜かすようなあるじなど、胡散《うさん》臭《くさ》すぎて身も心も預けられぬ。野望をさらけ出してこそ、われらはついてゆく。戦さに勝てば、恩賞に与《あず》かれる。土地も銭《ぜに》も手に入れられる。贅沢《ぜいたく》な暮らしもできる。老いた親にも孝行できる。女を抱くのも好き放題じゃ。そのために、家来どもは殿にかしずき、神輿《みこし》に担ぎ、忠義を尽くし、戦さに出て敵を斃《たお》す。人殺しに励《はげ》む。女どもとて、おなじこと。死んでも恩賞を得られよと、夫の尻を叩き、倅《せがれ》の背を押し、許嫁《いいなずけ》の尻を蹴る。夫が立身《りっしん》すれば、その見映《みば》えに気を払《はら》う。立派に見せれば、それだけ人望も得られ、中間《ちゅうげん》も馬子《まご》も付き従《したご》うてくる。わしらの親方はご立派なお方じゃと、小者《こもの》の端にいたるまで偉《えら》ぶって胸を張る。百姓とて、まるで変わらぬ。領主が戦さに勝てば、領土が広がる。敗《やぶ》れた国の百姓どもは逃散《ちょうさん》し、その無人の田畑《でんばた》が手に入る。殿が岡崎城に入られたのと、おなじことじゃ。人質だった小童《こわっぱ》が領主となるように、小作《こさく》だった水呑み百姓が自作農に早変わりじゃ。あらたな小作人を手なづけて、うまくすれば、名代《みょうだい》にも名主にもなれる。次男や三男に生まれて家を継げぬ石潰《ごくつぶ》しは、落ち武者からぶんどった鑓を手に、拾った旗指物《はたざしもの》を背に挿《さ》して、次なる戦さに臨《のぞ》む。勲功《いさおし》を挙《あ》げて、さむらいもどきになる。足軽から出世して大将となる。それゆえ、皆が皆、戦さを求めるのだ。殿よ、殿はそうした連中の大頭目《だいとうもく》なんじゃ。お頭《かしら》なんじゃ。立派であらねばならぬ。怖気《おぞけ》をふるってはならぬ。しょんべんを漏らしても、糞を漏らしても、踏ん張らねばならぬ。そして、なにより、死んではならぬっ。そのために、殿の代わりに、われらが死ぬのだ。ご覧あれ、ここに死したる者どもを。小姓も、腰元も、誰も彼もが、殿の代わりに死んでおる。殿の身を守って死んでおる。自分が死んでも、殿が生き残る。殿さえ生き残れば、自分の親が、子が、孫が、夫が、恩賞に与《あず》かれる。そのために、死ぬのだ。殿が、うろたえてはならぬ。天地がひっくりかえっても、うろたえてはならぬ。そうか、死んだかと、それでよい。そのひと言だけで、むくわれる。おわかりか。されば、戦さが終わるまで微動《びどう》だになされるなっ」

数正は、家康に背を向けて戦場を睨《にら》み据えるや、

どんっ。


鐓の鐓《いしづき》を、地面に突き刺した。

何百発の弾丸を浴びようとも、家康の身を護るのだという気構えだ。

十六

「於葉よ、そちもそうか」

家康は、半泣きのまま、於葉に尋ねた。

於葉は、慈愛《じあい》ぶかく微笑み、覚悟したように眼をつりあげ、床几《しょうぎ》に腰を据える家康の真ん前で敵に立ち塞《ふさ》がった。そして侍女どもにも「そなたらも、つづけや」と告げた。薙刀を構えた女小姓が、みずから、家康の盾《たて》となった。太刀持ちや鐓持ちの小姓たちは、旗持ちの足軽どもとともに、家康の背後を固めた。

かれらが矢弾に斃《たお》れるまでは、家康は死なずに済む。

「これが、答えか……」

家康は、唇をひきしぼった。

「わが殿」

於葉は、そっと告げる。

「数正さまが口になされなんだ本心を、お伝えいたしましょう」

「……なんじゃ」

「殿は、もしここで、わたくしが鑓に突かれんとしたらどうなされまする？」

「おまえを殺させるようなことはせぬ。わしが、身を盾にせん」

「なにゆえ、そのようなことをして下されるのです」

「そなたが、大切だからじゃ。そなたを、失いとうないからじゃ」

「数正さまも、おなじにございまする。数正さまだけではありませぬ。皆が、殿を失いとうないのです。殿のことが、好きなのです。好きで好きで、仕方がないからです。だから、おのが身を犠牲《ぎせい》にしても殿を護らんとしておるのです。その意気に応えるためにも、生きねばなりませぬ。生きねばならぬのですぞ、殿っ」

「わしは……」

家康は、泣いた。

「……男冥利《みようり》に尽きる」

泣きながら踏ん張り、戦さの成り行きに瞳を凝《こ》らした。

（じゃが、負ける）

かぎりなく旗色が悪い。むろん、敵を誘《おび》き出さんとしているのだから、形勢《けいせい》が不利なのは当然だった。負けるふりをして少しずつ退き、それに乗じた敵勢が深追いしてくれるのを待つのだ。

（しかし、これでは……）

あまりにも、犠牲が多すぎる。

このままでは、信長が鉄砲を撃てと命ずる前に、徳川勢は全滅してしまうだろう。

事実、家康の本陣にしてからが凄まじく被弾《ひだん》し始めている。

ひゅんひゅんと弓箭《きゅうせん》が唸《うな》り、びしびしと弾着《だんちゃく》が響く。

──死ぬる。

脳髄《のうずい》が恐慌《きょうこう》をひきおこした矢先、於葉がすがりついてきた。

「な、なにをするっ」

「こうしておれば、弾には当たりませぬ。皆もせよ、殿をお守りせよっ」

しかし、家康の案ずるとおり、怒濤《どとう》の大攻勢が始まっていた。

水田だろうが、泥田《どろた》だろうが、武田勢はおかまいなしだ。オノ神の陣地から、騎馬も足軽もつぎつぎに躍り出し、土手を駈け下って田圃《たんぼ》に水飛沫《しぶき》をあげ、まるで山津波が起こったかのような勢いで繰り出してくる。

敵勢がその持てるちからをふりしぼり、全軍まとめて出陣した今、寡兵《かへい》の徳川勢には抗《あらが》うことすらできない。誘い出すどころか、わらわらと我れ先に逃げ出し始めた。こうなると、もはや、陽動《ようどう》などという言葉は棄てられた鎧や刀のように失われ、あとに見られるのはひたすら逃《に》げ惑《まど》う雑兵ばかりだ。必死になって戦い続けようとする将兵は、もはや数えるほどしか見受けられない。

十七

（なんということだ……）

眼を剝き、歯を喰いしばる家康の耳元で矢玉《やだま》が唸る。かとおもえば、弾丸が鎧を弾《はじ》いてくる。敵兵がすぐ近くまで迫っている証《あかし》だった。いや、すでに目と鼻の先に迫っている。於葉のかたわらの腰元が被弾し、崩れ落ちる。またひとり、腰元が斃《たお》れる。次は小姓、さらに次は腰元と、つぎつぎに銃撃を浴び、弾き飛ばされる。その何度目かの拍子に、小姓の背の指物が於葉の頰をはたき、くちびるが切れた。

「於葉っ」

家康が、まなじりを裂《さ》く。

しかし、於葉はまるで動じない。

口許《くちもと》に血の糸を垂らしたまま、告げる。

「於葉は、殿のお命をお守りするためにおるのです」

「されど、されど、於葉。血が。そなたの口に血が……っ」

「なんの。くちびるの血ごとき、たいしたことはございませぬ」

家康は、腰をあげかけた。

ここにいては、於葉が撃たれる。

(於葉が、死ぬ……っ)

「さがれ、さがれ」

幔幕《まんまく》の裏へ難《なん》を逃れよと、家康は命じた。

ところが、

――わが殿っ。

於葉は、眼をつりあげた。

「わたしは、死ぬる覚悟で、ここにおりまする。けれど、死んでも、殿をお守りいたしまする。死んでも、盾となりまする。されば、殿は、生《い》くる覚悟でお座り下され。われらがひとり残らず撃たれようとも、殿は、決して動いてはなりませぬ。戦う者どもに、殿のお顔を見せねばなりませぬ。家来どもは、殿に見守られているからこそ、戦い続けられるのです。さすれば、最後の最後まで、お座り続けねばなりませぬ。それこそが、殿の戦いにございます。その殿をお守りすることが、於葉の戦いにございまするっ」

「於葉……っ」

それぞれに、役目がある。

家康は、背後の茶臼山をふりかえった。

信長の本陣は、微動だにしていない。

ならば、前衛《ぜんえい》の家康はおのが本陣を動かしてはならない。

陣幕も旗幟《きし》も、小旗ひとつ、動じてはならない。旗持ちが矢に斃れれば、側にいた者が旗を受け継ぎ、その者が斃れればまた次なる者が続く。陣は、揺らいではならない。槍で敵を突き伏せるだけが、戦いではない。

陣の威容《いよう》を守り続けることもまた、戦いなのだ。

そして、そのど真ん中には、自分がいる。

「わかった。されば、於葉、離れよ」

「いやです。離れませぬっ」

「離れよ、我が身をさらすのだっ」

家康はこくりと頷き、おのが前を堂々と開け放った。

敵兵から、家康の姿は丸見えとなっているだろう。おそらく、今にも、この本陣へ殺到《さっとう》してくるにちがいない。矢も射られれば、銃撃も為されるであろう。だが、自分がここで堂々と督戦《とくせん》しているのだということは、敵方だけでなく味方の目にも映えるであろう。

「それこそ、戦さを仕切ることよ」

十八

身を敵にさらした家康のかたわらに、数正は仁王立っている。

自慢の鑓を片手に、戦さの推移《すいい》を食い入るように睨みつけている。

そこへ駈け戻ってきたのは、全身が血と泥に塗《まみ》れた本多忠勝である。

「平八郎。敵方の馬ぁどうした？」

「泥にふんごんで、動けぇへんぞ」

「よっしゃ」

数正は、鑓を天に挿《さ》し掛け、

「いまじゃ、いまじゃ。撃て、撃て、撃てっ」

ところが、どうしたことか、塹壕からはいっこうに銃撃が響かない。

「なにをしとるか、早う、撃たんかっ。法螺貝《ほらがい》を吹かんかっ」

しかし、法螺貝は鳴らない。

「なぜじゃ」

数正は、吠える。

「なぜ、吹き鳴らさぬっ」

法螺貝が吹かれないかぎり、火蓋《ひぶた》は切られない。

「なぜ、鳴らぬ。なぜ、法螺貝を吹かぬ。いまこそ、千載一遇《せんざいいちぐう》の機《き》ではないかっ」

「……足りんのじゃ」

家康が、奥歯を軋《きし》ませる。

「……鉄砲が威力を発揮するには、まだ、間合いが遠すぎるんじゃ」

六匁玉《ろくもんめだま》を籠める火縄銃の射程距離は三十間《けん》というが、それでは銃弾は散布《さんぷ》してしまい、確実に標的《ひょうてき》に命中させることは難しい。そこから導き出されるのは十五間《ま》という必中《ひっちゅう》の射程距離《しゃていきょり》で、家康が本陣を布いている弾正山からいえば、連吾川の間近《ちか》にあたる。そこまで武田勢を誘き出《おびだ》さねばどうにもならない。

「前へっ」

家康は、命じた。

「土手を下れ、前へ進むのだっ」

単騎、吶喊《とつかん》するというのではない。陣ごと、前へ出よと命じた。まわりの顔に戸惑いが走る。いや、蒼《あお》ざめた。むりもない。戦さをとりしきる本陣が、矢弾の唸《うな》る真っただ中へ進んでゆけというのだ。自滅《じめつ》するのは目に見えている。

しかし、家康は、本気だった。

「進めやっ」

采配《さいはい》を振った。

かくして、本陣が動き始めた。

「臆すな、臆してはならぬ。堂々と武田の本陣へ向かって突き進めっ」

ちなみに、家康は、生涯を通じて前へ出続けた。

大高《おおだか》城の兵糧入れにしてから、そうである。今川方の最前線の魁《さきがけ》という何よりも前に位置して織田方に戦いを挑み、大高城へ駈け込んだ。一宮砦《いちのみやとりで》の後詰《ごづ》めもそうだった。砥鹿《とが》神社にあった家康は誰よりも前へ出、みずから吶喊《とつかん》してみせた。

しかし、そうした迸《ほとばし》る若さの前進は、やはり、無謀《むぼう》と紙一重《かみひとえ》だった。紙はやがて破《やぶ》れる。破れた先に待っているのは、無謀さゆえの大失態あるいは大敗北で、その極致《きょくち》となったのが三方ヶ原の戦いだった。武田信玄に叩きのめされ、糞《くそ》の香《かおり》を撒《ま》き散らして遁走《とんそう》した。この大潰走《だいかいそう》が、家康の生涯を通じての教訓となったが、かといって前に出ることをやめたわけではない。

「前へ」

というたったひとつの、しかしなにより大きな戦術は、家康の持ち味となった。

それを、最初に、内外へ知らしめたのが、この長篠の戦いだった。

以来、家康は無謀な単騎《たんき》駈けではなく、本陣そのものを前に出すという戦い方を貫き通した。半年という長きにおよんだ小牧山《こまきやま》の対陣についてはやや例外としても、関ヶ原の戦いでも、大坂の陣でも、家康は本隊をひきいて戦さ場のど真ん中へ進み出ている。

関ヶ原の戦いにおいては、最初に布陣したのは、桃配山《ももくばりやま》の中腹だった。桃配山というまことに詩的な地名は、壬申《じんしん》の乱のおり大海人皇子《おおあまのみこ》が不破《ふわ》の桃を配り、それによって生気《せいき》を得た兵士が奮迅《ふんじん》して勝利に導いたことから名づけられた。家康はその縁起《えんぎ》を担いだのだが、合戦が始まるとともに前進を開始し、やがて石田三成の布陣した笹尾山《ささおやま》を真正面に見据える陣馬野《じんばの》に展開した。内外に、戦さの臍《へそ》は自分にあると喧伝《けんでん》したものとおもっていい。

大坂の陣においても、そうだった。

家康は、大坂城の南正面にある茶臼山《ちやうすやま》に本陣を据え、常に前線で戦う者どもを指揮する立場を崩さずにいた。ついでながら、この陣にあっては仕寄《しより》の構築を熱心に説いた。仕寄とは、すなわち塹壕《ざんごう》のことで、過ぎし長篠の戦いを根拠《こんきよ》にして攻め方を考案していったといえなくもない。

ただ、関ヶ原の場合も、大坂の場合も、家康は「目」を意識している。

目とは、要するに観客とおなじである。

観客すなわち彼我《ひが》の将兵は、家康という主役がどのように戦さを演じているかを注目している。主役と認めれば、戦さののちに臣従《しんじゅう》するだろうが、そうでないと見下されれば、その瞬間に家康は檜舞台《ひのきぶたい》から引き摺り下ろされるのである。

そうした切羽詰《せっぱつま》った緊張感をひしひしと感じつつ、満目《まんもく》の中におのれを置いた。

——おのれが臍《へそ》であるという証を見せつけねばならんのだ。

だが、当然、不安に包まれる。


（苦しい）

拳を握れば滴《したた》ってしまうほど、掌に冷や汗が滲《にじ》み出《だ》している。

脈拍《みゃくはく》が途切れたかとおもえば、鼓《つづみ》を打つように激しく速くなる。目が回る。頭が霞《かす》む。息が詰まる。どれだけ吸おうとしても吸えない。咽喉《のど》が詰まり、胸が詰まり、身が震え出す。胸が震え、肩が震え、臂《ひじ》が震え、手が震え、指先が震える。腰が震え、腿が震え、脛《はぎ》が震え、爪先が震える。気が遠くなりかける。どうしようもない不安が、心を蝕《むしば》み、昏倒《こんとう》しかける。

（いいや——）

於葉の手を握り締める。

（負けるものか、負けるものかっ）

暗転《あんてん》しかける気をふり払い、采配を振った。

「前へ、前へ、前へ――っ」

そのとき。

三河の蒼天《そうてん》に、法螺貝の音色が響き渡った。

十九

法螺貝が、響いている。

それまで長篠の虚空《こくう》に響いていたのは、武田方の陣太鼓《じんだいこ》だけだった。勝頼の本陣で打ち鳴らされる大太鼓を合図に人馬が勇み出、音色が尽きるまで怯《ひる》むことは決してなかった。徳川勢は、その地響きのような鼓音《こおん》に圧倒されつつも、決しておのれの任を忘れることなく、武田勢を引きつけながら退《ひ》き、ついに織田信長による総攻撃の号令を耳にした。

号令、すなわち、太鼓の激音を弾き飛ばすが如《ごと》き法螺貝の吹奏《すいそう》である。

いや、法螺貝だけではない。

陣鐘《じんがね》も、ここぞとばかりに叩き鳴らされていた。

勝頼が陣太鼓を響かせれば、信長が法螺貝と陣鐘を鳴奏《めいそう》させ、それに鼓舞《こぶ》された両軍の将兵が尋常《じんじょう》でない雄叫《おたけ》びをあげ、そうした音の合戦を薙《な》ぎ伏せるような勢いで、凄まじい銃撃音まで轟き渡った。

もはや、耳を聾《ろう》するなどという次元ではない。

音が、目に見えていた。

極彩色《ごくさいしき》に輝いているようだった。

凄まじく分厚い音がこの世を覆《おお》っているのではないかとおもわれるほどの、誰も耳にしたことのない音の色だ。ところが、さらにそのすぐあと、白煙とともに立ち上ってゆく巨大な音とはまったく別な音韻《おんいん》が、新たに奏《かな》でられつつあった。

双方の陣内で奏でられるものではない。

その新たな音は、あきらかに移動していた。

長篠を取り巻いている深い森の中や山や峠のそこかしこに湧き上がったかとおもえば、東三河を貫いている豊川を風とともに遡《さかのぼ》って来るようにもおもわれた。が、いずれの音も、まちがいなく、設楽原を取り囲みつつある。

——これは、如何《いかが》したことか。

勝頼だけではない。

――これは、いかなる音色か。おもわず耳をそばだてる。

武田の将兵ことごとく、おもわず耳をそばだてる。

――囃子《はやし》ではないか。

そのとおり、囃子に近かった。

といっても、神社などで奉納《ほうのう》される神楽《かぐら》のように調和《ちょうわ》のとれた楽曲《がっきょく》ではない。

穹窿《きゅうりゅう》せましとばかりに、ひたすら、掻き鳴らされているだけだ。

決して、吹奏するなどという文化的なものではない。

さらには、

――息の続くかぎり、腕の上がるかぎり、奏《かな》でやっ。

甲高い声が、飛んでいる。

豊川を遡上《そじょう》してくる川舟《かわぶね》の旗艦《はたぶね》、その舳先《へさき》に颯爽《さっそう》と立つ女人の声音だった。

――奏でや、奏でや、命のかぎり、奏でやっ。

於久《おひさ》である。

もちろん、その声が、諸々《もろもろ》の彼方《かなた》まで届くわけではない。

鳶ヶ巣山から設楽原へ向かって疾走《しっそう》している酒井忠次《さかいただつぐ》の鼓膜《こまく》にも、当然、届かない。しかし、豊川を遡ってくる数知れない川舟を遠望《えんぼう》し、その真ん中をゆく二艘舟の櫓《やぐら》から囃子の音が聴こえてくれば、わかる。

——於久が来たわ。

設楽原を眼の前にして、忠次は手を叩いた。

——おなごどもが川舟に乗り込んで、豊川を遡って来おったわ。

そう。

戦わぬ者は、囃子を奏でる。

大皮鼓《おおびこ》、皮鼓、小鼓、龍笛《りゅうてき》、拍子木《ひょうしぎ》と、この地に伝えられたさまざまな楽器を手に、あらんかぎりのちからをこめて鼓吹《こすい》する。女子もいれば、童児《どうじ》もいる。老翁《おきな》も、老媼《おうな》もいる。誰であろうと、鳴り物を奏でられる者は村々の岸から舟に乗り込み、あるいは森に潜んで、戦さの推移《すいい》を見守り、いざ、敵の怯《ひる》みに乗じて、大軍が押し寄せているかのごとく音をぶちかまし、骨《ほね》の髄《ずい》まで脅し尽くしてゆくのである。

そして今、水の上をゆく於久が、

「これは、三河者の戦さじゃ」

大声をはりあげる。

「武田めが。きゃつらは、われらが国、三河を攻めて来おった。じゃが、尾張衆に守って貰《もろ》うたとあらば、これもまた三河の名折れ。われらは、三河者じゃ。ふるさとは、おのれの手で守り抜くのが当たり前じゃ。三河衆はひとり残らず、この戦いに出でよ。老いも若きも、親も子も、舅《しゅうと》も姑《しゅうとめ》も、爺《じじ》いも婆《ばば》あも、姥《うば》も娘も、ひとり残らず出でて戦えっ」

二十

ひるがえって、酒井忠次。

忠次は、金森長近《かなもりながちか》とちからを合わせて分捕《ぶんど》った鳶ヶ巣山《とびがすやま》砦などをつぎつぎに打ち毀《こわ》し、狼煙《のろし》と勝ち鬨《だこ》を天高く揚げ、戡定戦《かんていせん》に転じている。鳶ヶ巣山には武田信実《たけだのぶざね》が守将として籠もっていたがすでに討死し、残る砦についても、中山の名和無理之助《なわむりのすけ》ならびに五味与惣兵衛《ごみよそべえ》、久間山の浪合民部《なみあいみんぶ》、姥ヶ懐の三枝勘解由《さえぐさかげよし》、君ヶ臥床の和田《わだ》兵部《ひょうぶ》など、すべての守将が砦から駆逐《くちく》され、掃蕩《そうとう》の対象とされていた。

（あとは、設楽原から落ちてくる武田兵を追いつのればいい）

駈けてゆけば、森林や草叢《くさむら》の中に囃子衆の姿が見えた。

——囃《はや》せっ。

夫唱婦随《ふしょうふずい》とでもいうのだろう、指示することは於久と変わらない。

——どんどん、囃せっ。

囃子は、先にも触れたように大皮鼓、皮鼓、小鼓、龍笛などから成っている。

しかし、ここにおいて頰を紅潮させているのは、さむらいではなかった。祭礼な

ど で 囃子方《はやしかた》といわれる民草《たみくさ》で、その中には商人もいたが、多くは百姓や木樵《きこり》だった。かれらは使い慣れている斧《おの》や鎌《かま》を草の蔓《つる》にしか見えない帯《おび》にぶっ差し、落ち武者からもぎ取った錆《さ》びた刀や短い鑓を袈裟《けさ》がけに背負い、鳴り物を高鳴らせている。

調べもへったくれもないままに、ひたすら激々《げきげき》しい音が立つ。立てて、森や山の四方八方から設楽原に迫り、敗走してゆく武田勢に挑みかかってゆく。

――臆《おく》すな、臆すな、さむらいとて百姓と変わらぬ。

忠次に励《はげ》まされるまでもなく、百姓どもは落ちてゆく敗残《はいざん》の兵など恐れてはいない。かれらは常日頃は、稲を育てたり、畑を耕《たがや》したり、枝を掃《はら》ったり、薪《まき》を割ったり、人懐《ひとなつ》っこい笑顔で野良《のら》仕事に精を出しているが、ひとたび合戦が生じれば、変貌《へんぼう》する。鍬《くわ》や鋤《すき》は武器に代わり、床下に隠してある刀や鑓を取り、裏の竹藪《たけやぶ》から矢《や》竹《だけ》を切り出して弓を構え、落ち武者狩りが始まる。

かれらの戦闘力がいかに凄《すご》みを帯びているかは、のちに起こった山崎《やまざき》の戦いのおり、落ちてゆく明智光秀《あけちみつひで》がその狩りの獲物《えもの》とされて命を奪われたことをおもえば納得できるし、そうしたことが当たり前の世であったからこそ、家康もまた信長が本能寺で非業《ひごう》の死を遂げたときに百姓の襲撃を恐れて伊賀《いが》を越えた。命からがら伊勢湾まで駈け到ったが、そのとき、世に百姓ほど恐ろしいものはないとつくづく感じたものだ。

そうした中でも、三河の民草の強さはあなどれない。

信仰による強さである。

三河の民の多くは浄土真宗に帰依《きえ》し、門徒衆《もんとしゅう》と呼ばれ、この世の不条理《ふじょうり》や塗炭《とたん》の苦しみに絶望し、苦しみ悶《もだ》えた末、一向一揆《いっこういっき》の旗を掲げ、菩提寺《ぼだいじ》に立て籠もった。

こんにちでもそうだが、真宗の大寺《おおでら》はほとんど城郭のようなありさまをしている。濠を穿《うが》ち、水を引き、土を積み、櫓《やぐら》を建て、堂宇《どうう》には火矢など撥《は》ね返してしまうような急傾斜の瓦《かわら》を葺《ふ》き、せまりくる領主の手勢を相手どっていささかも退かず、徹底的にあらがい、年貢《ねんぐ》の取り立てをこばみ、かれらにとっての善政《ぜんせい》を求めた。

家康も、この一揆にはたいそう苦しめられた。

家臣の半分近くが門徒で、菩提寺に駈け込んで立て籠もったためである。

そんな三河の一向衆の強さをもってすれば、武田の落ち武者どもなど、屁《へ》でもない。いや、一向衆だけではない。於久たちに煽《あお》られたのは家康の厭離穢土欣求浄土《おんりえどごんぐじょうど》の旗のもととなっている浄土宗の宗徒も、さむらいの多くが帰依《きえ》している禅宗《ぜんしゅう》からも、天台宗《てんだいしゅう》や真言宗《しんごんしゅう》などの密教からも、それぞれの徒《と》がおのれのふるさとたる三河を守らんがために得物《えもの》を取った。

そう。

この長篠の合戦の後詰めほど、大地が鳴動した戦いはなかった。

天には狼煙や大凧が、地には銃撃と囃子が、川には艪《ろ》と櫂《かい》を軋ませた無数の舟が、すべての事物の音と光と影と血をひっくるめて展開《てんかい》した。東三河の端《はし》の端までもがこの合戦の推移《すいい》を見守り、趨勢《すうせい》を見定めるや庶民《しょみん》すべてが鳴り物を奏でて戦いに身を投じたのである。

三河の大地が鳴り動かないはずがない。

二十一

ふたたび、ひるがえって於久。

むろん、彼女も具足を纏《まと》い、凜々《りり》しく鉢巻《はちまき》を引き結んでいる。

また、於久に従って川舟を操っているのは、船手衆《ふなてしゅう》などといえば聞こえはよいものの、そのあらかたが海賊《かいぞく》と漁師の混ざり合った海と川の荒くれ者たちだった。操船《そうせん》を担っているのは舵方《かじかた》と呼ばれる連中で、かれらの場合は海賊の中でも水夫《かこ》と呼ばれ、三河湾に生きる豪の者で、船手衆と呼ばれる連中の顔となっていた。

もっとも、川舟は海の艨艟《もうどう》とは異なる。海に浮かぶ船は、大きくいえば、小早《こばや》、関船、安宅《あたけ》という種類に分けられ、それぞれに水軍の兵が乗り込み、船戦《ふないく》さを繰り広げたり、上陸戦を行ったりするのだが、川舟の場合はほとんどが小早の類いで、ときおり、関船に近い船が見られる程度だった。

ただ、ここで於久の座乗している旗艦《はたぶね》はことのほか優美で、二艘船《にそうぶね》の上に船櫓《ふなやぐら》が建てられている。櫓には、囃子方が乗り込んで神楽《かぐら》などを鼓吹《こすい》し、まわりを取り巻いて川面《かわも》を滑ってゆく小早どもを鼓舞するのだが、こうした囃子を奏する船は滅《めっ》多《た》にお目に掛かれない。

伊勢湾や江戸湾に浮かぶ武者船《むしゃぶね》が描き込まれた屏風絵《びょうぶえ》は、こんにちまで伝え残されているのだが、現実にまのあたりにするには祭礼を訪ねるくらいしかない。愛知県でいうと、たとえば、尾張津島天王祭《おわりつしまてんのうさい》の巻藁船《まきわらぶね》がそれに近い。

この祭礼の由緒《ゆいしょ》は定かではないものの、牛頭天王《ごずてんのう》を祭神《さいじん》としていた津島神社の祭礼であることをおもえば、祇園《ぎおん》信仰であることは間違いない。さらに、当地の古文《こもん》書《じょ》に船に載せた人形について記載《きさい》のあるのが大永《たいえい》二年（一五二二）というから、長篠の合戦の半世紀ほど前にあたる。

つまり、於久が乗り込んだ軍《いく》さ船は、津島の巻藁船に近かったといっていい。

また、船ではないが、かつて水軍の置かれていた土地に、武者船の船櫓を髣髴《ほうふつ》とさせる山車《やまぐるま》の海中渡御《とぎょ》を観ることもできる。

ひとつは、三河にある。

豊川の河口から西へ向かった蒲郡《がまごおり》の形原《かたはら》で、家康からいうと従弟《いとこ》の子にあたる松平家信《いえのぶ》の領した在所《ざいしょ》だった。

家信について触れておけば、この長篠の合戦のおりはまだ十一歳で、元服するには早く、初陣《ういじん》には当たらなかったが、しかし、龍笛を手に於久のかたわらにあって川をさかのぼった。そして形原で水軍を育て、のちに徳川水軍の一翼《いちよく》にまで育て上げた。そして家信その人は、江戸幕府が成ってから下総《しもうさ》国佐倉《さくら》藩の初代藩主を拝命《はいめい》している。

その家信が手塩にかけた形原城は、稲生《いのう》城とも呼ばれ、こんにちでは蒲郡市稲生浜から内陸に入ったところに東古城、南古城、北古城などの曲輪《くるわ》跡が残されているのだが、そこから北へ廻り込んだところに蒲郡市三谷《みや》なる在所がある。於大の夫、氏家俊勝をあるじとする上ノ郷城からやや南へ下った岸辺に位置している。

ここに伝えられているのが、武者船の櫓の如《ごと》き山車による海中渡御である。

もうひとつは、知多にある。

於大の実家の緒川城から知多半島の東の浦に沿って南下した亀崎《かめざき》がそうで、三谷の祭礼から遅れること百年、関ヶ原の戦いのあとに祭礼が生まれた。この地の領主で水軍を預かっていた稲生重政《しげまさ》が、京で祇園祭に触発《しょくはつ》されて創始《そうし》したとされ、こんにちでは潮干《しおひ》祭と呼ばれているのだが、やはり、囃子方を乗り込ませた軍さ船の櫓としかおもえないような山車を浜へ引き入れ、海中渡御が行われる。

ということは、右の三つの海の祭礼は、祇園信仰を背景にした水軍の残影《ざんえい》と観ることができ、長篠の戦いの後詰めとなって豊川をさかのぼっていった川舟どものありさまは、まさしく、この巻藁船や山車の渡御のようであったといっていい。

ちなみに――。

こうした特異《とくい》な船々《ふねぶね》とそれに乗り込む人々を総称して、

――どんどこさん。

という。

こんにち、そう呼ばれることは稀《まれ》だが、長篠の戦いの当時から昭和の戦後あたりまで、三河から知多にかけて囃子の乗り込んだ「どんどこさん」は存在した。伊勢湾や三河湾に浮かび、波の上を滑《すべ》っていた。

向かう先は、伊勢《いせ》である。

おかげ詣《まい》りが流行《はや》った頃で、かれらは知多半島や三河の沿岸から船を出し、囃子を奏でて海をわたった。そして、伊勢湾を隔《へだ》てた伊勢川崎《かわさき》の湊《みなと》へ上がり、陸路で伊勢神宮へと向かうのだが、当時、この参詣者たちが「どんどこさん」と呼ばれた。かれらの船が近づいてくると、川崎の人々は「ほうれ、どんどこさんが来やったわ」と出迎えたものだ。

そのどんどこさんが、このときは、大挙《たいきょ》して長篠をめざしている。

於久が叫び、彼女の声につづいて腰元たちも掛け声をあげる。

「どんどん、打て。どんどん、鳴らせ。どんどん、進めっ」

もっとも、督戦《とくせん》に応じているのは、船手衆ばかりではない。

二十二

こうした船手衆に呼応するかのように森を飛び出し、敗走する勝頼の本陣に打ち掛からんとする一手がある。旗指物《はたざしもの》には「丸の内に二《ふた》つ引両《びきりよう》」が染め抜かれ、馬《うま》印《じるし》には「赤鳥《あかどり》」が掲げられている。

そう、この旗指物は、足利宗家《そうけ》の継承《けいしよう》を認められた吉良《きら》家の分流たる今川《いまがわ》家の家紋をあしらったものにほかならず、燦然《さんぜん》と掲げられる「赤鳥」こそ今川義元《よしもと》の馬印にほかならず、いま、ここで、誰憚《はばか》ることなく「二つ引両」と「赤鳥」を堂々と掲げることのできる武将は、ひとりしかいない。

今川氏真《うじざね》である。

氏真は、後詰めに就《つ》いていた。

旧暦の五月十五日、牛久保《うしくぼ》にて手勢を整え、於久の舟勢《ふなぜい》とともに時を待った。

そして、戦さの前夜、闇の中を進発《しんぱつ》し、跫音《あしおと》を忍ばせ、森から森へと移動し、ついに決戦の刻《とき》を迎えるや、勝頼の突出《とっしゅつ》と信長の応射《おうしゃ》を待ちかね、ついに銃撃と硝煙の噴上《ふんじょう》する中に、駈け出した。

まさに、一期《いちご》を賭けた大攻勢だった。

このときほど、氏真が奮迅《ふんじん》したことはなく、頽勢《たいせい》だったとはいえ、勝頼の潰走ぶりはあまりにも悲惨だった。もはや軍勢の体《てい》は成しておらず、牛馬《ぎゅうば》の群れが火焔《ほむら》に我を忘れて爆走《ばくそう》するに似ていた。

「追いつのれ、追いつのれやっ」

修羅《しゅら》の奮迅とはまさしくそのようなありさまだったのだろうが、戦さが終熄《しゅうそく》したあとの設楽原ほど悲惨《ひさん》なものはなかった。鮮血《せんけつ》の光景が広がっていた。無数の死体が転がり、そのすべてが真紅《しんく》に染まり、折れた鑓が斜めに刺さり、旗が踏み躙《にじ》られ、あるじを失った馬が行き場をなくして佇《たたず》んでいる。

そんな朱一色《あかいっしょく》の光景に被《かぶ》さるものは、やはり、囃子の音色だった。

囃子はいつまでも熄《や》まず、いや、こんにちまで鼓吹《こすい》されつづけている。

それを、

――火おんどり。

という。

長篠・設楽原（信玄原《しんげんばら》）の信玄塚にて催される祭礼で、鉦《しょう》や太鼓や龍笛が鳴らされる中、藁《わら》を巻いたひと抱えもある松明《たいまつ》が数知れず立ち並び、火がつけられ、闇のただ中にぐるぐると円弧《えんこ》が描かれてゆくのである。男たちの祭文《さいもん》がくりかえされるのは、この地で非業《ひごう》の死を遂《と》げた将兵たちの亡霊《ぼうれい》を慰《なぐさ》めるためとされている。

この祭礼は、その昔、討死《うちじに》した将兵を葬《とむら》った塚から大量の蜂《はち》が湧《わ》き出で、村人をたいそう困らせたことがあり、それを武田の亡霊の怨みと受け留めたことから創《そう》生《せい》されたらしいのだが、ユネスコの無形文化遺産ともされた先の三つの海の祭礼もさることながら、こうした民俗的《みんぞくてき》な風景のもととなっているのは、その時代のありさまであるのは疑いない。

話は戻って――。

この天正三年（一五七五）の初夏、氏真は、生涯最大の勲功《くんこう》を挙げている。武田勝頼がことのほか恃《たの》みとしてきた、内藤昌豊《ないとうまさとよ》の首である。

昌豊は信玄以来の古参で、上杉謙信を相手どった川中島の戦いでは、敵の本陣が張られた妻女山《さいじょさん》を急襲すべく、別動隊をひきいて勇猛果敢《ゆうもうかかん》に攻め立てた豪《ごう》の者だった。この古将を、氏真の家臣朝比奈泰勝《あさひなやすかつ》が討ち取った。

家臣の手柄は、将たるものの勲功にほかならない。氏真は一挙に長篠の誉《ほま》れ者のひとりとされた。そして、のちの論功行賞《ろんこうこうしょう》では、掛川の城を追い出されてより久方ぶりに、一城のあるじとされた。

諏訪原城《すわはら》である。

ただ、長くは続かなかった。

諏訪原の攻城戦が始められたのは長篠の合戦の二か月ほどのちになるが、氏真はその攻将のひとりとして参陣《さんじん》、落城にまで追い込んだ。家康はいたく感激し、氏真のちからをあらためて認め、諏訪原城から牧野《まきの》城と改名し、大幅な改修を行わせ、翌年の春三月を待って氏真をあるじに据えた。

ところが、ふしぎなことが起こった。

氏真が、いきなり、剃髪《ていはつ》したのである。佛性《ぶっしょう》に目覚めたという、なにやら曖昧《あいまい》な理由だったが、ともかく在家《ざいけ》ながらも仏門《ぶつもん》に入り、宗誾《そうぎん》と名乗った。家康は、この牧野城主の今川宗誾の補佐として松平家忠《いえただ》と松平康親《やすちか》を送り込み、政《まつりごと》に当たらせた。が、春秋《しゅんじゅう》がひとまわりしたとき、氏真は浜松へ召還《しょうかん》された。

この解任《かいにん》の理由も、よくわからない。

氏真がみずから退いたという噂も立った。政のしちめんどくささに嫌気《いやけ》がさしたのか、それとも出家《しゅっけ》した身でありながら武将であり続けることを懐疑《かいぎ》し始めたのか、いずれにせよ、牧野城に居るつもりはないと口走ったらしい。また一方で、浜松に還《かえ》るや家康の側近《そっきん》とされたことから、去就《きょしゅう》について、家臣どもはこのように詮索《せんさく》し、囁《ささや》き交わした。

――いよいよではないか。

駿河への進攻である。

というのも、それなりの理由がある。

先の長篠の掃蕩《そうとう》戦にあって、武田勢をおおいに駆逐《くちく》した氏真は、家康が待ち兼ねていた吉田城へ凱旋《がいせん》した。そのとき、豊川の流域の民草は我れ先へと城の前まで押し掛けたのである。これに気を好くしたものか、氏真は、いかにも得意げな面持《おもも》ちで、家康を大いに煽《あお》った。

「次なるは、駿河にござるな」

吉田城の門前で、将兵や民草の熱狂的な喝采《かっさい》を浴びながらのことだった。

「参りましょうぞ、われらが故郷《ふるさと》へ、われらの駿府へ」

二十三

たしかに、駿府を手に入れるというのは、すなわち、おのれの育った地を取り戻すことにほかならない。家康は、西三河の岡崎で生まれたが、むろん、当時の記憶はない。その後、戸田康光《とだやすみつ》ひきいる水軍とは名ばかりの海賊の悪だくみによって尾張へと送られたが、実をいえば、そのあたりの憶えなど、熱田《あつた》神宮に参詣《さんけい》したとかいった特別な情景を除けば、ほとんどない。思い出の輪郭《りんかく》がやや明らかになってきたのは、駿府で人質になってからだ。元服《げんぷく》を迎えて婚姻し、初陣《ういじん》に出るまでの思い出で、それらは瞼の裏に焼き付いている。

つまり、駿府こそが、家康の半生を彩《いろど》っている。

となれば――。

駿府を奪還《だっかん》するよりほかに、おのが青春期を仕上げる道はないではないか。

そして今、家康は駿府の途上《とじょう》、掛川城に到着している。

かたわらには、於葉が従っている。

於葉は、家康とはふたつ違いで、あまたの側室の中ではほぼ最年長で、それもあってか、もはや並び立つ者がいない。男児を産めなかったというだけが、たったひとつの口惜しさだったが、それを除けば、つねに家康の懊悩《おうのう》に満ちた独白《どくはく》を聞き、それについて的確な受け答えをした。

そうしたことのできる女人は、於葉しかいなかった。

いや、家康には恃《たの》みとする戦さ上手の家来も無数にいるが、どうしても武辺一辺倒《ぶへんいっぺんとう》という連中は気の強さを重要なものとして見る。気弱《きよわ》を嫌う。もし、家康が自信のなさそうな顔をすれば、それだけであれこれと叱咤《しった》してくる。

だから、かれらに対してはおのが方針について逡巡《しゅんじゅん》しつづけるところは見せられない。

ときに愚痴《ぐち》を零《こぼ》し、悲鳴を喚《あ》げ、地団駄《じだんだ》を踏むところは見せても、めったに弱音は吐けない。おのれの進むべき道、採るべき道についてあれこれ悩み迷うところなどとても見せられぬ。

そう、つねより心掛けるようにしている。

実際、高天神城について、その攻防戦は天正三年から始まったが、すでに足掛け四年を経ながらも、いまだ決着をつけられずにいる。家康も三十六歳と齢《よわい》を重ね、いよいよ大人の風格を身につけ、同時にひねこび、老獪《ろうかい》になりつつある。そのような得体《えたい》の知れぬ存在になろうとしている自分が、懊悩《おうのう》するようなところを見せてよいはずがない。

ただし、

――閨房《けいぼう》では別なのだ。

と、自分をいたわっている。なかば諦《あきら》め、なかば開き直り、心と体を休め、生《なま》の自分をさらけ出そうと努めている。また、この青春期、誰よりも恃《たの》みにしたのは於葉だった。

「見よ、於葉」

東を指して、家康はいうのだ。

「あの牧之原《まきのはら》の台地をひと跨《また》ぎすれば、そこが駿河国じゃ」

とはいえ、その駿河の奥深くへ進撃していけば、家康の命は爆《は》ぜてしまうだろう。

勝頼は、強靭な防衛線《ぼうえいせん》を構築している。

信濃と美濃の境《さかい》だけに留《とど》まらず、駿河と遠江の境も徹底した防衛線を布《し》いている。

そう、駿府は、直接的な攻撃に弱い。

甲斐の山塊《さんかい》、ことに南部の河内郡《かわちぐん》から、逆落《さかお》としを掛けられてしまうからだ。

もちろん、都邑《とゆう》としての魅力は他の城下《じょうか》など比べものにならない。

たとえば、甲洲と駿洲の同盟が成ったおり、武田信虎《のぶとら》は今川義元《いまがわよしもと》の上位に立ち、おのが娘（定恵院《じょうけいいん》）を輿入れさせているのだが、のちに嫡子の信玄と仲違《たが》いしたとき、娘を頼って駿府へ身を寄せた。気候が温暖《おんだん》で、文化芸術にも満ち、厭《あ》くことのない東海の首府《しゅふ》だったからである。

だが、結局は、信玄の猛攻を受けて滅んだ。

防禦《ぼうぎょ》するという思想が、駿府のような都じみた温雅《おんが》な都邑《とゆう》にはないからだ。

――にもかかわらず。

今度は、信玄の子の勝頼が、その駿府を守らねばならない。

だから、幾重《いくえ》にもわたった防衛線を張り続けている。

家康は、そのように厳重化した都邑をめざす。

「わしは、於葉よ、そちを連れてゆくぞ」

粉香《ふんこう》の薫《かお》る中、家康は約束した。

二十四

くりかえすが、家康は、今、掛川城にいる。

遙《はる》か南には、いまだ陥落《かんらく》させられない高天神城が聳《そび》えている。

このふたつの城は、それぞれ、駿府へ到るふたつの道の、ほぼ真ん中にある。

家康の本拠地である浜松城から駿府城までは、ほぼ二十五里。

行程は、ふた通りある。

山を越《こ》えてゆく道と、海に沿《そ》ってゆく道である。

このふたつの東海道だが、実に巧みに、山と川を利用して城や砦を配置している。

今川氏と、その後を継いだ武田氏の業績《ぎょうせき》といっていい。

家康は、天正三年（一五七五）の段階で、山越えの道は掛川城まで奪い取っており、海沿いの道は高天神城まで攻め寄せている。そしてまず、山越えの道を踏み越えて、諏訪原《すわはら》城を攻略した。かくして諏訪原城は、武田領に食い込んだ最前線の城《じょう》塞《さい》となり、夏八月、家康はここに駿河国の旧主である今川氏真《うじざね》を配した。

氏真を置いたのは、駿河の領民《りょうみん》に対しても、旧今川家の家臣どもに対しても納得のゆく心配りといえる。だが、この気配《きくば》りは、氏真にとっては重苦しいものであったかもしれず、家康もそれを察したか、半年ほど経《た》った頃、城主の座を降りさせた。

「かというて――」

宵《よい》の月をふり仰ぎながら、家康は箸《はし》を取った。

「氏真を放り棄てておくわけにもゆかぬでな」

膳の前には、かしずく於葉の姿がある。

「共に大井川《おおいがわ》を越え、駿府をめざす」

大井川は、駿河国を流れる大河である。

遠江国の天竜川とおなじように季節ごとにのたうつ暴《あば》れ川で、その河川敷《かせんじき》は身を竦《すく》ませるほど広い。だが、ここさえ越えれば、要衝《ようしょう》として知られる田中城の彼方まで沃野《よくや》が広がっている。その沃野の充実ぶりは、家康とその一族郎党の胃袋を充分に満たしてくれる天竜川の流域に広がる平野とほぼ変わらない。

問題は、掛川城の南方にある山城だった。

椀《わん》を伏せたようにこんもりとした高天神山と高天神城である。

こいつを落とすことができれば、掛川城を起点に牧之原台地を踏み越えてゆける。

そこには、小山城と奪った諏訪原城があり、これらを経て大井川に到る。

「あの大河を越えられるか越えられぬかで、わしの人生は決まる」

大井川は、そののちの江戸期を通じて陸路の難所として知られることになるのだが、この川の番をするように聳えているのが田中城である。堅城《けんじょう》として名を馳《は》せているが、この要衝を攻略しても、さらにその東方に宇津《うつ》ノ谷《や》峠を臍《へそ》とする峻険《しゅんけん》、宇津山がある。この宇津山は南へ向かって巍々《ぎぎ》峩々《がが》と延び、やがて駿河湾へ落ち込んでゆく。その海岸線が大崩《おおくずれ》海岸で、東海の親不知《おやしらず》とも呼ばれる身の毛もよだつような難所《なんしょ》となっている。

この山と崖を越えれば、ようやく安部川の流れに臨むことができる。

「そして、於葉よ、その向こうに――」

「いよいよ、駿府の家並みを望めるのでございますか」

「そのとおりだ」

家康はうなずきつつも、

「ただし、容易《ようい》な道ではないがな」

と苦笑し、鰻《うなぎ》の蒲焼きに箸をのばした。

二十五

「地勢だけでなく、武田の諸将も待ち構えておるでな」

駿河国に最大の影響力を持っているのは、穴山梅雪《あなやまばいせつ》だった。

一門衆と呼ばれる信玄の縁戚《えんせき》の中でも、筆頭《ひっとう》と目される智将である。

梅雪は甲斐の南部の河内《かわち》郡を任されているのだが、強味《つよみ》はその地勢《ちせい》にあった。

この山塊は、甲斐国から駿河国の真ん中に牛の舌のように長く厚ぼったく垂れ下がっている。駿河国を睥睨《へいげい》し、かつ統治《とうち》するには、なんとも絶妙な地勢といってよかった。もしも、家康が駿河へ侵攻するようなことがあれば、梅雪は地の利を利用して、山津波のように襲い掛かってくるであろう。

——われら徳川勢はひとたまりもない。

おもわず口に出し掛けたが、ぐっと堪えた。

（となれば……）

あらかじめ、梅雪を調略《ちょうりゃく》し、味方へ引き込んでおかねばならない。

しかし、信長ですら一目《いちもく》置くほどの梅雪を懐柔《かいじゅう》するには、それなりの武力を背景にせねば難しい。現行の勢力で交渉などすれば、一蹴《いっしゅう》されてしまうだろう。それは、信長の手をわずらわした長篠の合戦での勝利というだけでは通じない。

たしかに武田方の一部は東へ向かって敗走し、高天神城や諏訪原城へ逃げ込んだり、遠駿《えんすん》の境を這々《ほうほう》の体《てい》で遁走《とんそう》していった兵たちもいたが、梅雪の場合は、はなから戦う気はなかったのか、無傷のまま悠々《ゆうゆう》と甲斐へ帰還している。

つまり、梅雪の手勢は一兵も損《そこ》なわれておらず、武力はいまだに隆々《りゅうりゅう》としている。そのように小癪《こしゃく》な梅雪に対して、家康は、まだまだ互角の交渉などおぼつかない。少なくとも、おのれのちからだけで武田勢に勝負を挑み、どれだけ小さかろうとも勝ちを拾っておく必要があった。

「左様に申されましても」

——わが殿。

と、於葉は飯をよそった碗《わん》を差し出しつつ、問い掛ける。

「いったい、いずこで、そのような勝ちを収められるのでございましょう」

「何度もいうておるではないか」

おのれに言い聞かせるようにこう答える。

「まずは、高天神城じゃ。高天神城を放《ほう》って東進《とうしん》することはできまい」

そう。

この徳川家と武田家にとっては因縁《いんねん》の角逐場《かくちくば》ともいえる山城の攻略に始まり駿府の入城をもって仕上げとされる一連の戦いこそ、家康の青春の締めくくりとなった。いいかえれば、家康がひとかどの武将となるために乗り越えねばならない試練《しれん》だった。

「高天神城を足掛かりに安部《あべ》川の岸まで達することができれば、梅雪も折れよう」

「はい」

於葉のいいところは、素直に微笑むところである。

家康は、そんな於葉が可愛くて仕方がない。

「ところで、於葉よ」

「このうなぎは、天竜川で獲《と》れたものか、それとも浜名湖で獲れたものか」

「さあ、どちらでございましょう」

「新居《あらい》から届けられたものではないのか……」

そらとぼける於葉の前で、家康は、やや肩を落とした。

というのもむりはなく、家康はかなり浜名湖には肩入れしている。

浜名湖と遠洲灘は今切《いまぎれ》にあった砂洲《さす》が決壊したことで繋《つな》がり、今は新居と舞阪《まいさか》の海上一里半が渡し船によって結ばれている。この運賃が新居の船頭たちの生きる糧《かて》になっているのだが、家康はこの渡しを重く見、渡船業に精を出す船守《ふなもり》たちに対して、諸役《しょえき》を免除するかわりにより働くべしという定め書きを出してやった。以来、滋養強壮《じようきようそう》に目のない家康のもとへ、脂の乗った鰻が四季を通じて届けられるようになった。

於葉は、それをよく知っている。

うふふと微笑みのこぼれる口許を隠しつつ、ささやいた。

「浜名湖の者どもが鄭重《ていちょう》に献上して参ったものにございます」

「まことか」

「まことに」

於葉は、家康の蕩《とろ》ける顔が好きである。

「たんと召し上がれ」

二十六

くりかえすが——。

山越えの道において、最大の堅城《けんじょう》は平城《ひらじろ》の田中城である。

海沿いの道においては、なにより悩ましい山城が高天神城だった。

高天神城が敵の牙城《がじょう》であるかぎり、家康は諏訪原城から東へ進撃できない。

もしも、諏訪原城を出陣して大井川を渉《わた》ってゆくようなことになれば、高天神城はすぐさま城門を開いて兵を突出させ、牧之原台地を貫いている東海道を遮断《しゃだん》するであろう。そうなれば、家康ひきいる本軍は袋の鼠《ねずみ》となり、大井川のただ中で立ち往生してしまうだろう。ちょうど巾着袋《きんちゃくぶくろ》に押し込まれてしまったようなもので、もはや手も足も出ず、川の泡沫《うたかた》となるしかない。

そう。

高天神城は、武田家の大きな楔《くさび》である。

領国の外に残された、希望の楔といってもいい。

これがなくなれば、勝頼は、おのが領内に逼塞《ひっそく》するしかない。

だが、この巨大な山城に大増援をおこなうだけのちからは、もはや、武田家にはない。長篠で一敗地《いっぱいち》に塗れた今、かぼそいながらも兵站《へいたん》を補給《ほきゅう》し、かろうじて維《い》持《じ》しているという情況にあった。

それでも、家康がここを攻略するのは、至難の業《わざ》だった。

「どうすればよいのだ」

夜も更け、於葉の腰に手を添えながら、家康は自問している。

若い頃から、家康には、本多正信《ほんだまさのぶ》などの軍師めいた家臣はいたし、のちの小牧長《こまきなが》久手《くて》でも関ヶ原でも事あるごとに献策《けんさく》を求めたものだが、最後に方針を決めるのはおのれ自身しかいなかった。当たり前のことだが、誰からも良好な案が出てこない今、家康はおのが脳漿《のうしょう》を搾《しぼ》りに搾って上策を捻《ひね》り出すしかない。

——難攻不落《なんこうふらく》の山城を、いかにすれば奪取《だっしゅ》できるのか。

ということをである。

家康は、高天神城の攻略に手を焼いている。

四年間も攻めあぐね、この天正七年（一五七九）の段階でもまったく降伏する気配を見せず、陥落《かんらく》などおよびもつかぬ情況だった。なぜかといえば、強靭な兵站《へいたん》の補給路があったからだ。

兵站線、すなわち、糧道《りょうどう》である。

「しかし、その糧道のせいで、あの城は、肥大しすぎた。途方もなく飯を食らう」

長篠の戦いで敗走した兵を吸収したことで、ただでさえ多くの兵を駐屯《ちゅうとん》させているる山城は、恐ろしいほど肥大《ひだい》してしまった。なるほど、高天神城は、たしかに急峻《きゅうしゅん》な崖と東に広がる浜野浦《はまのうら》によって鉄壁《てっぺき》の守りを誇ってはいるものの、肥え太ってしまってはその糧食に事欠《ことか》いてしまう。

兵の胃袋が満たされなければ、守りは固められなくなる。

となれば、兵糧を送り続けねばならない。

「糧道は、いずこじゃ」

東の小山《こやま》城から牧之原台地を越えて運び込まれてくる。

かつては諏訪原城からも補給されていたが、今川氏真がそれを奪取したことにより、小山城からのみ補給されてくる。しかし、この小山城からの糧道があるかぎり、高天神城は滅多なことでは陥《お》ちない。

「となれば、その道を断つのが、なによりの方策ではないのか」

「道を断つと……？」

於葉は、鸚鵡《おうむ》のように言葉を返す。

「いかにして、糧道を断たれるのでございましょう」

「まずは、穴ぁ、掘るだな」

三河言葉で、告げた。

塹壕である。

「しかし、どこに掘るか、じゃな」

家康は、やにわに、枕辺《まくらべ》に支度されている握り飯を頬張《ほおば》った。

「かような夜更けに、お食べあそばしまするか」

「腹が減っては戦さにならぬではないか」

そういって指を舐《な》めて塩気《しおけ》を味わいつつ、ぼんやりと想像をめぐらせた。

高天神城は、独立した孤峯《こほう》に築かれている。

ちょうど、遠江の沃野《よくや》に浮かぶ島のようなもので、その北方に掛川城があるものの、この城は家康が奪取《だつしゅ》してすでに久しい。また、高天神山の西の裾《すそ》野には徳川勢が展開している。東は入り江、浜野浦。つまり、武田勢が高天神城から打って出てくることは、掛川城の兵がどっと減るとかいう突発的な場合を除いてほぼありえず、ひたすら、亀の頭のように甲羅《こうら》の中に籠《こ》もり続けるしかない。

「穴……穴……」

寝床《ねどこ》に入ってもなお、家康は、あれこれと考えている。

先に横になっている於葉の尻をとんとんと無意識に叩き、呟きながら考えている。

「……掘るとすれば、どこじゃ」

二十七

結局、そこらじゅうに掘った。

そう、この遠江平定戦ともいえる高天神山の攻略では、無数の穴が掘られた。

穴は、次第に大きくなり、繋《つな》がり、柱が立てられ、城砦《じょうさい》となった。

次には、はなから砦を築くこととされた。そのまず初めに馬伏塚《まむしづか》城を築き、そこからやや東の地に大ぶりな城塞を築いた。横須賀《よこすか》城である。こちらは本格的な城塞で、家康は、ここを、高天神城を攻略するための前線基地とした。

さらに進めて、かつて掛川城を攻略するための付け城として築いた小笠山砦《とりで》跡を改修した。笹ヶ峰御殿《ささがみねごてん》という優雅な名をつけ、攻略戦の本陣とした。しかし、小笠山城と高天神城とを結んでいる糧道を断つには、まだまだ足りない。砦を、数えここに、切れないほど構築する必要がある。

家康は、掛川城に諸将を集めて、皆の衆にひと言いうておくことがある。このように言い放った。

「高天神城を攻略するにあたり、ものの力と生まれたからには、刀や鑓で戦いたい。戦《たたこ》うて勝ちたい。誰もが、そう、願う。さよう、そのとおりに成し遂げれば、世の人々は褒《ほ》めそやしてくれよう。喝采《かっさい》も浴びせてくれよう。されど、このたびの高天神城の攻略にあたっては、白刃《はくじん》による戦いは最後の最後と心得よ。それまでは、ひたすら土を掘り、石を積み、柵を立て、塁を築き、砦に仕立てる。古《いにし》えより、疫病をもたらす疫神《えきがみ》に勝つ手立ては、ただひとつ、塞《ふさ》ぐことであった。われらも、それを真似る。塞ぐのだ。徹底して塞ぐ。敵の武具兵糧を補《おぎな》わせぬため、兵站線《へいたんせん》を分断するため、われらは砦を造り、路《みち》を塞ぎ、入り江を閉ざす。敵がもはや堪え切れぬと観念《かんねん》し、駿河へ退《しりぞ》かんとするまで、あるいは最後の決戦を挑まんとするまで、塞ぎ続ける。戦さには、そういう戦い方もある。いや、地味な作業の積み重ねこそが、まことの戦さにほかならぬ。人を殺《あや》めず、人と戦わずして勝ちを手にすること、これが戦さの真髄《しんずい》である。心して、掛かるがよい。われらが火蓋《ひぶた》を切るのは、最後の勝敗を決める瞬間である。それまで、しかとちからを溜《た》めておけ」

要するに、

――高天神城を包み囲むべく、高天神山の裾野に数多《あまた》の付け城を築く。

という戦略である。

「蟻《あり》も這って出られぬほど、取り囲め」

ちなみに、掛川城を攻略するときもそうだったし、遙かのちに大坂城に挑みかかったときも、家康は、夜伽《よとぎ》の床で於葉に囁いたとおり、穴を掘った。穴を掘り、穴を掘り、さらにまた穴を掘り、土を搔き上げて塁を築き、設楽原のように埒《らち》を構えた。そこへようやく掘っ立て柱を立てて陣を構え、砦とし、ときには大きな城塞へと化けさせた。

そして、こうした城砦から大坂城へと萬兵《まんぺい》を繰り出したのだが、そのときも鬨《とき》の声をあげて吶喊《とつかん》するというのではなく、束にした竹を立てて動く壁を作り、敵の矢《や》弾《だま》を防ぎつつ漸進《ぜんしん》してゆくという地味なものだった。

こうした戦い方を、仕寄りというのだが、家康はこの戦法を得意とした。

大坂の陣のおりも仕寄りを行ったし、そこらじゅうに大小の付け城も築いた。塹壕にいたっては無数に造った。穴を掘り、埒を組み、砦を築き、そこを起点にわずかずつ前進してゆく。

ただ、大坂では、若い兵どもに仕寄りといっても通じなかった。

家康は苛立《いらだ》ち、

――それでも兵かっ。

と、怒鳴りつけ、みずから竹を束にして壁を作ってみせ、穴も掘ってみせた。

掘りつつ、

――彦さぁ、彦さぁ。

伏見城で討死した忠臣《ちゅうしん》の霊に嘆《なげ》いた。

――わしらの時代は終わってしもうたのかのう、彦さぁ。

嘆きながら、それでも穴を掘るのをやめず、やがて大坂城を陥としてみせた。

――彦さよ。とどのつまり、わしの人生は、穴を掘り続けるだけだったのではないか。穴を掘って、掘って、掘りまくって、それでも足りず、またひたすら、穴を掘り続けた。そんなことがわしの戦さの正体だったとはあまりにもたわけた話じゃが、そうした苦労そのものが人生だったやもしれぬな。

そして呟いた数年後、家康は鳥居彦右衛門尉元忠《とりいひこえもんのじょうもとただ》の待つ冥府へと旅立っている。

二十八

かくして、天正七年（一五七九）の春――。

高天神山の麓《ふもと》のそこかしこで、つぎつぎに大小の砦が着工された。また、諏訪原城から小山城を攻めさせ、牧之原越えの兵站線を切らせた。ただ、そうした戦略は着実に推し進められていったものの、なぜか、高天神城の士気は衰えない。胃袋が満たされているとしかおもえない。

「なぜじゃ」

家康は、地団駄《じだんだ》を踏んだ。

「ほかの糧道があるのではないですかな」

本多正信がぽつりと呟いた。

「海ではないか、遠洲灘《えんしゅうなだ》の波を越えてくるのではないか……と」

そのとおり、海《うみ》の路《みち》があった。

浜野浦《はまのうら》である。

高天神山の東の裾にまで食い込んで、複雑に切れ込み、細長く迫り出した岬もそこかしこに見られた。湊《みなと》が整えられ、遠洲灘を航《わた》ってきた外洋船《がいようせん》も乗り入れることができた。ここに、武器や兵糧を運び込めば、そうとうな荷《に》が揚《あ》げられる。つまり、高天神山の東面まで切れ込んでいる入り江そのものが、巨大な補給基地となっていたのである。

浜野浦へ糧食を運び入れてくる武田水軍の輸送船を拿捕《だほ》するか、あるいは沈没せしめるか、ともかく入り江を封鎖《ふうさ》に近い状態まで追い込まないかぎり、高天神城は餓《う》えない。兵力を維持したまま、遠江の楔《くさび》となり続けている。

「待てよ」

家康は、夜着《よぎ》を跳ねて半身を起こした。

「その海の道をさえぎってしまえば、よいのではないか。入り江から陸揚げされた兵糧は、高天神城のある山頂まで運ばねばならぬ。その道を閉ざしてしまうよう、そこらじゅうに砦を築けば、兵站線はぶち切れる。航路も断てよう」

家康は諸将を集めるや、口角泡《こうかくあわ》を飛ばし、確信をもって告げた。

かくして、浜野浦を見下ろす尾根と岬に沿って、砦がつぎつぎに築かれていった。笹ケ峰《ささがみね》御殿も含めて高天神六砦と呼ばれる付け城の群れで、こんにちでは、能ケ《のが》坂砦《さかとりで》、火ケ峰砦《ひがみねとりで》、獅子ケ鼻《ししがはな》砦、中村砦、三井山《みついさん》砦の五つがよく知られている。たとえば、獅子ケ鼻砦などは、獅子の鼻と呼ばれる岬の先端に築かれたし、中村砦などは高天神城の東の真下まで進出して築かれていった。ただ、すべてはこれからで、ひとつひとつ築いていったところで、すぐに仕上がるものではない。

「ならば、砦の築造《ちくぞう》は続けるにせよ、航路を遮断するのもまた肝要《かんよう》であろう」

家康は、諸将に対して、きつく命じた。

「浜野浦へ進入してくる船は、一隻も岸へ着かせるな」

「ありったけの火矢《ひや》を浴びせて、兵糧《ひょうろう》ともども燃やし尽くせ」

高天神城の東面に配《はい》されたのは、水野忠重《みずのただしげ》である。浜野浦の岸辺に展開して荷揚げしてくる敵船《てきぶね》を撃つという、なんとも地道《じみち》な戦さを愚痴《ぐち》ひとついわずにし続けたこの男は、前《さき》にも触れたとおり、於大の弟である。つまり、家康からすると、叔父にあたる。が、さほど歳の差もなく、常にかたわらにし、ここぞというときに恃みにした。

むろん、このたびの高天神城の攻略戦も、例外ではない。

忠重は、奮迅《ふんじん》した。

高天神城の兵が水を求めて入り江に降りてくる都度《つど》、待ち構えて叩いた。こちらから攻めぬ以上、兵の損耗《そんもう》は少ない。地味ではあったが確実に勝利に近づいてゆける戦い方を家康は求め、忠重はそれを忠実かつ着実にこなした。

おもえば、大高城に逼塞《ひっそく》して手も足も出なくなっていた家康を救い出し、於大の案じ続ける阿久比《あぐい》の城まで案内してくれたのは、この忠重だった。水野家は、この忠重の異母兄《いぼけい》にあたる信元が、桶狭間の前夜、織田信長に従ってしまったことからふたつに分かれた。そのため、勢力が大いに削《そ》がれ、忠政の築いた昔日《せきじつ》の面影《おもかげ》を失《な》くしてしまったが、それでも家康にとっては親元《おやもと》も同然の家柄であり、頼るべき股《こ》肱《こう》といえた。

「これで、海路は断てる」

ところが――。

まるで、断てなかった。

二十九

武田方の水軍は、ひっきりなしにやってくる。

無尽蔵《むじんぞう》に船があるのか、燃やしても燃やしても、沈めても沈めてもやってくる。百艘が入り江に入れば、その半数は潰したものの、しかし、残る半数の五十艘の船は闇《やみ》に紛《まぎ》れて荷を揚げ、高天神城へと運び込んでゆく。

「海路そのものを遮断することはできぬものか」

おいそれとはできない。

また、浜野浦を封鎖しようにも、その入り口は黒潮《くろしお》が洗《あら》っている。入り口に待機《たいき》して敵の進入を阻むことは、難しい。というより、遠洲灘の荒波をまともに受ける。波を相手どって勝てるはずがない。

「どうすればよいのだ」

家康は、親指の爪を噛《か》んだ。

輸送の要《かなめ》となっているのは、わかっている。

駿河国の海の砦、つまり、輸送船団の一大補給《ほきゅうきち》基地で、その名も当目砦《とうめとりで》という。

「ならば――」

この武田水軍の根拠地《こんきょち》もしくは輸送の要となっている湊《みなと》を襲撃して潰してしまうか、いっそのこと、奪い取ってしまえばいい。敵領《てきりょう》の真っただ中の砦に突入して斬り取ることができれば、高天神城のちからは即座に衰《おとろ》える。牧之原《まきのはら》台地に兵を出撃させることなど、まったくできぬようになる。

しかし、この巨大な砦を陥《お》とすことは、なかなかに困難だった。

「なぜかというに――」

布団《ふとん》の上に、家康は、駿河の絵図《えず》を広げてみせた。

見れば一目瞭然《いちもくりょうぜん》で、三河国のように、駿河国もふたつに分かれる。

「宇津ノ谷《うつのや》峠が、駿河国を東西に分かつておりまするな」

「そのとおり」

家康は、於葉の賢《かしこ》さが嬉しい。

手ごたえを感じられ、話をする甲斐がある。

(惚《ほう》けた目で聴いているのかどうかわからぬような奴は、困る)

そうおもいつつ、

――さて、於葉よ。

家康は、碁石《ごいし》をとった。

「西駿河には、四つの城砦があっての」

大井川を挟んで、黒白《こくびゃく》の碁石を置いていく。

南西に小山城、北西に諏訪原城、北東に田中城、南西に当目砦である。

このうち、徳川方が攻略したのは、北西の諏訪原城だけで、黒い碁石を置いた。

「この黒石が、まるで動けぬ」

「なぜ、動けぬのでございましょう」

「それよ」

たとえば、諏訪原城から小山城を攻撃すれば、田中城と当目砦から兵が飛び出し、大井川を渡って横合いから襲い掛かってくるだろう。また、諏訪原城から田中城を攻撃すれば、今度は、当目砦と小山城から敵兵が出撃し、川の中で立ち往生させられるだろう。ひとおもいに諏訪原城から当目砦を強襲すればどうかといえば、これこそ武田方の思う壺で、田中城と小山城の兵どもによって袋の鼠のように追い込まれて大敗北《だいはいぼく》を舐めさせられよう。

「これでは、当目砦を指呼《しこ》に置くことすら無理だ」

家康は、頭をかかえて唸《うな》った。

「どうすればよいのだ……」

家康は、歯噛みした。

「長篠という正念場を越え、一気呵成《いっきかせい》に駿府まで行けるはずが……ここまでか」

「そうでしょうか」

ふわりと、於葉がいう。

「陸が難《むずか》しければ、海からお攻めになればよろしゅうございましょうに」

なんとも簡単そうに口を開き、微笑んでみせるのだ。

「いっそ、当目砦を海からお攻めなされませ」

三十

「如何《いか》にして、海から攻めると？」

「船手衆《ふなてしゅう》をお恃みあそばせ」

「わしは、水軍など持っておらぬ」

「於大《おだい》の方さまのお手元《てもと》にございまする」

家康は、はっとして顔をあげた。

たしかに、そうだ。知多湾と三河湾には、水軍がある。

「いや、しかし」

家康のおもてに、不安の影がよぎる。

そもそも、家康は、水軍が苦手だった。

人質として駿河へ送られるはずが、尾張に向かう破目《はめ》になってしまった原因が、水軍だからである。二連木《にれんぎ》の船手衆だった。家康は、その悪辣《あくらつ》なやつらが舵《かじ》を取る大船に乗せられ、永楽銭《えいらくせん》千貫という端金《はしたがね》で尾張の織田家に売られた。この世にあって、大名の子息が人身売買《じんしんばいばい》の品《しな》にされるなど、ありえない。

「血も涙もないとでもいうのか、性根《しょうね》が悪すぎるとでもいうのか――」

こうした海賊の人並み外れた野蛮《やばん》さを、家康は嫌悪《けんお》している。

「於葉も、それは重々《じゅうじゅう》存じておりまするが……」

勝つためだ、とは、いわずにいる。

「もはや、水に流されては……」

「そうはゆくものか」

海賊の野蛮《やばん》さもあるが、家康を人質に出した背景にはふたつ理由がある。

ひとつは、今川義元が岡崎から人質をとりたいと欲し、それは家康こと竹千代にかぎると告げてきたことにある。この無理強《むりじ》いを、手を叩いて喜んだ人間がいる。

三河田原《たはら》城のあるじ、戸田康光《とだやすみつ》である。

なぜかというに、康光には真喜《まき》姫という娘がおり、これを家康の父である松平広忠に輿入れさせたかった。岡崎まで版図《はんと》を拡げたいと画策《かくさく》していたからだ。しかし、おのれのちからだけでは難しい。そうおもっていたところ、棚《たな》から牡丹餅《ぼたもち》が落ちてくるように、今川義元が動きを見せてきた。

――康光の娘を輿入れさせるゆえ、於大は離縁《りえん》せよ。

というもので、康光にとっては渡りに船の申し出だった。

こうして広忠は於大を離縁し、阿久比へ返す段となったのだが、それだけではない。康光にとって目の上の瘤《こぶ》となっていたのが、竹千代である。この下膨《しもぶく》れの小僧がいるかぎり、たとえ真喜姫が男児を産んだところで、岡崎の後継ぎにはなれない。つまり、竹千代は要らない。暗殺するしかないのではないかと企んでいた矢先、義元が「駿府へ寄越《よこ》せ」といってきたのである。もしかしたら、家康の危機を察した源応尼《げんおうに》が義元に働きかけたかもしれないが、それについてはわからない。

いずれにして、そのような目まぐるしい情勢の中、家康は海原へ放り出された。

そして、海賊に攫《さら》われた。

ところが、この海賊だが、実は康光の配下だった。康光は二連木の船手衆に命じて渥美半島から船出させ、そのまま尾張へ送ってしまった。駿府になど送り届けて、まんがいち、岡崎に戻ってこられたりしては甚《はなは》だ面倒なことになるからだ。

こうした目論見《もくろみ》のもとに家康は尾張国熱田《あつた》へと手荷物のように送られていった

が、徹底的にないがしろにされたのは、娘を離縁されたばかりか、その長子までも岡崎から放り棄てられた於大の在所だろう。

「母の里、水野家は、三河の水軍に大恥《おおはじ》をかかされておるのだ」

「ですが、その水野家は……」

もともと水軍とは、大人のつきあいをしている。

水野忠政《ただまさ》という才知《さいち》に長《た》けた知多の国人《こくじん》領主は、そのように悪辣《あくらつ》な水軍どもと物《もの》柔《やわ》らかに渡り合い、独立心の旺盛《おうせい》なところを立てて客将《きやくしよう》として迎えた。いうなれば、上手に手なづけていった。

だから、海の荒くれ者たちも忠政には決して逆らわなかったし、ことに於大に対してはあるじのように従った。輿入れするときも、その水軍に守られて矢作川《やはぎがわ》を遡《さかのぼ》っていったし、今川家の無理強いによって離縁されて緒川《おがわ》城へ戻されたときも、知多の船手衆は関船《せきぶね》を仕立てて迎えに出向いた。

そう、於大を守っているのは、知多半島の水軍だった。

三十一

「さらに、わたしが於大さまのお世話になっております頃――」

於大が西郡《にしのこおり》に移ってくるとともに、知多の水軍は三河へも進出してきた。

すでに、その頃、戸田康光はこの世にいない。竹千代を売り飛ばしたことが今川家まで報《しら》せられ、赫怒《かくど》した義元は軍を興して渥美《あつみ》半島を攻め、田原城を炎に包んでしまったのである。

この凄まじい報復《ほうふく》により康光は討死し、田原戸田氏は滅亡した。

ただ、康光には次男がおり、宣光《よしみつ》というのだが、この者があらたな戸田氏を興《おこ》した。捨て置かれていた二連木の城に入って、離散していた船手衆をふたたび集めて水軍を編《あ》み、於大の夫である久松俊勝《ひさまつとしかつ》の隷下《れいか》に入ったという。

「もはや、殿のお怨《うら》みなさる水軍は、三河のいずれの湊《みなと》にもあらぬはず」

たしかに、於葉のいうとおりだった。

このとき、知多と三河には、千賀重親《せんがしげちか》ひきいる師崎《もろざき》水軍、稲生重隆《いのうしげたか》の亀崎《かめざき》水軍、その亀崎から分かれて於大についてきた重隆の兄政清《まさきよ》の三谷《みや》水軍、そして戸田宣光《のぶみつ》の長子忠重《ただしげ》の鍛《きた》えた二連木水軍などが蟠踞《ばんきょ》している。

くわえていえば――。

政清の父はもとは重勝《しげかつ》といったが、水野忠政の偏諱《へんき》を受けて政勝《まさかつ》と改名している。むろん、息子にも「政」の字を継がせた。さらに、この政清のもとへ、千賀重親の娘が輿入れして孫の重政《しげまさ》を産み、水軍の絆はより一層《いっそう》深まっている。そうした縁《えにし》もあって、かれら水軍にとって、於大のいうことは絶対的なものだった。

ちなみに、知多半島には、信長の姉のお犬《いぬ》の方の輿入れした常滑佐治《とこなめさじ》家の大野《おおの》水軍もあったが、こちらは織田水軍の一翼《いちよく》となっている。家康がどうこうできるような船手衆ではない。

とまれ、それらを糾合《きゆうごう》すれば、大いなる水軍を編成できよう。

「当目砦《とうめとりで》を攻略することもできるのではございませぬか」

しかし、家康は、日頃の覇気《はき》を失せさせている。

於葉にはその曖昧《あいまい》さが不思議でもあった。

「殿」

於葉は、目を細めて家康を見つめた。

「水軍がお嫌いというほかに、三河衆を恃《たの》みとうない理由でもおありですか」

「まさか。あるはずがないではないか」

「されば」

於葉は、すうっと息を整え、

「わたくしが、お願いして参ります」

胸を張って、断言してみせた。

於葉は、もともと、於大の侍女であり、どの腰元《こしもと》よりも信頼されてきた。その厚い絆をもって懇願《こんがん》すれば、於大がひと肌脱いでくれるかもしれない。いや、目に入れても痛くない家康のために身を粉《こ》にして船手衆を集めてくれるにちがいない。

於葉は、水野忠重の手勢に守られ、三河へ向けて旅立った。

（やるしかないのだ）

於葉は、まなじりを決した。

やらねば、家康の未来は頓挫《とんざ》する。

（於大の方さまになんとしてもご助力《じょりょく》いただかねば）

お須和《すわ》の巻

一

ここに、ひとりの女人《にょにん》が登場する。
のちに、
――阿茶局《あちゃのつぼね》。
と呼ばれ、徳川家の奥向きを掌握《しょうあく》することになる女人である。
名は、須和《すわ》。
このときは、幼い子をふたり連れ、遠州灘《えんしゅうなだ》の寄せ来る波を見下ろしていた。
――足を滑《すべ》らせぬよう、気をつけるのですよ。
しかし、声をかけられても、子らは駈け回るのに夢中だ。
――守世《もりよ》、守繁《もりしげ》、これ、これ、気をつけなされ。
須和には、夫があった。

神尾五兵衛尉忠重《かみおごへえのじょうただしげ》といい、もともとは父久吉《ひさよし》に付いて今川義元《いまがわよしもと》に仕えていたのだが、氏真《うじざね》の逐電《ちくでん》後、やはり父とともに、武田信玄の異母弟《いぼてい》である一条信龍《いちじょうのぶたつ》の家臣となっていた。武田信玄《たけだしんげん》の臣下だった飯田久右衛門《いいだきゅうえもん》の娘ことお須和とはそうした縁で知り合い、夫婦《めおと》の盃《さかずき》を交わしたものだ。

ただ、この夫、二年前に他界《たかい》している。そのため、お須和は、二十三歳で未亡人となった。以来、夫の忘れ形見のふたりの男の子を育ててきた。子の名は、守世、守繁という。住まいは、かつて夫が城代を務めていたこの砦で、現行の城代を務める屋代正国《やしろまさくに》がなにくれとなく世話を焼いてくれていた。

正国は、亡き夫の神尾忠重が弟のように可愛がっていた武田家の忠僕《ちゅうぼく》である。

今、彼女が立っているのは、波洗う断崖を利用した砦の端だった。

この砦は、内陸にある田中城の支城とおもえばいい。

土地の者は皆、

――当目砦《とうめとりで》。

と、呼ぶ。

膝下《しっか》を流れる瀬戸《せと》川の河口に良港を抱え、武田水軍の一翼をになう三浦義鏡《みうらよしかね》や向井正重《むかいまさしげ》・正綱《まさつな》父子といった猛者《もさ》たちが、傘下《さんか》の大小の船々《ふねぶね》を繋《つな》ぎ留《と》め、おおくの荷を積み込んで海に出、波を航《わた》り、西方で苦闘《くとう》する高天神城下の浜野浦《はまのうら》へ兵糧を搬《はん》入《にゅう》しつづけていた。
砦からは、海の彼方まで見晴るかせる。
その天正七年（一五七九）の秋も闌《たけな》わの頃――。
一望される遠洲灘に、驚くべきものが浮かんでいた。
いや、当目砦の天然の濠《ほり》ともいうべき瀬戸川の河口めがけ、無数の船が迫ってい
た。船はまぎれもなく関船《せきぶね》で、頑丈《がんじょう》な舷側《げんそく》を誇る軍さ船《いくぶね》だった。徳川方の水軍で
あるのは明白だ。それがいよいよ帆《ほ》を畳《たた》み、左右合わせて四十八本の櫂《かい》をぎしぎし
と軋《きし》ませながら、吶喊《とっかん》してくる。
三河水軍が、遠洲灘の怒濤《どとう》を越えてきたのだ。
お須和は、
「まずいっ」
と、叫んだ。
相手は、合戦を挑んでいる。
――われらが、船手衆はどうか。
眼下の湊に目をやれば、一気に沸騰《ふっとう》し、わらわらと船戦《ふないくさ》の支度《したく》に入っている。
だが、遅い。
迫り来る徳川水軍の船団から、

ひゅるるひゅるひゅるっ。

ひゅうるる、ひゅるるっ。


と、鏑矢《かぶらや》が放たれる。

瞬後《しゅんご》、水上の合戦が始められていた。

二

徳川水軍の強さは、圧倒的だった。

武田方の船々にはつぎつぎに火矢《ひや》が掛けられ、見る間に炎上し、波の間に沈んでゆく。勢いに乗った徳川水軍は、大波に乗って海浜に迫り、波打ち際に乗り入れ、さらに湊となっている河口にまで襲い掛かり始めた。凄まじい鬨《とき》の声があがり、そこらじゅうで火の粉が飛び、炎の群れが立ちあがり出す。

お須和は、六歳と四歳の息子を城代の屋代正国《やしろまさくに》に預《あず》けるや、

――そなたら、決して砦の外へ出てはなりませぬぞ。

とかたく戒め、みずからは愛駒《あいごま》を曳《ひ》き出した。

本城《ほんじょう》へ急を報《しら》せるためだ。

先にも触れたが、本城は田中城で、瀬戸川を一里ほど遡《さかのぼ》ったところにある。

「急げやっ」

お須和は、鯨鞭《げいべん》ふるって必死に駈けた。

駿河国の城には、ときおり、輪郭式《りんかくしき》の縄張りを持った城が見られる。諏訪原《すわはら》城も俯瞰《ふかん》すればありありとその特徴的な輪郭が見てとれるのだが、田中城もまた同じように珍しい円輪《えんりん》の敷地に立つ平城《ひらじろ》で、瀬戸川の支流の六間《ろっけん》川を内堀《うちぼり》とし、平城とはおもえないほど屈強な守りを誇っている。

城のあるじは、依田信蕃《よだのぶしげ》。

信玄・勝頼の二代に仕えてきた忠義の塊《かたまり》のようなさむらいである。

お須和は、この信蕃に面し、当目砦への援《たす》けを要請《ようせい》した。

「急を要するのですっ」

悲鳴のような懇願《こんがん》だった。

だが、信蕃は、援兵《えんぺい》を出し渋った。

むりもないことで、田中城は堅城とはいえ、牧之原《まきのはら》台地の西向こうにある高天神《たかてんじん》城のごとく鉄壁《てっぺき》といえるような鞏固《きょうこ》さはない。平城と山城では、やはり、比較にならない。このような城を守り抜くには、なによりも兵数がものをいう。ここで、

てしまう。

「だから、援兵は、出さぬのではなく、出せぬのだ」

——どうか、わかってくれ。

苦渋《くじゅう》に満ちた表情で、信蕃は頭を下げた。

お須和は、茫然《ぼうぜん》とした。

——われらの当目砦は、西の高天神城を守るために物資を送り続けてきた。ありったけの船を投入して、みずからの守りを固めることもせず、ひたすら、援《たす》け続けてきた。それなのに、この仕打ちはどういうことか。高天神城を守るために奮闘《ふんとう》してきた当目砦は、誰にも守ってもらえないのか。

「当目砦が陥落《かんらく》すれば、高天神城は飢《かつ》えてしまいますぞっ」

涙を沸騰《ふっとう》させて怒鳴りつけるお須和だったが、信蕃は頭を下げ続けるしかない。

お須和は、いよいよ、激昂《げっこう》した。

「恃《たの》むに足りぬっ」

吐《は》き棄《す》てるや、ふたたび駒に打《う》ち跨《また》がり、当目砦へ引き返した。

だが、遅かった。

遠望される当目砦の城壁には、葵《あおい》の紋を染め抜いた旗指物《はたざしもの》が翩翻《へんぽん》とひるがえり、河口に舫《もや》われた船々からは囃子《はやし》の音色が嚠喨《りゅうりょう》と響いていた。海から上がってきた足軽どもは我がもの顔で砦の内外を闊歩《かっぽ》し、船の上では海賊《かいぞく》どもの酒盛りが始まっている。

（なんということだ……）

陥落《かんらく》した城砦《じょうさい》ほど、惨めなものはない。

抗《あらが》う兵は斬り捨てられ、采配《さいはい》を振っていた将は首を刎《は》ねられ、投降《とうこう》した雑兵《ぞうひょう》は城外へ叩き出され、侍女たちは狼藉《ろうぜき》に遭《あ》わされた上で飯盛女《めしもりおんな》として隷属《れいぞく》させられる。当目砦も例外ではない、はずだった。

（もはや、これまでか）

そう、おもった。

だが、雑兵どもの狼藉に遭っているのは誇《ほこ》りが許さない。

「きゃつらの恣《ほ》しいままにさせてたまるものか」

お須和は、太刀を差し出しつつ、

――徳川さまにお願いしたき儀《ぎ》がございまする。

そう、進み出た。

ところが、このとき、奇妙なことが生じた。

関船に乗り込んでいた鎧姿《よろいすがた》の女人が、上陸してきたことに由《よ》る。

於葉《およう》である。

太刀を帯び、鉢金《はちがね》を巻いたまま、於葉は、砦の楼門をくぐってきた。

三

於葉が、家康の許しを得て三河国西郡《にしのこおり》に向かったのは、天正七年（一五七九）九月の初旬。当目砦へ徳川方の水軍が押し寄せる、ほぼひと月ほど前のことである。介添《かいぞ》え役《やく》として付けられたのは、家康の叔父、水野忠重《みずのただしげ》だった。

於葉の希望は、ひとつしかない。西郡城にある於大《おだい》に謁見《えっけん》し、夫の久松俊勝をして船手衆へのわたりをつけ、遠洲への出陣をうながすことだった。むろん、その三河水軍の船々には、岡崎城や吉田城の足軽も多勢《おおぜい》、乗り込んでもらわねばならない。それだけの一大遠征である。

だが、難問はそこにあった。

というのも、家康が本拠地としている浜松を臍《へそ》にした遠江勢と、岡崎を主体にした三河勢は、ほぼ分裂状態になっていたからだ。実際、一触即発《いっしょくそくはつ》の危機を迎える虞《おそ》れすらあった。いや、そもそも、家康の指図《さしず》など聴くものかという素振《そぶ》りさえ見受けられる。

「なにゆえ、かような事態に……」

於葉は、戸惑《とまど》った。

だが、それまで口を閉ざしていた忠重により、すべてを把握《はあく》した。

危機の因子《いんし》は、家康の正室の築山殿《つきやまどの》と嫡子《ちゃくし》の信康《のぶやす》にあるという。

そのふたりを、家康は、殺してしまった。

ために、三河衆の心が離れた。

（まさか……）

於葉は、足を掬《すく》われたような気分になった。

（殿……）

おもわず、家康をなじった。

立っていられないような眩暈《めまい》が襲い掛かってくる。

（殿は、こうした事態をわかっておられたのでございますか……）

於葉は焦《あせ》り切《き》った面《おも》持ちで岡崎城を飛び出し、勝手知ったる西郡《にしのこおり》城へと急いだ。

西郡では――。

すでに早馬による報《しら》せが届いていたものか、於大が待っていた。

かたわらには、ふたりの女人がいる。

ひとりは、於丈《おたけ》。

於大の姉で、西郡城とは目と鼻の先の形原《かたはら》城のあるじ松平家広《いえひろ》に輿入《こしい》れしている。家広は誠実な男で、岡崎の松平家が今川義元に媚《こ》びを売って隷属《れいぞく》するようになってもそれには従わず、あくまでも水野家に義を尽くした。於丈を離縁せよと今川家から散々《さんざん》せっつかれたが、妻を棄《す》てるくらいならば城を棄てると宣言して形原を去った。しかし、桶狭間《おけはざま》の戦いののち、家康の旗揚《はたあ》げが為されるやその元へ馳《は》せ参じ、今川家との間にもあれこれと行き来はあったものの、結局は徳川家の臣下となって形原城へ復帰した。

於丈は、そんな家広のもとを片時も離れず、内助《ないじょ》の功《こう》を尽くした。その嫡男《ちゃくなん》が、長篠の戦いでも家康に付き従った家忠《いえただ》である。

またひとりは、於久《おひさ》。

夫の酒井忠次はつねに家康のかたわらにあって、このときも掛川城に籠《こ》もっている。それゆえ、於久が三河吉田《よしだ》城を守らねばならない。とはいえ、ふたりの間には家次《いえつぐ》なる嫡男がおり、こちらも長篠の戦いに従軍しているが、今は吉田で政《まつりごと》に精を出していた。この忠実な男はのちに下総《しもうさ》国碓井《うすい》城を任され、臼井《うすい》藩のあるじとなるのだが、これに於久も付いていった。このため、のちに於久のことが語られるときは、碓氷御前と呼ばれた。

そうしたふたりが、この時期、つねに於大のかたわらにあった。

とはいえ五十路《いそじ》となり、やはり、それなりに老けている。

於大もそうで、懐旧《かいきゅう》の情が掻《か》き立てられるのか、

「つつがないか、於葉」

いたわるように、声をかけてきた。

於葉はその優しさにおもわず目頭《めがしら》が熱くなったが、

――お願いしたき儀がございまする。

と、拝伏《はいふく》した。

むろん、水軍を出撃させてほしい、という願いである。

於葉は、ここぞとばかり、懸命《けんめい》に言上《ごんじょう》した。

しかし、於大の口からも、

――三河と遠江の絆《きずな》は、今や、たいそう危《あや》うい。

重苦しい話がなされ、やはり、このような呟《つぶや》きも耳にした。

「さまざまな軋轢《あつれき》が、いや、瀬名御前《せなごぜん》と信康《のぶやす》どのがそもそもの引き鉄《がね》での」

「よろしければ、お聴かせ下されませ」

於葉は、迫った。

「でなくば、於葉は、家康公の元へ戻れませせぬ」

「さようか」

於大は、重い口をひらいた。

「家康どのの闇に触れる話ぞ。それでも聴きたいか」

「聴きとうございます。お話し下されませ」

「……まずは、瀬名御前のことじゃ」

四

家康の正室・築山殿《つきやまどの》の在所は、駿河国の瀬名とされる。

姓の瀬名は、その地名から取られた。

これについては、於葉も、以前にたしかめたことがある。

瀬名家はもともと今川氏の一門で、初代とされるのは今川了俊《りょうしゅん》、九洲探題《たんだい》として遣《つか》わされた人物である。室町幕府の二代将軍の足利義詮《よしあきら》とその後を継いだ足利義光《よしみつ》に仕え、探題職を任されて南へ下り、南朝《なんちょう》方の菊池《きくち》氏や島津《しまづ》氏といった豪族を討《う》ち伐《ほろ》ぼして、九州一円《いちえん》を幕府の勢力下に置いた。

駿河の瀬名へ移り住んだのは六代一秀《かずひで》の頃で、以降、今川という氏名から瀬名という地名姓にあらためたものだ。また、一秀の孫に、瀬名氏俊《うじとし》なる者がいる。この氏俊の正室として輿入れしてきたのが、今川氏親《うじちか》の娘だった。

さらにいうと、氏俊には義廣《よしひろ》という弟がいる。義廣は、若き日、今川氏の一門にあたる関口家の養子となって関口親永《ちかなが》と名乗った。関口氏は駿府の中でも名門で知られ、駿府城の最大の海の砦である持舟《もちぶね》城を預かった。もちろん、常時、持舟に居住していたわけではなく、関口家はあくまでも瀬名の壮麗《そうれい》な屋敷に住まい、都にも劣らぬ文化に親しみ、芸術を謳歌《おうか》していた。

そこで、親永の娘として生を享《う》けたのが瀬名姫、すなわち、築山殿である。

あるとき、

——松平元康のもとへ輿入れするがよい。

と、当主の今川義元にうながされ、彼女の人生は決まってしまった。

つまり、義元の期待するところは、家康を関口家の枷《かせ》に嵌《は》め、今川家の一族として組み込んでしまうことだった。そうすれば、まったく苦労せずして、三河のあらかたは今川家のものとすることができる。

ところが、この目論見《もくろみ》は、義元の死とともに音を立てて崩れた。端的《たんてき》にいえば、義元という重しがなくなったことで家康の背に翼《つばさ》が生え、岡崎に籠《こ》もって旗揚《はたあ》げしてしまったのである。

もちろん、家康が裏切って独立するかもしれないという懸念《けねん》は、義元にもあった。あったからこそ、大高《おおだか》城への兵糧入れの際、軍監《ぐんかん》として瀬名氏俊を付けている。

家康は、氏俊に監視《かんし》されていたようなものだった。

が、今も触れたとおり、桶狭間の惨敗《ざんぱい》という驚天動地《きょうてんどうち》の事態が勃発《ぼつぱつ》した。

家康は、このおもいがけない椿事《ちんじ》により、氏俊の視界から外《はず》れることができた。

単身、水野方の叔父の忠重に連れられて阿久比へと逃げ落ち、於大の奮励《ふんれい》によって生まれ故郷の岡崎へ入城してしまったのである。

一方、氏俊は身ひとつで知多から敗走し、三河から駿河まで死にもの狂いで遁《に》げつづけ、氏真のもとへ辿り着いたものの、義理の甥の不始末を押し止められなかった咎《とが》により、切腹へ追い込まれた。もちろん、氏俊の弟にして家康の舅《しゅうと》にあたる関口親永も連座させられ、奥方とともに死に臨《のぞ》まされた。

——ご無体《むたい》すぎはせぬか。

という囁《ささや》きが、今川家の家来の間で交《か》わされた。

が、父義元を討たれた氏真の耳には、まるで届かなかった。

こうした顚末《てんまつ》は、瀬名姫を絶望の淵《ふち》に突き落とすには充分すぎるものがあった。

その悲しみは、石川数正《いしかわかずまさ》が苦心して鵜殿《うどの》家の子供らと人質交換《こうかん》の交渉を整え、無事に岡崎にて家康に再会できても、決して癒《い》えることはなかった。それどころか、家康の旗揚げのせいで、両親と叔父夫婦を亡くし、自分も子供も辛酸《しんさん》を舐めさせられたのだという思い込みは憎しみとなり、日を追うごとに増幅《ぞうふく》していった。

岡崎城外の築山に別居したのも、そうした憎悪の延長によるものだ。

その夫《おっと》憎しの感情は、息子の信康にまで受け継がれた。いや、両親の不和《ふわ》の原因が父の家康の裏切りにあると信じた信康にしてみれば、哀れな母を見るにつけ、父《ちち》憎しの感情はいやおうなしに増した。増すよりほかになかった。

こうした亀裂《きれつ》に付け込もうとしたのが、徳川家の家臣の中でもやや傍《かたわ》らに追いやられていた、いや、置いてきぼりを食らっていた三河衆だった。つぎつぎに版図《はんと》を拡げてゆく遠江衆の華々《はなばな》しさに比べ、いつまでも三河一国で燻《くすぶ》っている自分たちのなんと哀れなことか。

——惨《みじ》めじゃ。

と、溜め息をつくようになった。

家康が旗揚げしたときには、そうではなかった。

ところが、家康はさっさと遠江に行ってしまい、三河に残留している自分たちには一瞥《いちべつ》もくれない。かれらは、いつしか、そうした自分たちの不平不満を築山殿の家康への悪《あく》感情と重ね合わせ、ついに信康を旗頭《はたがしら》に押し上げて叛乱《はんらん》せんと、不穏《ふおん》なたくらみを念頭《ねんとう》に浮かべるようになってしまった。

非常事態の勃発《ぼっぱつ》といっていい。

密計《みっけい》は、徐々に現実味をおびた。

家康が駿河をめざして征途《せいと》に出んとすることも、なおさら三河衆の神経を逆撫《さかな》でした。殿は生まれ故郷をないがしろにするのか、駿府をおのがものにできればそれでよいのか、三河は殿の踏み台でしかなかったのかと憤《いきどお》り出し、かようなあるじはさっさと国主《こくしゅ》の座からひきずりおろしてしまえばよいのだと騒ぎ始めた。長篠でもそのちからを披露《ひろう》した明敏放胆《めいびんほうたん》な若き嫡男を担ぎ上げるのが上策である、と。

五

こうした不穏《ふおん》な情況を敏感に察した女人が、ひとりいる。

信康の正室、五徳姫《ごとく》である。

五徳は、実家に、この緊迫《きんぱく》したありさまを報せた。その父、織田信長《おだのぶなが》が、家康を茶の湯に呼び出したのは、それから間もなくである。家康は、同盟とは名ばかりの、あるじのような信長には逆らえない。

旗揚げ以来、常に変わりなく、そうだった。

信長も、家康を股肱《ここう》としてあつかい、だからこそ、武田信玄がにわかに西上してきた際も若干《じゃっかん》ではあったが援軍を寄越《よこ》したし、長篠においてはこの国で初めてといっていい一大塹壕戦《ざんごうせん》をともに演じた。

家康も、そうした信長に対して、死にもの狂いで応《こた》えてきた。金《かね》ケ崎《がさき》の退《の》き口《ぐち》や、姉川《あねがわ》の戦いが、そうだ。浜松の西、天竜川の向こう岸に、見付《みつけ》城こと城之崎《きのさき》城を築かんとしたときも、そうだ。とくに後者は、信長の鶴のひと声で作事《さくじ》を取りやめている。

中止の理由は、判然《はんぜん》としない。

武田家と戦って家康の旗色が悪くなった際、天竜川が増水すれば助勢《じょせい》できないということか、あるいは、家康が信長を見限って武田家と盟《めい》を結ぶような事態となった際、天竜川という巨大な濠《ほり》に家康誅討《ちゅうばつ》の軍を阻《はば》まれてしまうことを恐れたのか、よくわからない。

しかし、どちらにせよ、信長は、家康が天竜川よりも東に本拠地を移すことをやめさせようとし、家康は、いっさい逆らわず黙々《もくもく》と従い、そのころ曳馬《ひくま》と呼ばれていた古城《こじょう》をただちに改修させて、名を浜松《はままつ》とあらため、城主として入城している。

だから、

――茶を喫《きっ》せん。

急に呼び出されたこのときも、家康はこう予測《よそく》を立てていた。

（また、援軍《えんぐん》の要請であろう）

ところが、まったく、外れた。

信長は、手前《てまえ》を披露《ひろう》しつつ、告げる。

「このたびは、予《よ》を、悪者にするがよい」

いきなりのうながしに、家康は面食《めんく》らった。

なにをいわれたのか、見当もつかなかったからだ。

もっとも、信長には、面倒な説明は省《はぶ》いてしまう悪い癖《くせ》がある。

だから、家康としては、

――はて。

と、首を傾《かし》げ、

――悪者などと、いったい、なんのことでござりましょうや。

と、襟《えり》を正して訊《き》かねばならない。

――のう、徳川どの。

おもむろに、信長は口をひらく。

――三河が裂《さ》かれた折《おり》を憶えておられるか、そう、一向一揆《いっこういっき》よ。本願寺はあなどれぬ。伊勢国長島《ながしま》、越前国加賀《かが》、摂津国石山《いしやま》、どこの門徒《もんと》も、仏を崇《あが》めた。往生《おうじょう》こそが極楽《ごくらく》への道であると固く信じて戦いを挑《いど》んでくる。死を怖《おそ》れぬ者ほど、恐ろしいものはない。三河の一向一揆もそうであったろう。もしも、岡崎信康《おかざきのぶやす》が叛旗《はんき》をひるがえすようなことになれば、その二の舞。いや、あれにも増して、血みどろの戦いとなろう。悪くすれば、三河国が滅びよう。そうさせぬためには、徳川どのよ、おことの北の方ともども、信康を、つまりわが女婿《じょせい》を、始末するよりほかにないのだ。そして、その理由は、ただひとつ。信康の人格の破綻《はたん》とするのがよろしかろう。告げ口したは、わが娘とすればよい。五徳は、信康の日頃の所業《しょぎょう》に眉《まゆ》を顰《ひそ》め、我慢《がまん》の果てに岡崎を出るか父たる予に密告《みっこく》するか悩み苦しみ、やがて、告げ口を選んだのだと。予に書簡《しょかん》をしたため、予がそれに応じ、おことに対して息子の成敗《せいばい》を求めた、いや、強要したのだと。くわえて、おことの北の方すなわち築山殿は、武田勝頼との内通《ないつう》をたくらみ、それが露見《ろけん》した。露見した上は、処罰《しょばつ》せねばならぬ。かくして、母親も息子も、草の露と消える。すべては、予の促《うなが》したるところである。それで、よい。

いい終わるや、信長は、家康に濃茶《こいちゃ》をすすめた。

家康は、天目茶碗《てんもくぢやわん》の中に泡立つ茶を見つめ、契《ちぎ》るかのように飲み干した。

（援軍の要請の方が、どれだけ、気楽だったか知れぬ……）

おそらく、その茶は、泪《なみだ》の味がしたにちがいない。

いったい、世の誰が、正室と実子を処刑《しょけい》したいとおもうだろうか。

しかし、家康は、それをやった。

やらねばならなかった。

六

もちろん、

（瀬名姫が……）

哀《あわ》れじゃ、と、おもわないでもない。

家康と築山殿のふたりきりの暮らしは数年に満たない。

まもなく嫡男の信康が生まれ、亀姫が生を享《う》けて間もなく、桶狭間が到来した。

別れを惜しむことすら束の間に、関口家の両親も瀬名家の叔父夫婦も揃って詰《つ》め腹《ばら》を切らされ、瀬名姫と呼ばれていた築山殿は、年端もゆかぬ信康と嬰児《みどりご》の亀姫を抱きかかえ、華やかな駿府から草深い岡崎へ移された。

にもかかわらず、夫たる家康は三河の平定に奔走《ほんそう》し、挙《あ》げ句《く》の果てには自分たちを置き去りにして遠江への侵攻に掛かり切りとなり、曳馬を攻めた。曳馬の女城主となっていたお田鶴は、血が繫がってはいないにせよ、いちおう、瀬名姫の従姉妹《いとこ》にあたる。

深い縁《えにし》がある。

瀬名姫は生涯、浜松に暮らすことはなかったが、そうした絆《きずな》のせいか、城下のひとびとが田鶴を憐《あわ》れみ、また瀬名姫をも憐れみ、ふたりの絆を伝え残さんとして観音堂を建立《こんりゅう》し、そのまわりに椿《つばき》を植えた。

家康は、そんなことは知らない。瀬名姫と呼ばれていた正室が、築山殿と呼ばれるようになったことしか知らない。だいいち、城の郊外にある築山の地すら、訪《おとな》うことは稀《まれ》だった。訪うたところで、築山殿と親しく交わるわけでもないし、話すらするわけでもない。いや、そもそも、話題が見つからない。

築山殿としても、家康に対しては怨み骨髄《こつずい》に達しているし、たとえ、家康が来訪《らいほう》したところで、顔を背《そむ》けるよりほかになかった。

――死んでくれ。

とまではおもわなかったが、

――生涯、口を利《き》きたくない。

と、頑《かたく》なまでにおもい続けていた。

そうした両親を、二十歳《はたち》を迎えたばかりの信康は、まざまざと見ている。

ひとつ違いの妹の亀姫は早々《はやばや》と岡崎を出され、長篠に輿入れさせられてしまったため、父親と母親の軋轢《あつれき》をまのあたりにすることは少なかったが、信康はそうはいかなかった。記憶の奥底にある駿府での無体《むたい》な情景と岡崎へ移される惨《みじ》めな思いが蘇《よみがえ》るたびに、母親の境涯《きょうがい》に心を痛め、その分、父親を憎んだ。

そうした近親憎悪《きんしんぞうお》が、岡崎を顧《かえり》みない家康に不満を抱く三河衆の琴線《きんせん》を弾き、いたしかたのない叛乱《はんらん》の萌芽《ほうが》となっていった。三河衆が恃《たの》みとしたのは、信康の後見《こうけん》にあてがわれていた石川数正である。

しかし、数正は、みずから進んで叛乱に加担しようとはしなかった。

——なるほど。わしは殿より、若殿《わかとの》の後見を任されておる。若殿の申さるることはすなわち殿のご命令と、心得《こころえ》、いかなる難事《なんじ》にも当たって参った。さりながら、叛乱の狼煙《のろし》をあげよといわれても、こればかりは承服《しょうふく》しかねる。わしは、殿に対していささかの逆心《ぎゃくしん》もない。逆賊を懲罰《ちょうばつ》することがあろうとも、みずから叛逆《はんぎゃく》の道をたどるわけにはゆかぬ。さりとて、若殿が叛旗《はんき》をひるがえし、共に参れと申されるのなら参らざるを得ぬ。しかし、殿に背を見せ、他《た》の者どもから誹《そし》られようとも、裏切り者の汚名《おめい》を蒙《こうむ》ろうとも、機《き》を見て若殿をお諫《いさ》めし、殿の御ん前へ連れ帰る。それこそが、わしの、この石川数正の所存《しょぞん》である。

後見人がこのような決意であれば、もはや、信康の謀叛《むほん》は絵に描《か》いた餅《もち》となった。観念するよりほかになかったが、数正をひき込めぬ先に、浜松に知られた。

そのとき、家康は、狼狽《ろうばい》しつつも覚悟した。

(災厄《さいやく》をもたらすような芽は、嫩《わか》いうちに摘《つ》み取らねばならない)

という覚悟のもとに、

「信康を処断《しょだん》する」

浜松城内において、うむをいわせず、表明した。

ただ、もうひとつ、

（あの噂は、まことだったのだろうか）

たしかめ、適切な処置を下さなければならないことがある。

そう、正室の築山殿と滅敬《めつけい》なる唐人《とうじん》との密《ひそ》やかな蜜月《みつげつ》の関係である。

七

滅敬は、甲斐から流れてきた医師であるという。

武田勝頼の脈《みゃく》を取っていたのかもしれないが、なにか落ち度でもあったのか、あるいは勝頼から秘密の指図でも授《さず》かっていたのか、ともかく、ふわりと西三河へ現れた。岡崎のはずれに庵《いおり》を結び、近在の人々を診《み》、薬を調合し、評判を得ていた。

歳の頃はまるでわからない。老《お》い耄《ぼ》れているようにはおもわれなかったが、それなりの苦労があったのだろう、流れてきたときなど、哀れなほど腑《ふ》抜《ぬ》けて見えた。生気《せいき》が感じられず、いつ、行き斃《だお》れてもふしぎはないようにおもわれた。

それでいて、医術の評判だけはすこぶる良く、それが人づてに築山殿の耳へも入

った。夫を憎むあまり、おのれの境遇を嘆《なげ》くあまり、悶々鬱々《もんもんうつうつ》たる日々を送ってい
た築山殿は、すがるような心持ちで滅敬の庵《いおり》を訪ねた。
訪《おとの》うて診察を頼んだとき、はっとした。
いい知れない動悸《どうき》が爆《は》ぜた。
恋に落ちていた。
男と女の出会いほど、不可思議なものはない。
いったい、どこが好かったのか、築山殿はときめいた。
そして、いそいそと、滅敬の診察を受けに通うようになった。
おそろしいことに、それまで影をひそめていた微笑みが戻ってきた。
まわりの者たちは、側用人も、侍女も、小者《こもの》も、皆が皆、そろって驚いた。
それまで気鬱《きうつ》さを捏《こ》ね固めたようだった築山殿が、にわかに身を飾りはじめた。
もともと美しかった容貌《かんばせ》に、生来の輝きが蘇《よみがえ》り始めたのである。
――信じられない。
と、誰もが目を瞠《みは》った。
恋の為《な》せる業《わざ》としかいいようがない。
ただ、こうしたありさまは、
――姥桜《うばざくら》の狂い咲き。

とまで揶揄《やゆ》されたが、築山殿は、当時まだ四十路《よそじ》である。男などは身も心も早々に老いてしまうが、女は違う。老けない。美しきものへの憧れは死ぬまで失われないし、その嗅覚《きゅうかく》は流離《さすら》いの暮らしを送っていた男をも目覚めさせる。心のかたすみに埋没《まいぼつ》していた小さな美を嗅《か》ぎあて、死にかけていた男をふたたび奮《ふる》い立たせる。それくらいの芸当《げいとう》など女にとっては朝飯前で、それは、安土桃山という絢爛《けんらん》豪華な時代に贅《ぜい》を尽くして身を飾った女たちにはなおさらのことであったろう。

築山殿は、そうした女たちの頂きに立つひとりといっていい。

しょぼくれていた滅敬を、枯れ木に花の咲くごとく蘇生《そせい》させたのである。

おのれの容貌を蘇らせただけでなく、恋する男の相貌までも甦《よみがえ》らせてしまった。

この奇蹟《きせき》のような事態にも、まわりはめっぽう驚いた。

――滅敬先生とは、あのように瑞々《みずみず》しい御仁《おひと》であったのか。

本人だけでなくうらぶれた庵までもが木の香をとりもどしたように感じられる。

――おそろしや。

誰もが、囁《ささや》き始めた。

――庵の、もののけのような美しさよ。

そう。

恋には、いろいろな形があっていい。

家康と於葉の絆も、もちろん、恋だった。出会った頃の家康と築山殿の間にも、それなりに胸をときめかせるような感情が行き来したかもしれない。とすれば、滅敬と築山殿の間に恋慕《れんぼ》の情が芽生えたところで、まったくおかしくない。いや、ふたりは、徳川家康という東海の覇者《はしゃ》を相手どって、自分たちの恋を成就《じょうじゅ》させたともいえる。

これに苛立《いらだ》ったのは、実をいうと、家康の側近たちだった。

――殿が、してやられたことになるではないか。

品の無い言い回しだが、間違いない。

ただ、その結末は、哀れだ。

人目も憚《はばか》らぬふたりの逢瀬《おうせ》は、またたく間に、岡崎城内の噂となった。

ところが、どうしたことか、滅敬との密通《みっつう》など片隅に追いやられ、いきなり、築山殿が武田家と内通しているらしいという唐突《とうとつ》な疑惑《ぎわく》が囁かれ始めたのである。滅敬が武田領から流れてきたということが疑惑の種《たね》だったのだろうが、落ちぶれた医師が別居している領主の正室からいったいなにを聞き出そうというのだろう。さらにいえば、なんの権勢もない築山殿が内通したところで、徳川家の屋台骨《やたいぼね》は微塵《みじん》たりとも軋《きし》まない。

にもかかわらず、わずかな弁解すら許されぬまま、築山殿は処刑された。

天正七年（一五七九）八月二十九日のことで、三河国岡崎城外の築山から遠江国敷知郡小藪村《ふちぐんこやぶむら》の佐鳴《さなる》湖畔まで移送され、そこで、首を刎《は》ねられた。

わずか東に家康の居する浜松城が見えていたが、築山殿はそちらには見向きもしなかった。首を北へ向け、刃《やいば》を受けた。北には二俣《ふたまた》城があり、そこでは最愛の息子信康がやはり切腹の時を待っているはずだった。

築山殿に引導《いんどう》を渡したのは、そのために遣《つか》わされた石川義房《よしふさ》、岡崎平左衛門《へいざえもん》、岡《おか》本時仲《もとときなか》、野中重政《のなかしげまさ》などである。かれらは、佐鳴湖のすぐ近くにあった小池で太刀を洗い、首を塩《しお》漬けにして家康のもとまで届けている。

墓は、浜松城の手前にある西来院《せいらいいん》に月窟廟《げっくつびょう》として建立された。

八

そうした事後処理《じごしょり》について、家康は、ことこまかに四人の家来から聞かされた。

聞かされつつ、このようにも質《ただ》した。

「奥は、瀬名姫は、末期《まつご》の際《きわ》になにか言い残したか」

「北の空を見つめておいででしたが、御首《おんくび》は満足そうに微笑んでおられました」

「首が、瀬名姫の首が……落とされたあとも、微笑んでおったと……」

「御意」

かれらは、揃って頷いた。

「まさか、まことの恋であったとか、さような世迷《よま》い言を申すつもりか」

この問いには、かれらもさすがに、うつむいたまま答えない。

しかし、沈黙が、回答したことになってしまった。

——そうか。

と、家康は、小さく呻《うめ》いた。

「そうか。まことの恋か。瀬名姫は、心底、人を恋《こ》うたのか」

家康は、おなじ言の葉を幾度となく繰り返し、やがてふうっと息を整えた。

「もしも、それが真実であるなら、なにも申すまい。世の者どもは、わが家来どもは、わしの立場を慮《おもんぱか》り、瀬名姫を悪《あ》しゅう語ろう。悪しざまに罵《ののし》ろう。わしに恥をかかせた悪女である、悪妻であると。じゃが、そうではない。もしも、瀬名姫が、滅敬と密通を重ねたのだとすれば、わしが悪い。すべて、わしの招いたことじゃ。おもうてもみよ。わしは、瀬名姫に、なにをした。子を産ませたまではよかろう。ところが、瀬名姫を駿府に置き去りにし、その在所《ざいしょ》も縁戚《えんせき》もすべて死へと追い込んだ。わしのわがままが、わしの生き方が、そうさせた。許されざる所業《しょぎょう》ではないか。さらに、わしが岡崎で旗揚げしてしまったことで幽閉《ゆうへい》されていた駿府とは、比べものにならぬような僻陬《へきすう》の地に、岡崎に、むりやり連れてまいった。解放された喜びなど、微塵《みじん》もなかったろう。孤閨《こけい》が続き、解き放たれても尚、孤閨を続かされた。日々の愉《たの》しみなど、わずかばかりもなかったろう。気鬱《きうつ》にもなろう、心も病《や》ませよう。わしを憎《にく》もう。怨《うら》もう。呪《のろ》おう。いや、瀬名姫でなくとも、そうなるだろう。人を恋うるであろう。誰かを求めるであろう。そのようなおなごに、恋する相手ができただけでも、せめてもの幸いじゃ。つらさをひたすら我慢《がまん》して、歯を喰《く》いしばって、生きてきた証《あかし》ではないか。左様、わしは所詮《しょせん》、義元公の選んだ相手よ。あてがわれた夫よ。好こうが好くまいが、夫婦にならねば仕方がなかった。しかし、そやつは、その滅敬なる医師は、そうではない。瀬名姫は、生まれて初めて、みずから選んだ相手と恋に落ちたのじゃ。まことの恋を成就させたのじゃ。それでよいではないか」

ちなみに——。

嫡男の岡崎信康《おかざきのぶやす》については、母の後を追うごとく九月十日、天竜川沿いの二俣城において自刃《じじん》して果てた。介錯《かいしゃく》に立ったのは、天方通綱《あまがたみちつな》。後見人の石川数正は正視《せいし》できずに座をはずし、大久保忠世《おおくぼただよ》と服部半蔵《はっとりはんぞう》が首の転げ落ちるところまで見定めた。遺骸《いがい》は、殉死《じゅんし》した吉良初之丞《きらはつのじょう》とともに城の北面の清瀧寺《せいりゅうじ》に葬《ほうむ》られている。

滅敬は、まるで無視された。

――その医者は、ほんとうに居たのか。

幻《まぼろし》ではないかとまで虚仮《こけ》にされる始末で、いつのまにか、岡崎城下から消えた。

とはいえ、たとえ、滅敬が築山殿を愛するあまりに衝動的な行動に出たとしても、築山殿の処刑という結果は変わらなかったろう。また、滅敬が、築山殿の身柄を奪わんと処刑場へ乱入したところで、武芸ひとつ嗜《たしな》んでいない医師ごとき、徳川方の警邏《けいら》の兵の敵ではない。

膾《なます》のように切り裂かれ、佐鳴湖に棄てられてしまったにちがいない。

そうした恋の果てがありありと見えていた築山殿としては、

――お逃げ下され。

と、懇請《こんせい》したであろう。

であれば、滅敬に残された方策はひとつしかない。

旧主たる武田家を頼ることだ。武田勝頼の元へ奔《はし》り、信康が叛乱を期していると内通して軍を挙げさせ、長篠以来の侵攻がふたたび為される中、築山殿を奪い返すという策だ。武田家への内通という噂に真実味を探すとするなら、そうした滅敬の奔走《ほんそう》よりほかにはありえない。ただ、もちろん、そんな血迷《ちまよ》った訴えを聞き入れるほど勝頼も莫迦《ばか》ではないし、あまりにも現実ばなれしている。

結局、滅敬は歴史から弾き飛ばされた。

その後は、誰も知らない。

九

滅敬の事件は、三河の武辺者たちに、いうにいわれぬ暗澹《あんたん》さをもたらした。

またさらに、時をさかのぼった天正三年（一五七五）――。

家康は、水野家に対して、してはならないことをしでかしている。

忠政《ただまさ》の後を継いだ嫡男の信元《のぶもと》を、無辜《むこ》の切腹に追い込んでしまったことだ。

信元は於大の兄で、家康の伯父にあたるのだが、すこしばかり脇の甘いところがある。物事を深く考えようとはせず、弟の忠重のように姉の於大のいうことが絶対というわけでもなく、なにもかも直感的に動く。そうした隙のあるところはときに魅力的ではあったが、同時に、危なっかしくもあった。

今回が、まさしくそうだった。

長篠の戦いの直後、美濃岩村《みのいわむら》城の攻防が展開し、信元もそれに参じたのだが、そこで、武田勝頼との内通が疑われた。まったく根も葉もない疑惑だったが、尾張は他人の落ち度や陰口《かげぐち》が大好きな風土《ふうど》なのか、佐久間信盛《さくまのぶもり》が「お畏《おそ》れながら」とばかりに岐阜城の信長に讒言《ざんげん》したのである。

この密告《みっこく》が原因で、信長は、髪の毛を逆立てるほどに怒った。

――股肱《ここう》と任じていた信元の裏切りは絶対に許せぬ。

とばかり、家康に処断《しょだん》を迫ってきたのである。

家康は、ただちに信元を岡崎城まで召喚《しょうかん》し、有無をいわせず詰《つ》め腹《ばら》を切らせた。桶狭間《おけはざま》の後に追撃された遺恨《いこん》からか、ひと言の弁解も聞かなかった。ところが、信元が切腹して間もなく、嫌疑《けんぎ》が晴れた。冤罪《えんざい》である、とされた。

遅かった。

なにもかもが、遅かった。

(莫迦な)

おもわず、於葉は眼を剝いた。信元の人望はすでに奈落の底に落ち、水野家への士民の信頼も失墜し、旧来の家臣は離散し、数寄《すき》の拠点のひとつとされていた緒《お》川《がわ》・刈谷《かりや》城には蜘蛛《くも》の巣が張るという、にわかには信じ難い様相《ようそう》を呈《てい》していた。

(そんな愚かしい話があるものだろうか……)

聴いているうちに、於葉はなんともいえぬ暗い気分になった。

(もはや、水野家は、知多の地では復興できないのではないのか……)

このような惨状に絶望し、かつ激怒したのが、於大の夫の久松俊勝である。

於葉とおなじように、

――愚かな。

おもわず、叫んだ。

そして、激昂《げっこう》し尽くし、西郡城に籠もってしまった。

どの大名とも絶縁しかねないようなありさまだった。

俊勝だけではない。信元の詰め腹は、かつて三河一向一揆に加担した連中をも刺激した。門徒衆《もんとしゅう》の場合、家康との和解に相当な時を要したし、いまだに徳川家に背を向けている者も少なくない。

家康が、その得意とする二枚舌《にまいじた》を駆使《くし》して、門徒衆の立て籠もった寺々をすべて破却《はきゃく》してしまったことが災《わざわ》いしているのかもしれないが、ともかく、三河における家康への忠義はもはや一枚岩《いちまいいわ》ではない。

（岡崎信康さまや瀬名御前さま、また水野信元どのといった方々の冤罪としかおもえぬ処刑によって、家康公への三河衆の信頼はぐらつき、それどころか怒りまで滾《たぎ》らせている。かれらが、徳川家の家臣であることをふたたびみずから嚙《か》み締《し》めるまでには、かなりの時間を要するのではあるまいか……）

於葉がそうおもってしまうのは、無理もなかった。

十

実際のところ——。

かなり、於葉はつらい。

(……自分は、殿から、なにも知らされなかった)

いい知れない悲しみとも、疎外感とも知れぬ感情が、一気に塞《せ》き上げてくる。

於葉は、西郡《にしのこおり》城の御殿の縁側にうずくまり、庭の梢《こずえ》の彼方に浮かぶ月を見つめた。

そんな於葉のかたわらに、そっと腰を落とした人影がある。於大だった。

「その気落ちは、家康どのの沈黙のせいか」

「……いいえ。おのれの自惚《うぬぼ》れが、嫌になったのです」

「自惚れ……?」

「わたしは、なにもかも、殿が話してくだされていると信じておりました。悩みも、苦しみも、躊躇《ためろ》うておられることをすべてお教えいただけているものと。けれど、ここに参って聞かされるのは、どれもこれも初めて耳にすることばかり。わたしは自惚れていたのです。そんなわたしが、あまりにも情けのうございます」

「されど、於葉」

於大は、息子の肩を持とうとしたのでもなかったろうが、

「家康どのとて、口にはできまい。そなたに向こうて、瀬名姫を殺すなどと」

「それはたしかにそうですけれども」

「瀬名姫が首を掻《か》かれるよりも前に、そなたがなにもかも存じておれば、そなたは気鬱《きうつ》になろう。正室がいつ殺されるか、その首がいつ血を垂れ流して落とされるか、それをそなたは待てたか、尋常な心持ちで待つことができたか。なにもかも知るのは、時が経《た》ってからで良いのではないか」

於大は、さすがに年の功というべきか、於葉はすこしずつ心がほどけた。

「家康どのが、おのが嫡男と正室を死に追いやったのは紛《まぎ》れもない事実。そのようなことは、すぐさま、領内に広がろう。遠江にあったそなたの耳にも、すぐに届いたのではないか。それをどのような気持ちで家康どのが指図し、どのような心模《こころも》様《よう》で受け留めたのか、そなたはそこまで知らねばならぬのか」

「おなごは、なにもかも知りたいものでございます」

於葉は、ひとつだけ、言い訳した。

「殿方のお心の底の底まで知りたいものでございます」

「知って、かえっておのれが辛《つろ》うなってもか。家康どのはそれを案じたのではない

か」

――いや。

於大は、於葉の心を見透《みす》かすように、覗《のぞ》き込んできた。

「そなた、家康どのの心模様を、もとより承知していたのではないのか」

於葉は、図星を突かれたように顔を弾かせ、

――それは。

口中につぶやき、またうつむいた。

「おっしゃるとおりです」

「於葉は、正直者よな」

「もはや、胸が押し潰されそうにございまする」

「ならば、潰れぬ前に戻ってまいるか」

「戻るとは……いかなることにございましょう」

怪訝《けげん》そうに顔をあげる於葉に、於大は諭すように告げる。

「ここへじゃ。西郡の城へじゃ。わらわのもとで過ごせばよかろう」

「それは……それは……身に余るお誘いにございますが……」

「家康どののもとの方がよいか」

於葉は、こくりと頷く。

「されば、於葉」

於大が、一喝《いっかつ》する。

「そなたは、水軍をもとめて三河まで罷《まか》り越したのでしょう」

於葉は、ちからなく頷いた。

「しっかりなされ」

「ですが、御方さま」

「評定《ひょうじょう》に入りましょう」

十一

評定は、西郡《にしのこおり》城の大広間にて行われた。

三河衆のおもだった士分《しぶん》と、知多・三河湾に散らばっている船手衆《ふなてしゅう》の大将どもが列席《れっせき》し、於葉の持ち来《きた》った要請《ようせい》を聞き、それについておのおの意見を述べた。あつかましい、というのが大方《おおかた》の意見だった。ほぼ、ここ数日の対話から於葉が不安におもっていたとおりの展開といえた。凝縮《ぎょうしゅく》すれば、このようになる。

「われらが三河をあとにして殿を追いかけ、ともに駿河へ攻め込んだとして、なんの益《えき》がある。いかな得《とく》がある。なにもないではないか。命を懸けて、殿の領土を拡げたところで、われらはなにひとつ得られぬではないか。そのような損《そん》に、なぜ汗をかかねばならぬ」

これに対して、

――なにをいうておるか。

まっこうから雷を落としたのは、石川数正だった。

「おぬしらは、殿の頼みをなんと心得《こころえ》おる。家康公は、われらが殿ぞ」

しかし、知多や三河の連中にとって「殿さま」は「殿さん」でしかなく、ほかの地域に比べてかなり軽い。対等とまではいかないが、尊崇《そんすう》という心持ちはほとんどない。なんとも人を食ったようだが、こうした不遜《ふそん》な態度や物言いこそ、この地方の特質だった。

「しゃらくせえ」

とまではいわないものの、それに似たような態度で胡坐《あぐら》をかいている。

（わかっていたこととはいえ……）

於葉は、頭をかかえた。

こんにち――。

愛知県と区分されているこの地方は、大きく四つに分かれる。

安土桃山の時代からさらに下って明治を過ぎても尚、人心《じんしん》や方言《ほうげん》や地勢《ちせい》から、尾張、知多、西三河、東三河の四つの在地《ざいち》に分かれる。またいえば、これらの在地は、おのおの独立した気分がまだ残っている。

当時は、なおさらであったろう。

この地方は、とにかく、この国の他の地域とはかなり異なる。いびつといってもいいような異なり方で、異常なほどの郷土愛と、余人をまるで寄せつけない閉鎖性《へいさせい》と、相対《あいたい》する者に向ける攻撃性が、恐ろしいほど突き抜けている。

明治維新を迎え、尾張は名古屋県に、知多と三河は額田県《ぬかだけん》に編入され、さらにのちに愛知県として統合されたが、かれらは愛知県という括《くく》りでは他県に対して恐ろしいほどの結束力《けつそくりよく》を見せる一方で、やはり、近代になってもそれぞれの地域はまったく独立していて互いに相容《あいい》れない。

個々の独立心が辟易《へきえき》するほどに旺盛《おうせい》で、支配されることを徹底して拒《こば》むからであろう。実のところ、織田家も、松平家も、水野家も、どこも分裂していた。

松平なら、

――松平一族として盟主《めいしゆ》を担《かつ》いで手を取り合って鞏固《きようこ》な一門になろう。

などという物柔らかな絆などはなく、個々の小さな家々が独立し、たがいに疑い、妬《ねた》み、憎み、罵《ののし》り、誹《そし》り、ときに殺し合った。水野家などは、於大の父忠政《ただまさ》の世こそ団結していたものの、その子供らがばらばらに分かれてしまった。そのため、国人領主の位置から転落してしまっている。そうした中で、かろうじて求心力を持っているのは、家康という盟主を産んだ於大くらいなものだった。

が、その家康の評判が――。

築山殿と信康、くわえて信元の件以来、どうにもよろしくない。

あらくれの三河衆は、おのおの声をはりあげて脅すように意見してくる。

「殿が駿河へ攻め込みたいのは、なにゆえじゃ。駿河を故郷とおもうておるからじゃ。駿河に帰りたいとおもうておるからじゃ。そのようなことにちからを貸せるか。駿河に行きたければ勝手に行きなさるがええんじゃ」

「ぬしら」

数正が、眼を剝《む》き、声をはりあげる。

「長篠の合戦を忘れたかっ」

十二

「殿は、必死になって長篠を、この三河を守ろうとなされたではないか。おぬしらも、そうじゃ。命《いのち》懸《が》けで武田と戦い、見事に追い返したではないか。三河を守り抜いたではないか。ふたたび、あのときのような鉄壁《てっぺき》の構えで挑めば、駿河まで版《はん》図《と》を拡げられる。暮らしも豊かになる。外から敵が攻め込まぬようになる。幸せになれるではないか」

「信康《のぶやす》さまも、戦われたぞ」

聴きたくもない意見が、数正を襲《おそ》う。

「数正よ。おぬしは信康さまの後見ではないか。信康さまはご立派に戦われた。にもかかわらず、かの仕打ちはどうじゃ。われらが殿さんは、ご子息をどうなされた。ご正室になんたる暴力を下されたか。おのがちからを示して死に追い込むなど、非道《ひどう》の極致《きょくち》じゃ。ひどいなどというものではない。むごすぎる。かような横暴《おうぼう》は、暴力《ぼうりょく》は、絶対に赦《ゆる》されぬ」

数正は、追い込まれた。

「いかにも、わしは後見じゃが、叛旗《はんき》を翻《ひるがえ》されたは若じゃ。これも赦されぬ」

「浜松へ連れてゆかれれば済むことではなかったか。なぜ、母子《ははこ》ともに殺した」

(だめだ)

於葉は、肩を落とした。

(説諭《せつゆ》などできぬ。水軍を出撃させるなど、夢の夢じゃ)

絶望が、堪えきれない眩暈《めまい》と吐き気をともなって、於葉の身を包み込む。

(殿……殿……)

もう、死ぬよりほかにない。

（掛川城《かけがわ》へ引き下がって、殿とともに死ぬしかありませぬ……）

涙が全身を潤すのではないかとおもわれたとき、

「よういわんわ」

助け船を出すように、於大がいう。

「そなたら、岡崎衆が、わらわになにをしたか知っておるか」

家康の父広忠《ひろただ》が今川家に脅され、離縁したときのことをいっている。

「侍女どもは、髪を削《そ》がれたのじゃ」

それも、頭の半分を、である。

於大は、船で輿入れし、船で夫の元を去った。

矢作川《やはぎがわ》をゆく船で、である。

於大の生まれ育ったのは、知多半島の東の浦にある緒川城《おがわ》だが、対岸の刈谷《かりや》とは水を隔《へだ》てているだけで、なにひとつ障碍《しょうがい》はない。だから、刈谷にある亀城《きじょう》とはひとつのようなもので、城の者どもは、日々、舟に乗っていた。政務を執《と》るのも舟がなければ滞《とどこお》ってしまう。城の中に入り江を持った、きわめて珍しい城といってもいい。おそらく、この国でただひとつの城だろう。

にもかかわらず、水野家は船手衆を持っていなかった。

亀城の先にある亀崎《かめざき》の水軍を恃《たの》みとした。

知多半島には、満足な道がない。大雨でも降れば、そこらじゅうが水浸《みずびた》しとなる。陸をゆくよりも海をゆく方が楽だ。水野忠政《みずのただまさ》が、半島の尾根に中《なか》の道《みち》という道を敷いたがおそらくはそれがただひとつの道で、村から村へ向かうにはすべて舟を用いた。

だから、離縁されて緒川城へ戻ってゆく際も、亀崎水軍の支度した関船を用いた。ところがそのとき、於大に従うべき侍女たちがひとり残らず、髪を削がれた。頭の真半分の毛を削がれ、醜《みにく》さの塊のようにされ、船に乗り込まされた。於大は駕籠《かご》に入ったまま船の上まで運ばれていったが、このとき、烈火のごとく怒った水軍の将がいた。采配《さいはい》をふっていた稲生政勝《いのうまさかつ》で、やにわに刀の柄《つか》に手をかけた。

――岡崎衆を皆殺《みなごろ》しにしてくれる。

しかし、これを於大が諫《いさ》めた。

――こらえよ。

広忠どのとて、わらわを嫌いで離縁されたのではあるまい。今川方の無理強いによるものじゃ。されば、ここで余計な争いをしてはならぬ。この者たちの髪とて、広忠どのの命によるものではあるまい。怨《うら》むべきは、今川家である。その走狗《そうく》の戸田家である。

――それゆえ、こらえよ、政勝。

十三

こんにちとは異なり、当時の知多半島は大きな入り江がそこらじゅうに切れ込み、食い込んだ先々に津《つ》が置かれ、水上の行き来が盛んだった。それもあって、於大はそのまま緒川城へ帰り、やがて、阿久比《あぐい》の久松俊勝《ひさまつとしかつ》のもとへと輿入《こしい》れしている。

その二度目の輿入れの際も、やはり、船を用いた。椎《しい》の木屋敷まで出迎えに来た政勝に連れられて亀崎船に乗り込み、輿入れの品々を満載《まんさい》させ、関船《せきぶね》やら小早《こばや》やらを仕立てて、阿久比の宮津《みやづ》まで水の上を滑っていった。

一方、家康は、そのまま、岡崎城に留《と》め置《お》かれた。

それについて、於大はいうのだ。

「岡崎衆は、家康どのにも、なにをしでかしたか、憶えていやるか。今川家に媚《こ》びを売るため、駿府へ人質に出そうとしたではないか。たった千貫《せんがん》で織田家へ売られたときも、そうじゃ。助けようともせなんだ。見捨てたではないか。波の間へ放り棄てるように見捨てたではないか。そのような岡崎で、家康どのは旗揚げし、長篠の戦いでも、この三河を守り抜いたのじゃ。なるほど、生まれ故郷は、大切にせねばならぬ。しかし、虐《しいた》げられた故郷でも、そうなのか。放り棄てられた故郷でも、守らねばならぬのか。故郷は、それほどまでに偉いものなのか。そのような目に遭わせておきながら、やれ、三河を愛しておらぬだの、やれ、浜松を選んだだの、やれ、駿河に行きたがっておるだの、なにをぬかす。なにをほざきおる」

評定の場は、それまでの昂揚《こうよう》した不平不満が嘘のように、鎮まり返った。

誰ひとり、反論しようとする者はいなかった。

「聴きやれ、皆の衆」

於大は、満座《まんざ》を睥睨《へいげい》し、またいう。

「人はひとりでは生きていけぬ。ひとりでは戦えぬ。家康どのとておなじじゃ」

於葉は、おのが身が小刻《こきざ》みに震えているのを感じた。

「そなたらは、京の祇園祭《ぎおんまつり》を知っておるか」

於大は、家来どもに、滔々《とうとう》と説き聞かせ始める。

「祇園の御霊会《ごりょうえ》では、町衆が神輿《みこし》を担ぐ。町衆が山鉾《やまほこ》を曳《ひ》く。山鉾は、三河でいう御車《おくるま》じゃ。ただし、巖《いわお》のごとく、見上げるほどに大きい。それを、曳きまわす。もちろん、神輿は、ひとりでは担げぬ。山鉾も、ひとりでは曳けぬ。しかし、町衆はあらんかぎりのちからをもって担ぎ、曳く。京の町を、練り歩いてゆく。疫病《えきびょう》退散《たいさん》を祈るためとも、疫神《えきがみ》を饗応《きょうおう》するためともいう。が、わらわは、そうはおもわぬ。自慢《じまん》するためじゃ。京の都を誇るためじゃ。都の風に嘯《うそぶ》くためじゃ。金が貯まれば、世が平穏になれば、金持ちが増えれば、町が潤《うるお》えば、神輿も山鉾も立派になる。われらとて、おなじ。家康公が大きゅうなれば、町が潤《うるお》うてゆけば、神輿も御車も磨きが掛かる。担ぐ者も、たんと集まる。家康公も、神輿や御車と、おんなじじゃ。国が大きゅうなればなるほど、立派になる。ただ、問う。家康公とは、なんじゃ。領主とは、なんじゃ。即座には、わかるまい。されば、いまひとつ、問う。神輿に、鏡が飾られるは、なにゆえか。神社の拝殿《はいでん》に鏡が鎮座《ちんざ》ましますは、なにゆえか。拝《おが》む者の相貌《そうぼう》がありありと映る鏡が厳《おごそ》かにあるは、なにゆえか」

家来どもは、弾かれたように顔を見合わせた。

於葉も、顔をあげた。

わからない。

「おのれだからじゃ」

於大は言い切り、また説く。

「神輿も御車も、おのれだからじゃ。社《やしろ》の本殿に鏡があるのは、おのれを映すためじゃ。皆も、本殿に掌《て》を合わせよう。なぜじゃ。つまらぬ願い事をするためか。たわけたことをするものではない。おのれと、話すためよ。おのが心の決め事をたしかめ、決意をあらたにするためよ。鏡は、おのれ。神輿も、おのれ。御車も、おのれ。ただし、おのれは、ひとりではない。皆が、おのおのが、おのれの魂《たましい》を神輿に籠《こ》める。御車に籠める。さすれば、おのおのの魂は神輿に宿る、御車に宿る。そなたらは、魂が寄り集まったものを担ぎ、曳いているのだ。家康公は、神輿である、御車である。そなたらの志を凝《こ》り集め、受け入れた象《かたち》である。ただし、ひとりでは動けぬ。そなたらのちからが要るのじゃ」

「のう、皆の衆」

俊勝が、一世一大の意見を述べた。

「殿の御《お》ん下《もと》、徳川家はひとつであらねばならぬ。そろそろ、潮時《しおどき》ぞ」

その言葉に、於葉の瞳が涙で潤《うる》んだ。

さらに、そこへ、

――して、於大さま。

それまで沈黙していた政勝《まさかつ》が、すっくと立ち上がった。

「本日は、佳《よ》き日でござった」

そして、ひと言、こう質《ただ》してきた。

「軍《いく》さ船《ぶね》は、いつ出せば、よろしゅうござるか」

「おお、政勝。では……」

「われらは、海賊衆にござる。海賊には、海の戦さのことはわかりまするが、政《まつりごと》はまるでわかりませぬ。こむつかしいお話は、皆々様《みなみなさま》にお任せいたしまする。われらは、ただ、於大さまのお指図に従うて、戦うまでにござる」

「出陣してくれるのか」

「いかにも」

古希《こき》を超えた水軍の大将は、不敵に嗤《わら》った。

「ひと合戦、つかまつらん」

十四

船戦《ふないく》さの出陣ほど、華《はな》やかなものはない。

鳥毛《とりげ》、吹き流し、見返《みかえ》し幕、水引《みずひ》き幕、胴掛《どうか》け幕と、さまざまに飾り立てられた船楼《せんろう》から囃子《はやし》が響き、櫂《かい》を漕《こ》ぐときの気合いが揃《そろ》い、舵《かじ》を切るときの掛け声が海原に広がり渡ってゆく。

もっとも、そこまで華やかに飾られているのは安宅《あたけ》と呼ばれる大型船と、関船《せきぶね》と呼ばれる中型船で、これらは江戸期には武者船《むしゃぶね》などと呼び習わされてさまざまな屏《びょう》風絵《ぶえ》としても描かれていったが、いちばん多かった小早《こばや》にはそのような飾りはない。むろん、囃子方も乗り込んでおらず、舵方《かじかた》といってもひとりしかいない。小型の船はそうしたものだったが、ともかく、この安宅、関船、小早からなる船々が西郡《にしのこおり》の湊《みなと》に集まり、今にも出帆《しゅっぽん》せんとしている。

そうした中――。

三谷水軍の旗艦《はたぶね》の高欄《こうらん》を握っているのは、於葉を見送りにきた於大だった。

「於葉よ。これは、誰にも語ったことのない話じゃがな……」

船楼を降りかけた際、於大はふと於葉をふりかえり、こう告げた。

「そう、あれは、家康どのが攫《さら》われて尾張に預けられていたおりのことじゃ。家康どのは、あいや、竹千代《たけちよ》は寅《とら》の日が来ると、かならず、寅の刻に屋敷を出、熱田《あつた》の宮に参られた。ちょうど、東雲《しののめ》の空が朝焼けに染まる頃合いでの、宮参《みやまい》りの人影もまだまだ疎《まば》らであった。そなたも存じおるとおり、熱田の宮前《みやまえ》は伊勢への渡し船の出る岸辺《きしべ》となっておる。わらわは、そこに関船を浮かべ、家康どのを、いや、竹千代を見守ったものじゃ。船長《ふなおさ》には、つねに亀崎水軍の政勝がついてくれた。かならず、わが背につき、舵方や水夫《かこ》を従え、船を出してくれた。わらわは、欄干《らんかん》を頼りに、宮の岸に瞳を凝《こ》らし、竹千代がやってくるのを待ったものじゃ。竹千代は、わらわの目が察せられるのか、小姓《こしょう》どもに守られつつ、海蔵門《かいぞうもん》へと続く鳥居の下へやってくると、かならず、海をふりかえってくれた。鳥居は、海水が洗うような波《なみ》打《う》ち際《ぎわ》にある。そこへ立てば、竹千代の足元を波が洗わんばかりじゃ。わらわは、厭《あ》かず、竹千代を見つめた。そのたびに、政勝がこういうのじゃ。於大さまよ。竹千代さまは、聡明《そうめい》なる和子《わこ》じゃ。いつまでも、人質ではござりますまい。竹千代さまには、忠政《ただまさ》さまの血が流れておわす。いつかかならず、きっと、きっと、名を挙《あ》げられましょう。それがしは、それを信じておりますぞ。わらわは、そのたびごとに、こう答えた。そのときは、そのときは、政勝よ、その手を、そなたの手を貸してやってもらえような。政勝はからからと嗤《わら》い、無論つとばかりに胸を張り、こう、いうてくれるのじゃ。かならずや、お役に立ってご覧《らん》に入れまする。わしが老いさらばえたとて、わが嫡男政清《まさきよ》がお役に立ちまする。竹千代さまの御《お》ん下《もと》に、知多と三河の船手《ふなて》を集め、鯨波《げいは》をあげてみせましょうぞ。そう、いうてくれるのです。それが、それが、今、ここに集《つど》うておる。於葉よ、よう、来てくれた。よう、三河まで来てくれた。今こそ、われらが軍さ船を出しましょう。三河と知多の水軍のちからを、天下に轟《とどろ》かせてくれましょうぞ」

於大の気合いが風に乗ったとはおもえないが、まさにこのとき、湊《みなと》に集っていた艨艟《もうどう》が震えるような鯨波をあげた。おおう、おおう、という肚《はら》の底から溢《あふ》れるような諸声《もろごえ》で、於葉はおもわず歓喜《かんき》に包まれた。

「於葉よ」

肩を抱いてくれたのは、於大である。

──そなたが、奇蹟《きせき》をもたらしてくれました。

於葉に対し、深々《ふかぶか》と一礼《いちれい》したのである。

「御方《おかた》さま」

於葉は、慌《あわ》てた。

「もったいない、もったいのうございます」

しかし、たしかに、於大のいうとおりだったろう。

於葉が家康の歎願《たんがん》を抱えて三河へ罷《まか》り越さなければ、家康と三河衆とのしこりはいつまでも解消されず、家康は水軍の援《たす》けを得られぬまま、陸路、大井川を越えて東をめざしてゆくしかなかったろう。そのような事態となれば、おそらく、駿河平定などまったくおぼつかなかったであろう。

いや、それどころか、家康は志なかばで野垂《のた》れ死んでしまったにちがいない。

小早が、関船が、一艘《いっそう》また一艘と三河湾を出帆《しゅっぽん》してゆく。

「於葉、いまひとたび、訊きます」

「はい」

「戻ってまいらぬか」

自分も、五十の坂を上り始めた。この先は、恃《たの》みとする者が側《そば》にいてほしい。そのような者はなかなかおらぬ。於葉よ、そなたならば、痒《かゆ》い所にまで手が届く。自分のような我《わ》が儘《まま》者には、そなたのような出来た侍女が必要なのだ。西郡《にしのこおり》に戻り、自分とともに日々を過ごしてはもらえぬものか。

於大は、そう、懇請《こんせい》するのだ。

しかし、於葉は、涙をあふれさせ、こう答えた。

「しばし、お待ち下されませ。於葉は、どうしても、駿府が観とうございまする」

「家康どのと、ともにか」

於葉は、くちびるを嚙《か》み締《し》めて、あたまを下げた。

そして、そのまま、安宅船は遠州灘《えんしゅうなだ》をめざしていったのである。

十五

当目砦《とうめとりで》――。

そこかしこで小火《ぼや》が燻《くすぶ》り、双方の遺骸《いがい》が横たわり、婦女子が泣いている。狼藉《ろうぜき》の音が轟《とどろ》き、悲鳴が爆《は》ぜ、啜《すす》り泣《な》きが立ちのぼる。修羅絵《しゅらえ》のような光景がひたすら広がっている。於葉はおもわず眼を背《そむ》けたが、しかし、見なければならなかった。

なぜなら、於葉が、この戦いを招いた張本人だったからである。

もっとも、どれだけ悲惨《ひさん》な戦いであろうと、終焉《しゅうえん》はやってくる。終止符《しゅうしふ》は打たれる。問題は、その終止符をいかに早く打つかということで、それは采配を振る者の器量《きりょう》に負《お》うところが大きい。

ここでは、海から攻めた船手衆の采配は家康の叔父たる水野忠重《ただしげ》が任された。おのおの独立してまとまりのない水軍を束ねるには、それなりの血筋が求められる。忠重は、絶好の存在であり、そのかたわらには石川数正が仁王立ち、海風に鬢《びん》をなぶらせている。

また、大井川を徒渉《としょう》して攻め来たったのは松平家忠《いえただ》、牧野康成《まきのやすなり》ひきいる諏訪原《すわはら》城の軍馬だった。前《さき》の城主の氏真《うじざね》は、家康と共にある。掛川城にて支度《したく》を整え、後《ご》詰《づ》めとなっていた。魁《さきがけ》となって突入したのは、岡田元次《おかだもとつぐ》や星野角右衛門《ほしのかくえもん》などの騎馬勢である。

史書には、天正七年己卯《つちのとう》七月十九日と、銘記《めいき》されている。

海と陸の双方から攻め込まれた当目砦《とうめとりで》に、勝てる見込みはなかった。

いや、見込みどころか一方的な戦いとなり、数刻《すうこく》も経たぬうちに勝敗は決まった。

趨勢《すうせい》が定まったのは、砦を任されていた屋代正国《やしろまさくに》の討死《うちじに》による。

正国は、砦に居残っていた将兵とその家族を逃がそうと図《はか》り、みずから手勢をひきいて急峻《きゅうしゅん》な坂を駈けのぼってくる徳川方の足軽勢に挑み掛かり、蜂の巣のように撃たれ、命を散らした。

それは凄まじい光景で、正国に続けとばかりに砦のおもだった連中は、老人や婦女子を搦手《からめて》から大崩《おおくずれ》海岸の尾根道《おねみち》へ逃がし、それをおのが目でたしかめたあと、打って出、あらかた死んだ。

於葉が、稲生政勝《いのうまさかつ》の促しによって上陸したのは、その後――。

猛る炎《たけほむら》が、ほとんど鎮《しず》まってからである。

砦の内にも外にも、とうに掃蕩《そうとう》の指図《さしず》が下されていた。

――すみやかに鎮撫《ちんぶ》に入れ。

という忠重の命が伝えられ、そのとおりに戦後の処理が為されるはずだった。

が、そうではなかった。

少なくない将卒《しょうそつ》から足軽《あしがる》以下の者たちまで、その指図をまともに奉《ほう》ずる者は少なかった。暴走《ぼうそう》していた。いや、実をいえば、かれらは、合戦に勝利した者の特権《とっけん》をふりかざしているに過ぎない。

しかし、於葉には、そうした光景が堪《た》えられなかった。

(一刻も早く、略奪《りゃくだつ》と暴行《ぼうこう》を止めねば……)

於葉は、よろめきながら修羅場《しゅらば》の狭間《はざま》をさ迷い始めた。

そんな中、煤《すす》に塗《まみ》れた甲冑《かっちゅう》を纏《まと》った女人《にょにん》を、目に留《と》めたのである。

於葉の目に、その情景は、あまりにもふしぎなものに見えた。

心身《しんしん》の苦渋《くじゆう》に膝《ひざ》を屈した砦方《とりでかた》のものたちが、

——おお、おお。

と、にわかに声をあげ、その女人の元《もと》に集《つど》おうとしてる。

それが、彼女の人望《じんぼう》の為《な》せるものであることは、傍目《はため》にもよく窺《うかが》えた。

(いったい、何者か)

そうおもった矢先、

——お須和《すわ》さま。

と、彼女を呼ぶ声が聞こえた。

於葉は、あらためて、その人となりを観《み》た。

(そうか、須和というのか)

気品のある目許《めもと》と、吸い込まれてしまいそうな瞳《ひとみ》が印象ぶかい。ふっくらとした頬が、若さと愛らしさを足している。於葉よりは、ひとまわりほど年下だろうか、なんとなく、かつての自分に似ているような気もする。

ただ、その身に纏《まと》った具足《ぐそく》のせいか、性質は穏やかそうには感じられない。いや、おそらくなかなかに剽悍《ひようかん》なのだろう。徳川方の雑兵《ぞうひよう》など、一喝《いつかつ》して竦《すく》み上がらせるほどの強さが醸《かも》し出されている。於葉がこれまでに目に留めたおなごでも、おそらく、これほどの器量《きりよう》の者はいなかったろう。

さらに見聞きしてゆけば、このたびの落城に接し、砦に奉公《ほうこう》していた相当な数のおなごを占領兵《せんりようへい》の魔《ま》の手《て》から救っているようだ。当時、落城《らくじよう》の場では、金品《きんぴん》や婦女子は暗黙《あんもく》の裡《うち》に分捕《ぶんど》り勝手とされていた。またそれが、雑兵どもへの褒美《ほうび》のような風《ふう》もあった。

（じゃが……）

この須和なる女人は、そうしたさらわれてゆくおなごを救ったようだ。悪辣《あくらつ》な雑兵どもを食い止めたようにおもわれる。

（慰《なぐさ》みものになる者の多くが救われたのではないか）

於葉の見立《みた》ては、たしかだった。お須和は、夫や子を殺され、食べ物を奪われ、その上に家まで焼かれ、身ひとつで放り棄てられた侍女たちを収容し、砦の内外の復旧に努めていた。於葉は、お須和の態度と言葉に耳目《じもく》を奪われた。お須和は、徳川の兵どもに向かって、こういうのだ。

「お手前《てまえ》たちがこの砦を掌握《しようあく》したいと欲されるなら、まず、生き残った者たちに食《しよく》を与えられよ。衣食住を保証されよ。親を失った子らの面倒を見られよ。この者たちは、お手前らがやってくるまで、落ち着いた暮らしを送っていたのだ。お手前らに、かれらの幸せを奪ってよいはずがない。しかし、そうではないと、ただ隷《れい》属《ぞく》せよと、さように申されるなら、ただいまより、この者たちは爪《つめ》と歯《は》でもってお手前らにあらがい、死ぬまで戦い続けるであろう。さあ、どうなさる」

勝利した相手に対して、啖呵《たんか》を切った。

（……これは、われらの負けじゃな）

於葉は感服《かんぷく》し、身を縮《ちぢ》めた。

――そこまでじゃ。

徳川兵にいう。

「下がりなされ。下がったあとは、家康公のご入場をお待ちなされ」

十六

――それはまた、凄まじいおなごがいたものじゃな。

とはいいながらも、家康は、興味なさげにくつろいでいる。

すでに甲冑《かっちゅう》をはずし、ようやく大井川《おおいがわ》を渉《わた》ることができたと安堵《あんど》している。於葉もまた、久方《ひさかた》ぶりに戎装《じゅうそう》を解き、華《はな》やかな小袖《こそで》と腰巻《こしまき》を纏《まと》い、これまた久方ぶりに家康との食膳《しょくぜん》の席についている。

「そこで、殿、お願いがございます」

「なんでも聞こう」

於葉は、上陸してより目に留まった当目砦の酸鼻《さんび》な現状について事細《ことこま》かに伝えた。

高天神城《たかてんじん》への兵站《へいたん》補給に苦しめられていた分、徳川方の怨《うら》みは頂点に達しており、その凝《こ》り固まった憎しみが暴発《ぼうはつ》して、これまでにないような略奪《りゃくだつ》と暴行《ぼうこう》を繰《く》り返《かえ》してしまったのかもしれない。

が、それにしても、徳川方の兵はやりすぎていた。

於葉は、そうした信じられないような情景を見たままに語った。

自分でも気が昂《たか》ぶっていると感じたが、お須和が徳川兵を押し止《とど》めるべく交渉にやってきた段になると、おのれの身体の奥底が熱くなるような気がした。おなじ婦女子の身で、あれだけ身を盾《たて》にして婦女子を守ってやれるなど、なかなかにできることではない。

——凄まじいおなごがいたものじゃな。

というのは、そのことである。

「ですから、ご朱印《しゅいん》を賜《たまわ》りとうござりまする」

家康の花押《かおう》をしたためた朱印状を掲《かか》げられれば、砦は平穏《へいおん》に保《たも》たれるにちがいない。

「すぐにでも、兵らによる略奪と暴行を戒《いまし》めていただきたいのです」

「むろんのこと。されば、わしが手ずから差し渡してやろう」

於葉は胸を撫で下ろし、ありがたきこと、と一揖《いちゆう》した。

（これで、自分もなにかの役に立てたのではないか）

が、おもいもよらぬ展開が待ち受けていた。

なるほど、朱印状はすぐさま効力《こうりょく》を発揮《はっき》した。

松平家忠や牧野康成などの触れ書きなどには誰も耳を貸さなかったが、家康の花押がしたためられた朱印状ともなれば話がちがう。達しに背《そむ》けば、その場でうむをいわせず縄をあてられ、河口へ引《ひ》き摺《ず》り出されて打ち首にされてしまうだろう。怖《おじ》気《け》づいた兵どもは、猫のようにおとなしくなった。

こうした鎮《ちん》撫《ぶ》のさまに、

――朱印状を下された御礼《おんれい》を言上《ごんじょう》したい。

と、お須和が願い出てきたのである。

「礼など無用じゃ」

そういって相手にしなかったものの、ここでも、お須和に共鳴《きょうめい》していた於葉はここでも「よいではありませぬか」と口をはさみ、お須和の家康への謁見《えっけん》がなされることとなった。おもいもよらない展開というのは、そのおりのことである。

十七

その日——。
当日砦の本丸が片付けられ、奥まった舘《たち》の上段に、家康はいた。
右に小姓《こしょう》を侍《はべ》らせ、左側のやや下がったところには於葉を控えさせていた。
やがて——。
下段にお須和が現れ、恭《うやうや》しく一礼し、朱印状のお礼を言上した。
運命的な展開は、ここで生じた。
お須和が、
——飯田久右衛門《いいだきゅうえもん》の娘にして、神尾五兵衛《かみおごへい》の妻、須和にございます。
と、平伏したときだ。
家康は、ふと、耳をそばだてた。
「神尾五兵衛じゃと……？」
家康の心に、なにかひっかかる。
遠い記憶の果てから、なにか蘇《よみがえ》ってくる。
「そなたの夫の字《あざな》はなにか。また、いずこにおる？」

「字は、忠重《ただしげ》にございます。二年前に他界いたしました」

「それは無礼を申した。ゆるせ。……して、いくつで他界した」

「数えて二十八にございます」

「さようか」

家康は、なにがひっかかっているのか思案しつつ、さらに問うた。

「その昔、わしが人質になっておった駿府の城下に、おなじ姓名のさむらいがいた。屋敷の世話役でな、身重《みおも》の妻とともに住み込んでいた。わしは、たいそう、世《せ》話《わ》になったものだ。お須和とやら、教えてくれぬか。神尾《かみお》という名は、駿府では珍しくない苗字《みょうじ》なのか。神尾五兵衛というさむらいは、おぬしの夫のほかに幾人かいるのか」

「いいえ」

お須和は、かすかに首をふった。

「五兵衛なる名は世襲《せしゅう》にございまして、城下でただひとつの名にございます」

「まことか」

眼を光らせて問い質《ただ》す家康に、お須和は深く頷《うなず》いた。

「となれば……」

結論は、おのずと決まってくる。

「そなたの舅《しゅうと》の字は、もしや、久吉《ひさよし》ではないのか」

「左様ですが……なにゆえ、舅の名をご存知なので……」

「おお、おお……」

いきなり、家康は呻《うめ》いた。

そして、おもわず腰をあげて、叫んだ。

「今いうた世話役じゃ。人質時代のわしの世話役が、そなたの舅、神尾久吉じゃ」

「まさか……っ」

今度は、お須和が驚く番だった。

夫の忠重からは、なにも、聞かされていない。

「久吉はどうした。舅の久吉は、どこにおる……っ」

「……田中城に、籠もっております る」

「なに、田中城じゃと……っ」

家康は、眼を剝《む》いた。

「なんということだ……。いや、なるほど、久吉らしいではないか。今川家から武田家に仕官先を変えても、やはり、忠義の臣であるのは、変わらぬ。それでよい。それでこそ、神尾久吉じゃ。あいや、いずれにせよ、わかった。承知した。田中城におるのだな。されば、ほどなく、開城させてくれる。開城すれば、また、久吉に会える」

十八

気が気でならないのは、於葉だった。

自分はお須和の献身的《けんしんてき》な姿に心を打たれ、なにかしてやりたいとおもい、家康に報せたものだったが、ただ、そうした公《おおやけ》な話とはまるで異《こと》なるきわめて個人的な展開が始まっている。

（このいい知れない不安はどうしたことだろう）

於葉は、これまでに味わったことのない妙な気配を感じている。が、そうした於葉を忘れてしまったかのように、

──いや、待てよ。

家康の瞳《ひとみ》はいよいよ激しく動揺《どうよう》し、炯々《けいけい》と輝き出した。

「ということは、あのときのせがれが、そうか。産まれた子が、そうか」

「せがれ……？」

お須和が、反応する。

「五兵衛。そなたの夫も、通称はそうであろう。五兵衛は世襲の名と申したろう」

「おお、おお、まちがいない。神尾久吉のせがれ、あのおりの五兵衛じゃ」

「左様にございますが……」

——そうか。

と、家康は嘆息《たんそく》した。

お須和にも於葉にも想像のつかない溜《た》め息《いき》だった。

「そうか、五兵衛は、忠重と名乗ったのか。しかし、そうか。二年前か。二年も前に、他界してしもうたのか。なんということじゃ。二年前にここまで来ておれば、巡り会えたということか。五兵衛。五兵衛。わしは、そなたの夫を、実の弟のように可愛がっておったのだ。元服《げんぷく》を迎えるおりも、初陣《ういじん》に臨《のぞ》むおりも、五兵衛は父御《ててご》の久吉のかたわらに控えて、わしを祝《いお》うてくれたもんじゃ。五兵衛。ああ、五兵衛。死んでおったのか……」

家康は、やにわに嗚咽《おえつ》した。

塞《せ》き上げる感情を破裂《はれつ》させて、嗚咽した。

(なんということだ)

於葉は、家康の涙に狼狽《ろうばい》した。

こんな展開になるとは夢にもおもわなかった。

さらに驚いたのは、於葉が心におもった言の葉を、

「なんということだ」

家康もまた、口にしたのである。

肩を落としてその場にへたり込み、視線をぐらぐらとさ迷《まよ》わせた。

ところが、その瞬間、視界の端に幼な子が映《は》えた。

それも、ふたり。

「これは……」

謁見《えっけん》の場に子供が入り込むはずはない。

「おぬしら、いったいどこから……」

家康は、幼な子を眺めた。

「あぁっ」

慌てたのは、お須和である。

「……あいすみませぬ。わが子にございまする」

「そなたの子……ということは……」

「守世《もりよ》に守繁《もりしげ》と申しまする」

「おお、おお、五兵衛の子か……っ」

よう生きておったと、家康はまろぶように近づき、ふたりの子を抱き寄せた。

「そうか、そうか、おぬしたちは、五兵衛の……いや、忠重の子か、久吉の孫か。

守世というたか、守繁というたか、よう、ここに来てくれた。よう、生きておった。よいよい、もう、案ずるな。なにも、案ずるな。わしがおる。この家康がおる。おまえたちのことは、わしが面倒を見る。いや、見させてくれ」

「そ、そのような……っ」

お須和は、絶句《ぜっく》した。

「そのようなことは、なりませぬ。身に、あまりまする」

「ちがう。そうではない。これは、因果《いんが》じゃ。因果応報《おうほう》じゃ」

「因果応報……」

お須和には、さっぱりわからない。

「わしは、わしは……子を死なせて……命を奪って……いや……殺してしもうた」

「まさか……」

「殺しとうなかった。死なせとうなかった。じゃが、ほかに手はなかった……」

家康の慟哭《どうこく》は続いてゆく。

おそらく、築山殿と信康の死を耳にしたときも、その落とされた首を眼前にしたときも、涙のひと滴《しずく》すら流すことは許されなかったのではないか。非情と陰口《かげぐち》を叩かれようと、酷薄《こくはく》と蔑《さげす》まれようと、非道《ひどう》と罵《ののし》られようと、家康は狐狸《こり》のような表情で普段どおりの日々を過ごさなければならなかったのではないか。

しかし、この場においては、誰に憚《はばか》る必要もなかった。

家康は、おもいの丈《たけ》を籠めて、慟哭《どうこく》した。

そして、おもむろに、こう、口にしたのである。

「これも、また、運命《さだめ》。われらが巡り会《お》うたは、まさしく運命じゃ」

（運命……）

於葉は、おもわず、天をふり仰いだ。

（これを、運命というのか……）

於葉にとっては、重い。

十九

天正十年（一五八二）二月二十四日の朝。

「おお、この冷たさはどうじゃ……」

安倍川《あべかわ》の流れに手を浸せば、たちまち、かじかんだ。

わかっていたことだったが、どうしても水を感じてみたかった。

於葉は、どれだけ、この安倍川の流れを瞳に留《とど》めたいとおもっていたことだろう。どれだけ、この流れに触れてみたいとおもっていたことだろう。家康が幼い頃に見つめた川面《かわも》と、ときには褌《ふんどし》一丁で水練《すいれん》を修《おさ》めた川の流れを、自分もまた肌で感じてみたいと願ってきたことだろう。

(おなごは、そうしたものじゃ)

われながら、おもう。

好いたおのこの、幼い頃に見た風景や、少年の日に過ごした郷里や、青春期に味わった陽射《ひざ》しや、多感《たかん》なおもいを噛《か》み締《し》めた風物《ふうぶつ》に、一度は身を置いてみたいと、そうおもうてしまうのがおなごなのだと、於葉はおもっている。

その風光のひとつが、この安倍川だった。

「見よ、見よ」

岸辺に立った家康が、まっすぐに指差す。

「見よ、見よ、於葉。あれが、駿府じゃ。わしの育った駿府の城下じゃ。わしは、そなたに約束した。駿府へ連れていってやると。駿府を見せてつかわすと。見よ。見よ。いまこそ、瞳を凝《こ》らして、ようく見るがよい」

このところ、於葉は、きらびやかな小袖《こそで》などにはまるきり縁がない。

今も、甲冑姿《かっちゅうすがた》だ。

「見えるか。川霧《かわぎり》も、やっと霽《は》れてきた。どうじゃ、於葉」

「見えまする。よう、見えておりまする」

ところが、煙《けぶ》っている。

雨景色《あまげしき》のように、煙っている。

嬉しさに、涙があふれているからだ。

充実した達成感《たっせいかん》に、満ち満ちているからだ。

於大に戻ってこいといわれても、どうしても家康に付き従って駿府を見たいと固《こ》辞《じ》し、従軍してきた。ほかの側女《そばめ》は皆、浜松や掛川の城に居残《いのこ》っているというのに、自分だけは、かたくなに家康のかたわらにいようとした。

家康は、激務《げきむ》をこなしている。

当目砦《とうめとりで》が陥落《かんらく》してからというもの、浜松城で政務《せいむ》をとったり、掛川城で軍さ評《ひょう》定《じょう》をひらいたり、とにかく、身がもたないのではないかと案じられるほど方々に赴《おもむ》き、督戦《とくせん》し続けてきた。そうした甲斐《かい》もあって、今、安倍川の岸辺に立ち、一里先の駿府城に瞳を凝《こ》らすことができている。

その間、於葉は、家康の身を案じ続けた。

倒れるのではないかと、陰《かげ》から支《ささ》え続《つづ》けてきた。いつも、家康の身を案じた。案じなかった日は、一日もない。それが今、家康は満身《まんしん》に気力を満《み》ち溢《あふ》れさせて、声をはりあげている。

（よかった）

と、おもわざるを得ない。

於葉は、涙があふれるほどの喜びに包まれている。

「駿府は、あれよ。あと一歩で、駿府よ。そこじゃ。手に取るほどじゃ」

むろん、いうまでもないことだが、かつての駿府はすでにない。信玄があらたに築いた城市《じょうし》があるばかりだ。虚《むな》しい話だが、それが現実だった。今、駿府に入城したところで、かつて、家康が過ごした城下町はそこにはない。

懐かしさがすっぽぬけてしまいそうなほど、変貌《へんぼう》している。このような幻を求めるような虚《むな》しさはもうこりごりだと、家康ならずとも、ともに人質時代を過ごした者たちは共通した想いを抱いていることだろう。

しかし、家康は、そのようなことはおくびにも出さない。

ひたすら、

――わしが、この手で、この足で、そなたを駿府まで連れゆく。

とだけ、いいつづけている。

於葉は、その言葉をただただ信じて、ともに歩んできた。

自分だけが、家康のかたわらにあり、家康の心を理解している。そう、確信していた。だから、いま、その感慨《かんがい》が、於葉を包み込んでいる。ところが、於葉の耳におもいもよらない言葉が入ってきた。

「こい、こい。ほぉれ、おまえたち、よぉく見るがいい。あれが、駿府ぞ」

二十

於葉は、耳を疑《うたぐ》った。

家康が、自分ではない者にも声をかけている。

それも、かぎりなく優しい。

ふりかえれば、そこにあるのは、ふたりの童《わらべ》だった。お須和の子だ。神尾守世《かみおもりよ》とその弟守繁《もりしげ》で、川波に足を浸《つ》け、冷たい飛沫《しぶき》をあげながら、家康のもとまで無邪気《むじゃき》に駈けてきている。母親のお須和は、岸辺に立ってその情景を見守っている。やはり、戎装《じゅうそう》していたが、於葉のような悲壮感《ひそうかん》は感じられない。

(なぜだろう)

と、於葉はおもった。

なぜかはわからないが、お須和は、やけに堂々としていた。

そうした態度が、余計に於葉を不安にさせる。

(わたしは、惨《みじ》めだ)

どうしてついてきてしまったのだろう、と、おもった。

家康についてきたことそれ自体が愚《おろ》かだったのか、とも、おもった。

そんな於葉を、さらに追い詰めるような言葉が聴こえてくる。家康が、まるで、血の繋《つな》がっている父親か祖父のように、守世と守繁をひきよせ、かなたに横たわる駿府を指差しながら、語っているのだ。

「わしは、あそこで、人質になっておった。ちょうど、おまえたちのような年頃だった。母親の顔もうろ覚えの、物心がついたかつかぬかという幼い頃に、駿府へ送られてきた。そんなわしを世話してくれたのが、おぬしたちの祖父、久吉《ひさよし》じゃ。なんとも、気の好い男じゃった。あるとき、その久吉に、子が生まれた。そう、おぬしらの父御《ててご》よ。久吉の通称を世襲《せしゅう》し、五兵衛《ごへえ》と名づけられた。守世よ、そなたも五兵衛であろう。神尾《かみお》家の嫡男《ちゃくなん》は、これから先も、五兵衛を名乗ってゆくのだ。五兵衛久吉、五兵衛忠重、五兵衛守世……。そのように、名乗ってゆくのだ。わしは、おまえたちの父親が生まれて育ってゆくのをまのあたりにした。ほんとうに、日々、育ってゆくのがわかる。ほんの数日、目を離してしまうと、もう、顔かたちが変わってしまう。子供心に、わしは驚いた。赤子《あかご》というのは、これほど、日々変わってゆくものかと。それほど、育つのは早い。そんな五兵衛が、可愛《かわゆ》うてな。可愛うて、可愛うて、仕方がなかった。そして、ちょうど、おまえたちくらいの歳になるまで、ともに暮らした。あそこで、駿府城下の質子《ちし》屋敷で。その駿府へ、おまえたちもゆくのだ」

於葉は、涙した。

(自分だけでは、ないのだ)

――殿は、この子たちも、ともに連れていこうとされている。

於葉は、自分のおもいこみと我《わ》が儘《まま》を恥《は》じたが、どうしようもない。だから余計に目が潤《うる》み、涙が滲《にじ》んでしまう。家康には、そうした機微《きび》がわからないのだろうか。うらめしくもあったが、やはり、おのれが莫迦《ばか》におもえた。

「於葉、なぜ、泣く」

だからといって、正直には答えられない。

「嬉しいのです。嬉しいからです」

「さもあろう」

家康は、於葉の心も知らず、満面《まんめん》の笑みを浮かべた。

そして、

――ほうれ、於葉よ、これじゃ、これに乗ろうぞ。

と、童のように顎《あご》をしゃくった。

すると、小者たちが、後方から輿《こし》を引き出してきた。

それも、決して豪勢《ごうせい》とはいえないが、いかにも堅牢《けんろう》な輿が、ふたつある。

ひとつは、家康が乗るらしい。

「さあ、乗れ。輿に乗れ」

家康は、からからと嗤《わら》った。

――この子らはどうなさるのです。

という於葉の視線がきつかったのだろうか、こうつけ足した。

「この子たちを駿府に入れるのは、まだまだ先じゃ。城内もさることながら、城下が鎮《しず》まらぬうちは、この川を渉《わた》らせるわけにはゆかぬ。駿河の湾に面した東海一堅《けん》牢《ろう》な山城があとひとつ残っておるでな、そこを陥落《かんらく》させるまではの。まあ、数日のことであろうが、それまでは、お須和が、持舟城《もちぶね》にて面倒を見る。また、お須和には、別な役目も任《まか》せてある」

「では、では、於葉は……」

「だもんでよ」

家康は、じれったそうに舌打ちした。

「そなたは、わしとともにゆくのだ」

「ふたりで、でございますか」

「連れていってやると、わしはいうたぞ。さあ、輿に乗れ。ともに、駿府へ参ろう」

於葉は、晴れやかな面持ちで輿に乗り込んだ。

担ぎ手は、力士のような八人。

尻をからげ、足並みを揃《そろ》え、凍《こご》えるような川の流れに入ってゆく。

（駿府へ……）

於葉は、あらためて想いを嚙《か》み締《し》めた。

（駿府へゆくのだ。殿と共に、今、ゆくのだ）

二十一

「七年の計じゃ」

家康の嘯《うそぶ》くとおり、長篠の戦いからこのたびの駿府入城まで、七年掛かっている。

ことに、高天神《たかてんじん》城には苦労した。

なかなか、陥《お》ちなかった。

天正七年（一五七九）から兵站《へいたん》線を切り始めたが、天正九年が明けてもいっこうに陥落しなかった。いや、陥落する気配すらなく、家康は「自分が老いさらばえても、このまま陥落しないのではないか」と案じたりした。

だから、入り江の封鎖だけでは、不安が募った。

――増やせるかぎり、砦を増やせ。

神経の糸が切れるような甲高《かんだか》さで、命じた。

六つの砦から、さらに包囲を狭《せば》めるように、高天神城の東面《ひがしづら》に安威《あい》砦を建て、高天神山の西方につらなる楞厳寺山《りょうごんじやま》の麓《ふもと》あたり一帯に、萩原口《はぎわらぐち》砦、芳峠《ほとうげ》砦、長谷《はせ》砦、畑ヶ谷西《はたがやにし》砦、畑ヶ谷東《ひがし》砦、星川《ほしかわ》砦などをつぎつぎに築いた。それだけでは足りず、やがて、あたかも喉元《のどもと》へ刃《やいば》を突きつけるがごとく、高天神城の西の真ん前に林ノ谷《りんのや》砦が築かれた。

——戦うことはない。

家康は、徹底的な干殺《ひごろ》しの戦術をとった。

——砦で宴《うたげ》をせよ、呑み、叫び、狂うて、狼煙《のろし》をあげよ。

砦がひとつ築かれるたびに高天神城の武田兵は戸惑い、焦慮《しょうりょ》し、狼狽《ろうばい》した。

そして、餓《う》えた。

やがて、その飢餓《きが》が悶《もだ》えるような苦しみとなり、ことに、天正八年の暮れに、信長の側近である長谷川秀一《はせがわひでかず》、猪子高就《いのこたかなり》、西尾吉次《にしおよしじ》、福富秀勝《ふくずみひでかつ》などが援軍《えんぐん》として遣《つか》わされてからは、いよいよ、餓死者が続出していった。

かくして——。

天正九年三月二十五日の夜半。

怒号にも似た諸声《もろごえ》があがり、城将の岡部元信《おかべもとのぶ》や江馬信盛《えまのぶもり》どもが生き残った七百ほどの兵を鼓舞《こぶ》し、八方破《はっぽうやぶ》れの勢いもろとも、突出《とっしゅつ》してきたのである。だが、そもそも幽鬼《ゆうき》のように痩《や》せ細った体軀《たいく》では、刀《かたな》をふりあげることも鑓《やり》をつきだすこともおぼつかない。それでもって、がむしゃらな、発作としかおもえないような吶喊《とっかん》では、周到《しゅうとう》な攻撃態勢を組んでいる徳川方を叩けるはずもない。

――ここぞ。

とばかりに、大久保忠世《おおくぼただよ》、石川康通《いしかわやすみち》、大須賀康高《おおすがやすたか》らが迎撃《げいげき》に入った。待ちに待った白兵戦《はくへいせん》ということもあり、徹底して討《う》ち潰《つぶ》した。もはや、敵の将《しょう》卒《そつ》が誰なのかも見当がつかず、ひたすら戦い、斬り伏せた。そして、本多忠勝《ほんだただかつ》、鳥《とり》居元忠《いもとただ》、戸田康長《とだやすなが》といった驍将《ぎょうしょう》がわれさきに城内へ突入し、一挙《いっきょ》に陥落《かんらく》へと追い込んでいった。

――ついに、陥《お》ちたか。

浜松城にあった家康は、喜悦《きえつ》の色を浮かべた。

二十二

そして、翌年の二月――。

ついに武田攻めが令せられ、織田勢と並んで徳川勢の大攻勢が始まった。

徳川方の最初の目標は、高天神城《たかてんじん》の東に位置する小山城《こやま》だった。

この高天神城へ補給していた目の上のたん瘤《こぶ》のような城さえ奪取できれば、家康勢は、全軍で大井川を渉れる。家康は、配下の軍馬に対して小山城の攻略を命じた。すると、どうだろう。拍子抜けするほど簡単に陥ちた。

いや、陥ちたというより、城主の大熊朝秀《おおくまともひで》がみずから焼いた。

朝秀はこれまでにも幾度となく攻め寄せてきた徳川勢をそのたびごとに撃退《げきたい》し、七回までは数えたというが、それもすべて高天神城への補給《ほきゅう》という責務《せきむ》に忠実だったためだ。だが、もはや、自分たちが小山城に居座る理由もなしと観念《かんねん》したのか、火をかけた。

ただ、その場で自害《じがい》したというのではなく、この武田家恩顧《おんこ》のつわものは、手勢をひきいて旋風《せんぷう》のように甲州へ去り、勝頼の膝下《しっか》に馳《は》せ参《さん》じるや、やがて迎える天目山《もくざん》の戦いに殉《じゅん》じている。

ちなみに——。

小山城よりも東に位置し、安倍川の水を背にした丸子《まるこ》城は、すでに陥ちている。というより、高天神城の戦いよりも前に、開城している。城番に就いていたのは、当目砦の屋代正国の婿養子の勝永《かつなが》だったが、天正九年（一五八一）が明けて間もなく、家康に使者を遣わし、降伏している。舅《しゅうと》の正国の当目砦での討死が堪《こた》えたのだろう。

さらに――。

丸子城が降伏したことで援軍を断たれ、孤立した城がある。

大井川の河口を眼下に見据える持舟城《もちぶね》が、それだ。

――ここで一気に持舟を陥落させておかねばならん。

そう、家康は吠えた。

於葉は、そのときの家康の顔をよく憶えている。

今、安倍川を渉《わた》るに際して、家康は、輿の上で堂々と胡坐《あぐら》をかいているが、つい一年前の春までは、青白い幽霊《ゆうれい》のような風貌《ふうぼう》になっていた。持舟城の攻略法がまるでわからなかったからだ。

誰もが、

――持舟城は、最大の要衝《ようしょう》である。

と、断言してきた。

――誰にも陥落させられない。

とも、されてきた。

なぜなら、自然の要害《ようがい》だからだ。

南から攻めるには巨大な障碍《しょうがい》がある。宇津ノ谷《うつのや》峠と大崩《おおくずれ》海岸である。この急《きゅう》峻《しゅん》を越えなければ、軍馬を進められない。だが、峠道《とうげみち》も崖道《がけみち》も険《けわ》しく、とてもではないが、攻め寄せられない。また、北には大井川という天然の大濠《おおぼり》がある。

だから、

——持舟城は陥とせない。

と、されてきた。

——しかし、陥とさねばその先へ進めぬのだ。

家康の叫びはきわめて当然で、陥落させねばならない。

ただ、この城は、家康にとって確執《かくしつ》が深い。

運命的な城ともいっていい。

そもそもの城代が関口親永《せきぐちちかなが》、すなわち、築山殿《つきやまどの》の父である。

家康の裏切りと旗揚げにより、今川氏真《いまがわうじざね》の怒りにより切腹させられてしまった。

『その城を、このわしが、潰《つぶ》さねばならんのか……』

家康は、於葉とふたりになると、この呟《つぶや》きを幾度となく繰り返した。

(さぞかし、おつらかろう)

だが、於葉は、見守ることしかできなかった。

二十三

ちなみに――。

関口親永が氏真によって駿府城の草の露と消えたあと、持舟城は三浦義鏡《みうらよしかね》が城《じょう》代《だい》とされ、ともに遣わされた向井正重《むかいまさしげ》が水軍の編成にあてられた。正重には、正綱《まさつな》という後継《あとつ》ぎがいるのだが、正綱の生まれる前に養子をとっている。長谷川長久《はせがわながひさ》という正重の同僚の息子で、この迎えた養子は向井政勝《まさかつ》と名乗り、やはり、水軍の将になっていた。

しかし、その頼みの三浦義鏡、向井正重、向井政勝らは、すでに討死している。

天正七年（一五七九）九月十九日の戦いがそうで、義鏡の後任の城代には今川氏から武田氏へ鞍替《くらが》えしていた朝比奈信置《あさひなのぶおき》が就いた。将があるじを変えるのはこの時代の常《つね》で、忠義《ちゅうぎ》うんぬんの問題ではない。ただただ、おのが力量《りきりょう》を理解してくれる者との契約によるもので、かといって不誠実というわけではなく、いったん主従《しゅじゅう》の契《ちぎ》りを交わせばその主人が亡くなるまで違背《いはい》なく付き従うというものだった。

信置もそうで、その忠魂《ちゅうこん》は、のちの時代から見ても惚《ほ》れ惚《ぼ》れするものだった。

いや、忠魂だけでなく、その守城《しゅじょう》の冴《さ》えもまた見事だった。

この堅城《けんじょう》をいかにして攻略するのかという問いは、

――たったひとつだけ、襲撃の路《みち》がある。

という受け答えで明らかになった。

当目砦からの海路《かいろ》である。

『それしかあるまい』

海に面した城や砦は、海から攻めるよりほかに攻略の手立てはない。

そう、徳川水軍と武田水軍との戦いは、当目砦が攻め落とされたときに始まった。

以来、師崎《もろざき》の千賀重親《せんがしげちか》を総大将とする徳川水軍は、浜野浦《はまのうら》から当目砦に本拠地を移駐《いちゅう》し、持舟城に対する攻撃に入った。指揮官となったのは西郡《にしのこおり》の稲生政勝《いのうまさかつ》、あるいは亀崎《かめざき》の稲生政清《まさきよ》だったが、かれらの持舟城に対する攻撃は、際限《さいげん》なく続くかとおもえるほどの反覆《はんぷく》ぶりで、熾烈《しれつ》をきわめた。

もちろん、武田水軍も手をこまねいていたわけではない。

その本拠地である清水湊から、くりかえし戦力を補給し続けた。

だが、そのたびごとに引き起こされる駿河沖の海戦で敗れ、また敗れた。

やがて、清水の港湾では戦場へ遣わすべき軍さ艦が徹底的に枯渇《こかつ》し、ついに遠征させることはできなくなってしまった。水軍の大将とされていた小浜景隆《おばまかげたか》は、持舟城への補給を断念《だんねん》せざるを得なくなった。こうなると、持舟城は、持っているかぎりの兵力で知多・三河の聯合《れんごう》水軍を迎え撃たねばならぬようになり、寄せ来る碧波《あおなみ》に乗って吶喊《とっかん》してくる徳川水軍の敵ではなかった。

むろん、陸上においても、丸子城から攻め寄せている。

牧野康成《まきのやすなり》のひきいる軍馬で、城の内外を席捲《せっけん》した。海からの大攻勢によって戦闘能力をほぼ失っていた持舟城に、康成の攻城兵をおしかえすだけのちからはない。

康成の冷酷《れいこく》な攻撃の前に全滅《ぜんめつ》するよりほかになかった。

生き残ったのは、向井正綱ただひとりだった。

ちなみに正綱は、そのまま家康に召し抱えられている。

とはいえ、家康は、持舟城を攻略するまでにまるまる二年という歳月を要した。

さらにつけくわえるなら、この戦いが終わった際、

——大安宅《おおあたけ》さえあれば、これほどの憂き目《うきめ》には遭《あ》わなんだ。

正綱は声をあげて泣き、負けを惜《お》しんだとされる。

だが、大安宅が出撃することはなかった。

このとき、武田水軍の駿河方面の本拠地である清水には、小浜景隆を大将に、間《ま》宮武兵衛《みやぶへえ》、間宮酒造丞《まみやみきのじょう》、伊丹康直《いたみやすなお》、岡部直規《おかべなおのり》らの船手衆がまだ健在《けんざい》で、旗艦《はたぶね》とされた大安宅も舫《もや》われ、そのほかにも大小の関船や小早も繋留《けいりゅう》され、碧波に船影《ふなかげ》を落としていた。

だが、この艨艟《もうどう》どもが、黒潮を掻き分けて西航《さいこう》することはなかった。

――三河からやってきた水軍の驍《つよ》さを懼《おそ》れたからであろう。

そう、受け留められた。

二十四

かくして天正十年（一五八二）二月、朝比奈信置は、五日間におよぶ籠城ののち、逐電《ちくでん》した。落ちていった先は、今福虎孝《いまふくとらたか》の預かる駿府の久能山城《くのうざんじょう》だという。

「いずれの城へ落ちてゆこうと、これで――」

駿府への道は、開けた。

家康は、そう、確信している。

「じゃが、久能山城はいささか厄介《やっかい》ではある」

於葉の輿《こし》をかたわらに、家康は、安倍川を悠々《ゆうゆう》と渉《わた》ってゆく。

「なにせ、東海一の難攻《なんこう》不落《ふらく》を誇る山城、いや、海に守られた山城じゃでな」

ふたりの輿の横では、騎馬の集団が河の流れなどものともせず、一瀉千里《いっしゃせんり》の勢いで突き進んでゆく。それに続いて、つぎつぎに水飛沫《みずしぶき》をあげて徒渉《としょう》してゆくのは雑兵たちの隊列だった。さらに、牛馬《ぎゅうば》の曳《ひ》く荷駄《にだ》の群れが延々と続いてゆく。

ちなみに、先鋒《せんぽう》の一翼《いちよく》にあるのは、今川氏真《うじざね》だった。駿河の旧主という誇りがそうさせるのか、やけに堂々と行軍している。おのれの甲冑《かっちゅう》も、配下の具足《ぐそく》も、旗指物《はたざしもの》から吹き流しにいたるまで、実に雅《みやび》やかに仕上げられていた。この日このときを待ち望んでいたかのような面《おもて》もなんとも涼《すず》やかで、威容《いよう》の中に優雅《ゆうが》さを見せつけるということにかけては、氏真の右に出る者はいないだろう。

おもわず、於葉も目を奪われそうになったとき、

がらがらがらっ。
がらがらがらっ。

と、車輪が回り、車軸《しゃじく》が軋《きし》んだ。

その岸へ上がった物音のせいか、於葉の涙腺《るいせん》がまた刺激されたらしい。

家康は、そんな於葉をちらりと見、

「なんじゃ、於葉、まだ泣いておるのか」

「嬉しゅうて、嬉しゅうて……仕方がないのです」

「なにが嬉しいというのだ。泣くほどに嬉しいことがあってか」

「殿は、お約束して下されました。かならず駿府へ参ると。それが今……」

「おまえらしゅうもない。この身にこびりついた糞尿《ふんにょう》を噴《ふ》き流《なが》したおまえが」

家康は、ふたたび、高笑いした。

しかし、於葉の頭の中には、また、於大《おだい》の顔が浮かんできていた。

悲しみと戸惑《とまど》いと願いを籠《こ》めた顔だった。

於大は、数えて五十五歳になる。老媼《ろうおう》というほどではないが、やはり、寄る年波《としなみ》に不安をおぼえるような齢《とし》まわりになりつつあるのだろう。正直なところ、於葉としては、すぐにでも於大のもとへ駈けつけたい。

上ノ郷《かみのごう》城を焼け出され、父とともに松平家の臣下となったとき、自分をまるで実の娘のように面倒を見てくれ、侍女《じじょ》に取り立ててくれたのは、於大だった。しかし、於葉は、家康に見初《みそ》められ、その側女《そばめ》となることを承知した。いや、選んでしまった。そのときの後ろめたさもある。

だから、西郡《にしのこおり》に帰り、於大の世話をさせてもらいたい。

（しかし、まだ帰れない）

於葉は、くちびるを嚙《か》み締《し》めた。

（わたしは、家康さまと、駿府を見たい）

西の空をふりかえれば、雪雲が垂《た》れこめている。

(於大さま、しばし、しばし、お待ちくださされませ……)

いや、実は、於大だけではない。見送ってくれた守世《もりよ》と守繁《もりしげ》にも、後ろ髪をひかれるようなおもいがある。ふたりの母にも、堂々としたお須和にも、妙な後ろめたさがある。いまだに岸辺に立って、於葉と家康を乗せた輿が川を渉ってゆくのをじっと見送っているのかとおもうだけで、やはり、身を切られるようなおもいが湧《わ》き上《あ》がってくる。

(自分だけが、こうして安倍川を渉《わた》ってよいのだろうか)

とても、岸辺をふりかえることができない。

ふと、おもいだしたことがある。

上ノ郷城が陥落するときの光景だった。

あのとき、おのれもまた、鵜殿長照《うどのながてる》のふたりの子を、氏長《うじなが》と氏次《うじつぐ》を守って、薙刀《なぎなた》を手にした。そのときの、炎《ほむら》の猛《たけ》りが瞼《まぶた》の裏に甦《よみがえ》ってきている。そういえば、あのときの子らも、いったんは今川家の家臣となっていたが、いまや長じて、家康のもとに参じているという。ならば、長篠の戦いにも参陣《さんじん》し、このたびも本軍中にあって駒に打ち跨り、駿府城をめざしているにちがいない。

(時とは、そういうものなのだろう……)

あらゆる思い出と面影《おもかげ》が、於葉の涙腺《るいせん》を刺激しつづける。

「於葉、於葉。涙は禁物というたではないか」

家康は、なにも気づいていない。

「笑え、於葉」

於葉は、ようやく、微笑みを浮かべた。

すると、刹那《せつな》、天からなにやら舞い降りてきた。

ひとひら、ふたひら、さらに、ひとひら、そう、雪だった。

「殿、雪です。雪でございます。なんと、美しい……」

しかし、家康はにわかに眉間《みけん》に皺《しわ》を寄せた。

そして、苦虫《にがむし》を嚙み潰したような顔で、このように呟いたのだ。

「久能山《くのうざん》にも、雪が舞い散るであろうな……」

二十五

そう、舞い散っていた。

久能山には、難攻不落《なんこうふらく》を謳《うた》われた東海一の山城がある。駿府の海浜《かいひん》を足元《あしもと》に従え、そそり立つ断崖《だんがい》の頂きに築かれた城である。しかし、いかなる要害であろうとも、ここをそのままにしては駿府城に入れない。

　この久能山城へは、搦手《からめて》からだと固い岩盤《がんばん》に密生《みっせい》した森を抜けるしかなく、およそ、そこを踏み越えて城へ迫ることはできそうにない。となれば、大手《おおて》から攻めるしかないのだが、その大手門へ到《いた》るには、波洗《なみあら》う海道《かいどう》から一千段とされる急烈《きゅうれつ》な石段を攻め上がってゆくしかない。

　信じられないような攻略の坂である。

　しかし、登るしかなかった。

　撃たれても、射られても、ひたすら、石段を攀《よ》じ登《のぼ》り、大手門を破壊《はかい》するよりほかに、武田家の駿河における最後の牙城《がじょう》を攻め潰《つぶ》す手立てはなかった。戦略も戦術もない。まさに正攻法の戦いしか許されない大攻勢が強要された。

　――こうなれば、破《やぶ》れかぶれじゃ。

　石川数正《いしかわかずまさ》、酒井忠次《さかいただつぐ》、本多忠勝《ほんだただかつ》、大須賀康高《おおすがやすたか》、榊原康政《さかきばらやすまさ》らが、われさきへと海道に密集《みっしゅう》し、無数の串団子《くしだんご》のようになった鉄砲足軽の群れを促した。それに鑓《やり》勢が続く。数千をかぞえる雑兵どもが、急傾斜の石段に食らいついた。

　しかし、あたりは、一面の雪景色だ。

　春の雪が夜半《やはん》から降り敷き、真っ白に染めている。その石段が見る間に石の肌を露出《ろしゅつ》し、雑兵《ぞうひょう》どもに踏まれてゆく。そこへ、かれらの熱気がそうさせたのか、季節遅れの雪に身を縮めていた藪椿《やぶつばき》の真紅《しんく》の花が無数に落ちてきた。

さむらいの嫌う、首落《くびお》ちの椿だった。

鯨波《げいは》が起こり、城門から降り注がれる鉛玉《なまりだま》に翻弄《ほんろう》され、次から次へと転げ落ちていったが、それに倍《ばい》してまたもや足軽どもが踏み上ってゆく。かれらは、真《ま》っ青《さお》な出で立ちだった。兜《かぶと》も、胴丸《どうまる》も、手甲《てっこう》も、帷子《かたびら》も、袴《はかま》も、脚絆《きゃはん》も、足袋《たび》も、なにもかもが真っ青だった。

海波《うみなみ》の寄せる石段の裾《すそ》から、凄まじい諸声《もろごえ》で駈け上ってゆくさまは、あたかも押し寄せた青き波がそのまま遡《さかのぼ》ってゆくように見えた。いや、巨大な青龍《せいりゅう》が石段を這《は》いずり上がってゆくようにおもわれた。

「見よ、見よ、あの勇ましきさまを、あの惚れ惚れする戦いぶりをっ」

家康が、絶叫する。

このとき、家康は、石段の真下の波打ち際からやや離れた洋上にあった。三河水軍のおびただしい軍《いく》さ船《ぶね》が、久能山城の足元を封鎖《ふうさ》しており、その臍《へそ》として浮かぶ安宅《あたけ》に乗り込んでいた。左右には、おのおの、関船を従えた小姓あがりの忠臣どもが進出している。阿部正勝《あべまさかつ》、榊原忠政《さかきばらただまさ》、平岩親吉《ひらいわちかよし》、そして鳥居元忠《とりいもとただ》。

こののち、かれら四人のうち三人は関ヶ原の合戦前後に死ぬ。

正勝、忠政、元忠だったが、かれらの戦いはいかなるときも身を挺《てい》したもので、このときも、石段を攻めてゆく先鋒《せんぽう》が崩れ落ち、つぎつぎに絶叫の尾をひいて坂下《さかした》へ転げ落ちてゆくのを見、堪《た》え切れず、船を浜へ乗り上げさせ、先陣切って駈け、石段に縋《すが》りつき、青龍の鱗《うろこ》のひとつとなった。

それを、家康は、ぎりぎりと歯軋《はぎし》りしながら睨《にら》みつけている。

こうした徳川勢に対して、山上の武田勢も惚れ惚れするような迎撃を演じた。主将の今福虎孝《いまふくとらたか》、その弟にして副将の今福昌和《まさかず》、そして持舟から落ちてきた朝比奈信置《あさひなのぶおき》らが決死の形相《ぎょうそう》で督戦《とくせん》していた。

かれらの戎装《じゅうそう》は、見惚《みと》れるほどの赤だった。深紅《しんく》に彩《いろど》られた甲冑《かっちゅう》、旗幟《きし》、指物《さしもの》とどれをとってもひとつ残らず丹《に》を塗り籠《こ》めたもので、それはまさしく炎《ほむら》が猛《たけ》るようで、山上から石段を流れ下ってくるのである。

ちょうど朱雀《すざく》が青龍を迎え撃っているように見えた。

降りしきる金銀砂子《すなご》のような粉雪《こなゆき》の中、純白に包まれた石の坂で、攻め上る真っ青な集団と、攻め下る真っ赤な集団とが、真正面から激突している。そこへもって、海に浮かぶ艨艟《もうどう》の船楼《せんろう》からは間断《かんだん》なく陣太鼓《じんだいこ》と龍笛《りゅうてき》が響き立っている。兵どもを鼓舞《こぶ》するための音韻《おんいん》で、この海原に轟《とどろ》く激音が、断崖を噴《ふ》き上《あが》り、坂道を覆《おお》ってゆく。

雪と兵と音とが、三つ巴《どもえ》になって展開した。

いや、時を追うに従い、雪が途絶《とだ》えた。

二十六

「おお、殿よっ」

船上、船手の大将が叫んだ。

「雲が割れてござる。陽が差してござる。邪魔な雪が去ってござる」

たしかに、そのとおりだった。攻め上がるに雪は邪魔なものでしかない。

「勝ったか、政勝《まさかつ》っ」

「勝ちましょうっ」

安宅の采配をとる振る稲生政勝は、ちから強く肯《うなず》いた。

「よう、ご覧あれ」

山上で叩き壊れた門扉の向こうに、久能山城の本丸が見える。

「殿の、お城にござる。殿の、始まりのお城にございまする」

「始まり……？」

「天下盗りにござ候《そうろう》」

刹那、家康は、はっとして政勝をふりかえった。

「政勝……。その方、おったじゃろう……。あのとき、あのときの岡崎に……」

桶狭間で一敗地《いっぱいち》に塗れ、阿久比《あぐい》の於大《おだい》のもとへ逃げ隠れた際、

――お起《た》ちなされ。

と、叱咤され、阿久比の津《つ》から船に乗り込み、岡崎をめざした。

矢作川《やはぎがわ》をさかのぼり、岡崎の岸辺が見えてきたとき、船長《ふなおさ》が声をかけてきた。

〝ほうれ、ご覧あれ。殿のお城が見えてまいりましたぞ〟

「まさか、まさか……」

家康は、政勝を見つめた。

於大のもとで生涯尽くしてくれている船手の大将の顔は、まさしく、自分が旗揚げする際に、岡崎まで送ってくれた男に相違《そうい》なかった。於大の父忠政《ただまさ》が政の字を偏諱《へんき》して政勝と名乗った男に相違なかった。熱田神宮に参詣《さんけい》に通っていたとき、つねに背後に浮かんでいた船を取り仕切っていた男に相違なかった。

「いつも、いつも、わしを見守っておったは……」

家康は、おもわず、唇《くちびる》を噛《か》み締《し》めた。

「おぬしであったのか……」

のちに、家康の故郷《ふるさと》は、

五万石でも岡崎さまは
お城下《しろした》まで船がつく

と謳《うた》われたが、家康は旗揚《はたあ》げの寸前にその光景をこの漢《おとこ》によって体験していた。

さらにいうと、こののちの江戸入府《にゅうぶ》のおり――。

家康が「恃《たの》みとする家臣の数が足らぬ」と於大にこぼしたとき、政清がおるではございませぬかと告げた。その際、政勝の嫡子の政清は亀崎にあった。が、家康はさっそく迎えに伊奈忠次《いなただつぐ》を遣わし、相模の三崎《みさき》へ赴《おもむ》かせ、千賀重親《せんがしげちか》の直属の船奉行に任じている。

家康によって徳川水軍の奉行のひとりとされる重親は、もともと政勝のともがらで、ひとり娘を嫁がせた。これにより、知多半島の師崎と亀崎、そして三河の三谷の水軍はほぼひとつとなった。

くわえて昨年、その纏《まと》まった水軍の子が生まれている。千賀重親と稲生政勝のふたりの名をとり、重政《しげまさ》と名づけられた。後年、大坂城、博労淵《ばくろうぶち》の戦いにおいて、向井正重の息子将監《しょうげん》と先陣を争っている。

「巡り合わせじゃ……。巡り合わせじゃのう、政勝よ」

青龍が朱雀を撃破《げきは》し、城門へ突入してゆく。

そのさまを眺めやりつつ、家康は呟く。

「おお、霽《は》れた。空が霽れた……」

陽射しが、石段の雪を金色《こんじき》に縁《ふち》どり、煌《きら》めかせている。

蒼き龍が朱き鳳凰《ほうおう》を突き破ってゆくその絵面《えづら》を、燦然《さんぜん》と煌《きら》めかせている。

「人の一生とはあのようなものであろう」

家康は、おもわず、指差した。

長く、急な、険《けわ》しい坂を、ただひたすら上ってゆくものにちがいない。

「駿府城へ」

家康は、軍配《ぐんばい》をかざした。

二十七

『……お須和よ』

頼みがあると、家康は告げた。

安倍川《あべかわ》を渉《わた》らんとする朝のことである。

『われらの本軍は、安倍川を渉るや、ただちに駿府城へ向かう。駿府城を攻略すれば、つぎなる標的は久能山城《くのうざんじょう》である。このふたつに入城を果たせば、すぐさま、大凧《おおだこ》を揚げ、狼煙《のろし》も上げる。大凧の文様《もんよう》は、葵《あおい》。狼煙の色は、青じゃ。それを見定めたれば、この漆《うるし》の箱を開《ひら》け。中に、一通、朱印状《しゅいんじょう》が入っておる。いまだ門扉《もんぴ》を閉ざしたる城への書状である。そちもよく存じておろう、田中城の依田信蕃《よだのぶしげ》じゃ。駿府と久能山城が陥《お》ちれば、駿河国に残りおるは田中城ただひとつ。籠城《ろうじょう》し続けたところで援軍《えんぐん》は来ぬ。城に籠もるは無駄なことじゃ。そこで、そなた、説諭《せつゆ》できぬか。信蕃に宛《あ》てた朱印状には、城内の者どもはさむらいから婦女子にいたるまで、ただのひとりも害することはないと認《したた》めてある。米ひと粒、手を出さぬと、わしの名にて約定《やくじょう》しておる。その朱印状を差し出し、城を開くよう、交渉してくれぬか。むろん、そなたひとりではゆかせぬ。降伏勧告《こうふくかんこく》の正使も副使も立てる。城の受け渡しの際の役目はまた別な者が担う。そなたは、橋渡しをこなしてくれれば、それでよいのだ。どうじゃ、お須和』

お須和は、家康の期待に、見事に応えた。

安倍川のほとりに立って大凧と狼煙を待ち、

――あがった。

歓喜《かんき》の声をあげるや、鎧《よろい》を陽《ひ》に閃《ひらめ》かせて駒《こま》に打《う》ち跨《また》り、南を指した。

そして、正使の成瀬吉右衛門《なるせきちえもん》、副使の山本帯刀《やまもとたてわき》とともに宇津ノ谷《うつのや》峠を越えていった。めざすは、大井川を西に見据《みす》える田中城である。だが、ここに至っても尚《なお》、勝頼より城を任された依田信蕃は、いっかな降伏する気配を見せず、副将の三枝虎吉《さいぐさとらよし》ともども、気焔《きえん》盛んに籠城しつづけていた。

お須和は、堂々としたものだ。

三日月濠《みかづきぼり》をかたわらに眺めつつ、輪形《りんけい》の曲輪《くるわ》に沿って駒を進め、やがて大手門の手前に到った。城内は、静謐《せいひつ》に包まれている。戸惑《とまど》っているのやもしれぬと、お須和はおもった。大軍が押し寄せてくれば、それなりに邀《むか》え撃《う》ってくるにちがいない。だが、城兵も目を疑うような小勢がやってきたのだ。訝《いぶか》しさのあまり、誰何《すいか》することすら躊躇《ためら》っているのではないか。

「依田さま。須和にございまする」

お須和の大喝《たいかつ》に、城内はいよいよ沈黙した。

身を硬《かた》くして生唾《なまつば》を呑んでいるのが、手に取るように悟《さと》られた。

「徳川家康さまの使いで罷《まか》り越《こ》しましてございまする」

お須和は、頭上《ずじょう》に漆の箱を掲げた。

「ここに、ご朱印状がございまする。徳川さまのご朱印にございまする」

城内に、かすかながらも、ざわめきが立った。

お須和は、すかさず、言葉を重ねる。

「開門、開門。お頼み申しまする。どうか、開門してくだされませっ」

すると、ややあって、重々《おもおも》しい錆《さ》びついた音色が響き、門扉《もんぴ》が開かれた。

そして、大声に、

「お須和――っ」

桝形《ますがた》に現れた人影がある。

ほかならぬ、神尾久吉《かみおひさよし》だった。

（やはり、いまだ籠もっておられたか）

お須和は、

――義父上《ちちうえ》っ。

声をふりしぼって、呼ばわった。

「家康公は、いえ、竹千代君は、義父上のことをしかと憶えておられまする。懐かしい、懐かしいと、しきりに仰《おお》せられます。駿府の質子屋敷《ちしやしき》で世話になったのじゃと、いかにも懐かしげに申されるのです。会いたがっておられます。会って、義父上に当時のお礼を申し述べたいと、そのように仰せです。どうか、義父上。須和とともに駿府へお越し下されませ。家康公に、ぜひとも、お目通《めどお》り下されませ」

二十八

家康は、駿府城に入った。

武田方の城代は信玄の異母弟の一条信龍《いちじょうのぶたつ》で、補佐《ほさ》には信玄の甥の武田信堯《のぶたか》があたっていたが、徳川勢が安倍川の徒渉《としょう》をはじめたとき、撤退《てったい》を決断して甲斐市川郷《いちかわごう》の上野《うえの》城へと引いていた。つまり、家康は蛻《もぬけ》の殻《から》となった駿府城に入城したことになるのだが、そこはかつての雅《みやび》やかな駿府の御殿《ごてん》ではなく、質実剛健《しつじつごうけん》な戦うための城塞《じょうさい》と化していた。

「これは駿府城ではない」

と、家康はつぶやいた。

（なんという悲しげな顔をされるのか……）

於葉は寄り添うように家康の横顔を見つめたが、とても声はかけられなかった。

——さて。

その後の家康の展開した掃蕩《そうとう》戦は、まるで無人の野をゆくがごとき進軍だった。

これほど短い期間に連戦連勝する徳川勢を、於葉は、初めてまのあたりにした。

駿府城を後にした家康がまずめざしたのは、高坂昌元《こうさかまさもと》の預かっていた三枚橋《さんまいばし》城と

り、無人の館《やかた》に入城しただけだった。

途中にある江尻《えじり》城も似たようなものだったが、こちらは穴山梅雪《あなやまばいせつ》の寝返りによって明け渡されたものだ。梅雪の調略《ちょうりゃく》について、家康はつねより、於葉にだけは話し続けている。おのれの考えをまとめるには、於葉に呟《つぶや》きを聴いてもらうのがいちばんいいからだ。

実際の調略は、江尻城の受け取りを任された長坂信宅《ながさかのぶいえ》が為している。槍術《そうじゅつ》に長《た》けた家系で、家康の祖父の清康《きよやす》の代から三代にわたって仕えてきた。血鑓九郎《ちやりくろう》という異名《いみょう》を誇っていたが、それも清康に名づけられたものだった。

ともかく、この代々の忠僕《ちゅうぼく》が、梅雪を籠絡《ろうらく》した。

敵国を滅ぼすために有効な手段が調略であることは自明《じめい》で、家康からすれば武田家の有力な家臣に魅惑的《みわくてき》な粉《こな》をかけて、攻め込んだ際には勝頼を裏切ってもらわねばならない。それが無理のない蚕食《さんしょく》というもので、その標的《ひょうてき》とされたのが梅雪だった。

梅雪は、いったん、江尻城からおのが領地へ退いていたが、家康が次にめざした蒲原《かんばら》に達すると、その本陣へ顔を出してきた。それもおびただしい進物《しんもつ》を担《かつ》いで参上してきた。この抜け目のない甲州人を、家康は諸手《もろて》を広げて出迎えた。そして下にも置かぬ扱いをし、興津《おきつ》から先の案内を頼んだ。

こちらも抜け目がないが、梅雪は快諾《かいだく》した。

於葉はおもったが、さすがに閨房《けいぼう》でもそれは口にしなかった。

(化かし合いのようなものだ)

狸《たぬき》のような横顔を眺め、ひとり、ほくそ笑んだ。

ただ、この頃、家康の軍勢は驚くほどに膨張《ぼうちょう》している。

今川氏真《いまがわうじざね》こそ駿府城の守りに居残《いのこ》らせたものの、先鋒《せんぽう》には自慢の鑓『蜻蛉切《とんぼ》り』を閃《ひらめ》かせた本多忠勝《ほんだただかつ》が進み、家康の左右には酒井忠次《さかいただつぐ》と石川数正《いしかわかずまさ》が侍《はべ》って本軍をひきい、後詰《ごづ》めには榊原康政《さかきばらやすまさ》と大須賀康高《おおすがやすたか》の手勢が従った。

こうして甲州への一歩を印したのだが、すべてに気が利《き》く梅雪がいなければ、かくも速《すみ》やかに万座《まんざ》から身延《みのぶ》への進軍はできなかったろう。そうしたおかげもあって、家康は、ついに甲斐へ侵攻した。

「於葉、わしは念願を果たしたのだ」

そう、家康は嘯《うそぶ》いた。

たしかにそのとおりだろう。いや、信玄に戦慄《せんりつ》して脱糞《だっぷん》して逃げ回ったときをおもえば実に感慨《かんがい》深いものだった。ただ、侵入とはいっても、もはや、戦闘らしい戦闘は起きなかった。武田家そのものが崩《くず》れんとしていたからで、勝頼はみずから新《しん》府《ぷ》城に火をかけ、わずかな股肱《ここう》に守られて天目山《てんもくざん》へ追い込まれ、そこで生涯を閉じた。

この戦国武田氏の滅亡《めつぼう》の地となった孤山《こざん》へ、駿河の諸城《しょじょう》にあった武田家の将たちも向かっていた。かれらは、徳川勢の攻撃から預かっていた城を守り切れなかった不甲斐《ふがい》なさを恥《は》じ、面目《めんもく》なさを嚙《か》み締《し》めながら、勝頼の元をめざした。

それが天目山になるとは当初は夢にもおもっていなかったろうが、ともかく、勝頼とともに最後の戦いをする覚悟《かくご》だった。そうした主従《しゅじゅう》の契《ちぎ》りを知ってか知らずか、家康は、調略《ちょうりゃく》に乗ってきた穴山梅雪を嚮導《きょうどう》役に立て、追撃の途《と》に立っていた。

二十九

これほどの勝ち戦さは、初めてだった。

もっとも、家康は慎重《しんちょう》だった。

駿府は、信玄によって灰燼《かいじん》に帰《き》している。いや、駿府だけではない。駿河国の端から端まで、武田勢は蕩尽《とうじん》した。ここでまた家康がそこかしこに攻めてゆけば、武田家への怨嗟《えんさ》が今度は徳川家に向けられてしまうだろう。それは、困る。

――だから。

というわけでもないが、家康は、慈愛《じあい》を示した。

つまり、信玄によって占領され、勝頼の圧政《あっせい》に苦しめられた駿河国、そこへ進撃してきた家康は、圧政からの解放《かいほう》を謳《うた》った。駿河中の村里に、朱印状をばら撒《ま》いたのである。これで、家康は駿河国の庶民《しょみん》にとっては解放者に等しい存在となった。

が、この発想の源《みなもと》は家康ではない。

お須和だった。

朱印状の嚆矢《こうし》となった当目砦《とうめとりで》で、お須和が、砦に残された小者や民草を守らんものと徳川方の兵どもと決死の交渉を重ねなければ、こうした発想には至らなかったかもしれない。

さらには、それをまのあたりにした於葉が家康に報せなければ、朱印状の発給《はっきゅう》という措置《そち》に至らなかったかもしれない。つまりは、家康の配慮《はいりょ》というより、お須和と於葉の連携《れんけい》によるものだった。

しかし、そのような裏話などは、民草の知るところではない。

家康の駿府への入城を、駿河の民衆は心から受け入れた。

おもいもよらぬ歓迎に、家康は、なかば狼狽《うろた》えた。

「これは、いったい、どうしたことだ」

とさえ、口にした。

人の世は、妙な連鎖《れんさ》で成り立っている。言い換えれば、皮肉な奇蹟《きせき》とおもいがけない偶然の産物《さんぶつ》が、人生なるものであるらしい。

ただ、心配性の於葉は、そうではない。

（なにかあるかもしれない。横合いから家康公を暗殺せんと刺客《しかく》が襲い掛かってくるかもしれない。いや、むりにむりを重ねている家康公の御ん身を得体の知れない病魔が見舞わんともかぎらない）

そんなことをあれこれおもいつつ、片時《かたとき》たりとも側《そば》を離れることなく従軍していた。もっとも、そうした於葉の不安は、杞憂《きゆう》に過ぎなかったが、

（あ……）

おのが身に違和感《いわかん》をおぼえるようになっていた。

（……やけに、息苦しい。胸が、おどる）

しかし、家康には告げられない。

（もう少し、もう少し……）

家康は、甲府に入城した。そして、織田信忠と合流するや、天目山の勝頼が生害《しょうがい》におよんだという哀れな末路《まつろ》を聞きおよび、とあることを於葉に持ち掛けた。勝頼の冥福《めいふく》を祈ってやりたいのだが、なんぞ良い知恵はないか、というものだった。

「菩提《ぼだい》を弔《とむら》うには、やはり、堂宇《どうう》にございましょうな」

於葉がすかさず答えたとおり、家康は、一山、建ててやった。

天童山景徳院《てんどうさんけいとくいん》がそれで、境内には勝頼とその一族郎党《いちぞくろうとう》の墓も建立《こんりゅう》してやり、こんにちまで遺《のこ》されている。あとは、信長の進出を待ち、出迎え、論功行賞《ろんこうこうしょう》の場に臨《のぞ》むだけだったが、この場におよんで、信長が引導《いんどう》を渡した人物がいる。

今川氏真《いまがわうじざね》だった。

三十

甲府での論功行賞ののち、駿府に入った家康は、雑事《ざつじ》に忙殺《ぼうさつ》された。

中でも、寺社や国人の本領《ほんりょう》の安堵《あんど》、徳川勢の庶民や僧侶などに対する略奪《りゃくだつ》や暴《ぼう》行《こう》の禁令《きんれい》、年貢《ねんぐ》の取り立ての免除《めんじょ》、そうしたさまざまな朱印状の作成が急がれた。

もちろん、文書のすべてを家康が認《したた》めるのではなく、祐筆《ゆうひつ》がそれにあたるのだが、花押《かおう》ばかりは余人《よじん》に任せるわけにはゆかない。一通一通、筆を走らせてゆかねばならない。

これがざっと済んで、ようやく、家康は腰をあげた。

「於葉」

呼ばわるや、内緒で用意していたものを腰元に運ばせた。

小袖《こそで》と打掛《うちかけ》だった。

それもひと目で西陣織《にしじんおり》とわかる高価なもので、於葉は、目を瞠《みは》った。

というより、家康は日頃、いかなる装束《しょうぞく》にも興味を示さず、いま纏《まと》っている筒袖《つつそで》も羽織《はお》っている胴服《どうふく》も於葉の選んだものだった。いや、甲冑ですらそうだった。その何事にも無頓着《むとんちゃく》で、女人を喜ばせることへの関心など一切《いっさい》ない家康が、いったいなにがどうしたのか、美麗《びれい》な呉服《ごふく》を出してきている。

「着替えてみい」

「いま、でございますか」

「左様。そして、支度が整《ととの》うたら、ついてまいれ」

告げるや、ひと足先に、駿府城の殿舎《でんしゃ》を出かかった。

だが、その矢先、眼の前に現れた人影があった。

今川氏真である。

「何用かな……」

と、質《ただ》すまでもない。

用件は、承知《しょうち》している。

駿府の施政権《しせいけん》、すなわち、

——領地としてあてがってもらいたい。

という要求であろう。

この日が来ることはわかっていたが、しかし、実をいえば、すでに武田勝頼が天目山で最期《さいご》を迎えてほどなく、甲府《こうふ》に入城した信長のもとで論功行賞が為《な》され、駿河国は家康が領有《りょうゆう》することを許されていた。

むろん、駿河国の首府《しゅふ》である駿府についても、城主の座を認められた。

いや、尾張から駿河までの三か国の領有を祝福されたのである。

吝嗇《りんしょく》で名高い信長にしては、過分《かぶん》な祝儀《しゅうぎ》といっていい。

もっとも、今川氏真についてはそうでなかった。

家康は、論功行賞の際、恐《おそ》る恐るこのように質《ただ》している。

——せめて、駿府の城代とするのは如何《いかが》なものでございましょう。

すると、信長は、いかにも間延《まの》びした表情と声音で、

『ああ、おはぐろどのか』

忘れていたかのように欠伸《あくび》まじりに答え、

『もうよかろう』

と、突き返してきたのである。

『放逐《ほうちく》するか始末《しまつ》するか、好きになされよ』

それとも、と、信長は眉間《みけん》に皺《しわ》を寄せて見つめてきた。

『鞠《まり》使いごときが、駿府をくれとでもいうておるのではなかろうな』

『滅相《めっそう》もない』

『わしは、断乎《だんこ》、認めぬぞ』

『それはもう、仰せのとおりで……』

『鉄漿《おはぐろ》めに駿府は治め切れぬ、いや、お手前《てまえ》が治めねば、わしが治めるまでじゃ』

とまでいってくる始末だ。

もはや、なにをどう頼み込んだところで無駄だろう。

信長にとって、氏真は、とうの昔に無用の長物《ちょうぶつ》だった。

公家《くげ》とのわたりをつけたいときには重宝《ちょうほう》したが、いまや、氏真を知らぬ公卿《くぎょう》はいても、信長を知らぬ朝臣《ちょうしん》はいない。氏真はすでに過去の役立たずだった。旧態依然《きゅうたいいぜん》とした守護《しゅご》の血を受け継いでいようがいまいが、そのような血筋はもはやどうでもよい。塵芥《ちりあくた》のように掃《は》き棄《す》ててしまったところで、誰ひとり迷惑《めいわく》を蒙《こうむ》らない。

『三河どのは優しいの』

皮肉まじりに信長はそういうのだが、駿府の巷《ちまた》に蹴《け》り出《だ》すわけもいかない。

『のう、徳川どのよ』

信長の双眸《そうぼう》は、慧々《けいけい》と輝いている。

『ごまかしごまかし、はぐらかしはぐらかし、おたがいを傷つけぬように生きてゆくのは、いつの日か限界が訪れる。そうなれば、終《しま》いじゃ。たがいに、刃《やいば》を構えて殺し合うよりほかに無《の》うなってしまう。それよりも前に、たがいの胸の内をさらけ出し合い、ともに生きてゆこうとする方がよいのではあるまいか』

三十一

家康は、論功行賞の折《おり》の信長の言葉を忘れることができない。以来、氏真が駿府返還《へんかん》を申し出てきたときのために、心に決めていた言葉を口にした。

「されば、氏真どのよ。ひとつだけ、お教え願いたい」

「なんでござろう」

「もしや、その佩《は》かれたる太刀をもって、源応尼《げんおうに》さまをお手討《てう》ちなされたのか」

「め、滅相もない」

氏真は、狼狽《ろうばい》しつつ否定した。

「源応尼さまは、おんみずから、ご生害《しょうがい》なされたのです」

自分が凶報《きょうほう》に駈けつけたときにはすでに事切《ことき》れていたという。

「そんなはずは、ないっ」

家康は、怒号《どごう》した。

「寿桂尼《じゆけいに》どのか。寿桂尼どのが命ぜられたのか」

氏真は、弾かれるように顔をあげ、おもわず身を震《ふる》わせた。

「……存じませぬ」

「のう、氏真どの。おばばが亡くなられた際、そなたはなにをしておられた。自害であろうと、刑死であろうと、そのようなことはどうでもよろしかろう。おばばがご生害におよばんとされたなら、なにゆえ、お止めせなんだ。寿桂尼がおばばを殺《あや》めんとなされたなら、なにゆえ、お守りせなんだのか」

「いや、あのおり、わしは……」

「答えられよ、氏真どのっ」

家康は、鼻息《はないき》が届かんばかりに間合いを詰め、

「源応尼を、いや、おばばを、祖母だと申されたな。にもかかわらず、ここにおよんでも尚、寿桂尼を庇《かば》われるか。お手前にとって、大切なものはいったい何でござるや。源応尼か、駿府か、今川家か、義元公か、それとも、寿桂尼か。氏真どの、答えられぬか」

「わしは、わしは……」

言葉を詰まらせながらも、氏真はいいきった。

「わしは、駿府の今川家を守りたいだけにございまする」

しかし、顎《あご》を突き出して見据《みす》えてくる家康に、氏真は戦慄《せんりつ》しつつ両手をついた。

「家康どの、たっての頼みじゃ。駿府を、駿府を、わが手にお返し下され」

「異《い》なことを申されるものじゃ」

「いいや、家康どの、異なことにあらずっ」

氏真は、にわかにひらきなおった。

そして、涙をふりしぼって声をはりあげた。

「駿府は、わが町じゃ、わが城じゃ、わが駿府じゃ」

「なんと仰せかな」

「わしのものじゃというておる」

氏真は、怒り狂った。

「されば、申そう。わしは、家康どのよ、御ん身と共に育ち、御ん身と戦い、御ん身に臣従し、御ん身の指図のままに駿府へ突入した。しかし、御ん身も見られたであろう。駿河国の民草は、わしが駒を進めるや、皆《みな》が揃《そろ》って拝跪《はいき》した。わしに、頭を下げた。それは、わしが駿河の旧主であるからじゃ。御身は、それを、ようご存《ぞん》知《じ》であったはず。だからこそ、駿河を侵《おか》す手始めとして、わしに白羽《しらは》の矢を立てた。諏訪原《すわはら》城を与えた。わしが、徳川方の前面に立てば、駿河の民衆は、わしを受け入れよう。わしが先陣を切る価値は充分にあったはずじゃ。御ん身は、それを骨《ほね》の髄《ずい》まで承知しておられたのではないか。わしを利用したのではないか。それを、いまさら、お棄《す》てなさるのか。共に駿府を奪い返そうという約束はどうなされた。お棄てなさるか。わしを棄てると申されるか。それでは、かつての三河の一向一揆《いっこういっき》とおなじではないか。二枚舌《にまいじた》ではないかっ」

「氏真っ」

家康は、殴《なぐ》りつけるような眼差《まなざ》しで睨《にら》み据《す》えた。

「そんな時代は、終わったのだ」

氏真は、両肩を落として沈黙した。

そして、腰が折れるように膝《ひざ》を屈する。

「よいか、氏真よ」

家康は、迫った。

「そなたを決して殺《あや》めはせぬ」

そして、威厳《いげん》を湛《たた》えつつ、こう告げた。

「今川家は天下の名家。その名に恥じぬよう、子々孫々《ししそんそん》に伝えてゆくがよい」

三十二

「どうじゃ、支度《したく》はできたか」

家康は、御殿の前で於葉をふりかえる。

そこには、小袖《こそで》の上に打掛《うちかけ》を襲《かさ》ねた姿がある。

「おお、綺麗《きれい》じゃ。美しい。まばゆうて、たまらぬ」

そして、安倍川を渉《わた》るときから使い始めている輿へ誘《いざな》う。

「参るぞ、於葉」

家康は、尻餅《しりもち》をついた氏真を後目《しりめ》に、駿府城を出た。

道すがら、

――わが殿。

於葉は、問うた。

「お聞かせくだされませ。なにゆえ、氏真どのを無礙《むげ》になされまするのか」

「ああ、そのこと……」

家康は、ぽつりぽつりと口にしてゆく。

「駿府は、わしとおばばの城市《じょうし》じゃ。わしを育《はぐく》んでくれたおばばに捧《ささ》げる、ただひとつの城市じゃ。誰のものにも、させぬ。駿府は、おばばの町じゃ。今川ごときにくれてやれるか。わしは、わしのおもうとおり、かの地に城を建て、城下をかたちづくるんじゃ」

「殿……」

「醜《みにく》かろう、わしの性根《しょうね》は醜かろう。狭苦しく、堅苦しく、童《わらべ》のわがまま同然じゃ」

「そうではありませぬ」

於葉は、かぶりをふった。

「殿は、殿は、お正直なだけです」

「よい。なぐさめずともよい。庇《かば》わずともよい。わかっておる、なにもかも」

家康は、さえぎる。

「わしは所詮《しょせん》、どこの馬の骨ともわからぬ坊主の裔《すえ》……。食《じき》を乞《こ》うて諸国《しょこく》を流浪《るろう》した念仏坊主《ねんぶつぼうず》が、聚落《しゅうらく》の小娘《こむすめ》に手を出した果ての果て。このような者の怨念《おんねん》は、名家の血筋に生まれた者にはわからぬのだ。織田どのも申しておられた。あのお歯黒《はぐろ》どのはもう要《い》らんと。公家衆とのわたりがついた今、もうなんの価値もないのだと。たとえ、駿河国をわれらが手中に収めることになろうとも、領主の座に据《す》える必要はないと。もしも、そこで駄々《だだ》をこねるようなことあらば、情けは無用である……と。まあ、そのように、な」

「まさか、まさか、殿……」

「案ずるな」

家康は、ふたたび制した。

「氏真にも申したことだが、きゃつめを殺めはせぬ」

「まことでございまするか」

「従兄弟《いとこ》じゃでな」

そして、ほんの一瞬、口ごもった。

「もう、身内の死をまのあたりにするのは嫌じゃ。つらすぎる……」

結局、家康は、今川家を滅ぼすことはできなかった。

というより、しなかった。

氏真は、徳川家の庇護《ひご》により、客分《きゃくぶん》としての生活は保障《ほしょう》された。しかし、城主としては認められなかった。城を預かるという才覚があったのかそれともなかったのか、これについては、誰にもわからない。

ただ、名家の血筋としての意識も高ければ、儀式典礼《ぎしきてんれい》についての知識は人並みはずれていたし、そうしたところからいえば、今川氏真という、連歌や和歌に巧《たく》みで蹴鞠《けまり》や風流《ふりゅう》踊りに卓越《たくえつ》した才能を誇った公家もどきの器量《きりょう》は、特別なものであったといわざるを得《え》ない。

とくに、儀礼に詳《くわ》しいというのは、家康にとって貴重な存在だった。

――捨扶持《すてぶち》をもって子飼《こが》いにするべきであろう。

そういう判断のもとに、江戸入府《にゆうぶ》の際も連れていき、武蔵国品川《しながわ》に住まわせた。

さらにいえば、この血は途絶《とだ》えることなく受け継がれた。

高家《こうけ》である。

儀式や典礼をつかさどる高級な旗本として、世の尊崇《そんすう》を浴びていった。

もっとも、氏真その人は、平穏《へいおん》な時代に人と人との間を立ち回るのが実に見事で、京の公卿もさることながら、豊臣秀吉の懐《ふところ》にも入り込み、その存在を知らしめた。ところが、駿府のあるじとなれなかったことの反動《はんどう》か、世の中を二分《にぶん》するような関ヶ原の合戦だの大坂の陣だのという血腥《ちなまぐさ》いことにはまったく関心を示さなかった。

仙巌斎《せんがんさい》と号《ごう》し、琵琶湖で舟遊びに興《きよう》じたり、茶会や連歌の会を催《もよお》したり、古典の借覧《しやくらん》をしたりと、実に忙しい生涯を送っている。死去したのは慶長十九年（一六一四）で、享年《きようねん》七十七。当時としては、長命といっていい。江戸市谷《いちがや》の萬昌院《ばんしよういん》に葬《ほうむ》られたが、ほどなく武蔵国多摩郡井草村《いぐさむら》の宝珠山観泉寺《ほうじゆさんかんせんじ》に移された。

現在の杉並区今川《いまがわ》で、姓がそのまま地名になっている。

また、華陽院《けよういん》こと源応尼《げんおうに》についていえば、その後、隠居《いんきよ》した家康が駿府の大改造に着手し、天下最大の天守閣を造り、おばばの墓も建立《こんりゅう》した。現在でいう静岡市葵《あおい》区にある玉桂山華陽院《ぎょくけいさんけよういん》、もともとの知源院《ちげんいん》である。

墓守《はかもり》の役職に就いたのは、かつてこの地にあった人質屋敷で竹千代とその小姓たちを世話した下級役人で、のちに田中城の副将格にまで上り詰めたが、お須和の勧《かん》告《こく》によって城門を開き投降《とうこう》した舅《しゅうと》、神尾久吉《かみおひさよし》である。

久吉は、その後も源応尼の墓を守り続け、ある朝、ひっそりと死んだ。

三十三

「どうじゃ、於葉」

久能山城の石段、その途上に佇《たたず》みながら、家康は海を指差した。

「あれが、駿河の海よ」

於葉はすでに息が切れ、汗が噴《ふ》き出《だ》している。せっかく家康が用意してくれた打掛だったが、肩を脱ぎ、腰に巻いていたものの、それも早《は》や重さと暑さにつらくなりかけている。春になったばかりだというのに、この暖かさはどうしたものだろう。

「雪も融《と》けよう」

家康は、石段を踏み締めながら、あたりの樹光《じゅこう》に目を細めた。

葉洩《はも》れ陽《び》のおどる木の間にも、削《けず》り出《だ》した鑿痕《のみあと》の残る石段にも、もはや、骸《むくろ》ひとつ見られない。いや、血糊《ちのり》のひとしずくすら見つけられない。攻め取った徳川方の足軽どもが丹念《たんねん》に清《きよ》め掃《はら》ったのだろう。

「殿、殿……。しばし、お待ちくだされ……」

於葉が、かすかに肩で息を継《つ》ぎ、せせらぎのような声をかけてくる。

家康は石段の中途で立ち止まり、あたりの風光に瞳を配《くば》った。

遅咲きの山桜が、あたり一面に花びらを降《ふ》らせている。

於葉は、その若芽《わかめ》とともに咲く花に見蕩《みと》れたか、

「しばらくの間、観《み》とうございます」

足を止め、葉桜を仰ぐ。

「──わしはな」

家康は、話をするのに夢中だ。

「ものごころがついたのも、この山の上だったとさえおもうのだ。幼き日のわしは、祖母に手を引かれて、ここに登ってきたものだ。当時、そう、四十年近くも前のことじゃが、ここは城と寺が並び立っておってな。わしの幼き頃は、どちらかといえば、城よりも寺として知られておった。久能寺《くのうじ》という観音《かんのん》さまの霊場《れいじょう》じゃった」

肇《はじま》りは、推古《すいこ》天皇の御世《みよ》に秦《はた》氏のひとり久能忠仁《ただひと》が開いた寺だという。となると、この山そのものの名がその秦氏の姓《かばね》であったことになるのだが、それはともかく、開山《かいざん》の際に観音菩薩の像が安置されて以来、霊場になったとおもっていい。名は、補陀落《ふだらくさん》山久能寺。

右の号は行基《ぎょうき》によるとされるが、そのほかにも伝教大師《でんぎょうだいし》の来住《らいおう》、源頼朝《みなもとのよりとも》の寄進《しんき》、源義経《みなもとのよしつね》による龍笛《りゅうてき》『薄墨《うすずみ》』の奉納《ほうのう》など、時代ごとにさまざまな伝承《でんしょう》を抱え、家康の人質時代に至るのだが、その歴史がひっくり返るような事態となったのは、武田信玄の侵攻に由る。信玄は、この駿河の海浜《かいひん》に孤立《こりゅう》する久能山の地の利に目をつけ、難攻不落《なんこうふらく》の要害《ようがい》を築かんとして寺を廃絶《はいぜつ》させた。そして造営《ぞうえい》されたのが、久能山城である。

もちろん、家康の海陸総軍《そうぐん》による一大攻勢《こうせい》によって陥落《かんらく》した。その跡地《あとち》に、今、家康は於葉を連れて立ち、往時《おうじ》をおもいだし、

――船を待っていたのだ。

と、つぶやいた。

「堂内《どうない》の千手観音《せんじゅかんのん》にも、つねに祈《いの》った。母さまが船に乗っておられますようにと。文物《ぶんぶつ》ではなく、文《ふみ》でもなく、母さまが乗り込んで、この駿府をめざしてくださるようにと。わしは、一所懸命《いっしょけんめい》に祈ったものじゃ。三河船《みかわぶね》には、おなごもよう乗り込む

と聞いている。船魂《ふなだま》が許《ゆる》してくれるのだと聞いている。じゃから、祈った。母《はは》さまに会いたかったからだ。じゃが、母さまが駿府に来られることは一度もなかった。わしは、涙をこらえた。その胸の内を察《さつ》せられたか、おばばはいつもいつもわしの手を握《にぎ》り締《し》めてくれたものじゃ。じゃから、じゃから、この山は、城などであってはならんのだ。血腥《ちなまぐさ》き地ではならんのだ」

おもわず目頭《めがしら》を熱くする於葉に、

——それゆえ。

と、家康は告げた。

「それゆえ、ここに……」

わしの墓を建てようとおもうのだと、しみじみ洩《も》らした。

「おばばの墓は、駿府の城下。わしの墓は、この山上。どちらも、わしにとっては他とは比べものにならぬ場所じゃ。わしは、ここで、この駿河の海を見つめて、未来永劫《みらいえいごう》、眠りたい。じゃから、かような城は要らぬ。さっさと毀《こぼ》つ」

於葉は、洟《はな》を啜《すす》りつつ聞いている。

どのように言葉を添《そ》えていいのやら、わからない。

三十四

「しかし、まだまだ先のことじゃ。しばらくは、墓など——」

そう、いいかけたとき、ふわりと、城攻めのときの光景が甦ってきた。

——ご覧あれ。

誰の声だろうと、家康はあたりをふりかえった。

脳内を廻《めぐ》るのは、

——ご覧あれ、あの城を。

という、豪胆《ごうたん》なる声音《こわね》だった。


〝ほうれ、殿よ。岡崎城が見えてまいりましたぞ〟

〝ほうれ、殿よ。久能山城は今より殿の城にございまするぞ〟

「政勝《まさかつ》、政勝の爺《じ》ぃか……」

間違いない。そう、政勝は、いつもわしに言葉をかけた。

久能山城を攻略するときもそうだった。つねに背に控えていた。

岡崎は、東海を盗《と》るための足掛かり
駿府は、天下を盗るための足掛かり

――殿よ。

声が届いている。

――天下を盗られませ。

家康は眼を剝《む》き、おもわず呻《うめ》く。

「政勝、政勝……。爺《じ》ぃ、爺ぃ……っ」

しかし、その声音《こわね》が、於葉には届かない。

(胸が、胸が……)

苦しさを堪《こら》え切れなくなった矢先、視界が暗転《あんてん》した。

驚いたのは、眼の前にいた家康である。

音もなく倒れ伏した於葉に、

「どうしたっ」

絶叫し、抱き起こしざま、あたりに侍っていた小者《こもの》を怒鳴りつけた。

「城じゃ、城じゃ、城へ急ぎ、すぐ医者を呼べ、早《はよ》う呼ばんかっ」

小者どもは血相《けっそう》を変え、あたふたと石段を駆け降りてゆく。
於葉は、その者たちの慌《あわ》てふためく姿を見下ろしつつ、
（ここまでか……）
おもわず、呟いた。
呼吸《いき》があがっていた。
胸が震え、手も震える。
腿《もも》が内から痙攣《けいれん》している。
これ以上、石段は登れない。
「殿、殿……。於葉は、於葉は……」
ふり仰げばそこここに卯月《うづき》の桜が咲き乱れ、ひとひらふたひら舞い降りてくる。
（雪のような）
と、於葉はおもった。
（そういえば、安倍川を渉ったときにも雪が舞い落ちていた……）
あの冴《さ》え冴えと降りしきる雪が、ひとときの終わりを宣告《せんこく》していたのだろうか。
「わが殿……」
於葉は、意を決した。
「お暇《ひま》を頂戴《ちょうだい》したく存じまする」

「なんじゃと」

家康が、眼を剝く。

「於大の方さまに、西郡《にしのこおり》へ戻ってこぬかとのお誘いを頂戴しました」

「母上が……そなたを……」

愕然《がくぜん》としたまま、家康は絶句《ぜっく》した。

三十五

ややあって――。

腰元たちをひき連れて坂をのぼってきたのは、お須和《すわ》である。

「殿――っ、殿――っ」

急を聞き、駒を飛ばして駈けつけてきたものだった。しかし、尻餅《しりもち》をついた於葉の容子《ようす》を目に留《と》め、息を呑んだ。あとはすばやく数名の腰元《こしもと》を選び、すみやかに於葉を駿府城へ運び、医師に診《み》せるよう指示した。

「急ぎやっ」

血相を変えて告げるのだが、そのかたわらで、於葉は、静かに身を起こした。

「御方《おかた》さまっ」

「……お須和どの」

「そのまま、横になられたまま」

「……いいえ。たいしたことはありませぬ」

息を整え、腰元たちの支《ささ》えを拒《こば》むと、於葉は腰をあげた。そして、肩を貸してもらいつつ、一歩一歩、たしかめるように石段を降りてゆく。

「ひとまず、駿府のお城へ戻りまするゆえ、殿をお頼みいたしまする」

「須和も、須和も、付き添うてまいりまする」

「殿を、おひとりにしてはなりませぬっ」

「御方さま。しかし、それでは……」

「お須和どの、よう、聴きやれ」

於葉は言葉を搾《しぼ》り出《だ》した。

「殿をお守りするために、わたしどもはおるのですぞ」

「されど、御方さま」

「お頼み申しましたぞ」

あとは、ふりかえらない。

黙して、段を降りてゆくばかりだ。

家康もまた、ひと言も声をかけず、ただ唇《くちびる》を嚙《か》み締《し》めて見送っている。

お須和は、そうした家康のかたわらに控えた。

「このような折に、まことに無粋《ぶすい》なお話とは存じまするが……」

「なんじゃ」

かたわらに控える腰元の抱える漆塗《うるしぬ》りの箱に一礼し、

――ご朱印状をこちらに纏《まと》めましてございます。

と、報告した。

家康が祐筆《ゆうひつ》に託《たく》した朱印状だという。

これがあれば、どこの占領地においても乱暴狼藉《らんぼうろうぜき》の類いは鳴《な》りをひそめるようになる。徳川方の士分《しぶん》が妙に威張ることもなくなれば、武田家や今川家の士分の係累《けいるい》に難《なん》が及ぶような心配もなくなるにちがいない。

お須和はそうした朱印状を整えることも任されていた。

そして、すこしでも早く、家康への御礼を言上《ごんじょう》したいと望んでいたらしい。

「左様か。いかなる折も役務を忘れぬ。それでこそ、お須和じゃ」

つねに変わらぬ有能《ゆうのう》な女人に、家康は目を細めた。

「じゃが、さすがにさっきは色を失《うしの》うておったな」

「さきほどは、お恥ずかしゅうございました」

「よい。あれしきでは、於葉は、死なぬ」

「さそがし、ご案じなされたご容子《ようす》」

そういって顔をあげたときだ。

「おお、おお……」

「なんじゃ、いかがした？」

「波の……波の彼方《かなた》に、船の群れが……」

お須和の指し示す海原に、家康は顔を向けた。

「ああ、三河の水軍じゃ。清水の湊《みなと》から凱旋《がいせん》してゆくのであろう」

「三河の水軍……」

お須和は、当目砦から望んだ風景をおもいだした。

出船入船《でふねいりふね》の差があるものの、おなじ北辰妙見《ほくしんみようけん》の帆布《はんぷ》が風を孕《はら》んでいる。

「これでまたしばらくは、会えまい」

「……どなたのことでござりましょうや」

「いや、誰でもない」

家康は、彼方の海原をゆく船団を見晴るかした。

安宅《あたけ》がゆく。関船《せきぶね》がゆく。小早《こばや》がゆく。

しかし、その中でひとり昏倒《こんとう》し、最期を迎えようとしていた者がいる。

稲生政勝だった。

政勝は、数えて齢《よわい》七十六になる。とてもではないが、船手衆をとりしきって海戦に次ぐ海戦をやってのけ、さらに海辺の攻城戦に挑み続けられるような体力はない。それが、当目砦、持舟城、そして久能山城と立て続けに戦い続けるのは無茶《むちゃ》というものだった。

もちろん、お須和はそのような経緯《いきさつ》は知らない。

脳裏《のうり》に浮かぶのは、田中城の支城、当目砦から眺めた光景しかない。

「あの船の群れが……無数の三河船が……なにもかもの、始まりにございました」

家康の脳裏に、幼き日々の情景が蘇《よみがえ》ってくる。

「そうか……。三河からの船が、か……」

源応尼との日々である。

手を引かれて、この石段を登ってきた。毎日のように上がってきた。そして海を見つめ、ひたすら、三河から航《や》ってくる亀崎船《かめざきぶね》を待ち望んだ。その政勝の座乗《ざじょう》する安宅こそが、なにかの始まりのようにおもえたものだ。

「わしも、そうじゃった」

家康は、誰にいうともなく呟いた。

「わしも、わしの人生も、三河からの船を観《み》たときから始まったのだ」

お須和は、ふしぎそうな顔つきをして、家康をふりかえった。

（いったい、この方は、なにをいうておられるのだろう）

「ここに立って……おばばとここに立ってな……」

三十六

（……あれから、早くも二十年という歳月《さいげつ》が去った）

戎装《じゆうそう》して駒に打《う》ち跨《また が》りつつ、お須和は、おもっている。

いや、すでに、須和という名ではなくなっているが、それはともかく、この慶長五年（一六〇〇）九月十五日、美濃国不破郡《ふわのこおり》には二十万になんなんとする兵が集まり、ふたつに分かれて激突した。世にいう関ヶ原の戦いで、家康は三万という巨大な軍馬をひきいていた。

お須和は、その本陣、いや、家康のかたわらにいる。

着馴《きな》れた具足《ぐそく》に小鑓《こやり》を手挟《たばさ》み、馬上にある家康と轡《くつわ》を並べている。

この関ヶ原の合戦が生起《せいき》した理由は、実をいうと曖昧模糊《あいまいもこ》としている。後世《こうせい》、さまざまな人間が分析し、批評してきたが、結局のところはよくわからない。にもかかわらず、この国の歴史上、誰も見たことのないような東西の戦いとなった。

また、その一方の親玉《おやだま》が家康であったことは疑いない。

しかし、この小雨まじりの煙《けぶ》った風景の中では、家康はたいそう不安だった。

(困った御方《おかた》じゃ)

お須和は、帯に差した短刀に手を掛けている。

――おぼえておられますするか。

と、質《ただ》した。

「なにをじゃ」

「この刀のことを、でございまする」

ひと昔ほど前のこと。

閨房《けいぼう》の褥《しとね》のその上で、家康はいきなり短刀を差し出し、

――いずれの合戦であろうと、わしが負けそうになったら、わしを刺せ。

そう、いった。

――滅相《めっそう》もない。

と、お須和は答えたが、どうやら家康なりの思案《しあん》があるらしい。

「わが殿が申されるのなら従いましょうが、殿、わたしくはもはや武田家の家臣ではございませぬぞ。亡き夫は武田家に仕えておりましたし、亡き父もまた同様にございまする。されど、わたくしはとうに殿の想われ人になってございます。ちがいますするか」

「まさしく、そうじゃ。されど……」

お須和が、いつ側室になったのかはわからない。子供らが母親の添い寝が要らぬようになってからであることだけは疑いないが、その時期は断定できない。ただ、あるとき、そう、守世と守繁が庭先で弓を射っていたとき、

──お須和よ。

このように、告げたという。

──わしの子を産んでみぬか。

お須和は、いきなりの頼みに面食《めんく》らった。

しかし、家康は本気だった。

──あの子たちのような聡明《そうめい》な子が欲しいのだ。

守世と守繁のことをいっているのは、お須和にもわかった。

──承知いたしました。

自分でも驚くほどにあっさり承知したものだと、あとあとまでお須和はおもった。

側室は子を産む。すると、家康の元へは通わぬようになる。家康には、少なくとも二十人ほどの側室がいたが、つねに側に侍《はべ》る女人は数人しかいなかった。そのひとりが、駿府城が開城されて間もなく於大《おだい》のいる西郡《にしのこおり》へ去った於葉だった。

その於葉のような側室に、お須和はなった。

——名をつけねばの。

家康は、そういい、

——阿茶《あちゃ》はどうじゃ。

どうやら、かなり前から思案《しあん》を重ねていたらしい。

かくして——。

お須和は、阿茶になった。

三十七

阿茶は、側室になったときから、家康の信頼を得ていた。

その阿茶に、寝床《ねどこ》で、短刀を差し出したのである。

「阿茶よ。わしは、すれすれのところで、かろうじて生きておる。できれば、死にたい。今ここで、死にたいくらいじゃ。じゃが、わしは、おのれの腹や首に刃《やいば》を突きつけるような真似《まね》ができぬ。小心《しょうしん》な男での。それどころか、誰よりも長《なご》う生きていたい。こすっからいじゃろう。じゃが、それが、わしよ。家康よ。世の連中は、わが面前《めんぜん》では、わしを覇者《はしゃ》と讃《たた》え、陰《かげ》に廻《まわ》れば、無道《むどう》の極悪人《ごくあくにん》と見下げ果てる。唾《だ》棄《き》するべき亡者《もうじゃ》じゃとぬかしおる。なるほど、そのとおりやもしれぬ。たしかに、わしは、正室《せいしつ》を殺した。嫡男《ちゃくなん》も殺した。ひとにあるまじきふるまい、無慈悲《むじひ》のありさまよ。地獄へ堕《お》ちよう。されど、わしは、旗《はた》を揚《あ》げてしもうた。出師《すいし》してしもうた者として、ひらきなおらねばならなんだ。その果てが、ひらきなおりの果てが、嫡男の死じゃ。奥の死じゃ。まさに神仏をも畏《おそ》れぬ暴挙《ぼうきょ》よ」

阿茶は、耳を塞《ふさ》ぎたくなったが、なんとか堪《こら》えた。

「しかし、もはや、留《とど》まることはできぬ」

家康は洟《はな》をすすりつつ、いう。

「なぜならば、わしの命ずる下《もと》に、また合戦が起きるからじゃ。これからも、そうじゃ。これからも、合戦を命ずることじゃろう。そして、そこでは、おびただしい兵が、死ぬ。雑兵《ぞうひょう》の、さむらいにもなれぬ足軽の、鑓持《やりも》ちの、中間《ちゅうげん》の、小者の、馬子《まご》の命が、つぎつぎに消えてゆく。足軽にも、親があろう、妻があろう、子があろう。さもなくば、将来をいいかわした許嫁《いいなずけ》があろう。どの者にも、家族が、親しき友があろう。じゃが、情けなどかけてはおられぬ。戦わねばならん。わしの勧告《かんこく》を拒《こば》み、わしを認《みと》めず、わしに逆《さか》らい、わしに刃向《はむ》かう者どもと、戦わねばならん。その果てに、何千何万という死が待っていようとも、戦わねばならん。傲慢《ごうまん》、そう、いかにも傲慢不遜《ふそん》よ。因果応報《いんがおうほう》、地獄に堕ちよう。じゃが、わしは進まねばならん。引き下がることはできぬ。いや、立ち止まることすら、許されぬ。もし、立ち止まれば、わしの殺した亡霊《ぼうれい》どもに八つ裂きにされよう。立ち止まるくらいなら、なにゆえ殺したと。亡霊どもになじられよう。それゆえ、わしは、戦わねばならん。おのれを殺《あや》められぬ以上、戦わねばならん」

「殿……」

阿茶は、顔をあげた。

（なんと、哀《あわ》れな御方であろう）

そうおもったが、家康の声が制した。

「……にもかかわらず、わしは死ぬのが怖いのだ」

死んだら何処《どこ》へ行くのか、とおもうだけで夜も眠られぬ。

死んだら、心はどうなるのか。

死んだら、魂はどうなってしまうのか。

そう考えるだけで、怖くて仕方なく、切腹などできようはずがない。

「じゃから、わしにまんいちにも討死のときが迫れば、阿茶よ、迷わず刺せ」

「されど、わが殿」

「刺してくれ、ひとおもいに刺してくれ。さすれば、わしは、即座に死ねる」

結局、押し切られるように刀を受け取り、以来、携《たずさ》え続けてきた。

（そして、この関ヶ原に至ってしもうた……）

阿茶は、家康の横顔を見つめた。

（不安など微塵《みじん》も浮かべておられぬが……）

おもしろい御方だと、阿茶は嗤《わら》った。

「なにが、おかしい」

家康は、前方を睨《にら》み据《す》えながら訊《き》く。

「ますます、殿のことが好きになりましてございまする」

「たぁけたことをこいとる場合か」

すると、どうだろう。

霧《きり》が霽《は》れて双方の先手《さきて》から銃声が木霊《こだま》した。

その途端、いきなり、家康の不安が解消された。

どのような者でも引き鉄《がね》を引くまでは不安と緊張に苛《さいな》まれるものだが、いったん、物事が始まってしまえば、懸念《けねん》など消し飛んでしまう。このときも、そうだった。発砲と同時に両軍入り乱れての合戦に突入した。ただ、去就《きよしゆう》が定まらぬ者は、いつまでも怖気《おじけ》づいたまま不安に慄《おのの》き続ける。ここでは裏切ったものかどうかに悩む連中がそうだ。

（もはや、刺すだの刺さぬだのというどころではない）

阿茶は、発火《はつか》するようにおもった。

「殿。前へ出られませ」

「前じゃと……」

「それよりほかにござりますまい」

敵兵を蹴散《けち》らし、前へ前へと進むのです。さすれば、去就さだまらぬ蝙蝠《こうもり》どもにも殿のお姿が見えましょう。ここで鉄砲を放《はな》とうとも大砲を撃とうともその音色は届きませぬ。大会戦にございますれば、いかなる号砲《ごうほう》も耳朶《じだ》を打ちませぬ。

「しかし、前へ進めば、戦い続ける意思は見せられまする」

その姿勢に、くそたわけどもはためらいを消し、殿にお味方いたしましょう。

「さようか」

「さようで」

「されば……っ」

家康は、軍配《ぐんばい》を高々と差し上げた。

「前へ――っ」

三十八

ただ、関ヶ原で戦った女人は、阿茶だけではない。

この戦いは全国いたるところでさまざまな戦いを生み落としたが、本戦が終わってからも戦いは続いた。於大の戦いも、そうである。息子の家康が関ヶ原でとんでもないことをしでかしているかもしれないと案じた於大は、その尻ぬぐいに奔走《ほんそう》している。

ともかく、家康の立場は実はかなり弱い。いかに太閤《たいこう》秀吉が死んだあととはいえ、どこからどう見たところで家康が豊臣家の家臣であることは疑いなく、それが畿内《きない》を大いに騒がし、多くの忠臣どもの命を奪っている。

――豊家《ほうけ》に弓引くつもりのないことを上奏《じょうそう》しておかねばならぬ。

於大にしてみれば、生まれて初めてともいえるような最大級の決断だった。みずから、秀吉の遺児《いじ》である秀頼のもとへ、大坂城へ、家康が争乱《そうらん》の臍《へそ》になってしまったことを詫《わ》び、豊家に対してふたごころなど決してないことを言上《ごんじょう》しておかねばならないと、かたい決意のもとに西郡《にしのこおり》城を出た。

付き添いは、於葉である。

於大と於葉は、関船《せきぶね》に乗り込んで三河湾を出、熊野灘《くまのなだ》をまわりこんで淀川《よどがわ》の河口をめざした。そして博労淵《ばくろうぶち》から登城し、淀殿と秀頼に拝謁《はいえつ》し、家康が無辜《むこ》であることを説《と》き、事《こと》なきを得た。

もちろん、於大が足を運ぼうが運ばまいが歴史は変わらなかったかもしれないが、それでも、子になにもしてやれずにいた母としては、最後になにかしてやりたかった。その一心のおもいで、於大は波をかき分けた。

だが――。

重大事を成し遂げた於大が、西郡に帰ることはなかった。

そのまま伏見城へ入り、そこで余生《よせい》を過ごした。

むろん、それに於葉も付き添っている。

伏見城は、徳川家にとっては因縁《いんねん》の城といっていい。関ヶ原の前夜、鳥居元忠《とりいもとただ》をはじめ一千八百人が石田三成《いしだみつなり》に討たれ、三百八十人が自害して果てた。本丸はいっさい焼け落ちなかったが、そのため、いたるところ血に塗《まみ》れ、血溜《ちだ》まりができ、戦さが終わったあとなどはその生臭《なまぐさ》さが城外までも匂うほどだった。

於大は、伏見城内の清掃を命じた。

だが、どれだけ拭《ぬぐ》ったところでこびりついた血は拭い切れなかった。

血による手形や足形、ときには顔形までもが床の羽目板《はめいた》にくっきりと残った。

のちに、家康のみならず、秀忠《ひでただ》もその正室のお江《ごう》も、伏見城を解体させ、その板《いた》材《ざい》を京洛《けいらく》の寺社に送り、改修の材料とさせた。このため、源光庵《げんこうあん》やら養源院《ようげんいん》やらといった名刹《めいさつ》の天井に使われた。

こんにちも尚、伏見城の遺構はことに畿内にはよく残され、山門や方丈《ほうじょう》はもとより殿舎の天井板には多く用いられている。ただし、どの手形が鳥居元忠のものかはむろん判然としない。

そのようにして伏見城に留《とど》まった於大だったが、二年後の慶長七年（一六〇二）に逝去《せいきょ》している。

逝去するその年まで、於大は子の家康のために奔走《ほんそう》した。京都新城跡《きょうとしんじょう》に高台院《こうだいいん》屋敷を建立していた北政所《きたのまんどころ》を訪問し、また御所《ごしょ》を訪ねて後陽成《ごようぜい》天皇に拝謁《はいえつ》し、天下を騒がすつもりは毛頭《もうとう》ないと誠心誠意《せいしんせいい》、挨拶し続けた。だが、寄る年波《としなみ》には勝てず、伏見屋敷で床《とこ》に就《つ》き、西郡にも駿府にも帰ることなく逝《い》った。

たまさか、家康が滞在しており、手を取ることができただけでも孝行できた。

だが、於葉は、そうはいかなかった。

於大を看取《みと》った四年後の慶長十一年（一六〇六）、於葉もやはり、伏見城で倒れた。

しかし、家康はいなかった。

――なんじゃと。

と、叫んだのは、駿府城で、である。

――伏見へ急げ。

家康は輿《こし》に乗り、鞭打《むちう》つように命じたが、そうそう急ぐこともできない。なにせ、家康は数えて六十五歳である。当時のその年齢は相当な歳とされ、家来どもは口を揃えて「急がれてはなりませぬ」と告げた。そのため、慎重に旅を続けることをうながされた。かくして急報を聞いてから数日後、ようやく、西三河の碧海郡《へきかいぐん》元刈谷村に到達した。

三十九

境川《さかいがわ》の河口が入り江に注ぎ込んでいる。

江の波が亀城《きじょう》の城壁を洗い、そのまま南へ下ったところにやはり入り江に沿った一山《いちざん》がある。神守山楞厳寺《しんしゅざんりょうごんじ》で、この水野家の菩提寺《ぼだいじ》に家康はその日の宿をとった。

だが、休めない。夏の夕刻とあって闇《やみ》の訪れは遅く、あたりはいつまでも明るい。

家康は、この寺に源応尼と於大の肖像を描いた軸《じく》があるのを知っていた。

「本堂に掛けよ」

そして、源応尼と於大の見守る前で勤行《ごんぎょう》させ、みずから祈った。

開経偈《かいきょうげ》、般若心経《はんにゃしんぎょう》、修証義《しゅしょうぎ》、観音経《かんのんぎょう》、舎利礼文《しゃりらいもん》、普回向《ふえこう》と続けられ、休むことなくふたたび開経偈が読まれる。二巡、三巡、果てしなく読経《どきょう》が続けられた。功《く》徳《どく》があろうがなかろうが、ひたすら祈った。於葉は熱心な日蓮《にちれん》教徒だったが、家康とて浄土宗であり、もはや、宗旨《しゅうし》などには構っていられない。

——於葉をお救いくだされ。

家康は、声に出して祈った。

祈り続けた。

その間、阿茶《あちゃ》は、縁側《えんがわ》に座していた。

家来がお畏《おそ》れながらとやってきて、火急《かきゅう》の用件にございますと申し出てきた。

しかし、阿茶は一蹴《いっしゅう》した。

「家康公は、西郡《にしのこおり》の御方さまのご快癒《かいゆ》をお祈りしておられるのじゃ。於葉さまの御ん身よりも大切な用件があるなら、申してみよ。関ヶ原よりこの方、わが国土《こくど》にさようなものは、あるまいがっ」

このとき、阿茶は、数えて五十二。

貫禄《かんろく》が備わり始めている。体軀《たいく》も堂々たるものになっており、堂を背に座した以上、梃子《てこ》でも動かぬ覚悟《かくご》だった。

しかし、運命はあまりに残酷《ざんこく》だった。

山門から、ひとり、小太りの女人がまろぶように駈けてくる。息を切らし、汗を迸《ほとばし》らせ、家康どのの家康どのと叫び続けている。阿茶は、はっと目を見開き、必死の形相で縁側へ駈け上がってきたその女人の顔をふり仰いだ。

碓氷《うすい》御前こと於久《おひさ》だった。

阿茶はなにも問い質さず、ただ両手をついて頭を下げた。

於久は、かすかに頷《うなず》くや、堂宇《どうう》へ飛び込んだ。

その途端、読経が熄《や》み、時が止まったような沈黙が漂った。しわぶきひとつない時間が続き、やがて、尋常《じんじょう》でない苦悶《くもん》の声が立ちのぼった。

「およう……およう……およう……っ」

早馬《はやうま》が、亀城で待機していた於久のもとへ、於葉の死を告げたのだろう。

於大は享年七十五だったが、於葉はやや早かった。

還暦の祝いを済ませたばかりの死だった。

ひ弱さが災いしたのか、於大の死の余韻《よいん》が於葉を誘ったのか、わからない。

家康は、それから十年、生きた。

運命は、おもわぬところから生じた。大坂の陣も済ませた元和《げんな》二年（一六一六）一月二十一日、家康は、藤枝《ふじえだ》あたりへ鷹狩《たかがり》に出ていた。葉梨川《はなしがわ》と瀬戸川《せとがわ》に野が潤《うるお》った平野部で、駒を駈《か》るには適している。とはいえ、家康が鷹を狩るのは趣味ではない。健康を増進させるためと、戦さの際の勘所《かんどころ》を鍛えるためという、いかにも家康らしい合理的な生真面目《きまじめ》さによるものだった。

が、その日は、どうも気分が乗らなかった。

そこで、

――阿茶よ。

ここらに身を休ませるところはないか。

たしかに、阿茶は、このあたりには詳しい。

すっかり忘れていたが、脳裏に、ひとり、面影《おもかげ》も蘇《よみがえ》ってくる。

〝お須和よ、お須和よ〟

阿茶は総毛《そうけ》立って虚空《こくう》をあおいだ。

かつての夫、神尾忠重《かみおただしげ》の声で、昔日《せきじつ》の当目砦《とうめとりで》の情景が脳裏に映《は》えた。

〝お須和よ。子らを連れてゆくぞ、釣りに連れていってやるぞ。お須和よ、鯛《たい》が釣れたぞ。今宵《こよい》は、わしが腕をふるおう。天ぷらじゃ。天ぷらを食おう。わしの心が籠《こ》もっておるゆえ、うまいぞ。どうじゃ、守世《もりよ》、守繁《もりしげ》、うまいか。そうか、うまいか。お須和よ、そなたも食え。たらふく食え。お須和、どうじゃ。たんと、食え。お須和よ、お須和よ。そなたは、わしにはもったいない女じゃ。誰にも自慢できる、わしには過ぎたる嫁御《よめご》じゃ。誰にもやりとうない。誰にもやりとうない。お須和よ、お須和よ〟

「阿茶よ。そなたも食べよ。うまいぞ」

案内していった田中城で、家康は天ぷらをすすめてきた。

鯛の天ぷらである。

だが、阿茶は微笑みで遠慮《えんりょ》した。

「なぜ、食べぬ」

そう、ひと言だけ、家康は質《ただ》した。

阿茶は、微笑みを残したまま俯《うつむ》き、銚子《ちょうし》に手をのばした。

――おささは如何ですか。

と、話題を転じたまさにそのとき、家康は吐瀉《としゃ》した。

そして、急な腹痛《ふくつう》を訴《うった》え、数日後、ようやく駿府城へ戻った。

阿茶の嘆《なげ》き方は、尋常ではなかった。泣き喚《わめ》き、悶え狂い、髪を掻き毟《むし》るようにして、田中城へ案内したことを悔やんだ。

だが、三か月後の四月十七日の巳《み》の刻、家康は永遠の眠りについた。

結～東福門院《とうふくもんいん》の巻～

一

四百年後のこんにちでも、そこから望まれる東山《ひがしやま》の峯々《みねみね》はまったく変わらない。

――そこ。

というのは、五條大橋の袂《たもと》である。

そこに立てば、北東には家康を祀《まつ》る金地院東照宮《こんちいんとうしょうぐう》が聳《そび》え、北には家康の孫の和子《まさこ》が入内《じゅだい》した御所《ごしょ》が鎮《しず》まっている。そんな想像をめぐらせつつ、東山と鴨川を背にして五条通を西へ辿《たど》り、富小路通《とみのこうじどおり》を下《さが》ってゆけば、もしかしたら、時空の狭間《はざま》にさ迷い込み、凛《りん》とした佇《たたず》まいの尼僧《にそう》とすれ違うことがあるかもしれない。

尼僧は、おそらく、こう呟いているはずだ。

（このような人生があっても、よろしかろう）

時に、寛永《かんえい》十三年（一六三六）も暮れ――。

家康が逝去《せいきょ》してからすでに二十年が経《た》ち、後を継いだ二代将軍の秀忠《ひでただ》が逝去してからも四年の月日が経っている。数えて八十三歳になる阿茶局《あちゃのつぼね》は、その日も、白い頭巾《ずきん》の尼姿で、案じ顔の侍女らを後目《しりめ》に、五条河原を逍遙《しょうよう》している。比叡山から吹き颪《おろ》してくる風が、川の碧漣《さざなみ》を小削《こそ》ぎ取ってゆく。

阿茶はしばらく岸辺《きしべ》に佇《たたず》んでから、東山を右手にふたたび歩き出す。戻ってゆく先は彼女が開基《かいき》となった一山で、その境内に庵《いおり》を結んでいた。塩竈山上徳寺《えんそうざんじょうとくじ》といい、わずかののちに阿茶が永遠《とわ》の眠りにつくところでもある。

現在、その本堂にお参りすると、右手に三幅《さんぷく》の軸が掛けられているのが目に留まる。阿茶が真ん中で、左右に家康と秀忠がいる。家康と秀忠は、伏見城から参内《さんだい》した際の束帯《そくたい》を纏《まと》っている。境内に軒《のき》をならべる諸堂《しょどう》は家康の建立したもので、開山は伝誉一阿《でんよいちあ》なる浄土宗の上人とされる。

上人は、伝誉蘇生《そせい》とも呼ばれる。

ただし、どのような人物だったのかは、判然としない。

——阿茶の叔父にあたる。

とだけ、わかっている。

もっとも、そうだとすれば、甲斐にゆかりがあるのだろうか。お須和の時代の所縁《ゆかり》により、甲州から招かれたのだろうか。あるいは、もともと、畿内《きない》に身を置いていたのだろうか。まるきり、見当がつかない。ともかく、寛永元年から寛永十四年の頃、阿茶は、上洛の折《おり》にはこの寺に逗留《とうりゅう》することが多かった。

いや、家康が逝去してからというもの、上洛の際はかならずそうした。

上徳寺の境内は、広闊《ひろや》かである。

そもそも、寺町《てらまち》は、鴨川に沿うかたちで、上京《かみぎょう》から下京《しもぎょう》にかけて南北につらなっている。太閤秀吉のつくり出したものだが、上徳寺はその下寺町《しもてらまち》にある。平安京が華やかだった頃には、嵯峨《さが》天皇の皇子である源　融《みなもとのとおる》の過ごした川原院《かわらいん》なる邸宅であったらしい。

阿茶と家康が創建した頃は、いくつもの塔頭《たっちゅう》を擁《よう》していた。ただ、江戸期も三代家光《いえみつ》の時代に入ると、徐々に寺勢《じせい》は衰《おとろ》え、塔頭もさまがわりしていった。大坂など他所《よそ》へ遷《うつ》るものもあれば、潰《つい》えてしまうものも出てきた。

泰栄院《たいえいいん》という塔頭も潰えた。

この一院は、家康が没した折、泰栄院と名乗った側室が開基となっている。

生前は於仙《おせん》の方と呼ばれ、出家して泰栄院と号した。のちにつけられた戒名《かいみょう》が、泰栄院宗誉昌清大姉《そうよしょうせいたいし》である。於仙の父は宮崎泰景《みやざきやすかげ》といい、武田家の旧臣だった。阿茶の父の飯田直政《いいだなおまさ》の同僚で、そうしたこともあってか、於仙が元和《げんな》五年（一六一九）に駿府で亡くなった際、墓所こそ駿府に定められたものの、阿茶が「せめて、菩提を弔《とむら》いたい」と、その供養のため、院の跡地に宝篋《ほうきょう》印塔を建立してやったらしい。

こうして、阿茶は、当山へ逗留するたびにお仙の冥福《めいふく》を祈った。

二

家康の側室は、その多くが駿府に葬られている。

が、この京に葬られている女人もいる。

たとえば、この上徳寺と五条通を挟んで北へ上《あが》ったところ、高倉通《たかくらどおり》に面した常照《じょうしょう》山長香寺《ざんちょうこうじ》という一宇《う》がある。こちらも、家康の側室を開基とする。その側室は、於古知也と書いて「おこちゃ」と読む。

おこちゃは、かねてより帰依《きえ》していた浄土宗の信誉称阿《しんよしょうあ》を開山に招き、堂宇はやはり家康に建立してもらった。注目すべきは、家康は、みずからが惚れ込んだ大《だい》工頭《くがしら》の中井正清《なかいまさきよ》に、境内の縄張りや伽藍《がらん》の造営《ぞうえい》を一任《いちにん》していることだ。

正清は畿内近江《おうみ》六か国の大工を支配し、二条城の造営をはじめ、知恩院《ちおんいん》の建立にもちからを注ぎ、駿府城の天守のほか、家康亡きあとには久能山《くのうざん》や日光の東照宮、あるいは増上寺《ぞうじょうじ》などといった大事業の作事方《さくじかた》もつぎつぎに務めた。

この伝説的な宮大工《みやだいく》の頭《かしら》が、長香寺を菩提寺としている。

理由がある。

正清は、かつて腕をふるった方広寺《ほうこうじ》大仏殿の余剰材《よじょうざい》を蓄《たくわ》えており、それを当山の建築の際に供出した。それほど、精魂《せいこん》をこめた建築だった。境内の塔頭は、二山《にざん》ある。そんな大寺に、おこちゃも眠っている。ただ、なんという巡り合わせか、慶長十二年（一六〇七）の暮れ、おこちゃは、正清の建てた駿府城が猛火に包まれた際、焼死してしまった。そこで、当山に葬られた。法名は、長香院殿信誉常照清《ちょうこういんでんしんよじょうしゅうせい》円大禅定尼《えんだいぜんじょうに》。

ちなみに、家康の側室に「おこちゃ」はふたりいる。

いまひとりは於古茶とつづり、三河国知鯉鮒《ちりゅう》明神の神職である永見貞英《ながみさだひで》の娘で、於万《おまん》の方とも小督局《こごうのつぼね》とも称され、於大の姪にもあたり、そもそも、築山殿の奥女中を務めていた。しかし、家康の手がつき、嫉妬《しっと》に狂った築山殿の目につかないところで家康の次男となる結城秀康《ゆうきひでやす》を産んだ。亡くなったのは元和五年（一六一九）で、北ノ庄城《きたのしょうじょう》において、城主となった秀康が看取っている。戒名は、長勝院松《ちょうしょういんしょう》室妙載大姉《しつみょうさいたいし》。

長香寺のおこちゃとは、まるで別な人生で、家康の側室時代だけ交叉《こうさ》している。

阿茶は、そんな於古知也の墓へもときおり訪《おとな》い、菩提を弔《とむら》い続けた。

掌を合わせるといえば、阿茶は、上京の寺町にある光了山本禅寺《こうりようさんほんぜんじ》にもよく参詣した。

この法華宗陣門流《じんもんりゆう》の一山には、ひと頃、於葉が葬られていた。が、娘のおふうこと督姫《とくひめ》が池田輝政《いけだてるまさ》に嫁《か》したため、姫路城の近くの青蓮寺《しようれんじ》の墓地が竣工するとともに移されていった。とはいえ、阿茶が姫路まで通うわけにもゆかず、於葉をおもいだしては本禅寺を訪《おとな》い、冥福《めいふく》を祈ったものだ。

ただ、この寺に参詣《さんけい》するとき、阿茶はかならず、とある光景をおもいだすのだ。

冬と夏の二度にわたって引き起こされた大坂の陣である。

三

——阿茶よ。

と、茶巾《ちやきん》姿の家康は、伏見城で戦さ支度を整えつつ、こう尋ねた。

『このたびは、二十万からの兵で、大坂城を取り囲む。しかし、滅多《めつた》なことでは、全軍に合図を報せられぬ。漸進《ぜんしん》するにも、吶喊《とつかん》するにも、はたまた退却するにも、瞬時に指示がゆき渡らぬ。大太鼓《おおだいこ》の音など風に飛ばされ、龍笛《りゆうてき》の色など虚空《こくう》に消え去る。囃子《はやし》ごときでは、どうにもならぬ。陣太鼓《じんだいこ》がだめなら、陣鐘《じんがね》はどうか。いや、音が小さすぎる。無駄なあがきと、気づいた。さてもさても、弱り果てた』

どうしたものか、と、家康は訊いてくるのである。

もちろん、明確な答えなど期待してはいない。

勘考《かんこう》を整えるために口を開いているのだ。

阿茶には、それがよくわかっていた。

ところが、このたびはちがった。

『大きな陣鐘をご用意なされればよろしいかと存じ上げまする』

澄ました顔で答える阿茶に、家康はかすかに驚き、こう、問い掛けた。

『城をとりまく諸大名の陣すべてに響き渡るような梵鐘《ぼんしょう》が、果たしてあるのか』

あった。

それも、真田幸村《さなだゆきむら》の築いた真田丸の裏鬼門《うらきもん》、こんにちの近鉄上本町《うえほんまち》駅の西にあった。

『法案寺《ほうあんじ》の梵鐘にございまする』

当山は、そもそも、聖徳太子が建立し、広大な境内地を蓮如《れんにょ》に貸して大坂御坊《おおさかごぼう》が建立されたのだが、石山合戦の戦禍《せんか》に巻き込まれた。が、豊家《ほうけ》によって復興《ふっこう》され、秀吉の遺児の秀頼《ひでより》が鐘楼《しょうろう》を寄進した。慶長十一年（一六〇六）のことで、そこに吊るされたのが、今、阿茶の口にした銅鐘《どうしょう》だった。

――打ち鳴らせ。

家康は、命じた。

漸進《ぜんしん》する際は駘蕩《たいとう》たる晩鐘のごとく、吶喊《とっかん》する際には途切れることなき早鐘《はやがね》を打てと。

ただ、この鐘が鳴り響いたのは、慶長二十年（一六一五）の夏の陣においてだ。

その直前、いったんは、和議《わぎ》に持ち込まれた。和睦《わぼく》の交渉にあたったのが、ほかならぬ阿茶である。

そもそも、阿茶の才覚に気づいたのは、於葉だった。当目砦で、目をつけた。そのあと、家康が、田中城の開城に遣《つか》わした。阿茶は、於葉と家康によって、持って生まれた才能を開花《かいか》させたことになる。

そして大坂の陣にあっては、幕府を背負って立ち、大坂方の常高院《じょうこういん》や大蔵卿局《おおくらきょうのつぼね》と会見《かいけん》して、見事に和議を成立させた。誰もが舌を巻くような手腕《しゅわん》といってよかったが、空恐《そらおそ》ろしくもあった。

というのも、家康がかつて三河一向一揆《みかわいっこういっき》を相手どった際とまるで同じ交渉の仕方だったからだ。家康は、門徒衆《もんとしゅう》の立て籠もった本宗寺《ほんしゅうじ》、上宮寺《じょうぐうじ》、勝鬘寺《しょうまんじ》、本證《ほんしょう》寺《じ》など七か所の寺を打ち毀《こわ》し、坊主を追放し、浄土真宗への帰依《きえ》を禁じた。

――なにもかも元通りという和議の条件どおりにしただけだ。

というのが家康の主張だった。

阿茶は、大坂の陣において、四十年前とまったく同じことをやってのけた。

大坂城の外堀《そとぼり》を埋めてしまったのである。

なにもかも家康の術《すべ》を踏襲《とうしゅう》した。

性別が変わっただけで、まるで、家康の分身《ぶんしん》がそこにいるかのようだった。

実は、このとき、鐘が見つかった。

阿茶が交渉を終えて帰路についたときのこと——。

家康の本陣に向かう道すがら、血戦《けっせん》が続けられた真田丸を避けるように西へ廻《まわ》り込んだとき、ふと、焼け残った寺院の瓦屋根が目に留まった。従者に『あそこに見ゆるは、なんという名の寺か』と興味なさげに質《ただ》したところ、法案寺にございますると返ってきた。

『知る人ぞ知る、寺宝《じほう》の鐘がございまする』

『ほう、どのような鐘じゃ』

『四方に撞座《つきざ》が設けられているとか』

『見てみたい』

なにかに誘われるように阿茶は、駒首《こまくび》を回させた。

たしかに見事な出来栄えの鐘だった。小者の語るとおり、この法案寺の銅鐘はいかなる情況にあっても撞《つ》くことができるという凄まじいものだった。阿茶は『これじゃ』と小さく確信し、陣鐘として用いてもらえるよう、家康に申し出た。

かくして、鐘は打ち鳴らされた。

その際、百八つの乳頭《にゅうとう》が震え、大いに反響し、三十六方に向かって響き渡ったという。


ごおおおおおおおおおおんっ。

ごおおおおおおおおおおんっ。


いや、法案寺の鐘だけではない。

やがて、大坂城の周辺に寺々の釣鐘《つりがね》が、

ごおおおおおおおおおおんっ。

ごおおおおおおおおおおんっ。


という巨大な音色で撞き鳴らされていった。

法案寺の梵鐘に呼応するごとく、大坂中の鐘が撞かれた。

昼も夜も間断《かんだん》なく鳴らされ、その重々《おもおも》しい音色が錦城《きんじょう》を包み込んだ。城中は淀殿《よどどの》から小者の端にいたるまで誰も彼もが恐怖に震え、深更《しんこう》から夜明けまで城そのものがぶるぶると震えるほど反響した。城中だけではない。尋常を遙《はる》かに凌駕《りょうが》した誰も聞いたことのないような鐘の大音声《だいおんじょう》は、大坂の町の端《はし》の端まで満《み》ち溢《あふ》れ、庶民ことごとく、その心胆《しんたん》を寒からしめ、骨《ほね》の髄《ずい》まで震え上がらせた。

そして――。

ついに陽《ひ》が昇り、早鐘が打たれるや――。

鬨《とき》の声が湧き上がり、大城塞《だいじょうさい》への吶喊《とっかん》が敢行《かんこう》されたのである。

錦城《きんじょう》は燃え、豊家《ほうけ》は滅びた。

法案寺の梵鐘は、その撞き鳴らしの指揮を執った大久保彦左衛門《おおくぼひこざえもん》に下賜《かし》された。

彦左衛門は、さてこれをどうしたものかと悩み、やがて「そうだ」とおもいついた。大久保家が檀越《だんおつ》となっている本禅寺に奉納すればいいのではないかと。

むろん、この家康に忠誠を尽くすことしか知らない三河武士には、のちの予測など毛ほども立たない。本禅寺と於葉が複雑な巡り合わせによってわずかばかりの縁《えにし》を結び、それによって、家康と於葉の縁がふたたび幽《かす》かに繫《つな》がるという予測である。

（さても、於葉さま）

阿茶は、合掌《がっしょう》して独りごちる。

（人の世は、まさしく異な縁《えにし》に満ちておりまするな）

四

それにしても――。

家康の女癖《おんなぐせ》の悪さは、いささか、度が過ぎてはいまいか。

秀吉の促しによって関東の覇者《はしゃ》となってからも、家康は、側室を増やし続けた。あるとき、阿茶は、誰にも止められない家康のその悪癖《あくへき》を、なかばなじるように問い詰めたことがある。

『つぎつぎに側室を増やされるのは、いったい、なにゆえにございまするか』

家康は、明確には答えられない。

――ひとりでも多くの子供をつくり、世襲《せしゅう》や政略《せいりゃく》に粗相《そそう》をきたさぬためである。

などという四角四面《しかくしめん》の、毒にも薬にもならぬ答えはいかにも莫迦《ばか》くさい。であれば、黙っているに限る、とでもおもったのだろう。

『されば』

阿茶は、問い方を変えた。

『どこのどのおなごが、いちばんお好きなのでございますか』

するとと、肩を揉まれている家康は、さも気持ち好さげに、こう答えた。

『おなごはなあ、いうてみれば、森のようなものじゃ。森は、どの国のどこの森も美しい。四季折々、夜明けから夜半まで、いつも、いつも、美しい。夏の強烈な陽《ひ》射《ざ》しを避《さ》けて森に入れば、そこらじゅうに木洩《こ》れ陽《び》の輝きを見せてくれる。また、冬の日に森をさ迷えば、そこらじゅうに斜めに射し込んだ陽が長々しい木々の影を無数に描いてくれる。どれも、得《え》も言われぬほどに美しい。そこに、優劣などないのだ。野に咲くさまざまな花とおなじく、柔らかく濡《ぬ》れた芽を吹く若松《わかまつ》も、固い鱗《うろこ》のような樹皮《じゅひ》がのたうつ老松《おいまつ》も、ともに美しい。そう、おなごも、森とおんなじじゃわ』

『言い訳がましい』

阿茶は、ふっと手を止めた。

『愚《ぐ》にもつかぬ逸《はぐ》らかしにございまするぞ』

『まことを申しておるのに、なにゆえ、叱られるのかのう』

そのように嘯《うそぶ》く家康だったが、性癖《せいへき》というものはやはりあるらしい。

未通娘《おぼこ》は、あまり好まなかった。於葉は、初めての側室というより恋にも似た感情をおぼえた女人ということもあってか、生涯を通じて家康しか男を知らなかった。しかし、ほかの側室は、お須和も含めて、その多くが﨟闌《ろうた》けていた。

さまざまな境涯《きょうがい》にあり、夫と死別した後家《ごけ》もいれば、離縁された寡婦《かふ》もいたし、夫婦仲の睦《むつ》まじい人妻もいた。だが、ひとたび見初《みそ》めた女子《おなご》をあきらめるようなことはなく、ありとあらゆる手段を駆使《くし》して側女《そばめ》に召し上げ、寵愛《ちょうあい》した。

なぜ、そうまでして、人生の酸《す》いも甘いも嚙《か》み分けた女人を好んだのかはわからない。

ただ、褥《しとね》の中で睦《むつ》み合っているとき、お須和は、十四歳も年上の、もはや老境《ろうきょう》に差し掛かっている家康という武家の頭領が、にわかに、頑是《がんぜ》ない童《わらべ》のように感じられることがある。阿茶のふくよかな胸に赤子《あかご》のごとく顔をうずめ、無心になって甘えてくる。

（この人は、老いてもなお童のままなのだ。母親の乳を恋しがる童なのだ）

五

しかし、阿茶は、家康の子の母親にはなれなかった。

流産してしまったからだ。

それも、小牧長久手《こまきながくて》の陣中においてである。

阿茶ほど、駒の手綱《たづな》さばきの見事な側室はいない。また、武術にも卓越《たくえつ》している。鎧姿《よろいすがた》は惚れ惚れするほどだったし、その魅惑的《みわくてき》な口唇《くちびる》から飛ばされる凛《りん》たる喝声《かっせい》は見事に虚空《こくう》をつらぬいた。だから、阿茶が本陣にあることに、誰ひとり文句をいわなかったし、陰口《かげぐち》もたたかなかった。

しかし、そうした憧憬《あこがれ》めいたものが、かえって阿茶を追い込んだ。

――自分もまた戦い続けねばならぬ。

側室という立場ならば、なにも合戦に出る必要などなかった。

だが、阿茶の場合は、そうはいかなかった。

於葉のように常に家康のかたわらにあり、励《はげ》まし、怯《おび》えを取り去らねばならない。

むろん、いつもどおりの体調であれば、さして困難なことではなかったろう。

ところが、天正《てんしょう》十二年（一五八四）の三月から十一月という長丁場《ながちょうば》を戦場で過ごすなどということは、身重《みおも》の阿茶にはかなりつらかった。妊娠した身を酷使《こくし》すればどのような悲劇に見舞われるか、想像がつかないわけではない。だが、家康の身を案じるあまり、城に籠もっているわけにはいかなかった。

阿茶の性分《しょうぶん》といっていい。

結果、

――阿茶、阿茶、股《また》から血が垂《た》れておるぞっ。

という家康の悲鳴を聞き、ふと、うつむいた途端《とたん》、気が遠くなった。

――薬じゃ。

めざめたとき、家康の声が聴こえた。

家臣一同に抱えられながら、岡崎の城まで丁寧《ていねい》に運ばれた数日後である。

『さあ、薬じゃ。わしが、手ずから調合《ちょうごう》したものじゃ。血の道に効《き》く。さあ、服《の》め』

長久手の戦いは、家康が勝利していた。

だから、その冬、浜松へ帰った家康は、日々、阿茶の看病《かんびょう》をし続けた。

家康のいたわりようは自身が倒れるのではないかというほどで、阿茶は困った。

『わが殿。もう、よろしゅうございまする。かえって、切なくなりまするゆえ』

阿茶は、汗が噴き出すかとおもった。

そのときだ。

――阿茶は、よい匂いがするのう。

家康が、ひと言、何気なく口にしたのである。

『阿茶は、かように上気したとき、まことによい匂いがする。男どもは匂いなど嗅《か》ぐ閑《ひま》などござらぬ、などと莫迦《ばか》にする。じゃが、わしは、そうではない。おばばは、薬草を摘《つ》んでおった。干《ほ》して乾《かわ》かし、薬研《やげん》で擂《す》り、調合し、生薬《しょうやく》を作り、幼いわしに飲ませてくれた。わしは、ひ弱だったでな。その薬の匂いが、座敷いっぱいに満ちておった。おなじような匂いは、母上のところにも漂《ただよ》うておる。おそらく、今も尚、漂うておるにちがいない。そう、薬草は清冽《せいれつ》な水が要《い》る。塞《せ》き止められたような小川では、心身のためになる生薬は作れまい。できることなら、わしは、母上に屋敷を建て、そこに薬草園を営《いとな》めるようにして差し上げたい。母とともに暮らすことのできなんだわしの、親不孝者のこのわしの、せめてもの詫《わ》びのつもりなのじゃが、さて、できようかの』

そのようなことを口にしているうちに、家康はまどろんでいく。母親の膝を知らずに育った童と、醜悪《しゅうあく》な老翁《おきな》が共棲《きょうせい》しているように見えた。いや、もののけのひとつじゃなと閃《ひらめ》いたとき、阿茶はようやく微笑んだ。

いや、微笑むことができるまでに、心も身も快癒《かいゆ》していた。

(この御方のために、わたしは生涯を捧げるのだ)

そう、胸に誓った。

ところが、捧げるどころか、分身と化した。

六

関ヶ原が、その骨頂《こっちょう》となった。

阿茶は、ともすれば、怖気《おじけ》づく家康を叱咤《しった》し、というより、尻を叩いた。

――前へ出られませ、前へ出られませ。

家康は、逡巡《しゅんじゅん》した。

鉄砲隊、騎馬隊、鑓《やり》隊の順で構成された家康の本軍は、真向いの果てに島左近《しまさこん》の陣を見据えている。斜め前方には裏切りを約束したはずの小早川秀秋《こばやかわひであき》の陣が望まれる。しかし、陽が沖天《ちゅうてん》に達しようかという今、秀秋の陣は動こうとする気配すらない。

かといって、阿鼻叫喚《あびきょうかん》の絶えない混乱しきった戦場で、鉄砲を撃って催促《さいそく》しようが、大砲をぶっ放して脅《おど》しつけようが、秀秋の耳目《じもく》に届くはずはない。家康が業《ごう》を煮《に》やしているかどうかなど、遠望するだけの秀秋にわかろうはずがなかった。

――殿が出《い》でずば、どの者も付いてまいりませぬ。

阿茶が絶叫するとおりだった。

最強の敵兵に対して家康の本軍がひたすら漸進《ぜんしん》することによって、秀秋の戦意

ない。

ば、混乱は一挙に整頓《せいとん》され、西軍の闘志は挫《くじ》かれ、戦さの趨勢《すうせい》は東軍に傾《かたむ》くに相違《そうい》

を、いや、翻意《ほんい》を、一挙に沸騰《ふっとう》させるよりほかにない。秀秋勢の士気《しき》が昂揚《こうよう》すれ

『さあ、前へ、前へっ』

『よかろう』

とばかり、家康は、阿茶に向かって頷《うなず》く。

軍配が美濃《みの》の陽を閃《ひらめ》かせ、家康の本軍はふたたび漸進を開始した。

このときの漸進をうながすものは、オランダ籍のリーフデ号に積み込まれていた

青銅製の大筒である。カルバリン砲とも呼ばれたが、大航海時代の代物《しろもの》だけに、近

代兵器のような命中精度《せいど》は見込めない。だが、そんなことなど、家康にしてみれ

ば、どうでもよかった。天《てん》を崩《くず》すような号砲《ごうほう》さえ轟《とどろ》かせることができればよいわけ

で、そのひと抱えもあるような鉛の玉が相手方のいずれに着弾しようとも、その肝《きも》

をひしゃぐことはできる。

——ぶっぱなせ。

うそぶきつつ、

——阿茶よ。

家康は、鏡に映るおのれの姿を見るように嗤《わら》った。

——その鎧、よう、似合《にお》うておるぞ。

たしかにこのとき、家康は、阿茶なる側室ではなく、おのが分身と並走していた。

この戦さ上手の分身は、いや、家康よりも強靭な意志を備えた女丈夫《じよじようふ》は、徳川の全軍を担《にな》わせても難《なん》なく担《かつ》ぎ上げるだろう。いかなる戦さに挑ませても、家康以上の働きを見せるにちがいない。そうした頼もしさを、家康は、閨房《けいぼう》で蕩《とろ》けるような微笑みを見せてくれる恋しい女人の、瞳の中に感じ取っている。

かくして、関ヶ原の戦いは終わった。

七

また——。

晩年の或る日。

こんなこともあった。

阿茶を連れた家康が、駿府城外の源応尼《げんおうに》の墓前に参るや、涙を溢《あふ》れさせた。

——如何《いかが》なされましたか。

いきなりのことに、阿茶が問えば、

——不憫《ふびん》でのう。

言葉に詰まりつつ、家康は答えた。

長篠の奥平《おくだいら》家に輿入《こしい》れさせた亀姫のことだという。

――結局のところ。

自分は、今川氏親《いまがわうじちか》が源応尼や於大にさせたことを踏襲《とうしゅう》しているではないか。

――それが、いかにも、不憫での。

と、家康は、忌々《いまいま》しそうに洩《も》らすのである。

しかし、さまざまな婚姻や誕生をおもえば、家康の子で不憫でなかった者がいるだろうか。築山殿《つきやまどの》の愛した岡崎信康《おかざきのぶやす》はどうか、於万の産んだ結城秀康《ゆうきひでやす》はどうか、於《お》愛《あい》の産み落とした徳川秀忠はどうか。女子にいたっては、もはや、政略のための道具でない者を探す方が難しいのではないか。

ただ、最も不憫であったのは、豊臣秀頼《とよとみひでより》に嫁がせた千姫《せんひめ》であったろう。家康の血を受け継ぐ者の中で、燃え盛る大坂城から救出された者など知れている。ほんのわずかでしかない。千姫はそのような人々のひとりである。

もっとも、そうしたうちの幾人かの子は、阿茶が育てた。

たとえば、秀忠がそうだ。

秀忠の実弟の松平忠吉《まつだいらただよし》がそうだ。

ふたりを産み落としたのは、於愛《おあい》という。

のちに、その実家の名字から西郷局《さいごうのつぼね》と呼ばれるようになったが、忠吉を産み落とした際の産褥《さんじょく》熱がなかなか取れず、そののちも身のつらさに苦しんだ。そうした身の衰えをひしひしと感じ取っていたのだろう、天正十七年（一五八九）の初夏のある日、双子のように仲の好かったふたつ年下の阿茶の手をにぎり、ふたりの子の将来を託《たく》した。

阿茶にしてみれば、寝耳《ねみみ》に水《みず》の頼まれ事だった。

秀忠は、家康の後継者になるかもしれない。

そのような和子《わこ》の身を託されるなど、あまりに畏《おそ》れ多い。

（だいそれた話じゃ）

しかし、於愛の早逝《そうせい》によって、彼女の願いは現実となってしまった。

（覚悟を決めるしかないのか）

阿茶は切り換えも早い。ひとたび肚《はら》を据《す》えれば、一気に人が変わる。与えられた使命に邁進《まいしん》してゆく。秀忠と忠吉の養育《よういく》についても例に洩れない。息子の守世《もりよ》と守《もり》繁《しげ》を召して、これからはそなたらが御子《おこ》のおふたりにお付き申し上げるのだと、うながした。

いわば、家康の駿府時代における酒井《さかい》忠次《ただつぐ》や石川数正《いしかわかずまさ》とおなじ立場である。

守世も守繁も、よく尽くした。

阿茶があれこれと口うるさく躾《しつ》けてゆくかたわら、秀忠に尽くしに尽くした。そして、その甲斐あってか、やがて秀忠が誰よりも恃《たの》みとする側近《そっきん》となり、会津征伐《せいばつ》にも付き従った。ところが、関ヶ原をめざす段となった折、功を焦った秀忠の大失態《だいしったい》がひきおこされた。真田昌幸《まさゆき》との決戦に臨んでしまったせいで、関ヶ原の本戦に間に合わなかったのである。

阿茶は育て方を誤ったかと頭を抱え、家康は烈火のごとく怒って秀忠をなじった。守世と守繁は、責任を問われることこそなかったものの歯がゆさは残った。

だが、そうした口惜《くちお》しさは、関ヶ原だけではない。

そののちも、生じてしまった。

大坂の陣である。

それも、冬と夏の両陣ともにまたもや不始末をしでかした。

冬の陣では、秀忠ひきいる手勢の移動があまりに遅かった。そもそも江戸を出るのが遅く、このままでは関ヶ原の二の舞になりかねないと危惧《きぐ》された。それゆえ、秀忠は配下の兵どもをしきりに急《せ》かした。それも、尋常《じんじょう》でない急《せ》かしぶりだった。このため、戦さには間に合ったものの、すでに兵が困憊《こんぱい》していた。あまりの強行軍に疲労し尽くし、もはや、立っていることすらできぬようなありさまに成り果てていた。これでは、戦えない。

家康は本陣とした茶臼山《ちゃうすやま》で天をあおぎ、秀忠はその眼の前で落胆《らくたん》した。関ヶ原に続いて、冬の陣もまたとんでもない為体《ていたらく》となってしまった。

(なんということじゃ……)

阿茶の心身《しんしん》を、憤怒《ふんぬ》と諦観《ていかん》が交互に苛《さいな》んだ。

夏の陣でも、似たようなものだった。

決戦を目前にした軍儀《ぐんぎ》の席上、おもわぬ事態となった。

家康と秀忠の父子がにわかに衝突《しょうとつ》したのである。

先陣《せんじん》争いだった。家康にしてみれば生涯を賭《か》けた大戦さであり、秀忠にしてみれば関ヶ原で遅れたことと冬の陣で戦うことすら危《あや》ぶまれたことの雪辱戦《せつじょくせん》である。どちらも譲《ゆず》るわけにはいかない。

だが、家康の心に、嫡男の信康《のぶやす》の面影《おもかげ》がよぎった。

よぎっただけでなく、

『信康さえおれば、こたびの先陣は決まっておったわ……』

とまで、口走ってしまった。

阿茶は、咄嗟《とっさ》に家康の手を握り、その言葉を制した。

我に返った家康は、おもわず嘆息《たんそく》し、折れた。

秀忠の先陣が、告げられた。

この誉《ほま》れ高い方針に、阿茶は、手放しで喜んだ。

（於愛さま、御方さま。秀忠さまはついに全軍をお率《ひき》いなされまするぞ）

墓前に参って報《しら》せたいところだったが、すぐにまた、どん底に叩き落とされた。

先陣は秀忠が務めたものの、総攻撃が開始されるや徐々に旗色《はたいろ》が悪くなり、最大の激戦となった天王寺口《てんのうじ》では『もはや、恃《たの》むに足らん』とばかりに家康が熱《いき》り立ち、先鋒《せんぽう》の役割をもぎ取ってみずから先鋒に任じた。

秀忠は、それでも奮迅《ふんじん》したが、やはり遅かった。

（持って生まれたものの違《ちが》いじゃ。秀忠さまはまだまだゆける）

たしかに、阿茶のいうとおりだった。

秀忠は、冷酷非情《れいこくひじょう》な内政家としての面が強かった。

武門一辺倒《いっぺんとう》の守世や守繁には、そこらへんのところはよくわからなかった。しかし、不器用なほど武骨《ぶこつ》であるがゆえに、秀忠からの信頼は厚かった。そうしたことから、守世と守繁は、儀式においても衛士《えじ》として付き従っていった。

『それでよいのだ』

家康は目を細めて、阿茶の息子たちを見つめたものだ。

八

さて。

徳川家康の逝去《せいきょ》は元和《げんな》二年四月十七日、西暦でいう一六一六年六月一日である。

死後、神になった。

——東照大権現《とうしょうだいごんげん》。

というのだが、これは、死の翌年に後水尾《ごみずのお》天皇から贈られた勅諡号《ちょくしごう》である。

もっとも、この号に定まるまで、かなり揉《も》めた。

権現号にこだわったのは比叡山延暦寺《ひえいざんえんりゃくじ》の南光坊天海《なんこうぼうてんかい》で、明神号《みょうじんごう》にするべきだと主張したのは南禅寺金地院《なんぜんじこんちいん》の以心崇伝《いしんすうでん》だった。結局、二代将軍の秀忠による裁定《さいてい》で、権現と決まった。だが、今度は、その権現の名が決まらない。

そこで、幕府は、朝廷に対して、

——どのようにすれば、よろしいでしょう。

と、奏請《そうせい》した。

これに応えたのが後水尾天皇で、

——東照大権現、日本《ひのもと》大権現、威霊《いれい》大権現、東光《とうこう》大権現。

など、四つの号が下賜《かし》された。

といっても、おそらく、はなから決まっていたのだろう。

幕府として「日ノ本では畏《おそ》れ多い」とか「旭《あさひ》のごとく東方から国中を照らすのがよいのだ」とかいう理由をあげたが、ひるがえって朝廷としては「関東だけ照らしておじゃればよろしおすやろ」とかいう囁《ささや》きを洩らしたのだろうが、そのあげく『東照大権現』に落ち着き、のちに、日光東照宮の石鳥居には後水尾天皇の揮毫《きごう》による扁額《へんがく》が掛けられた。

（いったい、誰のためじゃ）

人知れず、阿茶は、おもっている。

（かような権現号は、家康公の御為《おため》であるのか）

朝臣も、閣僚も、私利私欲のために動いたのではないのか。

まわりの連中がすべて、家康の屍肉《しにく》にたかる禿鷹《はげたか》のようにおもわれた。

勅諡号をめぐる紛糾《ふんきゅう》もそうだが、もとはといえば、家康の遺言《ゆいごん》に端を発している。

人の一生について記した東照公御遺訓《ごゆいくん》ではなく、埋葬地《まいそうち》の話である。

このような指示を、家康は、崇伝に言《い》い遺《のこ》したという。

――遺体は駿河国の久能山《くのうざん》に葬り、江戸の増上寺で法會《ほうえ》を行い、三河国の大樹寺《だいじゅじ》には靈牌《れいはい》を納《おさ》め、一周忌を終えてのち、下野《しもつけ》国の日光山に小堂を営造《えいぞう》し、京都には金地院に小堂を営み、所司代《しょしだい》はじめ武家のともがらに拝《おが》ませるがよい。

それが洩れ聞こえてきた折、阿茶は意外そうな顔をした。

――はて、そのようなことをわが殿はまことに申されたのか。

いったい、いつ、遺臣《いしん》らが最期《さいご》を看取られたというのだろうかと。

阿茶の瞼《まぶた》の裏には、臨終の間際に、秀忠とふたりして家康の手を取り、

――まだ逝《ゆ》かれてはなりませぬっ。

と、絶叫したときの光景が、いつまでも焼き付いている。

(われらのほかに、ご臨終をまのあたりにした者などおらぬはずじゃが)

そういう自負《じふ》がある。

死にゆく家康がどれだけ死を怖れ、朦朧《もうろう》とした意識の中でなにを訴えたがっていたのか、三河以来の譜代衆《ふだいしゅう》のように、家康の身をおのが身としかおもっていない忠義の権化《ごんげ》のような愛すべき莫迦《ばか》どもを除いて、おのが欲得《よくとく》に奔走《ほんそう》する外様《とざま》の家来や新参の寵臣《ちょうしん》どもには、家康のまことはわかるまい。

(小さき堂とは、なんじゃ)

実際、とてもではないが、日光東照宮という、この国でも有数の大伽藍《だいがらん》が小堂とはおもえない。しかし、こののちも、全国で五十か所になんなんとするほど、東照

宮は厳《おごそ》かでありながらも華やかに造営《ぞうえい》された。そのうちのひとつが、臨済宗《りんざいしゅう》南禅寺派の金地院の境内に建立《こんりゅう》された金地院東照宮で、家康の遺髪《いはつ》が祀《まつ》られた。

九

つけくわえるなら——。

東照宮は、初めの頃は『東照社』といった。

社であり、宮ではなかった。

位格《いかく》からいえば、宮の方がもちろん上である。

しかし、豊国大明神《ほうこくだいみょうじん》の秀吉ですら豊国神社であり、神宮ではない。

それを東照宮という、いわば称号を賜《たまわ》ったのは、幕府の腕ぢからであろう。

このちからずくの交渉を行ったのは、なんとも運命的なことに今川氏真《いまがわうじざね》の孫だった。のちに高家の祖とされる、今川直房《なおふさ》である。家康が「子々孫々に伝えてゆくがよい」と氏真を突き放したとおりになったわけだが、直房は、死んだ家康のために京の都を奔走《ほんそう》した。命懸《いのちが》けで朝廷との交渉にあたり、宮の称号をもぎ取った。運命といってもいいが、やや皮肉めいている。

いずれにせよ、阿茶からすれば、なんとも怪訝《けげん》な話でしかない。

どの遺臣も、おのれの都合のよいように遺言《ゆいごん》を解釈し、おのが権勢《けんせい》に結びつけ、柳営《りゅうえい》における立場の強化に努めている。そこには、家康を慕う心持ちがどれだけ包含《ほうがん》されているのか、阿茶には想像がおよばない。

（いいや。どうにも、感じ取れぬ）

家康は、おのれ自身を神に仕立て上げたかったのか、それほど、この国の人々から崇《あが》められたかったのか。阿茶には、わからない。関東を守りたいとか、徳川幕府を存続させたいとかいう気分も、多少はあったにせよ、なによりも望んでいたものはそこではないような気がしてならないのだ。

（わが殿の望まれていたのは、おのが曾孫《ひまご》を帝《みかど》とすることにほかならぬ）

阿茶は、肚《はら》の底でずっしりと確信している。

人は、老《お》い耄《ぼ》れても尚、野望を滾《たぎ》らせる。

いや、老いたればこそ、その炎《ほむら》は、百目蠟燭《ろうそく》が最後に燃え上がるごとく、赤々と甚《はなは》だしく猛《たけ》る。が、絶巓《ぜってん》を過ぎた瞬間、突如《とつじょ》として凋《しぼ》み、萎《な》え衰《おとろ》え、虚空《こくう》をただ見つめたまま、いつ訪れるとも知れぬ死の瞬間を待つだけとなる。

そして、いざ、人生の終わりに臨《のぞ》まんとしたとき、人は幼児に還《かえ》り、赤子に還る。

（家康公の絶巓《ぜってん》は、まさしく、東福門院《とうふくもんいん》さまの入内《じゅだい》であったわ）

ただ、その光景は、家康にとって見果《みは》てぬものとなってしまった。

のちの東福門院こと徳川和子《まさこ》は、関ヶ原の戦いの七年後に生を享《う》けた。

父は二代将軍の秀忠で、母は浅井長政《あざいながまさ》と信長の妹市《いち》の間にできた江《ごう》である。

家康にとっては、野望を現実化させる最後の頼みの綱といってよく、この戦国武将の血を凝縮《ぎょうしゅく》したような和子が六歳となった折、十六歳の後水尾天皇が即位した。

家康は、ただちに、女御《にょうご》としての入内を申し入れた。

そして、翌年には宣旨《せんじ》が出された。

出されたものの、こともあろうに大坂の陣が生起《せいき》し、入内は延びた。家康にしてみれば、どれだけ地団駄《じだんだ》を踏んでも踏み足りないものだったろうが、結局、豊臣家を滅ぼしてまもなく、家康自身が逝去《せいきょ》してしまった。

孫の晴れ姿を、おのが瞳に留《と》められなかった。

とはいえ、入内は為《な》された。

十

元和六年（一六二〇）六月十八日のことで、家康の死の四年後にあたる。

二条城から途方もなく盛大《せいだい》な行列が組まれたが、このおり、母代《ははしろ》として和子に付き従ったのが、ほかならぬ阿茶局だった。阿茶は、家康が存命の頃からそのかたわらに寄り添い、累進《るいしん》してゆくさまをまのあたりにしたし、その死後には、誰もが認めるとおり、家康の分身のような存在となった。だから、このおりも、家康の瞳《め》となって、孫の入内を見つめなければならなかった。

いや、和子の入内だけではない。

その三年後、秀忠が上洛《じょうらく》参内して将軍職を家光に譲《ゆず》った際も、和子が懐妊《かいにん》して、やがて女一宮興子《おんないちのみやおきこ》内親王が誕生した際も、阿茶は括目《かつもく》した。そして、ついに、寛《かん》永《えい》三年（一六二六）、後水尾天皇が御所を出駕《しゅつが》し、秀忠と家光の待ち焦がれる二条城へと行幸《ぎょうこう》した際も、阿茶はしかと見定めた。

むろん、この時期の幕府と朝廷は、決して蜜月《みつげつ》の状態にあるわけではない。皇位継承《けいしょう》をめぐって、目には見えず耳にも聞こえぬ状態ながらも、熾烈《しれつ》な争いが繰り広げられていた。そうした暗闘《あんとう》ともいうべき情況になった根本《こんぽん》の要因は、いうまでもなく、家康の尽きせぬ野望《やぼう》にある。

そんなことは、阿茶にはよくわかっている。

だが、もはや、事態は家康の遺志《いし》うんぬんではなくなっていた。

ところで、後水尾天皇の二条城への行幸について奔走《ほんそう》した兄弟がいる。

今川氏真のふたりの息子である。

範以《のりもち》と高久《たかひさ》といい、共に氏真のもとで育ち、書画文芸に秀で、公家との交流も盛んで京都を庭のようにして育った。ふたりとも仕官《しかん》することなく青年時代を送ったが、やがて家康がめきめきと頭角をあらわすようになり、直参《じきさん》となった。

慶長八年（一六〇三）二月、家康に征夷大将軍の宣旨《せんじ》が下り、勅使《ちょくし》とされた大納言広橋兼勝《ひろはしかねかつ》が伏見城へ罷《まか》り越した際も、このふたりが出迎え、堂々たる儀礼《ぎれい》を尽くした。源氏長者《げんじのちょうじゃ》への補任《ほにん》、御所への牛車《ぎっしゃ》乗り入れの認可、随身兵杖《ずいしんひょうじょう》の認可が為され、これにより名実ともに家康は武家の頭領《とうりょう》となった。

ちなみに、この日を誰よりも愉しみにしていたのは、家康の母の於大だったが、都大路《みやこおおじ》でその晴れ姿を眺めることは叶わなかった。一年前に逝去しているからである。家康は、任官拝賀《はいが》の儀が終わったあと、誰にも涙を見せまいとひとり涙ぐんだが、阿茶だけはその背を見ることが許された。

面倒な話をつけ足しておくと、家中において家康は「上様」と呼ばれていたが、将軍宣下《せんげ》ののちは「公方《くぼう》さま」へと称号が変わった。だが、阿茶たちは、そのまま「殿」や「大殿」と呼び続け、もったいぶった呼び方はしなかった。家康も「なんでもよかろう」と他人事《ひとごと》のように嗤《わら》った。

話は逸《そ》れたが、ともかく、こうした儀式の裏工作を為したのが今川家の兄弟だった。

これによってか、兄の範以《のりもち》は今川家を継いで嫡男直房《なおふさ》の教育にあたったが、やがて直房は高家《こうけ》の祖となり、また弟の高久《たかひさ》は今川家の苗字は一子相伝《いっしそうでん》のために品川姓を名乗ったもののその品川家も高家とされた。以来、子々孫々、高家としての職を全《まっと》うしている。

家康の、

――今川家は天下の名家、その名に恥じぬよう。

と、氏真に告げたことは、まさに現実となって伝えられたことになる。

ついでながら、将軍宣下の護衛に立ったひとりに、

――川口宗勝《かわぐちむねかつ》。

という三河武士がいる。

かつて、源応尼が輿入れした川口盛祐《もりひろ》の孫である。

盛祐のせがれの宗吉《むねよし》は、織田家の息のかかった武将に育ったものの、於大の弟である水野信近《のぶちか》とともに討死した。が、その子の宗勝は信近の兄の信元《のぶもと》に仕官して水野家の家臣となり、やがて佐久間《さくま》信盛《のぶもり》の陰謀《いんぼう》によって知多を追われ、流浪《るろう》の果てに家康の直参となり、儀礼の日を迎えていた。また、宗勝は、家康の後継ぎとして秀忠が立った際、その任官拝賀《はいが》においても護衛を務めている。

いや、宗勝だけではない。

阿茶のふたりの息子、守世と守繁もまた扈従《こしゅう》した。

十一

やがて迎えた寛永六年（一六二九）十一月――。

幕府にやんわりと反発し、その冷酷無比《れいこくむひ》な皇室への介入に、事なかれと祈りつつもひたすら抗《あらが》い続けた後水尾《ごみずのお》天皇だったが、ついに暴発《ぼうはつ》した。破れかぶれの譲位《じょうい》を断行《だんこう》するべく、わずか六歳の女一宮に内親王の践祚《せんそ》という、幕府の意向もへったくれもない突発的な事態を招いてしまった。

実の娘が践祚されれば、当然、和子にも院号が宣下される。

東福門院の号を賜ることとなったのである。

そして翌年、女一宮は即位し、明正《めいしょう》天皇となった。

奈良飛鳥時代の称徳《しょうとく》天皇が重祚《ちょうそ》して以来の女帝の誕生だった。

ここにおいて、家康の野望は成就《じょうじゅ》したかに見えたが、同時に尽きた。

もちろん、いかに阿茶でも、御所における暗闘《あんとう》には手も足も出なかったが、

――阿茶よ。

滅多に訪れない参内《さんだい》の機を得《え》、東福門院より謁《えつ》を賜《たまわ》った際、こう、ねぎらわれた。

——もう、このあたりにしては、どうか。

潮時《しおどき》であろう、といわれるのである。

たしかに、そうかもしれない。

古《いにし》えよりの暗黙《あんもく》の掟《おきて》に、女系の天皇は認められない。女性の天皇は存在しても、次に禅譲《ぜんじょう》を受けるのは、その女性天皇の皇子《みこ》ではない。そのかわりに男系の血を引いている裔孫《えいそん》を探し出し、次なる天皇に即位していただく。

後水尾天皇は、それを肚《はら》の底から承知していた。

だからこそ、皇位を禅譲し、いったんは明正天皇に継がせるものの、そののち、血脈《けつみゃく》は絶えさせる。家康の血は一滴《いってき》たりとも、宮中には留《とど》めさせない。命懸けの信念といってよく、そして、その強靭《きょうじん》な決意は成し遂げられた。

東福門院が、家康の霊が憑依《ひょうい》したとしかおもえぬような阿茶局に対して、

——このあたりにしておくのがよいのではないか。

と、告げたのは、そういう後水尾天皇の志《こころざし》に由《よ》る。

東福門院ほど、幕府と朝廷との仲を取り持とうとした女人はいなかった。

阿茶は、おのが身から、すべてのちからが抜け去ってゆくように感じられた。

ただ、やはり、彼女の場合、

(そういうものだろう)

すべての呑み込みが早い。

だから、上徳寺《じょうとくじ》へ戻ったとき、

──もう、よろしいのではありませぬか。

と、本尊《ほんぞん》の阿弥陀如来を通じて、家康の霊に語りかけた。

──お望みどおりとなったのですから、もうよろしゅうございましょう。

阿茶は、家康の分身としての戦いが終焉《しゅうえん》を迎えたことを察していた。

（最後の幕を引かれたのが、東福門院さまでよかった）

心の底から、つくづく、そうおもった。

（家康公も、文句は申せまいて……）

なにやら、おかしくもある。

（あとは、まことの余生《よせい》じゃ）

阿茶は、家康が逝去した際、髪をおろさなかった。

家康が、生前のあるとき『やめておけ』と嫌がったからだ。

『髪などおろさずともよい、わしの菩提を弔《とむろ》うてくれるのは嬉しいが、髪などおろそうがおろすまいがその気持ちになんの変わりがあろう、阿茶よ、そなたの髪は美しい。惚れ惚れするほど、狂おしいほど、美しい。切ることなど、ない。そなたは、そのままでよいのだ』

阿茶は、家康のいうとおりにした。

落髪《らくはつ》することなく、在家得度《とくど》した。

院号は、庵《いおり》を結んでいた寺名そのまま、上徳院殿《じょうとくいんどの》と名乗った。

阿茶が正式な戒名である雲光院殿従一位尼公正誉周栄大姉《うんこういんでんじゅいちいにこうしょうよしゅうえいたいし》を授《さず》かったのは、秀忠が逝去してからのことで、ここにいたってようやく髪を落としている。落飾《らくしょく》したのちの阿茶は、江戸にあっては雲光院に、京にあっては上徳寺に身を置き、余生を過ごした。

十二

ただ、ひとつだけ。

阿茶にも、まるで予測の立たなかったことがある。

上徳寺の持たされた、運命めいたものといった方がいい。

阿茶の死後、それも二十年ほど経って、にわかに奇瑞《きずい》が生じた。

こんにち、塩竈山上徳寺《えんそうざんじょうとくじ》は「京のよつぎさん」として親しまれている。

そこにいう、世継《よつぎ》さんだが、境内の奥に祀《まつ》られている地蔵菩薩《じぞうぼさつ》のことである。実に大きい。座像に見えるが、立像《りゅうぞう》である。人の背丈《せたけ》よりも巨大な地蔵大菩薩で、そんじょそこらにある代物《しろもの》ではない。

世に伝えられるところによれば、明暦《めいれき》二年（一六五六）のこと。都の南の八幡《はちまん》の地に、清水《しみず》さんという子煩悩《こぼんのう》な長者がいたという。

ただ、悲しみにくれていた。というのも、最愛の我が子を亡くしてしまったからだ。子が欲しい。せめて、ひとりだけでも子が欲しい。清水さんは、おもい詰めた。すると、あるとき、下寺町《しもてらまち》にあるというお寺さんについて、こんな噂を耳にした。

――りっぱなお世継ぎを育てた婦人の開いたお寺があるそうな。

それが、どこのどのような婦人であろうと、いずこのいかなる世継ぎであろうと、清水さんにとっては関係のないことで、知ろうとすらおもわなかった。大切なことは、血が繋《つな》がろうと繋がるまいと、その家の世継ぎが育っているという件《くだ》りで、

――その寺へ詣でて祈り続ければ、もしかしたら後継ぎを授《さず》かるかもしれない。

と、清水さんは信じ、上徳寺へ駈けた。

そして本堂に参籠《さんろう》し、七日七晩、一心《いっしん》不乱《ふらん》に本尊の阿弥陀さんに祈り続けた。

すると、なんともけったいな夢を見た。

阿弥陀さんならぬ地蔵さんが現れ、こう告げられた。

――われを石に刻みて祈念《きねん》すべし。

清水さんは、鑿《のみ》を取った。

そして、いったいどこから切り出してきたものか、数人がかりで曳《ひ》いてこなければ持ち込めないような巨大な巌《いわお》を境内に用意し、命懸けで鑿をふるい、ついにお地蔵さんを彫り上げてしまった。そして堂を建てて雨露《あめつゆ》から護《まも》り、祈願の日々に戻ったところ、日ならずして妻の胎《はら》に児《こ》が宿《やど》ったのである。

このふしぎな話は、たちどころに京都せましと広がり渡り、参詣《さんけい》する客は引きも切らぬありさまとなった。かくして、お地蔵さんは「世継さん」と呼ばれるようになり、上徳寺はにわかに大寺となっていったのだが、話はこれで終わりではない。

嘉永《かえい》五年（一八五二）の春――。

孝明《こうめい》天皇の典侍《てんじ》であった中山局《なかやまのつぼね》が当山に参詣《さんけい》した。彼女はのちに国母《こくぼ》と称されるようになり、阿茶とおなじく一位局《いちいのつぼね》なる称号も賜るのだが、当時はまだ権大納《ごんのだいな》言《ごん》中山忠能《ただやす》の次女慶子《よしこ》というだけの存在だった。ところが、彼女の信心《しんじん》の篤《あつ》さのゆえか、運命が微笑《ほほえ》んだ。

祐宮睦仁《さちのみやむつひと》、すなわち、明治天皇を授かったのである。

人の縁《えにし》ほど、数奇な邂逅《かいこう》はない。

もちろん、そのような未来の出来事など、阿茶にはどうでもよい。

阿茶は、ひとり、鴨川の河原を逍遙《しょうよう》し、側室たちの眠っている寺院で冥福《めいふく》を祈

り、
（かような人生も、ございまするなあ）
と、家康に従って駆け抜けた世をふりかえるだけだ。
ふわりと頤《おとがい》をあげれば、そこには、本尊の阿弥陀如来が佇《たたず》んでいる。
――阿茶よ。
本尊が喋《しゃべ》ったのかとおもったが、そうではない。
思い出の中の、過去の家康の言葉だった。
『ここな本尊の唇《くちびる》、よう似ておるぞ』
『どなたに似ていると仰せです』
『そなたより、誰があろう』
上徳寺の木造阿弥陀如来立像は、家康によって招来《しょうらい》された。

十三

慶長八年（一六〇三）のことだった。
家康と阿茶は、近江国草津《くさつ》へ旅に出ていた。阿弥陀如来を探すという、一風《いっぷう》ふしぎな旅だった。というのも、こんな経緯《いきさつ》がある。当時、阿茶は、隠遁《いんとん》先として京の都に庵《いおり》を結びたいと家康に願っていたのだが、上徳院《じょうとくいん》という名こそ決めたものの、ほかにはなにも考えていなかった。ところが、小庵にも本尊が要るであろうと、にわかに家康がうながし、人づてに耳にした仏像を拝《おが》もうといいだした。

もしも、その仏を気に入れば、なんとかしようと。

なにひとつ趣味のない家康がおもいがけず風雅《ふうが》なことをいうものだと阿茶はすこし驚き、それでも楚々《そそ》とはしながらも、やはりいつものとおり駒に打ち跨《うまたが》り、近江国へと向かった。道すがら、いったいどのような仏さまにございまするかと阿茶は質《ただ》した。しかし、家康もよくわからない。ひとつだけ聞いたのだがなと前置きし、唇が他の仏像とは異なるらしい、まるで女人そのものだという話じゃと伝えた。

阿茶にはよくわからなかった。

仏像の唇がどう違うというのだろう。

しかし、寺々を巡り、本尊を一体ずつ拝んでいったが、家康のいうような唇をたたえた仏像などには、まるで巡り会わなかった。

ところが、数日を経《へ》た或る日のこと。草津《くさつ》の宿場で、耳寄りな情報を得た。かつて木曾義仲《きそよしなか》がこのあたりを席捲《せっけん》していた折、その戦禍《せんか》を免《まぬが》れんと祈念して、安阿弥《あんあみ》と名乗っていた仏師快慶《かいけい》がみずから鑿をふるった三尺《さんじゃく》阿弥陀があるという。それが怪しいと阿茶はおもい、家康をうながした。家康に拒《こば》む理由はない。駒首《こまくび》を草津に向け、その立像《りつぞう》があるという鞭嵜《むちざき》八幡宮なる社寺を訪《おとの》うた。

するると、本尊に観《まみ》えるや、阿茶は歓声《かんせい》をあげた。

ひと目見るだけで、その木像のすばらしさは察せられた。

さすがは快慶と感激したが、さらに阿茶の目を驚かせたのは、まさにその口唇だった。朱が施《ほどこ》されたのを覆《おお》うように水晶《すいしょう》が嵌《は》め込まれており、それがまるで水湿《すいしつ》を保《たも》っているように見えた。

（なんという艶《つや》やかさだろうか）

と、阿茶は歓喜《かんき》した。

このとき、家康がおもわず囁《ささや》いたのだ。

『ここな本尊の唇、よう似ておるぞ』

『どなたに似ていると仰せです』

『そなたより、誰があろう』

かくして、上徳院の本尊は招来された。

そして、阿茶が晩年を迎えたこのときも、本堂に鎮《しず》まっている。

（ほんとうに似ておるのやら……）

自分の顔などよくわからぬわと、阿茶は微笑んだ。

阿茶の肖像画は、寛永《かんえい》十四年（一五三七）の正月二十四日に染筆《せんぴつ》されている。

逝去して五日後の染筆だが、こんにちも尚、本尊と向かい合いつつ上徳寺にある。くちびるが美しい。

亡くなる際、阿茶は、家康の最後の言葉をおもいだしていた。

「わが殿は、このように仰せでした……」


〝……海がなあ、見えるのだ。わしは、海は嫌いじゃや。船も嫌いじゃや。海も、船も、わしを見知らぬ土地へ連れてゆく。わしをさらって人質とし、母さまから引き離す。じゃが、おなじように、船は、わしを助けてくれる。船は、母さまの便りを運んできてくれる。船は、母さまの遺い物をもたらしてくれる。ばばさま……。ばばさま……。ほうれ、ごらんなされ。船にございまする……。母さまの遺わされた船にございまする……。母さま、母さま、竹千代はここにおりまするぞ。母さまのお越しを待ち望んで、ばばさまと、ここにおりまするぞ……。ばばさま……。いや、いいや、於葉、於葉ではないか。おお、阿茶も、阿茶も、おるか。阿茶よ、見よ。あれに、あの船に、ばばさまが、母さまが、乗っておられる。共に乗ろうぞ。皆で、あの船に共に乗って、遠きところをめざしてゆこうぞ〟

本書は、書き下ろし作品です。

著者紹介
秋月達郎（あきづき　たつろう）
1959年愛知県生まれ。映画プロデューサーを経て、89年に作家に転身。以後、歴史を題材にした作品を数多く発表している。
主な著書に、『海の翼 エルトゥールル号の奇蹟』『火螢の城』『世にも奇怪な物語』『天国の門』『奇蹟の村の奇蹟の響き』『マルタの碑』『刀剣幻想曲』『疫神の国』や、『竹之内春彦・殺人物語』シリーズ、『京奉行・長谷川平蔵』シリーズなどがある。

ＰＨＰ文芸文庫　家康と九人の女

2023年９月21日　第１版第１刷

著　者　　秋　月　達　郎
発行者　　永　田　貴　之
発行所　　株式会社ＰＨＰ研究所
東京本部　〒135-8137 江東区豊洲5-6-52
文化事業部　☎03-3520-9620（編集）
普及部　☎03-3520-9630（販売）
京都本部　〒601-8411 京都市南区西九条北ノ内町11
PHP INTERFACE　https://www.php.co.jp/
組　版　　有限会社エヴリ・シンク
印刷所　　大日本印刷株式会社
製本所　　東京美術紙工協業組合

ISBN978-4-569-90292-0

PHP文芸文庫

海の翼

エルトゥールル号の奇蹟

秋月達郎 著

明治23年のトルコ軍艦エルトゥールル号救出劇は、百年の時を超えて、奇蹟を生み出した。日本とトルコの友情を感動的に描く長編小説。